Lana Lux

KUKOLKA

AF178862

atb aufbau taschenbuch

Lana Lux, geboren 1986 in Dnipropetrowsk/Ukraine, wanderte im Alter von zehn Jahren mit ihren Eltern als Kontingentflüchtling nach Deutschland aus. Sie machte Abitur und studierte zunächst Ernährungswissenschaften in Mönchengladbach. Später absolvierte sie eine Schauspielausbildung am Michael Tschechow Studio in Berlin. Seit 2010 lebt und arbeitet sie als Schauspielerin und Autorin in Berlin.

Ukraine, 90er Jahre. Große Party der Freiheit. Manche tanzen und fressen oben auf dem Trümmerhaufen der Sowjetunion, andere versuchen noch, ihn zu erklimmen. Auch Samira. Mit sieben Jahren macht sie sich auf die Suche nach Freiheit und Wohlstand.

Während teure Autos die Straßen schmücken, lebt Samira mit ein paar anderen Kids in einem Haus, wo es keinen Strom, kein warmes Wasser und kein Klo gibt. Aber es geht ihr bestens. Sie hat ein eigenes Sofa zum Schlafen und eine fast erwachsene Freundin, die ihr alles beibringt. Außerdem hat sie einen Job, und den macht sie gut: betteln. Niemand kann diesem schönen Kind widerstehen, auch Rocky nicht. Er nennt sie Kukolka, Püppchen. Wenn Kukolka ihn lange genug massiert, gibt er ihr sogar Schokolade. Alles scheint perfekt zu sein. Doch Samira hält an ihrem Traum von Deutschland fest. Und ihr Traum wird in Erfüllung gehen, komme, was wolle.

Lana Lux hat einen gnadenlos realistischen Roman über Ausbeutung, Gewalt und Schikane geschrieben, über ein Leben am Rande der Gesellschaft, geführt von einer Heldin, die trotz allem schillernder nicht sein könnte.

LANA LUX

KUKOLKA

ROMAN

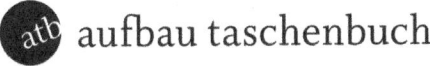
aufbau taschenbuch

MIX
Papier | Fördert
gute Waldnutzung
FSC® C083411
FSC
www.fsc.org

ISBN 978-3-7466-3539-2

Aufbau Taschenbuch ist eine Marke
der Aufbau Verlage GmbH & Co. KG

3. Auflage 2024
Vollständige Taschenbuchausgabe
© Aufbau Verlage GmbH & Co. KG, Berlin 2017
www.aufbau-verlage.de
10969 Berlin, Prinzenstraße 85
Die Originalausgabe erschien 2017 bei Aufbau,
einer Marke der Aufbau Verlage GmbH & Co. KG
Der Verlag behält sich das Text- und Data-Mining nach § 44b UrhG vor,
was hiermit Dritten ohne Zustimmung des Verlages untersagt ist.
Umschlaggestaltung zero-media.net, München
unter Verwendung von Motiven von
© Karoliina Paappa / plainpicture / Millennium und FinePic®, München
Satz LVD GmbH, Berlin
Druck und Binden CPI books GmbH, Leck, Germany

Printed in Germany

Für Konstantin
und Rosalie

TEIL 1

An den Anfang erinnere ich mich nicht. Ich erinnere mich erst, als ich so ungefähr fünf war. Es war 1993. Das habe ich mir später ausgerechnet. Denn 1995, kurz vor der Einschulung, sagten sie mir, dass ich sieben bin.

Ich habe das Gefühl, in meiner Kindheit war nur Winter. Ich erinnere mich an den riesigen kalten Schlafsaal und an die Metallbetten. Sie standen dort in unendlich vielen Reihen. Darin haben wir geschlafen. Nachts und auch mittags. Alles, was wir in dem Heim tun durften, war genau festgelegt. Auch das Schlafen.

Als Erstes sollten wir alle aufs Klo gehen. Dann mussten wir uns ausziehen und unsere Kleidung gefaltet abgeben. Wir durften nichts anbehalten, nicht mal die Unterhosen. Auch dann nicht, wenn die Heizung wieder mal ausgefallen war. Viele Kinder haben nämlich ins Bett gemacht, und damit nicht die ganzen Klamotten dreckig wurden, mussten wir alle nackt schlafen. Ich fand es absolut in Ordnung, dass die Kinder, die trotz der Bestrafung immer wieder ins Bett gemacht haben, nackt schlafen mussten. Aber viele von uns machten doch gar nicht ins Bett und mussten trotzdem alles ausziehen. Es waren übrigens immer dieselben, die ins Bett machten. Sie wurden von allen Stinker genannt. Ich weiß auch nicht, warum sie damit nicht aufhören wollten. Ich hätte es sofort gelassen, wenn ich danach so verdroschen worden wäre.

Auf jeden Fall mussten sich alle nackt machen zum Schlafen. Dann hatte man sich auf seine rechte Seite ins Bett zu legen, die Knie im rechten Winkel, beide Hände zusammen und unter die Wange geschoben, Augen zu und schlafen. Eine Erzieherin ging dabei immer durch die Reihen, und wenn irgendwer geflüstert, die Position verändert oder die Augen aufgemacht hatte, hörte man den dünnen Ledergürtel schlagen. Die Erzieherinnen sagten, dass es für uns wichtig ist, in genau dieser Position zu schlafen, denn auf der linken Seite ist das Herz, und es kann zerquetscht werden, wenn man sich daraufliegt.

Ich wurde so gut wie nie geschlagen, weil ich mich richtig zu verhalten wusste. Ich war ja auch schon immer im Heim gewesen, deswegen war es für mich nicht so schwer, zu wissen, was richtig war und was nicht. Kinder, die später kamen, haben ständig alles falsch gemacht.

———

Marina war eine Neue. Ihre Eltern hatten sich getrennt, und weil die Mutter Alkoholikerin war, bekam der Vater das Sorgerecht. Aber nach kurzer Zeit war ihm das vermutlich zu viel. Er brachte Marina ins Heim und sagte, es ist nur für den Sommer, weil er viel arbeiten muss. Marina hat geglaubt, es ist wirklich nur für den Sommer. Sie hat am Anfang viel falsch gemacht. Sie wollte nicht, dass man ihr die langen Haare abschneidet, wollte mittags nicht auf der rechten Seite schlafen, wollte die Milch nicht trinken und noch viele andere Sachen. Die Erzieherinnen waren natürlich sauer und haben sie oft bestraft. Zuerst bekam sie nur die kleinen Strafen, zum Beispiel musste sie für den Rest des Tages auf der rechten Seite im Bett liegen, damit sie lernt, wie das geht. Aber als sie sich immer weiter weigerte und immer mehr heulte, wurden die Strafen doller.

Einmal wollte sie die Suppe nicht aufessen. Elena Wladimirowna haute ihr auf den Hinterkopf und sagte: »Wenn du das nicht aufisst, wirst du morgen überhaupt kein Essen bekommen.«

»Aber ich kann das nicht essen«, sagte Marina und heulte noch lauter.

Das war natürlich frech. Man hatte zu essen, was da war. Das war ein Gesetz. Elena Wladimirowna packte Marina am Arm und schleppte sie in den Waschraum. Dort musste Marina bis zum nächsten Abendessen in der Ecke stehen bleiben. Das lange Stehenbleiben fand immer in dem Waschraum statt, weil er auch am Boden gefliest war, und wenn die Kinder sich in die Hose machten, konnte man es mit einem Wasserschlauch leicht wieder saubermachen. Marina hat einfach nicht aufhören wollen zu heulen, und das machte die Erzieherin richtig wütend, deswegen stopfte sie ihr einen Lappen in den Mund.

Nachts, als alle schliefen, wurde ich wach und hörte ein leises Schluchzen aus dem Waschraum. Ich wusste, dass sie Hunger haben musste, weil sie es ja noch nicht gewohnt war, ohne Essen auszukommen. Ich hatte unter der Matratze immer Brotrinde für solche Fälle. Ich nahm zwei Stück raus, um sie Marina zu bringen, dann legte ich aber eins wieder zurück. Erstens war sie selber schuld. Zweitens war sie nicht meine Freundin. Ich hatte gar keine Freunde.

Ich ging in den Waschraum. Marina kauerte in der Ecke und zuckte zusammen, als sie mich bemerkte. Ich beugte mich zu ihr runter und nahm den Lappen aus ihrem Mund. Aber sie war schon so verängstigt, dass sie ihn sich sofort wieder reinstopfen wollte.

Ich musste kichern und sagte: »Die schlafen alle, hier, iss das, dann kannst du dir den Lappen wieder reintun, wenn du willst.«

»Was ist das?«

»Brot.«

»Das sieht gar nicht aus wie Brot. Sieht aus wie …«

»Hör mal, so wirst du hier nicht weiterkommen. Wenns dir nicht gut genug ist, dann bleib doch hungrig.«

»Doch, doch«, sie griff nach der trockenen Brotrinde und fing an, daran herumzukauen.

»Danke. Das ist sehr lieb«, sagte Marina.

»Du solltest dich hier besser anpassen. Wenn du dich an die ganzen Regeln hältst, dann bekommst du weniger Strafen.«

»Aber ich mach doch gar nichts. Wenn mein Vater wüsste, wie die hier zu Kindern sind, würde er mich sofort abholen. Wann wirst du eigentlich abgeholt?«

»Gar nicht.«

»Gar nicht?«

»Nein. Und du auch nicht.«

»Du bist blöd!«, sagte Marina. »Ich will dein dummes Brot nicht. Du blöde Zigeunerin!«

»Halt die Klappe!«

»Die anderen haben schon recht. Du bist 'ne blöde Zigeunerin!«

»Sei ruhig!«

»Sonst *was*? Du bist bloß neidisch, weil mein Papa mich abholen wird und dich niemand liebhat.«

Plötzlich ging das Licht an, und Elena Wladimirowna stand im Nachthemd und mit wilden schwarzen Haaren in der Tür.

»Was ist das hier für eine Versammlung?«, zischte sie durch zusammengepresste Lippen.

»Was hast du hier zu suchen, Samira? Was seid ihr Zigeuner nur für unerziehbare Viecher?« Sie schnappte sich ein Handtuch und schlug auf mich ein. Reflexartig machte ich mich ganz klein und bedeckte meinen Kopf. Das Handtuch knallte ein paarmal auf meinen Rücken, dann hörte sie auf, zog mich am Oberarm hoch und erlaubte mir, zurück ins Bett zu gehen.

»Darf Marina auch ins Bett gehen? Sie ist doch noch neu und so ...«, sagte ich ganz leise und bereute es im gleichen Moment.

»Du bist wirklich unbelehrbar, was? Na, wenn du dich so sehr um sie sorgst, dann kannst du ja hier mit ihr zusammen schlafen. Und zwar noch drei weitere Nächte. Und ich will nichts hören, außer euer Atmen! Klar?«

Sie knipste das Licht aus und schloss die Tür. Ich saß eine Zeitlang einfach nur da. Den brennenden Rücken gegen die kalten Wandfliesen gelehnt. Finsternis vor den Augen. Aber nach und nach gewöhnten sie sich immer mehr an die Dunkelheit, und bald konnte ich alles sehen, was in dem Waschraum war. Manche Gegenstände schienen in der Dunkelheit wie verwandelt. Das Handtuch, das Elena Wladimirowna vorhin wieder akkurat auf den Haken gehängt hatte, sah nun aus wie eine alte bucklige Hexe. Der Schlauch in der Ecke wie eine Kobra.

»Siehst du auch die Hexe?«, fragte ich Marina.

»Wo?«

»Da.«

»Ich seh nichts.«

»Schau, die Nase, der Buckel ...«

»Ja. Heftig.«

»Magst du auch das Nachtsehen?«

»Was ist das?«

»Wenn man in der Nacht die wahre Seele der Gegenstände sieht.«

Und wir fingen an, uns gegenseitig die verwandelten Dinge zu zeigen. Ich hatte vorher noch nie mit jemandem so viel Spaß gehabt wie mit Marina in dieser Nacht.

———

Das Nachtsehen wurde unser gemeinsames Ding. Es funktionierte auch tagsüber. Wir beobachteten Wolken, Wasserflecken auf der Decke, Dreck auf dem Boden, Maserungen im Holz. Uns war nie langweilig, und wir wurden beste Freundinnen. Gleichzeitig waren wir so unterschiedlich, wie zwei kleine Mädchen es nur hätten sein können. Marina war vorlaut und wollte niemandem gehorchen. Sie meinte alles besser zu wissen. Sie hielt sich für besonders hübsch und benahm sich wie eine kleine Prinzessin. Das machte sie nicht gerade beliebt bei den Erzieherinnen, umso mehr aber bei den Kindern, was mein Ansehen auch ein wenig steigerte. Seit ich mit Marina befreundet war, hatten die anderen fast aufgehört, mich zu beschimpfen und zu quälen.

Einmal lauerten mir aber zwei Mädchen wieder auf dem Klo auf.

»Baah, die stinkt!«

»Die hat Läuse!«

»Eklige Zigeunerin!«, schrien sie und fingen an, mich zu schubsen.

Ich versuchte mich irgendwie von ihnen zu befreien, aber sie waren stärker.

»Ich werde dich mal kämmen, du dreckige Zigeunerin. Halt sie fest, Anja! Halt sie fest!«

Anja verdrehte mir die Hände hinter dem Rücken und drückte mich mit aller Kraft nach unten. Meine schwarzen Haare fielen über den Kopf auf den Boden und wurden mit einer dreckigen Klobürste bearbeitet. Ich wehrte mich nicht, sondern ließ es über mich ergehen, bis sie damit aufhörten.

Als Marina zur Toilette reinkam, waren die beiden schon weg. Ich kniete auf dem Boden und versuchte die Klobürste aus meinen Haaren herauszufummeln.

»Waren es wieder diese blöden Fotzen?«, fragte Marina. Ich sagte nichts. Ich konzentrierte mich auf das nach Pisse und Scheiße stinkende Haarknäuel auf meinem Kopf.

»Warte, ich helfe dir«, sagte sie.

»Danke.«

»Wir müssen uns rächen. Das geht so echt nicht.«

»Lieber nicht. Das provoziert sie doch nur ...«

»Du musst dich wehren. Verstanden?«

Ich nickte. In der Nacht schlichen wir uns dann an die Betten von Anja und Zhenja und schnitten ihnen die Haare ab.

Am nächsten Morgen gab es viel Trubel, Geschrei und Geheul. Sie wussten, dass wir es gewesen waren, aber wie sollten sie es beweisen? Den Erzieherinnen war das Ganze egal. Die restlichen Haare wurden kurz geschoren, damit es ordentlich aussah, und fertig.

Sie sahen natürlich absolut beschissen aus mit den kurzen Haaren. Wie zwei hässliche Jungs. Umso schlimmer war es für sie, weil wir am kommenden Samstag wieder »hohen Besuch« hatten.

———

An jedem letzten Samstag im Monat kamen Paare, um sich Kinder anzuschauen und eventuell eines zu adoptieren. Die Erzieher sagten, wir hätten es besonders gut, denn früher, zu Sowjetzeiten, gab es nie ausländische Paare. Heute kamen öfters welche aus Amerika, Frankreich, Deutschland und anderen reichen Ländern.

Die ganze Woche lang haben wir über nichts anderes als über die »Adoptiveltern« gesprochen. Wir nannten sie so, auch wenn sie noch niemanden adoptiert hatten. Alles wurde geputzt und geschrubbt, es wurde fleißig gemalt, und zwei Kinderlieder wurden einstudiert. Alle gaben sich die größte Mühe, optimal auf die Gäste vorbereitet zu sein, um eventuell das ganz große Los zu ziehen, nämlich von einem reichen Ehepaar adoptiert zu werden.

Es war das letzte Jahr vor der Einschulung. Wenn man jetzt adoptiert wurde, konnte man gleich zu einer normalen

Schule gehen. Man hätte auch Eltern, und niemand würde ahnen, dass es nicht die echten sind. So dachte ich zumindest damals mit meinen sechs Jahren. Ich glaube, das dachten wir alle.

Auf unseren Bildern, die am Freitag an die Wand geklebt wurden, waren lauter Häuschen, Sonnen, Regenbogen, Schmetterlinge und Mama-Papa-Kind-Strichmännchen, die wir nach Anleitung der Erzieherinnen gemalt hatten. Damit sollten unsere potenziellen Eltern überzeugt werden.

Die meisten konnten nicht malen, und ich am allerwenigsten. Meine Hand machte nie das, was ich mir vorstellte. Marina dagegen hatte eine ganz andere Hand. Sie zeichnete wie eine Erwachsene, das war wirklich beeindruckend. Sie ließ es sich auch nicht verbieten, nackte Menschen zu zeichnen. Zum Beispiel zeichnete sie immer wieder den gleichen nackten Mann mit Schnurrbart und großem Pimmel, der nach oben zeigte. Zuerst wollten die Erzieherinnen Marinas Bilder gar nicht aufhängen, weil sie nicht kindlich genug waren, aber dann einigten sie sich darauf, ein Bild trotzdem zu zeigen, weil es ja schließlich auch ein großes Talent ist, was das Mädchen da hat, sagten sie.

Ich freute mich für Marina. Ich freute mich aber noch mehr über die zwei Lieder, die wir einübten. Seit ich denken kann, mag ich Singen. Meistens durfte man es nicht laut tun, weil es die Erwachsenen störte. Aber im Chor, da konnte ich endlich aus voller Kehle singen. Es war ein Gefühl, als hätte ich ganz lange die Luft angehalten und könnte nun endlich einen ganz tiefen Atemzug nehmen.

———

Am Samstag wurden wir nach dem Frühstück alle schick gemacht. Weiße Hemden, gebügelte Röcke, Schleifen in den Zöpfen. Gegen Mittag war die Spannung so groß, dass mir alles wie in Zeitlupe vorkam. Dann waren die Adoptiveltern endlich da.

Es waren drei Paare gekommen. Ein kleines, ein großes und ein deutsches. Die Deutschen waren ganz anders als die russischen Paare. Der Mann und die Frau sahen sich ähnlich. Sie hatten beide die gleichen Poloshirts an. Sie in hellem Grün, er in hellem Blau. Das Besondere war aber, dass beide einen Pullover über den Schultern trugen und die Ärmel vorne verknotet hatten. Ich dachte nur – Wow! Wer von denen adoptiert wird, hat es bestimmt noch besser als bei echten Eltern. Sie hatten eine junge Frau dabei, die ihnen alles übersetzte.

Es gab eine Führung durch die Räume unserer Gruppe. Zuerst der Vorraum mit den kleinen Spinden, in denen wir unsere privaten Sachen aufbewahrten. Ich hatte zwar wenig Kleidung, dafür aber einige Schätze, bestehend aus einer knolligen Wurzel, einem Glassteinchen und einigen duftenden Bonbonpapierchen. Manche hatten sogar Briefe oder Postkarten, und ganz, ganz wenige hatten auch eigenes Spielzeug oder Bücher. Eigentlich gab es nur einen einzigen Jungen, der ein eigenes Buch besaß, und ein einziges Mädchen, das ein eigenes Kuscheltier hatte. Dieses Kuscheltier hatte sie immer bei sich. Sie legte es nie in den Schrank und hatte es noch nie jemandem ausgeliehen.

Nachdem den Gästen unsere Spinde und die darin herrschende Ordnung präsentiert worden waren, ging es in den großen Gruppenraum. An der Fensterseite standen die Tische und Stühle, an denen wir lernten, bastelten und malten. Die andere Hälfte des Raumes war zum freien Spielen und für Gruppenaktivitäten da. Links um die Ecke waren der Waschraum und dahinter die Toiletten, die zwar mit einer dünnen Pappwand voneinander getrennt waren, jedoch keine Türen hatten. Der letzte Raum war der kalte Schlafsaal mit den vielen Betten.

Während der Führung sollte jeder an seinem Platz sein und ordentlich sitzen. Auch das ordentliche Sitzen war genau festgelegt. Gerader Rücken, Knie und Füße zusammen, Unterarme aufeinander- und vor sich auf den Tisch gelegt. In dieser Position fing mich immer irgendetwas an zu jucken. Je mehr ich versuchte, mich nicht zu bewegen und vor allem nicht zu kratzen, umso schlimmer wurde es.

Irgendwann war die Führung für die Adoptiveltern beendet, und wir wurden aus unserer eingefrorenen Position erlöst. Alle gingen zu der Spielfläche und stellten sich im Kreis für das Spiel *Karavai Karavai* auf. Ein Kind sollte in die Mitte des Kreises. Dann gingen alle um dieses Kind herum und sagten: »Karavai, Karavai, du kannst wählen, wen du willst.« Dann sagte das Kind in der Mitte: »Ich liebe natürlich alle, aber Hmhmhm mehr als alle.« Und statt Hmhmhm sollte es einen Namen sagen. Dann kam das ausgewählte Kind in die Mitte, und die beiden drehten sich. Dann sollte das erste Kind zurück in den Kreis, und das neue Kind durfte jemanden aussuchen. Ich mochte das Spiel eigentlich nicht, weil ich nie ausgesucht wurde.

Wir stellten uns also auf, und zufällig war ich neben dem deutschen Mann gelandet. Alle fassten sich an den Händen. Er streckte mir seine Hand entgegen. Sehr groß, rau und warm. Meine kleine dunkle Hand verschwand komplett in seiner. Er roch nach Seife und Minze und Parfum. Er roch reich.

Er lächelte und fragte mich irgendwas auf Deutsch, aber ich verstand es nicht und schaute verschämt auf den Boden. Was hatte er wohl gesagt, fragte ich mich später immer wieder. Was wäre gewesen, wenn ich zurückgelächelt hätte? Hätte ich doch einfach gesagt, dass ich es nicht verstehe. Vielleicht hätten die Deutschen dann mich adoptiert. Immerhin hatte der Mann mich angelächelt. Wahrscheinlich hätten sie mich aber auch so nicht genommen. Weil ich eine Zigeunerin bin.

Jedenfalls adoptierten sie am Ende Marina. Sie hatte beim Spiel die deutsche Frau ausgewählt, zu ihr in die Mitte zu kommen, und die Frau war ihr sofort verfallen, der hübschen rothaarigen Marina. Sie hatte es einfach drauf.

Es dauerte ein halbes Jahr, bis die Deutschen wiederkamen und Marina abholten. In diesen sechs Monaten schickten sie ihr jede Woche einen Brief und jeden Monat ein Paket. Jedes dieser sechs Pakete machte Marina mit mir zusammen auf. Da waren unglaubliche Sachen drin. Kekse, Bonbons in den buntesten Farben, Kaugummis, Kinderüberraschungseier, Gummibärchen und Schokolade mit einer lilafarbenen Kuh drauf. Einmal sogar ein Jogginganzug. Grau und innen ganz weich. Im letzten Päckchen war eine echte Barbie.

Marina ist in dieser Zeit zu so etwas wie einem Superstar

mutiert. Die anderen Kinder wollten immer etwas von den leckeren Sachen abhaben, den Anzug innen drin streicheln oder mal die Barbie halten. Manche fingen auch an, Marina doof zu finden, weil sie selten etwas abgab, und wenn, dann musste man im Gegenzug etwas für sie tun. Zum Beispiel die Haut von ihrer Milch essen, ihren Putzdienst machen oder irgendjemanden schlagen, den sie nicht mochte. Mir gab sie aber immer was ab. Ich durfte auch oft mit der Barbie spielen und manchmal sogar die graue Hose von dem Jogginganzug tragen. Einmal, als wir zusammen die Schokolade aßen, musste ich weinen.

»Was ist denn?«, fragte Marina.

»Sie ist so lecker«, schluchzte ich.

»Wer?«

»Die Schokolade.«

»Und was gibts da zu heulen?«

»Du bist bald weg, und ich werde nie wieder so eine essen.«

»Quatsch. Ich schick dir eine.«

»Die anderen würden sie mir eh wegnehmen.«

»Dann werde ich meinen Eltern sagen, dass sie dich auch adoptieren sollen. Das wäre eh das Beste.«

»Das werden die nie tun.«

»Hab ich dich je im Stich gelassen? Ich werd das schon machen. Jetzt hör auf zu heulen.«

Eine Woche später wurde Marina abgeholt. Sie hatte zwei Plastiktüten gepackt. Die eine mit ihren Sachen, die andere mit dem Rest der Süßigkeiten, die sie gebunkert hatte.

Wir umarmten uns, und sie flüsterte mir ins Ohr: »Das wird schon. Vertraue mir.« Dann drückte sie mir die Tüte mit dem Essenskram in die Hand und ging durch die Glastür. Ich stand da, umklammerte die zerknitterte Plastiktüte und starrte die Tür an.

———

Der Sommer ging zu Ende und mit ihm die Süßigkeiten in der Tüte. Ich redete kaum mit den anderen Kindern, und auch sie ließen mich meistens in Ruhe. Jeden Tag fragte ich die Erzieherin, ob Post für mich gekommen ist. Jeden Tag schnalzte sie genervt mit der Zunge und schüttelte den Kopf.

Am ersten September passierten gleich zwei große Dinge. Ich wurde eingeschult und bekam ein Paket. Das erste in meinem ganzen Leben.

Eine ganze Zeitlang kniete ich vor dem Paket und versuchte mir vorzustellen, was wohl drin war. Dann holte ich eine kleine Schere und schnitt fein säuberlich das Klebeband durch.

Ganz oben lag der graue Sportanzug, den ich schon so oft gestreichelt hatte, darin war die Barbie eingewickelt, und darunter ein Brief.

Ich holte das feste Papier aus dem Umschlag, roch an den kleinen Rosen, die in die rechte Ecke gedruckt waren, und schaute mir die Buchstaben und Wörter an. Ich konnte nicht lesen. Ein älteres Kind, das lesen konnte, kannte ich nicht. Also blieb mir nichts anderes übrig, als Elena Wladimirowna zu fragen.

Widerwillig, aber auch durchaus neugierig, nahm sie mir den Brief aus der Hand und las ihn mir vor:

Liebe Samira,

herzlichen Glückwunsch zur Einschulung. Jetzt sind wir fast erwachsen. Wie ist es so bei euch? Was lernt ihr? Gibts Hausaufgaben? Bekommt ihr Noten? Lassen die anderen dich in Ruhe?

Hier fängt die Schule früher an. Mein erster Schultag war am 14. August, und so wie ich das verstanden habe, kann das jedes Jahr anders sein.

Meine Eltern sind total toll und haben mir ganz viele Sachen gekauft. Ich habe einen coolen Rucksack bekommen, der ist sehr fest und bunt. Er ist von Scout. Das ist hier wichtig. Darin sind Dinge, die ich vorher nie gesehen habe. Ein großes Etui mit Fächern zum Ausklappen. Darin wiederum sind viele kleine Fächer und Schlaufen, in die alles Mögliche, ganz ordentlich, reingesteckt werden kann. Zum Beispiel ein durchsichtiges Dreieck aus Plastik, unterschiedliche Stifte zum Schreiben, Malen, Unterstreichen und Zeichnen, und sogar ein Extrafach für den Stundenplan. Außerdem waren da noch einige kleine Gummis, ähnlich wie die aus der Bonbonpackung, die damals in dem Paket aus Deutschland waren. Weißt du noch? Jedenfalls waren die ganz bunt und rochen nach Apfel und Himbeere. Ich habe ein Stückchen abgebissen und fing an, daran rumzukauen. Da hat meine Mutter mir das Stückchen sofort aus dem Mund gerissen und wurde richtig panisch vor Sorge, mir könnte irgendwas passieren. Mein Vater versuchte sie zu beruhigen und erklärte mir, dass die Gummis zum Radieren sind und nicht zum Essen. Kannst du dir so etwas vorstellen? Radiergummis mit Geruch! Es ist wirklich phantastisch hier. Ich wünschte, du könntest jetzt schon hier sein. Mein Zimmer ist auf jeden Fall groß genug für uns beide. Ich denke, meine Eltern wollen dich bald holen. Sie haben mir sogar so ein Bett gekauft, wo sich unten noch ein zweites Bett rausschieben lässt. Und meine Mutter meinte, dass es praktisch wäre, falls eine Freundin bei mir schlafen will. Freust du dich?

Ich umarme dich und freue mich schon auf dich!
Deine Marina

PS: Den Brief hat eine Frau für mich geschrieben, die Russisch in der Schule hatte. Meine Eltern haben sie für mich geholt. Sie erfüllen mir wirklich jeden Wunsch!
PPS: Hoffe, dass die Geschenke dir gefallen. Ich habe so viele neue Sachen bekommen, dass ich diese an dich abgeben kann. Pass gut auf sie auf und lass dir nichts klauen!

Ich war noch wie hypnotisiert von den Worten und Bildern, die sich in meinem Kopf ausbreiteten, als Elena Wladimirowna den Brief wieder faltete und unter die Schreibunterlage ihres Tisches schob.

»Kann ich den Brief bitte wiederhaben?«, fragte ich und hörte mich kaum selbst.

»Du kannst ihn eh nicht lesen. Geh.«

»Aber ... aber ... es ist doch mein Brief.«

»Ich habe ihn dir doch vorgelesen, du undankbares Stück. Jetzt geh.«

»Ich möchte ihn aber haben.«

»Den Brief werde ich hierbehalten. Fertig.«

Sie lachte ihre Hexenlache, stand von ihrem Tisch auf und ging weg.

———

Ich wurde wach, weil Elena Wladimirowna mich mitten in der Nacht an den Haaren aus dem Schlafsaal zerrte. Meine nackten Füße schafften es kaum, so schnell zu laufen, sie stolperten und schleiften über den Betonboden und stießen an Bettkanten, Fußleisten, Stuhlbeine und was sonst noch im Weg war. Dann wurde ich in den Waschraum geschleudert, und sie richtete den Wasserschlauch auf mich. Das kalte Wasser trat aus dem Schlauch und verwandelte sich in Tausende Messer, die durch den Raum flogen und sich in mein Fleisch bohrten. Ich machte mich ganz klein und fest. So wie immer. Und stellte mir vor, die Messer würden einfach an mir abprallen.

»Steh auf, du Miststück«, sagte Elena Wladimirowna mit müder Stimme. »Ihr Zigeuner seid wie Tiere. Nein, wie Insekten. Ein normales Kind hätte zumindest geweint ... Aber so eine Zigeunermissgeburt wie du ...«

Ich stand an die Wand gedrückt und hörte immer weniger von ihren Worten. Das Wasser lief von meinen Haaren über mein Gesicht und tropfte von der Nase auf die Fliesen. Das Tropfen ergab einen Rhythmus, in den ich für einen Moment vollkommen hineinsinken konnte. Als sie mir mit einem Handtuch ins Gesicht schlug, wurden ihre Worte wieder lauter: »... das Klauen liegt euch Zigeunern im Blut, aber das werde ich dir schon abgewöhnen, das sag ich dir! Die Nacht verbringst du hier. Morgen will ich den Brief wieder auf meinem Tisch sehen. Genau dort, wo du ihn geklaut hast! Sonst gnade dir Gott, das sag ich dir, das sag ich dir!«

Eine Zeitlang blieb ich im Waschraum sitzen und betrachtete die Wasserpfütze, die sich wie ein großes Krokodil über den Boden streckte. Ich fragte mich, ob es in Deutschland wohl Krokodile gibt. Versuchte mir vorzustellen, wie sie in großen Fontänen schwimmen. Irgendwann stand ich auf, ging auf Zehenspitzen aus dem Waschraum raus, an dem kleinen Zimmer vorbei, in dem Elena Wladimirowna schnarchte, hinein in den kalten Schlafsaal zu meinem Bett. Dort trocknete ich mich mit dem Laken ab und zog mir eine Unterhose, ein T-Shirt und den weichen grauen Jogginganzug an, die unter meiner Matratze versteckt waren. Das war eigentlich kein sicheres Versteck, weil viele Kinder ihre Lieblingssachen und vor allem Unterwäsche unter der Matratze bunkerten. Dann holte ich den Brief und die Barbie aus meinem Kopfkissenbezug hervor, schlich zurück in den Flur und zog mir die Schuhe an. Ganz kurz überlegte ich, ob Elena Wladimirowna wohl recht haben könnte, dass ich das Klauen im Blut habe. Wenn das eh so ist, könnte ich einfach die Schuhe von Katja anziehen, die sind schöner, dachte ich.

Aber dann ließ ich es sein. Vielleicht um Elena Wladimirowna eins auszuwischen. Vielleicht weil ich es doch nicht im Blut hatte. Ich weiß nicht. Aus meinem Schrank holte ich die ordentlich gefaltete Plastiktüte, legte die Barbie und den Brief rein und wickelte es zu einem kleinen Päckchen ein. Die Glassteinchen, Bonbonpapierchen und die knollige Wurzel ließ ich da. In Deutschland werde ich sie eh nicht brauchen, dachte ich.

Ich ging die Treppe runter. Der Hausmeister schlief in seinem Glaskasten. In der Tür steckte der Schlüssel. Ich drehte ihn um und ging raus. Einfach so. Ich hätte nicht gedacht, dass es so leicht war.

———

Obwohl ich nichts außer dem Heim kannte, hatte ich keine Angst, es zu verlassen. Ich hatte auch keine anderen Gefühle. Keine Freude, nicht mal Aufregung. Ich hatte einfach beschlossen, rauszugehen, zum Bahnhof zu fahren und dann einen Zug nach Deutschland zu Marina zu nehmen. Damals hatte ich keinen Schimmer davon, wie lächerlich und absurd mein Vorhaben war.

Mit stolzen, schnellen Schritten ging ich die dunkle Straße entlang. Die Plastiktüte mit meinem Besitz presste ich mit beiden Armen fest an die Brust. Ich zählte die Laternen an den Fingern ab, um zu wissen, wie weit ich schon vom Heim entfernt war. Umdrehen darf man sich nicht. Auf gar keinen Fall. Jeder Dummkopf weiß, dass wenn man sich umdreht, irgendwas Schlimmes passiert und man wieder dort landet, von wo man weggegangen ist.

Ich ging also einfach immer weiter, bis die schmale Straße, in der sich unser Heim befand, eine breite Allee kreuzte. Ein kleines Stück weiter, hinter dem Lebensmittelladen, befand sich die Bushaltestelle. Den Weg hatte ich mir gemerkt, als wir einmal einen Ausflug in den Zirkus gemacht haben. Weil ich damals recht wenig vom Leben verstand, ging ich davon aus, dass es in dieser riesigen Stadt, in der ich mich befand, nur einen einzigen Bus gab, und der fuhr einen dorthin, wo man eben hinmusste.

Ich hatte keine Ahnung, wie spät es war, aber es war noch dunkel draußen, und es fuhren keine Busse. Ich kauerte mich auf die kaputte Bank und beschloss zu warten. Ich bemühte mich, wach zu bleiben, damit mir nichts geklaut wird, aber ich schlief ein. So ziemlich sofort. Als ich wach wurde, hielt gerade der Bus. Ich sprang auf, die Tüte immer noch an mich gedrückt.

»Ich will zum Bahnhof. Bitte.«

»Ich fahr nicht zum Bahnhof«, sagte der dicke Busfahrer.

»Aber ich muss dahin.«

»Bin ich ein Taxi, oder was? Ich fahr nicht hin, hab ich gesagt.«

»Aber Sie sind doch der Busfahrer …«

Eine junge Frau drängelte sich an mir vorbei, gab dem Fahrer Geld, bekam ein Zettelchen und setzte sich.

»Hör mal, bist du irgendwie dumm? Dieser Bus fährt nicht zum Bahnhof.«

Ich stieg aus. Die Türen gingen quietschend und krächzend zu, der Bus fuhr weg. Erst da wurde mir klar, wie klein und hilflos ich eigentlich war. Es war schon hell, aber immer noch kühl. Ich holte meine Barbie hervor, und wir überlegten zusammen, was zu tun war.

»Ich habe Angst«, sagte die Barbie.

»Ich kann dich beschützen«, sagte ich.

»Aber es ist zu gefährlich.«

»Noch ist nichts Schlimmes passiert. Und im Heim war es auch nicht gerade nett.«

»Ja, aber da kannten wir uns zumindest aus. Wir haben keine Ahnung von dem, was hier abgeht.«

»Deswegen müssen wir ja nach Deutschland zu Marina. Dann sind wir nicht mehr allein. Und sie kennt sich saugut aus.«

So ging das hin und her mit uns, als plötzlich ein Auto anhielt, das Fenster heruntergekurbelt wurde und ein Mann mich heranwinkte.

»Ja?«

»Wo willst du denn hin?«

»Zum Bahnhof.«

»Wie alt bist du denn?«

»Zehn«, log ich.

»Du siehst mir wie höchstens sieben aus ... Wissen deine Eltern, wo du bist?«

»Ähm ...«

»Oder bist du etwa von zu Hause abgehauen?«

»Meine Eltern sind getrennt, und mein Vater ist gemein zu mir gewesen. Und ich will zu Mama, und Mama hat gesagt, ich kann zu ihr kommen ... aber sie wohnt ganz nah am Bahnhof, und da muss ich jetzt irgendwie hin ...«, sprudelte es aus mir heraus. Ich war selbst erstaunt über diese Lüge, denn sonst war meine Zunge selten schneller als mein Denken. Das war eher eines von Marinas Talenten.

»Steig ein, ich bring dich hin.« Der Mann schien mir die Geschichte abzukaufen. Ich stieg ein.

»Hast Glück, dass ich in die gleiche Richtung muss. Ist nämlich ein ganzes Stück von hier. Und dein Vater war mies, ja? Hat er gesoffen? Säufer sind eh mies. Versteh mich nicht falsch, es können die herzlichsten Menschen sein, aber wenn sie saufen, dann ist es vorbei. Dann werden sie zu Monstern. Meiner war auch ein Säufer. Hat mich verprügelt, bis ich grün und blau war. Aber wenn er dann mal nüchtern war, hat er mir Sachen geschenkt und ist mit mir angeln gefahren und sowas. Ist deiner mit dir zum Angeln gefahren? Na ja, du bist ein Mädel, du stehst auf andere Sachen ... Zehn bist du, ja? Also, ich weiß nicht, mit zehn ist man doch heutzutage schon mehr so ... na ja, nicht immer, aber manchmal schon mehr so ...« So ging es die ganze Fahrt, er redete und redete, und irgendwann hörte ich ihm gar nicht mehr zu und schlief ein.

»Hey, wach mal auf«, er strich mir über die Wange.

»Was?«

»Hier ist schon der Bahnhof. Wo wohnt deine Mutter?«

»Ähm ...«

»Wie heißt die Straße?«

»Die Straße heißt ... ich kann von hier gut laufen. Ich weiß, wo es ist.«

»Na gut. Brauchst du Geld oder so?«

»Was?«

»Na ja ... hier, nimm das einfach mal, du hübsches kleines Ding, du.«

Mit dem zerknüllten Schein in der einen Hand und der Plastiktüte in der anderen, stieg ich aus. Das Auto fuhr weg, und ich blieb auf dem Bürgersteig zurück. Es war schon ziemlich heiß geworden. Die Luft war trocken und schmeckte nach Staub. Viele Menschen mit Taschen, Tüten, Koffern und Bündeln gingen, rannten und drängelten an mir vorbei. Autos hupten. Zwei Straßenhunde bellten, an der Mülltonne saß ein alter Mann ohne Beine und ohne Zähne und spielte Akkordeon. Eine dicke Frau mit weißen Haaren und großen Fettflecken auf der Schürze schrie: »*Piroschki*, frische *Piroschki*.« Eine dünne alte Oma lag bewegungslos auf einer Bank.

Meine Augen brannten, die Haut spannte am ganzen Körper, und ein Loch im Bauch hatte ich auch. Ich schaute, dass niemand guckte, dann faltete ich den feuchten, warmen Geldschein auseinander. Ein älterer Mann mit einem langen Schnurrbart, buschigen Augenbrauen und einem strengen, aber wissenden Blick war darauf zu sehen. Mir war klar, dass ein Schein mit so einem Mann drauf viel wert sein musste. Ich überlegte, was ich mit dem vielen Geld alles anstellen könnte.

Zuerst werde ich mir eine von diesen frischen *Piroschki* kaufen. Oder gleich mehrere, für die Fahrt. Und dann noch das Ticket für den Zug. Und vielleicht noch irgendwas für Marina. Es wäre irgendwie blöd, ohne ein Geschenk bei ihr anzukommen. Und für ihre Eltern vielleicht auch irgendwas. Aber was? Auch *Piroschki*? Warum nicht?, dachte ich und ging zu dem Stand.

»*Piroschki*. Bitte«, sagte ich.

»Wie viele?«, fragte die dicke Frau.

»Für mich, für Marina und für ihre Eltern.«

»Also?«

»Für mich, für Marina und für ihre Eltern«, wiederholte ich.

»Kannst du nicht zählen, oder was?«

An den Fingern zählte ich uns alle ab und hielt stolz vier Finger in die Luft.

Sie schüttelte den Kopf.

»Soso, diese Kinder heutzutage ... alles geht den Bach runter in diesem Land. Großes Kind, kann nicht zählen. Was zeigst du mir da? Vier, oder was?«

Ich nickte.

»Gut. Zwanzig Griwni.«

Ich streckte ihr den Schein entgegen. Sie fing an, sich furchtbar aufzuregen, und ihr großer runder Kopf wurde immer röter. Ich verstand zwar überhaupt nicht, was los war, wusste aber, dass man in solchen Fällen am besten abhauen sollte, bevor etwas Schlimmeres passierte.

Ich kehrte wieder zu dem Baum zurück, an dem ich aus dem Auto gestiegen war, und überlegte, wie ich über diese breite Straße mit all den Autos und Bussen zu dem Bahnhof rüberkommen sollte. Meine vielen Versuche blieben ohne Erfolg. Mehrmals wurde ich fast von einem Auto erwischt. Auf das laute Hupen wurde schließlich eine Frau aufmerksam. Sie nahm mich an der Hand und führte mich zügig über die Straße. Dann zeigte sie mir, wo der Eingang zum Bahnhof war, erklärte mir, wie ich zu den Schaltern komme, und eilte auf ihren hohen Stöckelschuhen davon.

———

Die Bahnhofshalle war dunkel und kühl. In der Mitte standen viele Sitzbänke. Manche Menschen saßen und manche lagen darauf. Rechts vom Eingang waren die Schalter, so wie die Frau auf Stöckelschuhen es gesagt hatte.

Ich stellte mich hinter den alten Mann, der als Letzter in der Schlange war. Links vor dem Schalter saß eine junge Frau mit ihrem Baby auf dem Boden. Sie hatte genau solche schwarzen Haare und eine genauso dunkle Haut wie ich. Das Baby nuckelte an ihrer Brust, und man konnte ein Stück von ihrer großen dunklen Brustwarze sehen. Vor ihr standen ein Schild und eine Plastikschüssel mit sehr vielen Geldstücken.

Der alte Mann vor mir lehnte jetzt an der hohen Theke und sprach durch das Glas, hinter dem eine hübsche blonde Frau mit großen pinken Lippen war. Fast wie meine Barbie.

Nur nicht ganz so schön. Er legte ihr Geld hin, bekam sein Ticket und ging weg. Dann war ich endlich dran. Ich stellte mich auf die Zehenspitzen und versuchte, meinen Hals so lang wie nur möglich zu strecken, um mit der Dame hinter dem Glas reden zu können.

»Ich will nach Deutschland. Bitte.«

»Ja, viele wollen das ... Ich hätte auch nichts dagegen, Kleine ...«, sagte die Frau mit den pinken Lippen.

»Ich will nach Deutschland. Da ist meine Freundin.«

»Na ja, dann bist du dem Traum schon mal näher als ich, Süße.« Sie lachte, warf dabei ihren Kopf in den Nacken, und ihr großer pinker Mund wurde noch größer. »Hör mal, Kleine, du bist wirklich zu süß, aber ich muss hier weiterarbeiten. Hinter dir sind Menschen, die wollen ein Ticket kaufen, weißt du? Es wäre besser, du gehst jetzt wieder zurück zu deiner Mami, ja?«

»Ich bin nicht klein, und ich will auch ein Ticket kaufen. Ein Ticket nach Deutschland!« Demonstrativ holte ich meinen Geldschein hervor, hob ihn mit ausgestrecktem Arm hoch über den Kopf und knallte ihn auf die Theke.

»Ah, Mäuschen, wie süß, davon solltest du dir lieber ein paar Bonbons kaufen. Für mehr reicht es ja eh nicht. Wie niedlich, mit fünf Griwni nach Deutschland. O Gottchen. Ich kann einfach nicht mehr.« Ihr blödes Lachen wurde immer lauter und ihr fetter pinker Mund immer hässlicher.

»So, Mädchen, das reicht mal, wir haben ja hier nicht ewig Zeit«, schob mich eine ältere Frau einfach beiseite.

Eine Weile stand ich nur da und sah mir die vielen unterschiedlichen Menschen an, die sich ein Ticket zu ihrem Traumort kauften. Dann hatte ich genug davon, setzte mich auf eine freie Bank und dachte nach. Schließlich hatte ich die Lösung. Geld. Ich brauchte viel Geld.

———

Es war Mittag geworden. Ich saß immer noch in der Bahnhofshalle mit meiner Plastiktüte, meinen fünf Griwni und einem mittlerweile unerträglichen Hunger. Ich überlegte, was es im Heim wohl gerade zu essen gab. Überlegte, ob sie bemerkt hatten, dass ich nicht da bin? Ob sie mich suchten? Ob sie wussten, dass ich bald in Deutschland sein würde? Ob sie mich drum beneideten? Und dann dachte ich nur noch: Hunger, Hunger, Hunger, Hunger, Hunger …

Ich wollte nichts von meinem Geld ausgeben, also überlegte ich, die schwarzhaarige Frau mit dem vielen Geld in der Schüssel zu fragen.

Sie saß, genauso wie ich, seit Stunden in der Bahnhofshalle. Das Baby hielt sie mal auf dem Schoß, mal an der Brust, mal legte sie es auf ein Tuch auf dem Boden.

Mit vorsichtigen Schritten ging ich zu ihr rüber. »Ich habe Hunger und nur wenig Geld. Würden Sie mir vielleicht was von Ihrem abgeben? Bitte«, fragte ich sie ganz höflich.

»Biste irgendwie dumm oder so was? Was glaubst du, was ich hier eigentlich mache? Hä? Verpiss dich mal, du kleine Schlampe, bevor ich dich zusammenschlage. Geh woanders betteln, du Fotze! Da sitzt man hier den …«

Ich hörte ihr Schreien und Fluchen immer noch, auch als die schwere Tür der Bahnhofshalle hinter mir zuschlug.

———

Die Mittagshitze war unerträglich. Der Asphalt schien zu glühen, und während ich auf den Eingangsstufen saß, konnte ich eine Art Dampf sehen, der von der Erde hochstieg. So als ob wir alle in einer riesigen Pfanne gebraten werden würden. Ich weiß nicht genau, warum, aber ich fing plötzlich an zu heulen und konnte mich gar nicht mehr einkriegen. Da beugte sich ein Mann zu mir runter, streckte mir ein Bonbon hin und fragte: »Willst du?«

»Mhh.« Ich griff danach, packte das leicht geschmolzene Karamell aus der knisternden roten Folie aus und stopfte es mir in den Mund.

»Du bist nicht so die Genießerin, hm?«, fragte er mich mit einem schiefen Lächeln im Gesicht. In seinem Mundwinkel steckte eine Zigarette. Später habe ich ihn nur äußerst selten ohne diese Zigarette im Mundwinkel gesehen.

»Ich bin Rocky.« Er ließ sich schwerfällig neben mich auf die Stufen runter und streckte mir eine ganze Tüte mit diesen köstlichen Bonbons entgegen: »Willst du noch mehr?«

Ich langte zu. Erst etwas zögerlich, doch dann immer hemmungsloser zog ich die Bonbons aus der Tüte, knibbelte das Papier ab und schob mir mehr und mehr von der klebrigen süßen Masse zwischen die Zähne. Irgendwann war in meinem Mund ein riesengroßer Knebel aus himmlischem zuckersüßen Karamell.

Rocky fing plötzlich an zu lachen. Ich wusste nicht genau, warum, lachte aber auch. »Zumindest hab ich dich ein bisschen aufgeheitert«, sagte er.

»Mhh ...«, ich kämpfte immer noch mit der Masse in meinem Mund.

»Mit wem bist du denn eigentlich hier?«

Ich vermied es, ihn anzugucken. Zuckte mit den Achseln und kratzte mir Karamell von den Backenzähnen.

»Bist du abgehauen?«

»Weiß nicht.«

»Na, was gibts da zu wissen. Wissen deine Eltern, wo du bist, oder biste abgehauen?«

»Hab keine Eltern.«

»Heimkind?«

»Mhh.«

»Also abgehauen.«

Ich spürte, wie meine Arme und Beine plötzlich ganz weich wurden und es in meinen Ohren zu pochen begann.

»Hey, Süße, du wirst ja ganz blass.« Er strich mir mit seiner rauen Hand über die Wange.

»Na, du musst doch keine Angst haben. Vor mir doch nicht. Ich verpfeife dich schon nicht. Du, ich kann dich besser verstehen, als du denkst. Bin selbst auch ein Heimkind gewesen, weißt du?«

»Auch im *Sonnenschein*?«, purzelte es aus mir heraus.

»Nee«, er lachte heiser, »nee, nee, das war gar nicht in der Ukraine. In Georgien. Aber ein Heim ist überall dasselbe Drecksloch. Hier und dort. Ist echt scheißegal, wo, weißt du, Kleine. Sind noch andere mit dir abgehauen?«

»Nein.«

»Echt? Ganz allein? Respekt, Süße, Respekt. Wow. Da gehört echt Mumm dazu. Du bist ein echtes Juwel, du. So was sehe ich sofort, du! Das sag ich dir!«

»Woran denn?«

»Du bist eben ganz besonders. Das merkt man, wenn

man dich nur ansieht. Allein diese Augen! Schau mich doch mal richtig an, Süße, schau mal her!«

Mit gesenktem Kopf schaute ich in sein kantiges Gesicht mit der großen Nase, auf der viele kleine schwarze Punkte waren. Seine Haut war so dunkel wie meine. Unter den dicken Augenbrauen blitzten die schwarzen Augen. Er hob mein Kinn hoch und sah sich in aller Ruhe mein Gesicht an.

»Diese Augen … Mann, Mann, Mann … Wer kann denen schon widerstehen. Du wirst mal eine richtige Schönheit, wenn du erst mal groß bist, Süße. Ich habe noch nie eine solche Farbe gesehen. Was ist das? Blaugrün? Ein paar gelbe Punkte sind da auch … Und dann diese schwarzen Wimpern, kaum zu glauben, dass die echt sind. Wenn du nur nicht so streng gucken würdest. Andererseits hat es so was Erwachsenes. Wie eine kleine Kindfrau bist du. Wie alt bist du eigentlich?«

»Zwölf.«

»Ach, echt?«, sagte er lächelnd und pustete den Rauch zur Seite aus.

»Nein. Sieben.« Ich weiß nicht, wieso, aber ich konnte ihn einfach nicht anlügen.

»Wow. Und was hast du jetzt so vor? Ich meine, hast du einen Plan? Oder bist du im Heim einfach mal spontan aus dem Fenster geklettert?«

»Nein. Also ja. Also ja, ich habe einen Plan, und ich bin nicht aus dem Fenster geklettert. Ich bin einfach weggegangen, und jetzt will ich nach Deutschland. Da ist Marina, meine beste Freundin. Sie hat jetzt Eltern. Also, Adoptiveltern. Und sie wartet auf mich. Und vielleicht wäre ich schon längst da, aber ich konnte mir kein Ticket kaufen, und ich weiß auch nicht, welcher Zug und überhaupt …«

»Krass. Hört sich echt gut an. Ein super Los hat deine Freundin da gezogen. Sind die reich, die Deutschen? Na klar. Doofe Frage. Na ja, so 'ne Fahrt nach Deutschland, das ist echt nicht ohne. Das dauert schon ein paar Tage, denk ich. Und es kostet auch 'ne Menge Kohle. Hat sie dir nichts geschickt? Deine Freundin?«

Ich schüttelte den Kopf.

»Na ja, das ist schon echt schwach von ihr. Hast du denn überhaupt Geld?«

Ich steckte die Hand in die Hosentasche und holte den Schein mit dem ewig grimmig schauenden Mann hervor. »Das hier«, sagte ich kleinlaut.

Wie ich es bereits erwartet hatte, fing auch Rocky an zu lachen. »Oh, Süße, das ist doch kein *Geld*. Das ist nur so für ein paar Bonbons«, er nahm einen tiefen Zug von seiner Zigarette und ließ drei kreisrunde Rauchwolken in den Himmel steigen. »Okay, Mädchen, heute ist wohl dein Glückstag. Ich werde dir helfen. Du kannst ja schlecht hier auf der Straße bleiben. Wer weiß, an wen du da gerätst. Du kommst mit zu mir. Bei mir wohnen noch ein paar andere Kids. Auch so Leute wie du und ich, die diese Scheißgesellschaft ausgespuckt hat. Bei mir haben alle ein Dach überm Kopf, und was zu futtern ist auch immer da. Du wirst dich mit denen verstehen. Ich zeig dir, wie du an ein paar Moneten kommst, und wenn dir was fehlt, leg ich was dazu. Dann kaufen wir dir ein Ticket, und ab nach Deutschland, mein Juwel. Ab in das schöne Leben.« Mit seiner schweren Hand wuschelte er meine Haare durch, strich sie dann wieder glatt, stemmte sich hoch und sagte: »Komm, nimm dein Zeug, mein Auto steht direkt da hinten.«

———

Wir gingen zu seinem Auto, das in einer Seitenstraße hinter dem Bahnhof stand.

»Ein ausländischer Wagen. Alfa Romeo. Rot. Gefällt er dir?«, fragte Rocky. Ich nickte. Ich war noch nie mit so was gefahren. Ich war überhaupt nur ein einziges Mal mit einem Auto gefahren. Rocky ließ sich auf seinen Sitz fallen, so dass das ganze Auto sich kurz zur Seite neigte. Dann lehnte er sich rüber und öffnete die Beifahrertür.

»Steig ein, mein Juwel!«, sagte er.

Ich war wie hypnotisiert von seiner rauen Stimme, von seinen lebendigen Augen, von seiner Freundlichkeit. Vorsichtig setzte ich mich ins Auto und zog die Tür zu.

»Nein, Süße, richtig feste!« Er beugte sich über mich, so dass sein warmer, feuchter Bauch auf meinen Oberschenkeln lag. Er roch nach Zigaretten, Schweiß und Zwiebeln, und obwohl es eklig war, mochte ich es irgendwie auch. Er knallte die Tür so fest zu, dass ich zusammenzuckte. Ich war schon immer schreckhaft bei lauten Geräuschen.

Wir fuhren los, und keiner von uns sagte was. Ich saß wie erstarrt da. Obwohl ich Rocky übelst nett fand, hatte ich irgendwie so ein mulmiges Gefühl im Bauch. Vielleicht kam es aber auch vom Hunger oder von der Hitze. Ich wischte mir in einer Tour den Schweiß von Oberlippe und Stirn, aber es bildete sich sofort wieder neuer.

Rocky hatte das Fenster runtergekurbelt und ließ seinen muskulösen Arm aus dem Auto hängen, während er mit dem anderen Arm mal lenkte und mal am Radio fummelte. Der kühle Fahrtwind war sehr angenehm, dennoch schwitzte ich weiterhin wie ein Schwein und hatte bald das Gefühl, in einer Pfütze zu sitzen.

Im Radio wurde *Russkaja Wodka* gespielt. Ich kannte das Lied sehr gut. Eine Erzieherin im Heim hatte es wieder und wieder gespielt und dazu manchmal einen Kurzen gekippt.

Neue Zigarette. Er rauchte wirklich ununterbrochen. Dann griff er nach hinten unter den Sitz und holte eine halbvolle Flasche Pepsi hervor.

»Hast du Durst, mein Juwel?«

Ich griff ehrfürchtig nach der geschwungenen warmen Plastikflasche. Bis dahin hatte ich noch nie Pepsi probiert. Ich kannte das nur aus der Werbung, die ich im Fernsehen gesehen habe. Es gab im Heim ein Fernsehgerät. Es gehörte den Erzieherinnen. Aber manchmal durften wir auch was gucken.

Vorsichtig schraubte ich den Verschluss ab und nahm einen kleinen Schluck. Die dunkle Flüssigkeit füllte meinen Mund. Sie war süß und hatte nur noch eine ganz leichte Spur von Blubberblasen, die wie kleine Nägel in meine Zunge pikten. Ich wollte die Flasche sofort zurückgeben, aber Rocky meinte, ich kann trinken, so viel ich will, also trank ich sie Schluck für Schluck komplett aus.

»Was denken Sie, wie lange es dauern wird, bis ich das Geld zusammenhab und nach Deutschland kann?«

»Schatz, du kannst mich ruhig duzen. Ich bin für dich einfach Rocky«, sagte er und zwinkerte mir zu. Ich mag es nicht, wenn man mir zuzwinkert. Ich weiß irgendwie nie, was das soll. Heißt es, dass es ein Witz ist? Oder dass ich was Doofes gemacht habe? Oder dass man mich gut findet? Keinen Plan. Ich mag es nicht.

Nach einer Weile fragte ich wieder: »Was denkst du, wie lange es dauern wird, bis ich nach Deutschland kann?«

»Süße, keine Ahnung. Ich kann dir nur sagen, dass ich dir auf jeden Fall helfen werde und dass du bei mir bleiben kannst, bis du genug Kohle hast. Aber ich bin doch nicht der verdammte Gott, der weiß, wann es für dich Kohle regnet. Wenn ich das wüsste, hätte ich ein ganz anderes Leben, Süße, das sag ich dir. Aber mach dir mal keinen Stress. Sei mal lieber froh, dass ich dich aufgegabelt hab und du erst mal ein Dach übern Kopf kriegst, bevor du da an sonst wen geraten wärst. Hast du eigentlich einen Namen?«

»Samira«, sagte ich.

»Samira«, wiederholte er.

Er war echt voll nett, und ich mochte die kleinen Grübchen, die sich in seinen borstigen Wangen bildeten, wenn er mich anlächelte. Ich fühlte, wie eine Welle der Entspannung sich über mich ausbreitete, meine Augenlider ganz schwer wurden und ich in einen tiefen Schlaf fiel.

———

»Kleines, was ist denn? Hey, wach mal auf!« Rocky schüttelte mich leicht an der Schulter. Mein Jogginganzug war mittlerweile komplett nass. Wieder einer von den seltsamen Träumen. Die hatte ich schon immer. Seit ich denken kann.

»Mademoiselle?« Rocky hielt die Autotür auf und streckte mir seine Hand entgegen. Ich wusste nicht genau, was er von mir erwartete. Also griff ich nach meinen Sachen und stieg aus, ohne seine Hand zu berühren.

Er machte ein schnalzendes Geräusch mit der Zunge, ließ die Tür zuknallen und ging mir voraus auf ein kleines, heruntergekommenes Haus zu. Drum herum war ein niedriger Holzzaun, der mal blau gewesen sein muss. Ich hatte keine Ahnung, was so ein Zaun bringen sollte, denn ich hätte sogar mit meinen sieben Jahren locker drübersteigen können. Das Haus war grau-weiß. An manchen Stellen war der Putz aufgeplatzt, und die roten Backsteine darunter sahen aus wie das rohe Fleisch einer Wunde. Die Tür war mit Leder bespannt, welches an vielen Stellen kaputt war.

»Nummer fünf«, sagte Rocky und zeigte auf eine verrostete Zahl oben an der Tür. »Meine Lieblingszahl. Hast du eine Lieblingszahl, Süße?«

»Auch fünf«, sagte ich.

»Kannst du schon rechnen?«

»Nicht so richtig.«

»Ah, Scheiße … Das werden wir schnell ändern müssen, Kleines. Mal sehen, wer dir das beibringen kann. Ohne gehts gar nicht im Leben. Das sag ich dir.«

Ich lächelte und nickte. Mir wurde ganz warm. Aber nicht außen, wegen der Hitze, sondern innen, im Bauch. Ich war noch nie jemandem so wichtig gewesen, dass er mir was beibringen wollte.

Rocky drückte die Tür auf und erklärte mir, dass es keine Schlüssel gab und dass man einfach ein bisschen doller gegen die Tür treten musste, um ins Haus zu kommen.

Obwohl es draußen noch sehr hell und sonnig war, war es im Haus ziemlich dunkel und kühl. Der kleine Flur war vollgestellt mit irgendwelchen Sachen, Kartons, Reifen, Fahrradteilen, Schuhen, einem alten Kühlschrank, in dem irgendein Müll lag, dickem weißen Stoff, der als Berg darauf lag, einem Ruder, einem Verkehrsschild, einem zerbrochenen Spiegel, jeder Menge leerer Marmeladengläser und Flaschen und so weiter und so fort.

Rocky schob mit einem Fuß ein wenig von dem Zeug beiseite und bildete für mich einen Pfad in die Küche. Die Dielen waren mal rot gestrichen gewesen und vorher blau und davor gelb. Das konnte man sehen, wenn man sich die abgeblätterte Farbe genau ansah. Und ich sah mir so was immer genau an. Links am Fenster stand der Tisch. Die Stühle waren alle unterschiedlich. Zwei Klappstühle aus rostigem Metall, ein schwarzer Plastikstuhl, ein weißer Plastikstuhl, ein grauer Hocker, ein alter Holzstuhl mit löchrigem roten Stoffsitz und ein großer schwarzer Lederstuhl mit hoher Lehne und Rollen. Auf der rechten Seite standen ein Heizofen, ein Herd, die Spüle mit sehr viel dreckigem Geschirr drin, eine Badewanne und ein Kühlschrank. Es roch wieder nach kaltem Zigarettenrauch, Schweiß und Zwiebeln. Ich wusste nicht, ob die Küche so roch oder ob Rocky es war. Aber mit jedem Zug, den ich davon einatmete, wurde mir der Geruch angenehmer.

»Willst du den Rest sehen, oder was?«, sagte Rocky, kickte eine leere Plastikflasche zur Seite und ging durch eine Flügeltür. Ich folgte ihm und fühlte mich ein bisschen wie ein kleiner Hund, den man von der Straße geholt hatte.

Der nächste Raum war größer als die Küche und hatte eine blaue Tapete, die sich an manchen Stellen oben ablöste und von der Wand herunterhing. Sie muss früher sehr hübsch gewesen sein und wahrscheinlich teuer. Sie hatte ein geschnörkeltes Muster und schimmerte golden. An der Wand stand ein grünes Sofa. Rechts davon ein kleiner Sessel, der ganz dreckig und zerschlissen war. Der Stoff hatte ein Blümchenmuster. Früher war er wahrscheinlich plüschig gewesen, aber nun sah die Sitzfläche aus, als wäre sie aus Leder. Ich hatte Mitleid mit dem Sessel. Irgendwie hatte ich das Gefühl, es ist ihm peinlich, so gesehen zu werden.

»Ich hoffe, du hast keinen Palast erwartet, he?« Er lachte. »Man muss hier mal ein bisschen Ordnung schaffen. Aber irgendwie hat niemand so richtig Bock drauf. Vielleicht hast du ja Bock, hier ein bisschen aufzuräumen, Kleine?« Er zwinkerte mir wieder zu.

»Weiß nicht«, sagte ich und hatte sofort Angst, es könnte die falsche Antwort gewesen sein. Dieses verdammte Zwinkern verunsicherte mich vollkommen.

»Das hier ist eigentlich ein Schlafsofa. Da schläft Lydia drauf. Die wirst du gleich kennenlernen. Die anderen schlafen hier.« Er trat durch die Tür in einen weiteren Raum, in dem genau die gleiche Tapete war, nur in Rot. Dort stand ein großer Schrank mit einem ovalen Spiegel. Andere Möbel gab es nicht, nur ganz viele Matratzen, Kissen und Decken, die den ganzen Boden bedeckten. Dazwischen wieder Kram, den ich nicht zuordnen konnte. In der hinteren Ecke führte eine Wendeltreppe nach oben.

»Was ist da oben?«, fragte ich.

»Nichts, was du betreten darfst, mein Juwel. Das ist meins, und da darf niemand außer mir hoch. Klar?«

Ich nickte. Er hatte zwar wieder gezwinkert, aber diesmal war mir klar, dass er es ernst meinte.

Plötzlich kam ein Knarzen von oben, und im nächsten Moment hüpfte ein älteres Mädchen die schmale Treppe hinunter.

»Was hast du dort getrieben?«, fragte Rocky.

»Ich? Ähm ... ich hab geputzt«, sagte das Mädchen und lächelte. Mir gefiel ihre breite Zahnlücke zwischen den kleinen gelblichen Zähnen.

»Wieso das denn? Ist heute Dienstag?«

»Nein.«

»Dann vielleicht Freitag?«

»Nein. Aber ...«

»Psst!« Er legte ihr einen Finger auf die Lippen. »Es gibt hier Regeln, Lydia. Du kennst sie. Ich möchte nicht, dass wir uns streiten. Verstehst du mich?«

»Ja. Ich wollte auch nur ...«

»Ver-stehst du mich?«

»Ja.« Sie schaute zu Boden und zog mit den Fingern an einer Strähne ihrer blonden Haare, die fast bis zum Po reichten.

»Aber ist ja nichts passiert. Nicht wahr?« Er streichelte ihre Wange und hob ihr Kinn an. »Heute bin ich mal nicht so streng. Schau mal lieber, wen ich dir mitgebracht habe. Das ist Samira.«

Lydia musterte mich von oben bis unten. Dann lächelte sie. Ich schien ihr zu gefallen.

»Hallo, Kleine! Ich bin Lydia.« Sie bückte sich und gab mir einen Kuss auf die Wange. Ich stand da und wusste nicht, was ich tun sollte.

»Gefällt sie dir?«, fragte Rocky.

»Total! Sie ist so niedlich«, sagte Lydia. Sie streckte die

Hand aus, und ihre dünnen kühlen Finger streichelten über meine Wange. »Sie hat so eine weiche Haut. Und diese Haare. So dick! Schade nur, dass sie so dunkel sind.«

»Schau dir lieber diese Augen an«, sagte Rocky. »Ist das nicht heftig? Wer könnte diesen Augen schon was ausschlagen? Das ist ein echtes Juwel, dieses Kind. Das sag ich dir. So was hab ich im Urin.«

»Wirklich niedlich. So ein bisschen, als wär sie 'ne Mischung aus uns beiden, oder? Mit den hellen Augen und dieser dunklen Haut und so?«, fragte sie.

»Ah, red doch nicht so einen Scheiß!«, sagte er.

Sie sagten noch mehr nette Sachen über mich, und ich freute mich, dass ich ihnen gefiel. Nur redeten sie so, als wäre ich gar nicht da. Und eigentlich mochte ich es nicht, wenn Leute das taten.

Dann schaute Lydia zu mir runter und fragte: »Wo kommst du denn eigentlich her, Kleine?«

»Ähm ... vom *Sonnenschein*«, sagte ich.

»Was? Son-nen-schein?« Sie fing an zu lachen und konnte sich überhaupt nicht mehr beruhigen. Sie hielt sich den Bauch, als würde er ihr wehtun, krümmte sich und gab Schweinegeräusche von sich. Rocky lachte auch, aber nicht so, als würde er gleich daran sterben. Ich wusste nicht, worüber sie lachten, aber ich versuchte einfach, ein bisschen mitzulachen, um nicht so blöd dazustehen.

»Reicht!«, sagte Rocky plötzlich, und das Lachen verstummte sofort. Dann lächelte er wieder. »Es gibt hier noch ein paar Sachen zu tun«, sagte er. »Ich bin krass müde. Ich hau mich kurz hin, dann komm ich wieder runter und kümmere mich wieder um dich, mein Juwel. Lydia, du passt solange auf sie auf. Dass es ihr gutgeht und so. Aber keinen Scheiß erzählen!« Er zwinkerte.

—

»So, und was mach ich jetzt mit dir?«, fragte Lydia.

Ich zuckte mit den Achseln. Ich war ganz schlapp, und meine Augen waren wie verstaubt. Ich hatte immer noch schrecklichen Hunger, aber ich traute mich nicht, nach Essen zu fragen. Das durfte man nicht. Eine der Regeln, die man mir im Heim eingeprügelt hatte. Also fragte ich stattdessen, ob ich schlafen darf. Lydia war sehr lieb zu mir und erlaubte, dass ich mich auf ihr Schlafsofa hinlege. Dann deckte sie mich sorgfältig zu, und noch bevor sie damit fertig war, schlief ich schon.

Als ich wach wurde, wusste ich für einen Augenblick gar nicht, wo ich war. Ich hatte im Schlaf ganz vergessen, dass ich aus dem Heim weggelaufen war. Ich lag da, in einem halbdunklen Zimmer, und schaute auf den Teppich, der über dem Sofa an der Wand hing. Er war rot und hatte ein kompliziertes Muster und Fransen. Ich fragte mich, ob er gerne dort an der Wand war oder lieber auf dem Boden liegen würde.

»Du bist ja wach! Wieso liegst du dann noch hier rum? Willst du nicht die anderen kennenlernen?«, sagte Lydia. Ich stand auf und folgte ihr in die Küche.

»Guckt! Das ist sie! Voll süß, oder?«, sagte sie.

Ich blinzelte. Die Küche war ganz warm und die Luft feucht und schwer. Auf dem Tisch stand eine Kerosinlampe. Im Heim hatten wir auch solche, wenn der Strom wieder abgestellt worden war.

In diesem Haus gab es gar keinen Strom. Es gab nur diese eine Lampe, und alle waren um ihr gelbes Licht versammelt. Die Küche war gefüllt mit Rauch. Das Fenster stand weit offen, aber es roch trotzdem nur nach Zigaretten und kein bisschen nach frischer Luft.

»Da ist ja mein Juwel!«, sagte Rocky. Er saß auf dem großen Lederstuhl und streckte den Arm nach mir aus. »Komm her! Alle freuen sich schon, dich kennenzulernen.«

Ich ging zu ihm rüber, und er zog mich zu sich auf den Schoß. Alle schauten mich an, und mir wurde ganz heiß. Ich hasste es, im Mittelpunkt zu stehen. Meistens führte es zu nichts Gutem.

»Das ist die Kleine!«, sagte Rocky und flüsterte dann von hinten in mein Ohr: »Sag ihnen ruhig, wie du heißt, mein Juwel.«

»Samira«, sagte ich und schaute etwas verschämt in die Runde.

»Also, Samira, das sind jetzt deine Freunde. Die werden alle gut auf dich aufpassen.«

Ich sah es nicht, aber ich wusste, dass er gezwinkert hatte.

»Ist sie nicht total süß?«, fragte Lydia und lächelte mich an. »Schade, wenn es nicht so dunkel wäre, würdet ihr sehen, was sie für abgefahrene Augen hat.« Dann schnappte sie sich die Lampe und hielt sie mir genau vors Gesicht. »Guck mal, Sergej! Siehst du?«

»Ja. Hübsch. Hast du gar keine Angst, dass sie dir mal Konkurrenz macht?«, sagte der ältere Junge. Er war etwa so alt wie Lydia, fünfzehn oder sogar schon sechzehn.

Alle lachten. Ich verstand wieder mal nicht, worum es ging.

»Lass dich bloß nicht von ihr herumkommandieren, Kleine. Sie kann sehr einnehmend werden.«

Lydia gab ihm einen Klaps auf den Nacken. Und sie lachten wieder. »Ich bin übrigens Sergej«, sagte er dann. Er sah hübsch aus, obwohl er viele kleine Pickel auf der Stirn hatte und ganz krumme Zähne.

Sergej und Lydia sind hier die Ältesten«, sagte Rocky. »Ah, nee, Dascha ist sogar noch ein Jahr älter, sie ist sechzehn.« Er zeigte auf ein kleines, ganz dünnes Mädchen. Mit ihren kurzen schwarzen Haaren hätte sie auch ein zwölfjähriger Junge sein können. Sie saß am Fenster und interessierte sich überhaupt nicht für mich, sondern schaute lieber auf den dunklen Hof und kaute an ihren Nägeln.

»Dascha redet nicht so viel, aber sie ist sehr nett und macht hier 'nen guten Job!«, sagte Rocky und schob mich auf seinen anderen Oberschenkel.

»Sie redet überhaupt nicht, um genau zu sein«, sagte ein Junge, und ein anderer, der absolut gleich aussah, kicherte. Lydia und Sergej kicherten auch, nur Rocky blieb ernst.

»Die beiden Witzbolde sind Oleg und Petja. Frag mich aber nicht, wer von denen wer ist«, sagte Rocky. »Okay, jetzt kennst du alle. Außer Ilja. Der ist schon seit einer halben Stunde draußen auf dem Klohäuschen. Der kleine Scheißer.« Alle lachten wieder. Ich lachte mit. Plötzlich ging die Tür auf. Ich habe mich furchtbar erschrocken, weil ich so etwas vorher noch nie gesehen hatte. Der Junge, der hereingekommen war, hatte keine Augen. Es waren einfach dunkle Löcher in seinem Kopf und wulstige Narben drum herum. Er kam herein und setzte sich zielsicher auf den rostigen

Metallstuhl, so als würde er mit diesen schwarzen Löchern alles wunderbar sehen können.

»Mein Gott, sie ist ja ganz blass geworden«, sagte Lydia. »Ilja, kannst du nicht irgendwie anklopfen oder dich sonst wie ankündigen? Kommst hier angeschlichen mit deiner Horrorvisage. Du hast die Kleine ja zu Tode erschreckt.«

»Ich habe sie nicht gesehen«, sagte er, und wir lachten wieder.

———

Es war ein schöner Abend. Ich habe mich sehr gut aufgenommen gefühlt. Lydia machte Bratkartoffeln und Würstchen. Es war nicht so viel da, aber das stumme Mädchen wollte eh nicht und die Zwillinge auch nicht. Lydia konnte die besten Bratkartoffeln machen, die ich je gegessen habe. Sie waren ganz knusprig, ein bisschen schwarz und mit sehr viel Öl. Ich liebe Essen mit ganz viel Öl oder Butter. Die Würstchen hatte sie in Scheiben geschnitten, damit es nach mehr aussieht.

»So, wer will Samira unsere Regeln erklären?«, fragte Rocky, nachdem wir mit dem Essen fertig waren. Lydia stand auf und holte einen Teller mit Sonnenblumenkernen. »Und?«, fragte Rocky. Niemand sagte etwas, deswegen erklärte er sie selbst.

»Na gut«, sagte er und nahm einen tiefen Zug von seiner Zigarette, »wir haben hier ein paar Regeln. Die sind wichtig, damit wir gut miteinander klarkommen, deswegen musst du jetzt gut zuhören, okay?«

Ich nickte. Mittlerweile saß ich nicht mehr auf Rockys Schoß, sondern am Fenster, dort, wo vorher die stumme

Dascha gesessen hatte. Ich hörte aufmerksam zu und versuchte mir jedes Wort einzuprägen.

»Jeder hat hier einen Job zu machen. Geld zu verdienen. Verstehst du? Das ist die erste Regel. Wer seinen Job nicht macht, fliegt raus. Zweitens: Jeder gibt am Abend sein Geld in die Kasse. Die Kasse verwalte ich, damit wir alle versorgt sind und auch mal was auf der hohen Kante ist. Einen Teil von deinem Geld spare ich für dein Ticket nach Deutschland. Klar? So, drittens: Auch Sachen, die man bei den Jobs besorgt, werden abgegeben. Na ja, das ist eigentlich so ähnlich wie zweitens.« Er zwinkerte und kratzte sein stoppeliges Kinn. »Dann ist es noch wichtig, dass du niemandem sagst, wo du wohnst. Wenn irgendwer dich schnappt oder was auch immer, dann darfst du auf keinen Fall sagen, wo dieses Haus ist. Verstanden? Merk dir das besonders gut! Und das Wichtigste – niemand darf nach oben. Außer Lydia, wenn sie putzt. Und zwar wann darfst du nach oben, Süße?«, sagte Rocky und schaute Lydia an.

»Dienstags und freitags«, sagte Lydia, während sie die Schalen der Sonnenblumenkerne zwischen den Schneidezähnen knackte. »Deutlicher!«, sagte Rocky.

»Mann, Rocky, dienstags und freitags. Sei doch nicht immer so ... so ... ich wollte heute doch nur ...«

Es war mir irgendwie unangenehm, weil es Lydia unangenehm war. Aber eigentlich war sie selber schuld, wenn sie sich nicht an die Regeln hielt. Ich beschloss, mich in jedem Fall an alle Regeln zu halten. So schwer fand ich sie echt nicht.

Rocky und Lydia stritten noch ein wenig hin und her, dann wurde wieder gelacht, und Rocky sagte, dass sie mit nach oben darf, damit ich auf ihrem Sofa schlafen kann. Das war voll nett. Ich hatte zum ersten Mal ein ganzes Zimmer für mich allein beim Schlafen. So wie Marina in Deutschland. Luxus pur.

Obwohl ich sehr müde war, konnte ich einfach nicht einschlafen. Ich dachte ans *Sonnenschein* und an mein Bett, das jetzt leer in dem Schlafsaal stand. Vermutlich war es kalt und traurig und einsam. Es hatte mir so gute Dienste geleistet, und ich habe es einfach so verraten und verlassen. Nicht mal danke oder tschüss habe ich gesagt. Ich musste weinen. Das Sofa war auch freundlich, aber es war fremd. Ich lag da und starrte im Dunkeln seine Rückenlehne an. Gerne hätte ich das Zimmer angeschaut, aber das Kissen lag so, dass ich nur die Lehne anstarren konnte. Dann fiel mir ein, dass niemand mich mehr beobachtete und ich mich im Bett drehen durfte, soviel ich wollte. Also tat ich das. Dann wurde ich aber doch sehr müde, und weil ich Angst hatte, auf der linken Seite einzuschlafen und mein Herz zu zerquetschen, drehte ich mich lieber wieder zurück und schlief irgendwann ein.

———

Der erste Arbeitstag war furchtbar aufregend. Ich wurde von den Zwillingen geweckt, und wir mussten gleich los. Ich fand es richtig toll, dass ich mich nicht erst anziehen musste, da ich einfach mit meinen ganzen Sachen ins Bett gegangen war. Zähne musste man auch nicht putzen. Das war für mich die pure Freiheit.

»Los, geht zum Auto«, sagte Rocky. »Lydia, du bist nicht angezogen!«

»Ich? Wieso denn?«, fragte Lydia und streckte gähnend die Arme hoch.

»Weil du heute mitkommst, Süße.«

»Aber heute ist doch Freitag. Ich putze!«

»Nein, heute fährst du mit und bringst der Kleinen alles bei, was sie wissen muss. Okay?« Er gab ihr einen Klaps auf den Arsch. Lydia kicherte, verdrehte dann die Augen, nahm ein gelbes Kleid vom Boden, zog es sich über und ging mit uns zum Auto.

Ilja saß bereits auf dem Beifahrersitz und hatte sein Akkordeon auf dem Schoß.

»So, stapelt euch mal da hinten«, sagte Rocky, schnipste seine Zigarette weg und setzte sich ins Auto.

Die Zwillinge stiegen ein, dann kletterte ich nach hinten und landete auf Petjas oder Olegs Schoß. Ich konnte sie noch nicht auseinanderhalten. Lydia hüpfte dem anderen auf die Oberschenkel, dann setzten sich noch Sergej und die stumme Dascha auf die Rückbank.

»Das geht so nicht. Lydia, du bist zu schwer. Petja krepiert doch, bis wir angekommen sind! Du solltest lieber bei mir auf dem Arm sitzen! Dascha, kletter du mal rüber.« Lydia verdrehte genervt die Augen, setzte sich aber auf Sergejs Schoß. Ihr gelbes Kleid rutschte dabei hoch, und man konnte die Löcher in ihrer gestreiften Unterhose sehen, aus denen krisselige Härchen rausguckten. Ich fragte mich, warum sie dort Haare hatte. Ob sie an ihrer Muschi waren oder ob sie irgendwas in ihrer Unterhose versteckt hatte.

Während der Fahrt wurde kaum geredet. Alle waren irgendwie müde. Nur Lydia und Sergej flüsterten irgendwas hin und her.

Dann hielt Rocky an einer Bushaltestelle an, Ilja stieg aus, und eine Oma, die dort saß, bekreuzigte sich dreimal.

»Kommst du klar?«, fragte Rocky. Ilja starrte mit seinen schwarzen Löchern geradeaus und nickte. Rocky zog die Tür mit einem Knall zu und gab dermaßen Gas, dass wir nach hinten geschleudert wurden.

»Mach mal bitte die Hände weg«, sagte ich zu Oleg, der sich an meinem Brustkorb festhielt.

»Wieso? Du hast doch noch nicht mal Titten!«, sagte er und lachte. Sein dämlicher Zwillingsbruder lachte auch.

Mir war das voll unangenehm. Ich konnte doch nichts dafür, dass ich noch keine Titten hatte. Jedenfalls dachte ich den ganzen Tag noch daran, wie Titten wohl ohne Kleidung aussehen und wann ich denn welche bekommen würde.

Nach einer Ewigkeit kamen wir an. Wir waren wieder dort, wo Rocky mich am Tag vorher abgeholt hatte. Am Hauptbahnhof.

»Dann mal auf die Jagd mit euch!«, sagte Rocky.

Wir stiegen aus, und während der rote Wagen wegfuhr, waren die Zwillinge bereits in der Menge abgetaucht.

»Mann, ich finds zum Kotzen, dass ich jetzt ständig mit der taub-dummen Dascha arbeiten muss«, sagte Sergej zu Lydia.

»Tja. Pech für dich. Aber wie Rocky immer so schön sagt, sie macht einen tollen Job! Immerhin wirst du mit Sicherheit nicht mit leeren Händen nach Hause kommen«, sagte Lydia. »Ob die kleine Puppe mir heute was bringt, weiß ich leider noch nicht ...«

»Wir können gerne tauschen, wenn du lieber diese Behinderte haben willst!«, sagte Sergej. Sie schubsten sich gegenseitig und lachten dabei.

Ich schaute zu Dascha, aber sie guckte mit leerem Blick ins Nirgendwo. Hatte sie die beiden gar nicht gehört? Oder war sie einfach nur dämlich? Warum sagte sie nichts dazu? Ich wollte auf keinen Fall so ein dummes Opfer werden wie sie.

»Und ob ich was bringe!«, sagte ich. Aber niemand schien mich zu bemerken.

Sergej und Dascha gingen rüber zur Bushaltestelle.

Lydia nahm mich an der Hand und sagte: »So, mein Sonnenschein, wir gehen jetzt Geld suchen.«

»Und was machen die beiden?«, fragte ich.

»Die gehen Taschen putzen. Das ist noch nichts für dich.«

»Und was ist das?«

»Lernst du, wenn du reif dafür bist. Komm!«

———

Wir gingen in die Bahnhofshalle. Hinten rechts an den Schaltern saß immer noch die dunkelhaarige Frau mit ihrem Baby, die mich am Tag vorher so angeschrien hatte. Ich schaute nach unten, damit sie mich nicht sieht, und ließ mich von Lydia hinterherschleifen. Zwischendurch hielt sie an und sagte: »Haben Sie ein bisschen Kleingeld? Bitte, geben Sie mir und meiner Schwester ein bisschen Kleingeld. Entschuldigung? Haben Sie ein bisschen Kleingeld?«

Ich schaute nur nach unten und sah viele unterschiedliche Schuhe. Meistens waren es große Männerschuhe. Oft ganz teure modische Turnschuhe mit drei Streifen. Manchmal aber auch Frauenschuhe mit hohem Absatz. Ich wollte auch solche Schuhe. Zumindest mal anprobieren. Ob Marina wohl solche Schuhe hatte?

Irgendwann bekamen wir einige Münzen. Ich freute mich, schaute zu Lydia hoch und fragte: »Ist das viel?«

Sie war aber total sauer. »Ey, du bist ein krasser Klotz am Bein. Man kriegt heute echt gar nichts. Außer vielleicht den Arsch voll, wenn wir am Abend ohne Kohle dastehen«, sagte sie, und ihre Lippen sahen dabei aus wie ein Haargummi, das man zwischen zwei Fingern gespannt hat.

Ich verstand überhaupt nicht, warum sie sauer war. »Aber ich hab doch nichts gemacht …«, sagte ich.

»Ja, Mann, das ist ja die Scheiße. Du machst gar nichts! Außer zu nerven vielleicht.«

»Wir haben doch Geld bekommen, warum bist du denn so sauer?«, fragte ich.

»Wegen deiner Dummheit. Das ist doch kein Geld, das sind Scheißmünzen!«, schrie sich mich an.

»Münzen sind doch Geld.«

»Hier! Steck dir doch die Scheißmünzen in den Arsch!« Lydia warf die Münzen auf den Boden, und ich sah, wie sie in alle Richtungen rollten. Als ich wieder hochblickte, war sie weg.

Der Boden war kalt und ganz glatt. Ich konnte mein Gesicht darin erkennen, als ich die Münzen einsammelte.

»Gehört das dir?«, fragte ein Mann und streckte mir eine Münze entgegen.

Ich nickte und nahm sie ihm aus der Hand.

»Bist du allein hier?«

Ich nickte.

»Willst du irgendwohin fahren?«

Ich nickte wieder.

»Und wohin?«

»Ich will zu meiner Mutter. Aber sie wohnt woanders. Und ich war bei meinem Vater, aber der trinkt und schlägt mich, und deswegen will ich zu meiner Mutter. Aber ich habe nicht genug Geld für ein Ticket.« Ich hörte zu, wie meine Zunge diese alte Geschichte wiederholte.

»Haben Sie etwas Kleingeld?« Der Satz kam automatisch, nachdem ich ihn heute schon so oft gehört hatte.

»Hier.« Er gab mir einen Schein. Und war wieder weg.

Ich erzählte dieselbe Geschichte bestimmt dreihundert Mal an diesem Tag und bekam immer Geld. Scheine. Keine Münzen. Außer vielleicht ein, zwei Mal oder so. Eine Frau sagte: »Ich gebe nie Geld an bettelnde Kinder, aber deine Augen verzaubern mich. Sie können gar nicht lügen.«

Ich faltete die Scheine ganz ordentlich und legte sie in meinen Schuh. Da sie eh ziemlich groß waren, war das sogar ganz bequem.

———

»Mann, da bist du ja!« Lydia umarmte mich und hob mich hoch. »Wir haben überall nach dir gesucht! Du kannst doch nicht einfach so abhauen.« Rocky und Sergej standen hinter ihr und schauten entweder besorgt oder wütend. Ich wusste es nicht.

»Ich habe natürlich kaum was verdient, weil ich nur die Kleine gesucht habe. Ich war verrückt vor Sorge!«, sagte Lydia und gab mir mehrere Küsse auf die Wange. Die Küsse hinterließen eine feuchte Stelle, die ich mit der Schulter wegwischte.

»Warum bist du abgehauen?«, fragte Rocky.

»Ich? Ich bin doch gar nicht …«, fing ich an, aber Lydia hielt meine Hand und drückte sie immer fester. »Ich wollte nur Pipi machen. Und dann hab ich mich irgendwie verirrt oder so«, sagte ich.

»Na gut. Pass aber das nächste Mal besser auf die Kleine auf, klar?«, sagte Rocky zu Lydia.

Als wir zum Auto kamen, saßen Dascha und die Zwillinge bereits drin. Die beiden sagten kein Wort, und Dascha sagte ja sowieso nie was. Wir setzten uns nach hinten. Rocky fuhr zu der großen Fontäne, um Ilja einzusammeln, und danach zum Haus. Also nach Hause. Er schien schlechte Laune zu haben. Er sagte gar nichts und zwinkerte auch nicht. Seine behaarten Hände waren beide am Lenkrad, und das Auto fuhr so schnell, dass wir alle anderen Autos überholen konnten. Das fand ich echt cool und zeigte allen Menschen, die in den langsamen Autos saßen, die Zunge.

Als wir ausstiegen, ging Rocky mit schnellen Schritten ins Haus. Die anderen waren irgendwie extralangsam. Also machte ich es genauso.

»Mann, ich hoffe, du hast ordentlich Kohle gemacht. Sonst sind wir gleich alle am Arsch«, sagte Lydia ganz leise zu Ilja.

»War schon mal besser«, sagte er.

Wir gingen in die Küche. Rocky saß in dem großen Lederstuhl und rauchte. Alle setzten sich auf die gleichen Plätze, auf denen sie am Tag vorher gesessen hatten. Aber ich hatte keinen.

»Komm her, Püppi«, sagte Lydia, zog mich zu sich auf den Schoß und legte ihre Arme um mich. »Tja, Rocky«, sagte sie dann, »wie schon gesagt … tut mir krass leid, aber ist halt irgendwie scheiße gelaufen. Du weißt schon. Die Kleine war ja weg, und ich hab sie echt den ganzen Tag auf diesem Scheißbahnhof gesucht wie blöde … und tja, richtig kacke halt mit der Kohle, weißt du …«

»Psst«, machte Rocky, ohne zu uns rüberzugucken, und Lydia hörte sofort auf zu reden.

»War bei uns auch nicht so fett heute«, sagte Sergej und schob einige Scheine und einen Haufen Münzen über den Tisch.

»Und wo ist der Scheiß von Dascha?«, fragte Rocky.

»Das … das ist schon von uns beiden«, sagte Sergej.

»Weiter!«, sagte er, während er die Scheine zählte.

Ilja legte seine Scheine und daneben die Münzen, ganz ordentlich zu Türmchen gestapelt, auf den Tisch. Die Zwillinge kramten in ihren Taschen und holten viel zerknülltes Papier raus. Es sah gar nicht aus wie Geld, bis sie es auseinanderfalteten und einigermaßen glattstrichen.

Rocky konnte das Geld sehr schnell zählen. Es war einfach Zauberei. Er ließ die Scheine wie einen Fächer von der einen Hand in die andere gleiten, flüsterte dabei etwas und wusste danach sofort, wie viel es war.

Ich war so fasziniert von diesem Vorgang, dass ich vergaß, mein Geld auf den Tisch zu legen.

»Ihr wollt mich doch verarschen, ihr Pisser!«, schrie Rocky plötzlich. »Was soll der Kack?« Er haute mit der Hand so fest auf den Tisch, dass die Türmchen, die Ilja vorher gemacht hatte, zusammenbrachen und einige Münzen auf den Boden fielen. »Habt ihr keinen Bock zu arbeiten? Dann könnt ihr euch zurück auf die Straße verpissen und dort verrecken oder euch in den Arsch ficken lassen!«

»Ich habe auch was verdient«, sagte ich.

Aber er hörte es gar nicht und schrie immer lauter.

»Die Püppi hat auch irgendwas verdient, Rocky!«, sagte Lydia.

»Na toll! Dann kram du auch noch deine paar Münzen raus«, schrie Rocky mich an.

Ich zog meinen linken Schuh aus und streckte ihm stolz das Geld hin.

Alle wurden ganz leise. Auch Rocky. Er nahm es in die Hand und zählte ganz schnell. Seine Laune war wie ausgewechselt. »Meine Fresse. Ich wusste gleich, dass du ein Juwel bist.«

»Ist das viel?«, fragte ich.

»Verdammt viel!« Er zwinkerte, und ich wusste immer noch nicht, was das nun bedeutete, aber ich fühlte mich zum ersten Mal stolz.

———

Die darauffolgenden Tage und Wochen liefen immer ähnlich ab. Ich war meistens mit Lydia am Bahnhof und sammelte bei den Leuten das Geld ein. Außer dienstags und freitags. Da war Lydia oben und putzte. Dascha machte immer unterschiedliche Sachen. Ich wusste nie genau, was, aber sie machte einen tollen Job und kam nie ohne Geld nach Hause. Sergej und Lydia nannten sie immer taub-dumm statt taubstumm. Das war echt lustig. Sie sagten noch andere Sachen, von denen ich aber nicht wusste, ob sie stimmten oder ob sie das nur so zum Spaß sagten. Zum Beispiel, dass sie Läuse hat und sich deswegen immer die Haare abschneidet oder dass sie Aids hat und deswegen so dünn ist.

Ilja, das kleine Musikgenie, wurde mit seinem Akkordeon immer zum Karl-Marx-Prospekt an den großen Brunnen gebracht. Dort saß er dann am Brunnenrand und spielte. Mehr musste er gar nicht machen. Er musste noch nicht mal ein besonders mitleiderregendes Gesicht aufsetzen, da sein Gesicht mit den ausgestochenen Augen ja eh ganz schrecklich aussah.

Die Zwillinge putzten die Taschen auf dem Bahnhof. Ich hatte es zwar noch nie gesehen, aber sie erzählten das so lustig, dass ich es unbedingt auch ausprobieren wollte. Sie stellten sich dorthin, wo es gerade ein Gedränge gab, zum Beispiel an eine Haltestelle, während die Leute in den Bus einstiegen. Dann zog der eine die Portemonnaies aus den Taschen und gab sie ganz schnell dem anderen, der damit wegging. So hatte der eine nichts mehr bei sich, falls es jemand bemerkte. Aber meistens bemerkten es die Leute sowieso erst viel später, wenn sie schon im Bus saßen. Die Leute wollten natürlich nicht, dass man ihnen das Portemonnaie rauszieht, also packten sie es ganz tief in die Tasche oder in ein inneres Fach mit Reißverschluss. Dadurch war es oft sehr schwer, die Taschen zu putzen. Aber die Zwillinge waren total klug und hatten die Technik perfektioniert. Sie kannten alle gängigen Taschenmodelle in- und auswendig. Es waren etwa fünf oder sechs. Sie nahmen Rasierklingen mit und schlitzten die Taschen ganz sauber an der Seite oder am Boden auf. Je nach Modell. Durch die Öffnung war es dann ganz einfach, das Portemonnaie rauszuholen ohne an der Tasche herumzuzerren. Ich fand es voll cool. Sergej hielt aber gar nichts von der Methode und behauptete, dass es unnötiger Quatsch ist, den Leuten die Taschen kaputtzuschneiden. Sein Motto war: »*Lovkost ruk i nikogo moschenichestwa.*« Was so viel bedeutet wie »Geschickte Hände zu haben, ist kein Betrug«.

Ich sagte: »Aber das Geld zu klauen, ist doch auch Betrug. Ist es dann nicht egal, ob die Tasche kaputtgeht oder nicht?«

»Nein, eben nicht«, sagte Sergej. »Es kommt nicht nur darauf an, was man macht, sondern vor allem darauf, wie man es macht. Außerdem ist es uncharmant, es ›klauen‹ zu nennen.«

»Dann eben Taschen putzen ...«, sagte ich.

»Ja, genau. Taschen putzen. Du musst verstehen, wo der Unterschied ist. Klauen wäre, wenn wir uns irgendwie an den Leuten bereichern würden. So wie die ganzen Politiker oder so. Wir aber bringen die Sache wieder in Ordnung. Diese Leute haben zu viel, weil Leute wie wir gar nichts haben. Deswegen holen wir uns das einfach zurück. Fertig.«

»Aber dann kann man auch betteln.«

»Betteln ist nur was für Kinder und Versager. Mach das mal paar Jahre, dann sprechen wir weiter. Du bist klein und niedlich, und du hast diesen Adoptier-mich-Blick. Schaust die Leute mit deinen riesengroßen grünen Augen an, und der ein oder andere fühlt sich in seinem steinernen Herzen berührt und zückt ein kleines Scheinchen. Dann hat er das Gefühl, die Welt gerettet zu haben. Ist wieder frei von seinen Sünden. Ich krieg das Kotzen! Ich sags dir, wenn du paar Jahre älter bist, läufts auch für dich beschissen. Dann gibt dir keine einzige Frau mehr was. Wenn du erst mal zwei kleine Tittchen hast, kommt da kein Mutterinstinkt mehr in den verdammten Weibern auf. Und die Kerle wollen dich erst ficken, bevor sie dir einen Schein rüberschieben. Genieße es also, solange es noch geht, Püppi«, sagte Sergej. Er sprach leise und mit geschlossenen Zähnen. Die ganze Zeit über schaute er dabei runter auf die Teller, die er in der grünen Plastikwanne spülte. Das Wasser war ganz trüb und braun, oben schwammen Fettaugen und Essensreste von gestern. Eigentlich musste Lydia spülen, aber sie hatte Sergej wieder mal dazu gekriegt, es für sie zu machen.

»Und du hast nie ein schlechtes Gewissen? Ich hab meiner Freundin Marina einmal Bonbons geklaut. Dann war sie total traurig und wütend, aber sie dachte, es wäre jemand anderes gewesen. Dann hab ich aber so getan, als hätte ich sie wiedergefunden, weil mir das so leidtat«, sagte ich.

»Das ist doch ein komplett dämliches Beispiel. Mann, du bist echt noch ein Kind.«

»Warum?«

»Darum.«

»Warum denn?«

»Weil die Leute da draußen nicht deine Freunde sind. Kapiert? Sie waren es nie und werden es nie sein. Du bist einfach naiv und träumst von einem besseren Leben, von Deutschland. Du denkst vielleicht, du bist was Besseres, aber das bist du nicht. Deswegen bist du hier und nicht in einem richtigen Zuhause.«

»Das hier ist doch mein Zuhause.«

»Ja, weil du noch nicht mal weißt, was ein Zuhause ist und wie es sich anfühlt. Deine Hurenmutter hat dich einfach sofort weggeworfen wie ein Stück Müll. Und das bist du für diese Scheißgesellschaft auch. Irgendwann wirst du erwachsen werden und verstehen, dass du dich nur auf dich selbst verlassen kannst und es für Leute wie dich kein Zuhause, sondern nur eine Bleibe gibt.«

»Das stimmt nicht! Und du weißt gar nichts über meine Mutter! Klar?!«, sagte ich, stand auf und ging zur Tür.

»Und du? Weißt du denn selbst was über sie?«, schrie er mir nach.

»Geht dich nichts an.«

Ich knallte hinter mir die Tür zu und blieb erst mal stehen, bis ich in der Dunkelheit besser sehen konnte. Es war kalt. Noch kälter als tagsüber. Die Bäume waren ganz nackt, und all ihre Blätter lagen auf dem Boden zu großen Haufen zusammengekehrt.

Ich ging nach hinten in den Garten. Die Blätter raschelten unter meinen Schuhen. Ich rollte meine Füße ganz langsam ab, damit das Rascheln so laut wie möglich wurde. Aber es war zu leise. Viel zu leise. Ich fing an, auf einen Blätterberg einzutreten und zu springen. Ich hämmerte meine Füße, meine Beine, mein ganzes Gewicht so schwer und laut auf den Boden wie nur irgendwie möglich. Ich wollte schreien, aber ich konnte nicht. Irgendetwas in meinem Hals verhinderte es. Ich sprang hoch. Hoch. Hoch. Dann fiel ich. Ich fiel weich auf die trockenen Blätter, rollte mich auf die rechte Seite, zog meine Knie an den Bauch und hielt die Beine mit meinen Armen fest. Meine Haare klebten an den nassen Wangen. Ich spürte, wie die Hitze meines Körpers mit der Kälte der Nacht kämpfte. In meinen Ohren rauschten das Blut und Sergejs Worte. Ich schloss die Augen und stellte mir vor, wie Marina gerade in ihrem Bett liegt und Schokolade isst. Neben ihrem Bett ist ein zweites Bett zum Rausziehen. Es ist für mich. Mein Bett. Ich werfe mich auf das Bett, decke mich mit einer ganz steifen, frisch gewaschenen Bettdecke zu, greife mir eine Ecke des Bettlakens und nuckle daran, bis ich einschlafe.

Dann hörte ich die Haustür zufallen und die Blätter rascheln.

————

»*Kukolka*, was machst du denn hier in der Kälte?«, fragte Lydia. »Steh auf, du erkältest dich.«

Ich sagte gar nichts und versuchte wieder in meinen Traum einzusteigen. Aber sie hatte ihn verscheucht. Er verschwand.

»Komm, steh auf. Was auch immer es ist, wir reden am besten zu Hause darüber«, sagte Lydia.

»Ich habe kein Zuhause«, sagte ich.

»Aber natürlich. Hier ist doch dein Zuhause, was redest du denn für einen Quatsch?«

»Sergej sagt, es ist nicht mein Zuhause.«

»Ah, was weiß der denn schon? Er ist einfach nur ein dummer Versager. Und untervögelt dazu.« Lydia hockte sich neben mich, streichelte über meine Haare und versuchte mein Gesicht freizulegen.

»Was heißt untervögelt?«, fragte ich.

»Sag ich dir, wenn wir jetzt reingehen. Komm, steh auf, los.«

Wir gingen rein. Es war warm und roch nach Zigaretten, Zwiebeln und Schweiß. Die Kerosinlampe brannte nicht mehr. Alle lagen schon auf ihren Matratzen.

»Soll ich mit dir auf dem Sofa schlafen?«, sagte Lydia.

»Musst du nicht oben bei Rocky sein?«, sagte ich.

»Ich muss gar nichts. Wenn ich ihm sage, dass es für dich wichtig war, dann ist das schon okay. Also, willst du? Wir können noch ein bisschen quatschen vor dem Einschlafen.«

Ich nickte. Lydia lächelte und gab mir einen Kuss auf die Stirn. Sie legte sich hin und hielt die Decke hoch. Ich schlüpfte darunter, und sie umarmte mich ganz fest.

»Was heißt untervögelt?«, fragte ich.

»Egal. Was hat Sergej denn zu dir gesagt?«, flüsterte Lydia.

»Ganz böse Dinge«, sagte ich.

»Was denn so?«

»Dass ich keine Freunde habe, dass ich Müll bin und dass meine Mutter eine Hure ist.«

»Das hat er gesagt?«, sagte Lydia, richtete sich wieder auf und stützte ihren Kopf mit der Hand.

»So was in der Art …«

»Also wirklich, muss der gerade sagen! Seine Mutter ist ja wohl die derbste Hure.«

»Aber meine Mutter ist doch gar keine …«

»Das darfst du echt nicht persönlich nehmen. Der hat es echt scheiße schwer im Leben gehabt, weißt du? Aber er sollte es trotzdem nicht an einem kleinen Kind auslassen.«

»Ich bin kein kleines …«

»Ich erzähl dir was, aber du musst schwören, es nicht weiterzusagen.«

»Gut«, sagte ich.

»Nicht ›gut‹. Du musst schwören.«

»Ich schwöre.«

»Mann, du kannst doch nicht einfach nur ›ich schwöre‹

sagen! Du musst auf etwas schwören, sonst ist es zwecklos.«

»Und auf was?«

»Na, auf dein Leben und auf die Heilige Mutter Gottes.«

»Wer ist das denn?«

»Boah, ich werd noch verrückt. Sag es einfach, okay?!«

»Ich schwöre auf mein Leben und auf die Mutter von Gott«, sagte ich. Ich sah nur Lydias Umrisse, aber ich konnte spüren, dass sie mit den Augen rollte.

»Also, pass auf«, fing sie an, »Sergej meinte, als er ganz klein war, war das voll schön mit seinen Eltern. Die haben auch 'ne schöne Wohnung gehabt und so weiter. Aber irgendwann hatte der Vater so einen Unfall, wo ihm die Beine abgeschnitten wurden. Na ja, und dann war er halt ein Krüppel und die ganze Zeit nur oben in der Wohnung, weil er ja ohne Beine nirgendwohin konnte. Und dann hat er angefangen zu trinken, und die Mutter hat angefangen andere Männer zu treffen. Nee, warte, andersrum. Sie hat angefangen. Oder? Na ja, egal, jedenfalls hat er dann immer krasser getrunken und hat die Mutter mit 'nem Gürtel verprügelt, weil er sie so sehr liebte. Und sie hat aber trotzdem rumgehurt. Und eines Abends, als der Vater besoffen einschlief, hat Sergej gesehen, wie seine Mutter ihn mit einem Kissen erstickt hat. Na ja, und alle dachten dann, dass er einfach so wegen dem ganzen Wodka gestorben war. Sergej hat natürlich auch nichts gesagt. Aber dann hat die Mutter sich sofort einen neuen Typen geholt. Und der hatte wohl ordentlich Kohle und so weiter. Na ja, dann ist sie schwanger geworden, und die haben noch ein Kind gekriegt. Auf jeden Fall war Sergej dann voll abgeschrieben, und sie haben sich null um ihn gekümmert. Er ging auch gar nicht mehr zur Schule oder so was, und Sachen haben sie ihm auch keine gekauft. Dann hat Sergej zu seiner Mutter gesagt, wenn sie den Typen nicht verlässt, dann wird er erzählen, dass sie seinen Vater umgebracht hat. Und da hat sie ihm gesagt, er soll abhauen, sonst wird sie mit ihm genau das Gleiche tun! Kannst du dir das vorstellen? So 'ne Scheißhure!«

»Und was hat Sergej dann gemacht?«, fragte ich. Es war stockdunkel, aber meine Augen waren weit aufgerissen.

»Na ja, abgehauen ist er natürlich! Was denkst du denn?«

»Wie alt war er da?«

»Keine Ahnung. So dreizehn vielleicht. Du stellst seltsame Fragen. Ich erzähl dir voll die krasse Geschichte, und du fragst nur, wie alt er war.«

»Er ist in dich verknallt«, sagte ich.

»Du redest wirres Zeug. Komm, wir schlafen lieber«, sagte Lydia.

»Okay.«

»Soll ich dir den Kopf kraulen?«

»Wie geht das?«, fragte ich.

»So«, sagte sie und fing an, mit ihren langen Fingernägeln kleine und große Kreise auf meine Kopfhaut zu malen. Es war ein Gefühl, als würden Tausende kleiner Käfer von meinem Kopf den Rücken runter- und über meinen ganzen Körper laufen. Wunderschön.

»Warst du denn in der Schule?«, fragte ich sie dann.

»Klar«, sagte sie.

»War das cool?«

»Nee, gar nicht.«

»Macht es keinen Spaß?«

»Na ja, ganz am Anfang schon. Aber später ist es nur noch ätzend.« Lydia hörte auf, meinen Kopf zu kraulen, und drehte sich auf den Rücken.

»Hast du die Schule fertiggemacht?«

»*Kukolka*, es sind elf Klassen, wann hätte ich sie denn bitte fertigmachen sollen? Sehe ich aus wie 'ne Oma?«, sagte sie laut und dann wieder flüsternd: »Aber ich weiß alles, was man wissen muss. Der Rest ist was für Idioten.«

»Und was ist das Wichtigste?«

»Mann, du nervst ganz schön, weißt du?«

»Und was hat dir am meisten gefallen?«, fragte ich.

Lydia drehte sich von mir weg und zog mir fast die ganze Decke weg. Ich drehte mich auch um und rückte ganz nah an sie.

»Geschichten lesen«, sagte sie dann. »Also, Geschichten allgemein. Von Menschen und Tieren und anderen Ländern. Also, selber lesen fand ich jetzt nicht übermäßig geil. Ich mochte es lieber, wenn meine Oma mir vorlas.«

»Du hast eine richtige Oma?«, fragte ich.

»Ich hatte eine. Und jetzt kann ich selber lesen.«

»Ich mag auch Geschichten. Es gab eine Erzieherin im *Sonnenschein*, die hat uns manchmal vor dem Schlafen was vorgelesen. Das war schön. Aber sie war nur kurz da. Kannst du mir was vorlesen?«

»Jetzt?«

»Ja.«

»Nein, es ist zu spät.«

»Bitte, bitte, bitte!«

»Na gut, aber dann musst du morgen Abend spülen«, sagte Lydia.

»Das ist gemein!«

»Okay, dann willst du eben keine Geschichte. Gute Nacht.«

»Doch! Okay, ich spüle!«

Wir standen wieder auf, gingen in die Küche, und Lydia zündete die Kerosinlampe wieder an. Dann ging sie rüber ins große Zimmer. Ich hörte sie leise kramen, dann kam sie mit einem Buch zurück. *Der Amphibienmensch*, sagte Lydia, und ihre Augen funkelten. »Hier, halt mal. Ich hol noch die Decke. Es ist ziemlich kalt hier.«

Sie setzte sich in den breiten Ledersessel, wo sonst immer Rocky saß, und zog mich zu sich auf den Schoß. Wir kuschelten uns unter die Decke, und Lydia begann vorzulesen. Ich versuchte mit den Augen die Buchstaben und Worte zu verfolgen, aber ich konnte es nicht. Schließlich wurde es so anstrengend, dass ich lieber die Augen schloss und mich ganz auf die Geschichte konzentrierte. Lydia las nicht so schön vor wie die Erzieherin im *Sonnenschein*. Sie war viel zu langsam und machte oft Fehler. Mir gefiel es dennoch. Irgendwann dachte Lydia, dass ich schlafe, legte das Buch weg und trug mich auf das Sofa. Ich schlief nicht wirklich, aber ich sagte nichts.

Die ganze Nacht träumte ich von einem stürmischen Meer. Ich schwamm ganz lange unter Wasser, bis ich irgendwann an die Oberfläche musste, um Luft zu holen. Doch da kam eine Welle und schmetterte mich gegen die Felsen.

———

Mittlerweile gab es kein einziges Blatt mehr an den Bäumen, und die Blätter, die am Boden lagen, waren ganz verfault. Die Frauen trugen Stiefel aus Leder und Lack, die über die Knie gingen, und flauschige Mützen, die gleichzeitig auch Schals waren. Manche hatten sie sogar in Pink oder Lila. Die fand ich am schönsten. Ich trug immer noch die Stoffschuhe. Sie waren ganz grau geworden, und meine beiden großen Zehen hatten sich durchgebohrt. Aber ich hatte warme Socken und einen dicken Wollpullover von Rocky bekommen. Der Pullover war sehr groß und ging mir bis über die Knie. Die Ärmel wollte ich erst abschneiden, aber Rocky sagte, das darf man mit so guten Sachen nicht machen und ich werde da noch reinwachsen. Also krempelte ich sie vier- oder fünfmal hoch. Ich überlegte, was ich im Winter im *Sonnenschein* getragen und ob ich eine Jacke gehabt habe. Ich konnte mich nicht erinnern. Ich glaube, wir waren die meiste Zeit ohnehin drinnen gewesen. Es war ja auch drinnen schon kalt genug, warum hätten wir also nach draußen gehen sollen?

Hier im Haus war es warm. Sogar sehr warm, wenn man sich ganz nah an den Ofen setzte. Das ging nur leider nicht oft, weil Dascha dort immer kauerte und ins Feuer starrte. Einmal habe ich mich dazugesetzt, dann hat sie mich vorwurfsvoll angeschaut und sich an die Badewanne gepresst, die links vom Ofen stand.

Dascha war der seltsamste Mensch, den ich je getroffen habe. Die anderen nannten sie oft Zombie, weil sie weder lebendig noch tot war. Sergej hat mir mal erzählt, dass Dascha sich von Rattenblut und Regenwürmern ernährt, die sie nachts jagt. Ich habe es ihm geglaubt, weil ich sie so gut wie nie irgendwas essen sah. Nicht mal, wenn es Wurst gab, wollte sie etwas davon haben. Sie wollte eh nie etwas. Sie war einfach da, guckte ins Leere und kaute an ihren Nägeln, bis sie ganz blutig waren.

Obwohl ich Angst vor ihr hatte, fand ich sie auch so faszinierend, dass ich sie heimlich anstarren musste. Sie wäre bestimmt hübsch gewesen, wenn sie sich die Haare nicht immer wieder abschneiden würde, dachte ich. Na ja, hübsch ist vielleicht übertrieben, aber zumindest würde sie wie ein Mädchen aussehen.

Einmal habe ich sie beobachtet, wie sie sich mit der großen Schere die Haare wieder kurz schnitt. Sie stand im Flur, zog mit der rechten Hand ein Büschel ihrer Haare nach oben, legte die rostige Schere direkt an der Kopfhaut an und schnitt sie ab. Die Schere war so stumpf, dass sie die Haare eher abkaute als schnitt. Die restlichen längeren Strähnen riss Dascha sich einfach aus. Danach sah sie aus, als hätte sie irgendeine eklige Krankheit. Kein Wunder, dass man sie nicht zum Betteln schicken konnte. Wer will so einer schon was geben? Sie sah überhaupt nicht niedlich aus.

Ich wollte niemals so werden wie sie.

———

Eines Abends, als Lydia zu mir aufs Sofa kam, fragte ich: »Lydia, stink ich?«

»Wieso?«, fragte sie.

»Sag doch, stink ich?«

Sie beschnupperte meinen Hals und Rücken wie ein Hund und bohrte ihre Nase dann unter meine rechte Achsel.

»Na ja, frischer Morgentau riecht anders«, sagte sie und kicherte. »Hey, *Kukolka*, was ist? Heulst du jetzt, oder was?«

Ich wollte nein sagen, aber ich konnte keinen Ton rausbringen vor lauter Schluchzen. Ich vergrub mein Gesicht im Kissen. Ich hasste es zu heulen.

»Sag mal, erst fragst du mich irgend so 'ne dumme Kacke, und dann heulst du rum. Was ist denn bei dir verkehrt?«

»Ist doch nicht wegen dir«, sagte ich.

»Und warum dann?«

»Guck mal, da war heute eine Frau mit ihrer Tochter. Und ich frage immer die Leute mit Kindern, weil die einem meistens was geben. Vor allem, wenn sie so schön angezogen sind. Die Frau hat mir ganze zwanzig Griwni gegeben.« Ich schluchzte und konnte gar nicht richtig erzählen, weil meine Nase voller Rotz war.

»Komm, erst mal Nase putzen, Gesicht waschen, dann gehts dir schon besser«, sagte Lydia und zog mich vorsichtig in die Küche zur Badewanne. Sie drehte den Hahn auf und wusch mein Gesicht mit eiskaltem Wasser.

»Es ist so kalt«, protestierte ich.

»Ich weiß, aber den Luxus von warmem Wasser haben wir hier nun mal nicht. Ich bin froh, dass hier überhaupt fließend Wasser ist. Los, schnaufen!«, sie hielt ihren Daumen und Zeigefinger an meine Nase. »Schnaufen! Feste!«

Ich schnaufte, und dicke, lange Rotzfäden kamen aus meiner Nase geschossen. Lydia wusch sie ab und drehte den Hahn wieder zu.

»Okay, und was war jetzt verkehrt an den zwanzig Griwni? Ist doch sauviel!«, fragte sie, als wir wieder unter der Decke waren.

»Nein, das ist es nicht. Guck mal, ich hab mir danach Bonbons geklaut an einem Stand, und dann sah ich, dass das Mädchen von der Frau allein auf der Bank sitzt und wartet. Und da wollt ich einfach nett sein und hab ihr die Bonbons gebracht. Weil sie mir so viel Geld gegeben haben, verstehst du? Das Mädchen nahm ein paar Bonbons, und da kam schon ihre Mutter zurück, sah uns da stehen und schrie total laut ihre Tochter an, sie soll nichts Dreckiges anfassen und nichts aus meinen stinkenden Händen annehmen. Sie stürzte sich auf sie und schlug ihr die Bonbons aus der Hand. Dann sagte sie zu mir: ›Halt dich fern von meinem Kind und stecke sie bloß mit nichts an!‹« Lydia hielt mich im Arm und streichelte meinen Kopf. »Und dann war da noch so eine alte Oma, und die sagte dann: ›Selbst schuld! Man füttert keine Tauben und erst recht keine Zigeuner. Ist doch alles eine organisierte Bande.‹«

»Bist du denn eine Zigeunerin?«, fragte Lydia.

»Weiß ich doch nicht«, sagte ich schluchzend.

»Ah, ist doch bloß 'ne dumme Alte gewesen. Du bist schon keine Zigeunerin«, sagte Lydia. »Vielleicht muss man dich nur mal baden. Wäschst du dich überhaupt?«

»Bisschen«, sagte ich leise. Dann schlief ich erschöpft ein.

———

Am nächsten Tag hatte Lydia Rocky überredet, mich nicht mehr allein am Bahnhof arbeiten zu lassen, sondern mit ihr zusammen, damit sie aufpassen kann, dass mir nichts passiert. Ich habe mich total gefreut, weil ich dachte, dass es lustiger wird, aber es war eigentlich gar nicht anders als sonst. Ich bin immer allein fragen gegangen, und Lydia saß irgendwo und hat gewartet. Manchmal sah ich, wie sie sich mit Männern unterhielt und mit ihnen wegging.

»Wir könnten mehr verdienen, wenn du dir ab und zu das Geld einfach selber nimmst, statt darum zu betteln, *Kukolka*«, sagte Lydia, als sie plötzlich wieder neben mir auftauchte.

»Wie denn?«, fragte ich.

»Na, zum Beispiel die Oma da«, sagte Lydia und zeigte auf eine alte Frau, die mir gerade ein Scheinchen gegeben hatte. »Du hast doch gesehen, wie viel Geld sie noch im Portemonnaie hat, richtig?« Ich nickte. »Und du hast auch gesehen, wo sie es reingepackt hat?«

»Ja, in die Manteltasche«, sagte ich.

»Na ja, es ist ja im Grunde wie geschenkt. Geh hin und nimm es dir einfach«, sagte Lydia.

»Du meinst, ich soll es ihr klauen?«, fragte ich.

»Nicht klauen, einfach rausnehmen. Ich meine, es könnte genauso gut aus der Manteltasche rausfallen, so wie die Ecke da rausguckt.«

»Und was, wenn sie es merkt?«

»Wird sie schon nicht.«

»Und wenn doch?«

»Dann rennst du eben«, sagte Lydia. »Na los, bevors jemand anderes macht!«

»Ich trau mich nicht!«, sagte ich. »Mach du doch.«

Lydia rollte wie üblich mit den Augen. Sie ging quer durch die Halle, zwischen all den Leuten hindurch. Als sie fast bei der Oma war, stolperte sie plötzlich über irgendwas und fiel beinahe hin. Sie konnte sich aber noch an der alten Frau festhalten. Dann entschuldigte sie sich, die alte Frau lächelte, und Lydia ging rechts durch eine der Türen weg. Ich rannte durch die nächstbeste Tür, nach draußen, um nach ihr zu schauen, aber sie war bereits am Ausgang und zog mich hinter die Telefonzelle, die danebenstand.

»Na super!«, sagte ich. »Hast du dir wehgetan?«

»Nein, du Dummerchen!«, sagte Lydia, grinste und hielt mir das braune Portemonnaie vor die Nase.

»Hä?«

»Ich mach das eben etwas dynamischer!« Sie lachte und warf ihre langen blonden Haare über die Schulter.

»Wollen wir wieder rein, es ist so kalt«, sagte ich.

»Interessiert es dich gar nicht, wie ich das gemacht habe?«, fragte sie.

»Doch! Ehrlich! Aber es ist einfach zu kalt.«

»Weißt du was, wir brauchen warme Sachen«, sagte Lydia.

»Aber wir dürfen das Geld nicht ausgeben!«

»Wer hat denn was von Geldausgeben gesagt? Wir haben aber noch ein paar Stunden, bis Rocky uns abholt. Komm, wir fahren zum Basar.«

»Was ist das?«, fragte ich.

»Wirst du schon sehen!«

Lydia nahm mich an die Hand, und ich ließ mich einfach führen. Über die breiten Straßen durch Hinterhöfe, dann in den Bus, dann wieder raus, dann in den Trolleybus. Der Trolleybus war auch ein Bus, aber er hatte lange Hörner, die oben immer an der Leitung klebten. Der Trolleybus sieht aus wie ein fetter Grashüpfer, dachte ich.

Plötzlich waren wir da. Ich hatte vorher noch nie so etwas gesehen. Millionen von Ständen auf unterschiedlichen Ebenen, voll mit den tollsten Klamotten und Schuhen und Taschen und Pelzmützen und Spielzeugen und allem, was man sich nur vorstellen kann.

»Ganz schön toll, was?«, sagte Lydia. »Jetzt müssen wir gut überlegen, wie wir vorgehen, klar? Wenn was schiefgeht, dann sind wir am Arsch.« Ich verstand überhaupt nicht, worum es ging, nickte aber. Wie hypnotisiert schaute ich mir dieses Universum aus Luxuswaren an und dachte, so ähnlich muss Deutschland aussehen.

Wie hypnotisiert lief ich mit Lydia stundenlang über den Basar. Bis sie plötzlich »Los, renn!« rief, mich an der Hand packte und wir losrannten. Ich sah nur ihre roten Gummistiefel und den schwarzen dreckigen Schnee, der bei jedem ihrer langen Schritte und Sprünge an mir hochspritzte. Sie war so schnell, dass ich kaum hinterherkam. Mein Herz schlug wie wild. Immer höher, immer höher, bis es im Kopf war. Es pochte und wollte aus meinen Ohren raus. Die Lunge brannte von der kalten Luft. Ich hatte furchtbare Angst. Angst, Lydias Hand würde meiner entgleiten. Ich würde nie wieder hier herausfinden. Ich wäre verloren. Irgendwann, nach einer Ewigkeit, waren wir aus all den Gängen mit ihren Ständen, Waren, Menschen raus. Lydia hörte auf zu rennen. Ihre Hand hielt immer noch meine. Sie schaute über die Schulter und grinste.

»Das war vielleicht ein Abenteuer!«, sagte sie. Ihre Wangen und Lippen glühten rot, ihre Augen strahlten.

Ich schwieg. Mir war übel. Dann musste ich kotzen.

———

Als wir endlich an der Kreuzung ankamen, war der Alfa Romeo schon da und alle, sogar Ilja, saßen drin.

»Scheiße. Doch zu spät«, sagte Lydia leise, mehr zu sich selbst als zu mir.

Wir stiegen ein, und niemand sagte ein Wort. Den ganzen Weg nicht. Rocky fuhr wieder mal so schnell, dass wir alle anderen Autos überholten.

Im Hof stiegen alle aus und bewegten sich in Richtung Haus.

»Lydia! Du bleibst hier!«, sagte Rocky.

»Rocky, ganz ehrlich …«, fing Lydia an.

Rocky drehte sich um, war mit zwei Schritten bei ihr und schlug ihr so fest ins Gesicht, dass sie erst gegen das Auto und dann zu Boden fiel. Dann holte er ein Taschentuch aus der Hosentasche und wischte das Blut vom Außenspiegel. Ich wollte zu Lydia, aber Sergej hielt mich am Oberarm fest und schnalzte warnend mit der Zunge.

»Rein! Essenszeit!«, sagte Rocky, und wir gehorchten. Und zu Lydia sagte er: »Du wartest hier. Damit du uns das nächste Mal nicht warten lässt.«

Sie tat mir leid. Aber noch mehr hatte ich Angst, dass ich die Nächste sein würde. Schließlich war ich ja auch zu spät gewesen. Ich war den ganzen Abend angespannt und traute mich nicht, Rocky anzuschauen. Auch die anderen schienen sich nicht so wohl zu fühlen.

Schließlich sagte Ilja: »Sollte ich vielleicht Lydia reinrufen?« Hätte er gesehen, wie Rocky ihn anschaute, er hätte sich garantiert erschrocken. Aber er sah es zum Glück nicht und blieb kerzengerade sitzen. Nach einer langen Pause stimmte Rocky zu. Sergej ging raus, um sie zu holen. Einen

Augenblick später kam er mit Lydia auf dem Arm wieder rein. Ihre Lippen waren blau, an der Nase und Wange war eine rotschwarze Blutkruste.

»Lydia, mein Mädchen!«, sagte Rocky und sprang auf. Er strich ihr die Haare aus dem Gesicht, dann nahm er sie Sergej ab und brachte sie auf das Sofa. Wir blieben in der Küche. Es schien irgendwie allen egal zu sein, was da mit Lydia passiert war. Mir war das aber nicht egal. Da habe ich gemerkt, dass Lydia meine Freundin geworden war.

Ich war einerseits sehr froh, dass ich wieder eine Freundin hatte, die dazu noch so erwachsen und cool war. Aber andererseits auch traurig. Wenn Lydia jetzt meine Freundin war, wer war dann Marina noch? Mir war klar, dass es immer nur eine wichtige Person im Leben geben kann. Ich hatte das Gefühl, mich jetzt zwischen Lydia und Marina entscheiden zu müssen. Lydia war wirklich da. Marina nicht. Ich wollte sie aber nicht loslassen. Wollte unsere Freundschaft und unseren Schwur, immer zusammenzuhalten, nicht aufgeben. Und meinen Traum von Deutschland auch nicht. Gleichzeitig fühlte ich mich hier irgendwie richtig. Ich hatte mich eingelebt. Ich war ein Teil von etwas. Und ich mochte mein neues Leben. Ich mochte die Wärme in der Küche. Ich mochte den Geruch von Gebratenem, von trockenem Fisch, den Rocky immer aß, von Zigaretten und von den ganzen Matratzen und Decken. Er war schwer und stank irgendwie auch. Aber ich mochte trotzdem ganz tief davon einatmen. Es roch nach *Zuhause*. Mein Leben war toll. Ich hatte eine richtig erwachsene Freundin und einen echten Job, den ich sehr gut machte. Ich war diejenige, die beim Betteln mehr bekam als jeder andere. Und es gab viel Konkurrenz durch andere Straßenkinder und Omas. Ich hatte ein eigenes Sofa und im Grunde sogar ein ganzes Zimmer zum Schlafen, und ich wurde von Rocky sehr gemocht. Er schrie mich nie an, und er hat mich auch nicht verprügelt, obwohl ich zu spät gekommen war. Aber das Allerschönste war das Buch, aus dem Lydia mir manchmal vorlas.

»Ich brauch Wodka! Haben wir noch was da?«, schrie Rocky aus dem Zimmer.

Sergej sprang auf, lief in den Flur und kam mit einer halbvollen Flasche zurück. Er drückte sie mir in die Hand und sagte: »Hier, bring sie ihm!«

»Warum ich?«, fragte ich.

»Mach einfach!«, sagte er.

Ich ging ins Zimmer. Es war nur vom Mondschein erleuchtet und viel kälter als die Küche. Lydia lag auf der Seite, die Knie an die Brust gezogen. Ihre langen nassen Haare klebten am nackten Körper. Sie sah aus wie ein Insekt, das im Spinnennetz feststeckt.

Ich hielt Rocky die Flasche hin. Er nahm sie, ohne mich anzusehen, schüttete sich Wodka in die Hände und rieb Lydia mit schnellen Bewegungen damit ein. Sie wehrte sich nicht und sagte auch nichts, was für sie ungewöhnlich war. Dann wickelte Rocky sie in eine Wolldecke und trug sie nach oben.

»Sie ist krank und muss sich ausruhen«, sagte Rocky, als er wieder in die Küche kam. »Ich habe sie ins Bett gebracht, das arme Ding. Soll euch allen eine Lehre sein. Vor allem dir«, er zeigte mit dem Finger auf mich. »Die Regeln haben hier alle einen Sinn. Wenn man sie nicht befolgt, kann man sehr krank werden.« Er lehnte sich in den Ledersessel zurück und zog so fest an der Zigarette, dass die Asche runterrieselte. »Armes Kind«, sagte er dann und schüttelte traurig den Kopf.

»Vielleicht hätte man sie nicht so lange draußen liegen lassen sollen«, sagte Ilja.

»Hat dich irgendjemand nach deiner Scheißmeinung gefragt?«, sagte Rocky. Ilja schwieg und schaute mit den tiefen schwarzen Löchern aus dem Fenster.

»Hey! Ich rede mit dir, du Missgeburt!« Rocky packte den Stuhl, auf dem Ilja saß, und drehte ihn mit einem Ruck zu sich.

»Nein«, sagte Ilja ruhig.

»Hat hier sonst wer eine Meinung?«, fragte Rocky.

Niemand sagte etwas. Auch Sergej nicht, obwohl er wütend war. Ich wusste das, weil er vor Wut immer so rote Flecken im Gesicht und am Hals bekam.

»Gut«, sagte Rocky. »Ich geh nach oben. Gute Nacht.« Dann kam er noch mal zurück und sagte zu mir: »Morgen muss Lydia putzen. Sie wird Hilfe brauchen. Du bleibst am besten hier, *Kukolka*.« Er strich mir sanft über den Kopf. Ich lächelte und nickte.

Ich war sehr stolz, dass er mich ausgewählt hatte. Es zeigte, dass er mir vertraute. Ich wollte wissen, ob es auch bedeutete, dass ich nach oben gehen durfte, traute mich aber nicht zu fragen.

———

In der Nacht konnte ich nicht schlafen. Nachdem ich mich eine Trilliarde Mal hin und her gedreht hatte, beschloss ich, aufs Klohäuschen zu gehen. Normalerweise versuchte ich selbst dann nicht zu gehen, wenn ich wirklich musste. Aber jetzt wollte ich raus und die winzig kleinen Rasiermesserschnitte spüren, die der Frost in meine Wangen ritzt. Ich wickelte mir einen Schal um, zog die kaputten Stoffschuhe an und lief mit kleinen Pinguinschritten zum Klo.

Als ich rauskam und die Tür zur Klohölle hinter mir schloss, sah ich etwas Dunkles unter Rockys Auto huschen. Ich dachte, es ist eine Katze, also ging ich hin und machte *Kssss-Kssss*, was in Katzensprache *Hallo* heißt. Hunde haben bei mir aber auch schon mal darauf gehört, insofern kann man mit *Kssss-Kssss* eigentlich nichts falsch machen. Es war jetzt ganz dunkel. Der Mond hatte wohl keinen Bock mehr zu leuchten. Ich ging auf die Knie, um unter das Auto zu schauen, doch statt eines kleinen Tiers war dort etwas Riesengroßes. Es zuckte zusammen, als es mich sah. Ich erschrak fast zu Tode, sprang hoch, rannte ins Haus und lehnte mich mit dem ganzen Gewicht gegen die Tür. Als ich gerade den Riegel vorschob, klopfte es schon hinter mir.

»Hey! Mach auf!«, hörte ich es von der anderen Seite. »*Kukolka*! Mach keinen Scheiß, hörst du?«

Ich schob den Riegel wieder zurück und öffnete die Tür. Lydia drängte sich durch den Spalt und an mir vorbei ins Haus.

»Du hast mich total erschreckt!«, flüsterte ich. »Was hast du denn da gemacht?«

Lydia legte mir ihre kalte Hand auf den Mund. Sie stand barfuß und in eine Decke gehüllt da und schaute mich an. Dann flüsterte sie: »Hol mal die Lampe. Aber ganz leise!« Ich strich meine Schuhe ab und ging auf Zehenspitzen in die Küche. Auf Höhe der Spüle machte ich einen großen

Schritt nach links, um nicht auf die quietschende Diele zu treten. Ich tastete den Tisch nach der Streichholzschachtel ab, nahm dann mit beiden Händen die Lampe und kehrte auf demselben Weg zurück in den Flur.

»Na endlich! Hätte ich dir eine Wegbeschreibung mitgeben sollen, oder was?«, fragte Lydia. Sie war genervt, also musste es ihr wieder bessergehen. Sie zündete die Lampe an und holte unter der Decke eine total schicke schwarze Bauchtasche hervor.

»Cool! Wo hast du die denn jetzt her?«, sagte ich und streckte begeistert meine Hand danach aus.

»Na, na, na! Langsam!«, sagte Lydia und zog sie von mir weg.

»Was denkst du denn, woher ich sie hab. Von unserem Basarausflug natürlich!«, sagte sie und grinste zufrieden.

»Vom Basar?«

»Hm ...«

»Hast du sie geklaut?«

»Nee, wurde mir geschenkt, weißt du! Natürlich habe ich sie geklaut«, sagte sie und verdrehte lydiamäßig die Augen. Erst jetzt sah ich, dass ihr linkes Auge dick war und eine violette Umrandung hatte. Innen drin, wo das Auge weiß sein sollte, war es rot wie Blut. Ihre Lippe war auch geschwollen und verkrustet.

»Tut das weh?«, fragte ich.

»Das?«, fragte Lydia und betastete ihre Lippe. »Nö, ist schon okay. Hatte schon Schlimmeres.« Sie konzentrierte sich wieder auf die Tasche und sagte: »Was auch immer hier drin ist, es war eine verdammt gute Idee, das Ding erst mal unter dem Auto zu verstecken.«

»Wann hast du sie denn dort hingetan?«

»Als keiner von euch es sehen konnte. Ich kann eben zaubern.«

Sie stellte die Lampe auf dem Boden ab und öffnete den Reißverschluss der Tasche so langsam, dass es mich vor Anspannung schmerzte.

Es war Geld drin. Das Ding war ganz vollgestopft. Ein paar Scheine wollten sogar von allein heraus, um frische Luft zu bekommen. Sie waren grün.

»Dollar!«, sagte Lydia, küsste die Scheine und presste sie an die Brust.

»Dollar!«, wiederholte ich und küsste sie auch.

»Dollar!«

»Dollar!«

»Dollar! Dollar! Dollar!«

»DDDOOOOOLLLAR!«

»Pssssst! Schluss jetzt!«, sagte Lydia, nahm mir die Scheine aus der Hand und stopfte alles wieder in die Tasche. Dann sah sie mich ganz ernst an und sagte: »Das darf keiner wissen. Klar?«

»Musst du sie nicht abgeben?«

»Nein. Also, im Grunde ja. Aber nein. Wenn Rocky mir so dumm kommt, dann kann ich die Kröten genauso gut behalten.«

»Sind das jetzt deine?«

»Unsere. Wenn du die Klappe hältst, dann sind es unsere.«

»Aber ich hab sie doch gar nicht geklaut.«

»Du warst aber dabei. Deswegen teilen wir sie. Und deswegen darfst du es niemandem sagen. Im schlimmsten Fall würde Rocky … er könnte … es ist besser, du hältst die Klappe!«

»Okay. Ist es denn viel? Kann ich mir davon das Ticket nach Deutschland kaufen?«

»Keine Ahnung. Vielleicht reicht es für zwei Tickets nach Deutschland. Oder willst du mich etwa nicht dabeihaben?« Sie kicherte.

»Doch … schon …«, sagte ich und hoffte, es würde nicht für zwei Tickets reichen.

»Ich werde später zählen. Jetzt muss ich wieder nach oben, bevor die anderen noch wach werden.«

»Und was ist, wenn das einer rausfindet?«

»*Kukolka*, man soll sich um die Probleme Gedanken machen, die bereits da sind. Los, geh ins Bett, ich verstecke noch die Tasche.«

»Und wo willst du sie verstecken?«

»Ich find schon einen guten Ort. Geh schlafen.«

Als ich mich wieder aufs Sofa legte, hatte ich ein seltsames Gefühl im Bauch. So ähnlich, wie ich mich immer im Auto fühle, wenn Rocky ganz schnell zwischen den anderen Autos und Bussen fährt und alle überholt. Da habe ich einerseits Angst, und gleichzeitig will ich, dass er noch schneller fährt.

———

Als ich am nächsten Morgen in die Küche kam, waren schon alle dort. Bei Tageslicht sah Lydias Gesicht noch viel schlimmer aus. Sie saß bei Rocky auf dem Schoß und versuchte mit dem geschwollenen Mund Tee zu trinken. Ihre dünnen weißen Beine baumelten knapp über dem Boden. Sie hatte ihre klauenartigen Zehen ineinander verhakt, so wie andere Leute es nur mit den Händen hinkriegen. Rockys haarige Hand streichelte ihre Oberschenkel, den einen hoch und den anderen wieder runter.

»Na, gut ausgeschlafen?«, fragte er, als er mich bemerkte.

»Ja.«

»Oder warst du viel wach?«

Ich schüttelte den Kopf.

»Ich hab da heute Nacht nämlich irgendwas gehört. Wenn ihr Puppen ein Problem habt, könnt ihr euch immer an mich wenden. Tag und Nacht ...«

»Samira hat mir aufs Klo geholfen. Weil ich so schwach war und mit dem Auge kaum sehen konnte«, sagte Lydia.

»Das ist ja süß«, sagte Rocky. »Sie bleibt heute übrigens hier und hilft dir beim Putzen, mein Schatz.« Er zog ihren Kopf zu sich runter und küsste sie auf den Mund. Lydia legte beide Arme um seinen Hals und sagte: »Danke!«

»Wollen wir los?«, fragte Sergej plötzlich.

»Wir gehen los, wenn ich es sage, Kleiner«, sagte Rocky und schob Lydia beiseite. »Los, anziehen und raus mit euch!«

Als sie weg waren, breitete sich im Haus eine Ruhe aus, wie ich sie vorher noch nie erlebt hatte. Es schien mir plötzlich viel größer und auch viel dreckiger als sonst.

»Was machen wir jetzt?«, fragte ich Lydia.

»Na, was wohl. Saubermachen. Das, was jede richtige Frau können muss. Du willst doch auch mal eine richtige Frau werden, oder?«

»Ich glaube schon.«

»Ich werde dir alles beibringen. Wenn ich mit dir fertig bin, wird dich jeder Mann haben wollen.«

»Jeder?«

»Absolut jeder. Aber es kommt auch auf dein Talent an und darauf, ob du gut auf mich hörst. Versprichst du, gut zuzuhören und alles zu machen, was ich dir sage?«

»Weiß nicht.«

»Was weißt du denn schon wieder nicht? *Kukolka*, ich will nur dein Bestes. Ich will eine echte Frau aus dir machen. Verstehst du das? Damit du später einen reichen Mann abbekommst.«

Ich schwieg. Das waren so viele Informationen, dass ich sie alle gar nicht so schnell verdauen konnte.

»*Muss* ich denn allen Männern gefallen?«, fragte ich.

»Wenn du dich richtig arg bemühst, dann könntest du ihnen gefallen. Hübsch bist du ja. Nur bisschen zu dunkel. Aber da gibt es Tricks. Ich bin ja auch nicht von Natur aus so schön blond …«

»Und was machen wir jetzt?«, fragte ich, während ich überlegte, ob Lydias Haare eher weiß oder gelb waren.

»Als Erstes hörst du auf, mich vollzuquatschen, und wir räumen auf«, sagte Lydia. Durch die Schwellung sah es gruselig aus, als sie die Augen verdrehte.

»Also, erst mal all den Müll, der hier rumliegt, hier rein«, sagte Lydia. Ich packte einen gammeligen Apfelüberrest und einige Nussschalen in den Eimer, den sie vor meinen Füßen abgestellt hatte. Dann wusste ich irgendwie nicht weiter.

»Was ist denn schon wieder?«, fragte Lydia, die mich ratlos dastehen sah.

»Ich weiß nicht, was davon Müll ist. Sind diese Plastikflaschen hier Müll?«

»Nein. Die Plastikflaschen doch nicht. Die kann man noch mal befüllen.«

»Und diese Zigarettenschachtel?«

»Zeig! Die ist, glaub ich, von Sergej, oder? Nee, die ist von Camel. Die will Sergej bestimmt behalten und mit billigen Zigaretten auffüllen.«

»Und ist das Müll?«, ich hielt ein stinkendes dunkelblaues Stoffbündel hoch.

Lydia nahm es mir aus der Hand und entwirrte es.

»Nee, das ist eine Unterhose. Gehört auch irgendwem. Die muss man nur mal waschen.«

»Aber das ist Müll!«, ich streckte ihr den rosafarbenen Aschenbecher hin.

»Nee, aus den Stummeln kann man noch den Tabak rauspulen … und die Filter gehen auch noch mal«, sagte Lydia. »*Kukolka*, weißt du was, so bist du mir keine Hilfe. Am besten, du machst das jetzt mit den Zigaretten, und ich putze hier schnell weiter.«

Ich war froh, eine klare Aufgabe zu haben, setzte mich auf die breite Fensterbank und fing an, den Berg aus Zigarettenstummeln zu bearbeiten. Währenddessen ging Lydia durch den Raum, warf einige Sachen in den Eimer und andere in einen großen Karton, der hinten in der Ecke stand. »Also, die meisten Sachen hier sind eigentlich kein Müll. Aber einiges halt schon«, sagte sie. »Es ist nicht so richtig möglich, Ordnung zu halten, weil die anderen drauf scheißen, verstehst du?« Ich nickte.

»Eigentlich ist Putzen eine echte Kunst. Und ich habe alles darüber von meiner Oma gelernt. Es gibt sogar für jede Klamotte eine eigene Falttechnik, damit der Stapel im

Schrank perfekt aussieht und möglichst viel hineinpasst. Aber das mach ich nur oben bei Rocky, hier kommt der ganze Kram einfach in den Karton, und jeder zieht sich seinen Scheiß da wieder raus. Ist den Jungs eh egal, wie die Sachen aussehen.«

»Und was ist mit Dascha? Ist ihr das auch egal?«

»Der sowieso. Die ist ja überhaupt kaum noch ein Mensch.« Lydia streckte den Kopf zu mir hin. »Nicht auf die Fensterbank!«, sagte sie und rollte wieder mit den geschwollenen Augen. Dann schnappte sie sich ein Stück Zeitung vom Boden, riss es mit einer Handbewegung durch und faltete zwei Tüten daraus. »Den Tabak hier rein. Und die Filter hier. Aber nicht, wenn sie schon so ganz zerfleddert sind. Der hier wurde bestimmt schon zwei-, dreimal geraucht. Der kann dann weg.«

Dann kehrte sie den Dreck zwischen den Matratzen zu kleinen Häufchen zusammen, die sie auf ein Stück Pappe schob und in den Eimer kippte. »Früher hatten wir ein echtes Kehrblech. Aber es ist kaputtgegangen und ich habe nie wieder ein neues bekommen. Ist den Jungs doch egal, dass es hier kein gescheites Putzzeug gibt. Meine Oma hatte so ein echt schönes, was mit Blumen bemalt war. Eigentlich ist es nicht ganz richtig, wie ich das hier mache. Aber das ist hier unten eh egal.«

»Und was ist daran nicht richtig?«, fragte ich.

»Na ja, meine Omi hat immer gesagt, man muss alles systematisch machen.«

»Was heißt systematisch?«, wollte ich wissen.

»Wenn du mich immer unterbrichst, dann lernst du nie was! Kapiert? Systematisch bedeutet, dass man alles so macht, wie … na ja, jedenfalls muss man es so machen«, sie richtete sich auf, hielt ihre rechte Hand hoch und spreizte die Finger. »Erstens, alles, was Müll ist, in den Mülleimer«, sagte sie und knickte den kleinen Finger ein. »Zweitens, alle Sachen, die rumliegen, auf ihren Platz zurückstellen. Drittens, staubwischen. Viertens, kehren. Fünftens, wischen«, sagte sie.

»Und wenn man die fünf Sachen gemacht hat, ist es dann systemisch gewesen?«

»Es gibt natürlich viel mehr als die fünf Sachen. Aber das ist die Basis. Du wirst es schon lernen. Komm, jetzt noch die Küche, und dann zeig ich dir, was sich da oben versteckt.«

»Aber wenn man noch kocht, wird sie doch eh wieder dreckig. Ist es nicht besser, die Küche, zum Schluss zu machen?«, fragte ich.

»*Kukolka*, wie oft hast du schon geputzt in deinem Leben?«, fragte Lydia.

»Noch nie«, sagte ich leise.

»Ich putze schon so lange, da hast du noch aufrecht unter einen Tisch gepasst. Wir machen es so, wie ich es immer mache, klar?« Ich nickte.

Lydia machte einen Lappen feucht und warf ihn mir hin. »Wisch mal den Tisch und die Fensterbank«, sagte sie.

Ich hielt das nasskalte Ding in den Händen. Es war braun und hatte kleine Stacheln. Vielleicht war es mal ein Frotteehandtuch gewesen? Ich legte den feuchten Haufen Stoff auf den Tisch. Er erinnerte mich an einen Igel, der von einem Auto überfahren wurde. Ich schob den stacheligen Stoff etwas zusammen, und der Igel wurde lebendig. »Komm, kleiner Igel«, flüsterte ich ganz leise. »Komm, iss alles auf, was hier auf dem Tisch an Krümeln liegt.« Und der Igel bewegte sich quer über den Tisch und sammelte auf, was er fand. Mit jedem Korn und jedem Krümel wurde er satter und fröhlicher.

»Samira, was zum Teufel machst du denn? Wie soll das denn so sauber werden?« Lydia schnappte den Igel und schüttelte seinen kleinen Körper so lange, bis er alle Körner und Krümel wieder hergegeben hatte und nur noch wie ein alter Lappen herunterhing.

»Man faltet einen Lappen zweimal. Eins. Zwei. Dadurch hat man vier saubere Flächen. Zwei Außen und zwei innen. Damit wischt man dann, und die ganzen Krümel und so weiter macht man dann so in die Hand.« Sie hielt die gekrümmte Handfläche der einen Hand an die Tischkante und wischte mit der anderen Hand den Rest meiner Phantasiewelt vom Tisch.

»Komm, wir gehen jetzt nach oben«, sagte sie.

»Aber es ist doch noch gar nicht fertig hier ...«

»Wir müssen eh noch kochen. Den Rest können wir auch danach machen.«

»Das hatte ich doch gleich so gesagt«, sagte ich ganz leise mehr zu mir selbst als zu ihr.

Wir gingen die schmale Wendeltreppe hoch.

An den Seiten der Stufen waren Reste von rotbrauner Farbe, mit der sie mal gestrichen worden waren. In der Mitte war nur Holz mit ein bisschen Dreck. Dadurch sah man gut, wo man hintreten sollte. Ich versuchte so leise wie möglich aufzutreten.

Oben in Rockys Zimmer war es dunkel und eiskalt.

»Ist bisschen kälter hier oben«, sagte Lydia. »Bleib da stehen.« Sie ging zum Fenster und zog die Vorhänge beiseite. Ich blinzelte und schaute mich um. Das Zimmer war groß und voller Reichtümer. In der Mitte stand ein breites Bett, bedeckt mit einem plüschigen Leopardenfell. Darüber hing ein riesengroßes Bild in einem Goldrahmen. Es zeigte eine dicke nackte Frau und einen kleinen nackten Jungen mit einem Wasserkrug.

»Und?«

»Hm? Was?«

»Was, was? Was sagst du? Ist das nicht krass? Die ganzen Säbel und Degen und so?«

»Wo?«

»DA! Sag mal, bist du irgendwie dumm?«

»Nein.«

»Wie kann man das denn nicht sehen? Eine ganze Wand voll mit scharfen Messerklingen.«

Es war tatsächlich sehr beeindruckend. Unter all den Waffen gab es eine kleine Kommode, auf der viele verschiedene Alkoholflaschen standen. Neben dem Bett war fast die gleiche Kommode mit einer Kerosinlampe, zwei Kerzen und einem großen Aschenbecher aus Kristallglas darauf. Links vom Bett stand ein Ventilator. Er war weiß und hatte einen so hohen Fuß, dass er so groß war wie ich. So ein Ding hatte ich noch nie vorher gesehen.

»Komm, leg dich mal aufs Bett«, sagte Lydia und hüpfte auf die Leopardendecke. Ich setzte mich vorsichtig auf die Kante, strich die Schuhe ab und legte mich darauf.

»Hä? Da sind ja Spiegel an der Decke!«, sagte ich. Lydia lachte. »Megacool, oder?«

»Was ist, wenn man gerade schläft und sie fallen auf einen runter?«

»So ein Blödsinn! An was du für Sachen denkst. Du hast echt nur dummes Zeug in deinem hübschen Kopf.«

Sie legte sich auf den Rücken, quer über das Bett, die Beine auf mich drauf, und ließ den Kopf vom Bett herunterbaumeln. Ich schlängelte mich unter ihr weg und legte mich genauso hin. Ich stellte mir vor, die Spiegelfliesen wären der Boden. Die Fensterbank wäre am oberen Fensterrand angebracht und weiße und lila Veilchen würden von oben nach unten wachsen. Ich schaute nach draußen in die graue Unendlichkeit.

»Guck, da kleben Hanteln an der Decke«, sagte ich.

»Hä?« Lydia setzte sich auf und schaute die Decke an. Ich lachte. Dann verstand sie und lachte auch.

»Ich liebe ihn«, sagte sie plötzlich.

»Wen? Sergej?«

»Was? Nein! Rocky!«

»Echt?«

»Ja, er ist einfach nur so, so, so toll und schön und stark und erfahren und cool … Und er ist nicht so brutal wie andere Typen.«

»Aber er hat dich gestern geschlagen.«

»Na klar, weil er mich auch liebt. Dafür war er heute umso netter.«

»Das versteh ich nicht.«

»Du bist noch ein Kind, du verstehst eh nicht viel. Rocky ist megaeinfühlsam. Ich erzähl dir mal was, dann weißt du, was ich meine: Ilja wurde mal als kleiner Junge von der Bettelmafia entführt, und dann hat er dort gesehen, wie sie jemanden umgebracht haben. Deswegen haben sie ihm Säure in die Augen gegossen. Ilja hat tagelang nur geschrien, da wollten sie ihn auch umbringen, aber Rocky hat ihn mitgenommen und wieder gesund gemacht.«

»Was heißt ›entführt‹?«

»Das heißt, die Typen haben ihn irgendwo in einem Dorf spielen sehen, nahmen ihn mit nach Dnepropetrowsk und schickten ihn dann zum Betteln auf die Straße. Und die Kohle musste er natürlich abgeben.«

»Das ist doch ein bisschen wie bei uns.«

»Was laberst du für ’ne Scheiße! Hier ist jeder freiwillig, und wir machen zusammen unser Ding. Das kannst du doch nicht vergleichen. Außerdem ist das hier so eine vorübergehende Sache. Und die Bettelmafia macht das für immer.«

»Woher weißt du, dass das vorübergehend ist?«

»*Kukolka*, Rocky macht das doch nicht für immer. Er will genug Geld für sein eigenes Business sammeln, und dann macht er diese ganze Kacke nicht mehr.«

»Müssen wir dann alle ausziehen?«

»Na klar. Rocky und ich bleiben hier und bauen das Haus aus. Dann will ich ein Kind haben. Oder zwei. Drei ist auch okay. Am liebsten hätte ich jetzt schon ein Kind …«

»Willst du nicht lieber Sergej? Der ist zumindest nicht so alt. Und er hat dich noch nie geschlagen.«

»Nein, doch nicht so ’ne Schwuchtel. Sergej ist megalieb und so, aber krass unmännlich. Er hat nicht mal Brusthaare.«

———

Wir gingen wieder nach unten. Ich holte eine neue Gasflasche aus dem Schuppen und rollte sie ins Haus. Lydia schloss sie an den Herd an und stellte einen großen Kessel mit Wasser drauf. Wir füllten die Badewanne zur Hälfte mit kaltem Wasser, dann kam das kochende Wasser aus dem Kessel dazu. Lydia holte unter der Badewanne ein Brett mit gewelltem Metall hervor und stellte es ins Wasser.

»Jetzt diese ganzen Sachen da rein«, sagte Lydia.

»Alles?« Es war ein ganzer Karton voll mit Klamotten.

»Ja, alles. Und dann einseifen. Hier, nimm das kleinere Stück. Wir haben leider kein Waschpulver mehr. Das macht mit Waschpulver viel mehr Spaß, weil es schäumt und gut riecht. Ich hatte eigentlich bis jetzt nur ein einziges Mal Waschpulver. Das hatte Sergej irgendwo geklaut. Guck, so sah das aus.« Sie wischte die tropfenden Unterarme an ihrem Pullover ab und holte einen bunten Karton oben vom Schrank. »Hier, riech mal. Es riecht immer noch!«, sagte sie und öffnete den Deckel. Ein Duft stieg hoch, den ich vorher nie gerochen hatte. Nach Blumen, die vermutlich größer waren als ich und in Farben, die es gar nicht geben kann.

»Wir machen es mit Seife. So, siehst du? Alles einseifen, dann an dem Brett reiben. Oder so, den Stoff zwischen den Händen. So, siehst du? Vor allem da, wo die Flecken sind.«

»Ich glaube, das hier geht nicht ab«, sagte ich, nachdem ich ein paar Mal daran gerieben hatte.

»Zeig! Das ist nicht von Rocky, dann ist es egal. Es muss gar nicht sauber sein. Nur nicht stinken. Dreckige Kinder bekommen mehr Mitleid, stinkende aber weniger.«

Lydia machte es offensichtlich Spaß, Wäsche zu waschen. Ich machte es zum ersten Mal und hoffte, es ist das letzte Mal. Es stank, die Seife brannte in den vielen kleinen Wunden an meinen Händen und vor allem an den eingerissenen Nägeln. Es war einfach scheiße. Das Auswringen und Aufhängen war aber fast noch anstrengender. Da ist so ein Arbeitstag auf der Straße schon angenehmer, dachte ich.

»So, jetzt nur noch kochen, und dann haben wir frei, bis die alle zurückkommen«, sagte Lydia, nachdem wir das letzte Hemd aufgehängt hatten. »Ich würde am liebsten nur hier sein und Hausarbeit machen. Ich hasse es, klauen zu gehen. Wobei das immer noch besser ist als betteln …«

»Warum?«, fragte ich.

»Warum, warum? Frag nicht so dumm! Komm, schäl mal lieber die Zwiebeln und den Knoblauch. Und dann noch die Kartoffeln. Kannst du das schon?«

»Vielleicht«, sagte ich.

»Was heißt das? Kannst du oder nicht?«

»Ich habs halt noch nie gemacht.«

»Mein Gott, ihr Heimkinder verdummt ja vollkommen. Du bist sieben, und du hast noch nie eine Zwiebel geschält. Unfassbar. Ich habe mit sieben schon Gott weiß was gemacht. Als ich mit zehn bei meiner Oma ankam, da konnte ich alles.«

»War sie lieb zu dir?«

»Meine Oma? Sie war der beste Mensch, den es auf der Erde jemals gegeben hat. Und vielleicht jemals geben wird.«

»Was passiert, wenn man tot ist?«

»Was weiß ich«, sie biss in ihre geschwollene Lippe, die wieder zu bluten anfing. »Mist«, sagte Lydia.

Sie schnitt schweigend das Gemüse, ich pulte die Schale

von den Zwiebeln ab. Ich wusste, dass sie traurig war, aber ich traute mich nicht, irgendetwas zu sagen.

»Oma ist im Himmel«, sagte sie dann. »Zumindest hat sie immer gesagt, dass sie irgendwann in den Himmel kommt. Es war ein perfektes Leben, bei Oma. Ich bin ganz normal zur Schule gegangen, alles war sauber und ordentlich, und sie war die beste Köchin der Welt. Es gab immer die leckersten Sachen, wenn ich nach Hause kam. Und ich musste nichts machen. Immer, wenn ich ihr helfen wollte, sagte sie, lass das, du bist doch noch ein Kind, du wirst in deinem Leben noch genug ackern. Schau zu und lerne. Wenn ich nicht mehr bin, wirst du es selbst tun müssen. Ich konnte mir gar nicht vorstellen, dass sie mal nicht mehr ist. Aber sie war alt. Alte Menschen sterben irgendwann. Junge manchmal auch. Aber alte sterben auf jeden Fall.« Sie drehte sich zu mir. »Samira, du hast ja immer noch keine einzige Kartoffel geschält! Meine Fresse, wie lange soll denn der Scheiß noch dauern?«

»Ich weiß nicht, wie das mit den Kartoffeln geht, das ist anders als bei Zwiebeln«, sagte ich leise.

»Dann sag doch was!«

»Aber ich hab dir doch zugehört.«

»Dann musst du trotzdem was sagen, sonst rede ich bis in alle Ewigkeit weiter. Ist doch nicht normal, wie du dich verhältst. Wie soll denn jemals was aus dir werden?«

»Weiß nicht«, sagte ich.

»Du wirst noch nicht mal rot, wenn man dich ausschimpft. Schämst du dich gar nicht?«

»Doch. Ich bin bestimmt rot, nur ist meine Haut so dunkel, dass man das nicht sehen kann.«

Lydia schnappte sich genervt eine Kartoffel und schälte sie in einem Zug. Eine lange Spirale fiel auf den Tisch. Zauberei, dachte ich. Ich versuchte es auch, doch es kamen eher kleine Schnipsel dabei raus.

»Woher wusstest du, dass deine Oma tot war?«, fragte ich.

»Weil sie halt tot war. Was gibts da zu wissen. Hast du noch nie einen Toten gesehen?« Ich schüttelte den Kopf.

»Ich bin am Morgen wach geworden, und sie lag neben mir. Ich war sonst nie vor ihr wach. Also versuchte ich sie zu wecken, aber sie war ganz steif und kalt. Sie atmete nicht. Sie war einfach tot.« Lydia weinte.

»Also ist tot wie schlafen?«

»Vielleicht. Nur, dass man nicht mehr aufwacht.«

»Und was hast du dann gemacht?«

»Ich bin zur Schule gegangen und hab alles genauso weitergemacht, wie wir es davor gemacht haben.«

»Und die Oma?«

»Die lag im Bett.«

»Und du hast dich immer dazugelegt?«

»Erst mal schon, aber später hat sie angefangen zu stinken, da hab ich mich aufs Sofa gelegt. Und irgendwann kam die blöde Frau, die die Rente bringt. Ich habe gesagt, ich nehme für meine Oma die Rente an. Sie ist nicht zu Hause. Sie sagte, meine Oma soll die Rente selber holen. Aber vermutlich hat sie bemerkt, was los ist. Vielleicht wegen des Geruchs, oder was weiß ich. Als ich am nächsten Tag aus der Schule kam, war die Wohnung verplombt. Ich habe dann im Keller geschlafen und bin am nächsten Morgen wieder zur Schule. Ich habe meiner Lehrerin erzählt, was passiert ist, und sie sagte, ich muss ins Heim. Dumme Fotze, als ob man mich ins Heim stecken könnte.«

»Und was hast du dann gemacht?«

»Bin abgehauen. Hab auf der Straße rumgehangen. Leute kennengelernt, mit denen Kleber geschnüffelt, geklaut, Tabletten geschluckt. Dann hab ich Rocky kennengelernt, und er hat mich mitgenommen. Weiß nicht mehr genau, wie das alles war. Ich war auch voll auf irgendwelchen Sachen. Rocky hat mir echt den Arsch gerettet, sonst hätte ich wahrscheinlich mit Spritzen angefangen, dann wärs vorbei gewesen.«

»Meinst du die Spritzen, die überall auf den Straßen liegen?«

»Nee, ich meine Impfungen im Krankenhaus, weißt du«, die Augen rollten wie gewohnt nach oben und hinter das geschwollene Lid.

»Du hast keine Ahnung, was das alles ist, oder?«

Ich schüttelte den Kopf.

»Okay, also die Leute, die immer auf den Straßen und in den Höfen so in der Hocke sitzen oder auf den Bänken rumhängen und den Kopf so mit den Händen stützen. So, siehst du? Kennst du, 'ne? Die sind *drauf*. Verstehst du? Die spritzen sich Heroin, und dann chillen die, und es geht ihnen gut.«

»Und warum ist das dann nicht gut?«

»Weil das nicht lange gutgeht, man braucht davon immer mehr, damit das geile Gefühl bleibt, und dafür muss man von irgendwoher die Kohle beschaffen.«

»Und wenn man wieder aufhört?«

»Man kann nicht mehr aufhören. Weil es einem so krass

gutgeht mit dem Zeug. Also, wenn man gerade drauf ist. Wenn es nachlässt, gehts einem richtig dreckig. Und viele krepieren an Aids, weil man sich mit den Spritzen anstecken kann. Am besten, du fängst gar nicht erst damit an. Sonst kannst du dir gleich ein Grab schaufeln. Rocky akzeptiert hier eh keine Drogen.« Sie guckte mich warnend an.

»Ich hab eh Angst vor Spritzen«, sagte ich.

»Die Suppe kocht, wir müssen nur noch Brot und Wodka kaufen, dann haben wir bestimmt noch zwei Stunden Zeit, bis die alle zurück sind. In der Zeit werde ich dich baden, damit du nicht mehr stinkst«, sagte Lydia. Sie war plötzlich wieder auf ihre typische Art aufgedreht und kein bisschen traurig mehr.

———

»So, die ist fertig«, sagte Lydia und stellte den großen Topf zurück auf den Herd. Es hatte sehr lange gedauert, die Wanne vorzubereiten. Wir mussten erstmal das dreckige Waschwasser ablaufen lassen, dann die Wanne schrubben, dann das Wasser in dem Riesentopf erhitzen, vom Herd nehmen und in die Wanne schütten. Und das fünf Mal.

Ich hielt meine Hand rein und sagte: »Ich glaube, das ist zu heiß.«

»Gar nicht zu heiß«, sagte Lydia. »Das muss so.«

Ich prüfte noch mal das Wasser. Es war so heiß wie ein Tee. »Warum muss das so?«, fragte ich.

»*Kukolka*«, sagte Lydia, »vertrau mir einfach, okay? Wenn du sauber werden willst, dann muss das so. Außerdem ist es superkalt hier, und dann muss das Wasser heiß sein. Sonst wirst du krank oder so was. Verstehst du?« Ich nickte.

»Los, zieh dich aus«, sagte sie und zog mir die Mütze vom Kopf.

Ich gehorchte und zog mir den braunen Pullover aus, den ich von Rocky geschenkt bekommen hatte. Dann den löchrigen weißen, dann den geringelten. Darunter hatte ich noch zwei T-Shirts, ein blaues und ein grünes mit einem Hasen drauf. Ich hatte schon ganz vergessen, dass ich sie anhatte. Die waren noch aus dem Heim. Dann das Unterhemd, die Wollhose und die zwei Strumpfhosen. Dann die Unterhose. Die war innen ganz gelb und braun. Ich knüllte sie zusammen und schob sie unter den Klamottenberg.

»Mein Gott, bist du dünn!«, sagte Lydia. »So mit den ganzen Sachen sieht man das ja nicht. Aber du bist echt ein Gerippe. Dabei bekommst du von Rocky immer einen Extranachschlag, und ständig bringt er dir Bonbons mit, weil du sein kleiner Liebling bist.«

»Das war doch nur zwei Mal«, widersprach ich ihr.

»Los, rein da. Du zitterst ja schon und bist ganz blau um den Mund!«

Ich stieg in die Wanne, doch es war so heiß, dass ich mich unmöglich hinsetzen konnte. Ganz langsam tauchte ich meinen Körper unter Wasser. Ich versuchte mich nicht zu bewegen, weil das die Hitze zu verstärken schien. Nach einer Weile gewöhnte ich mich daran, oder es wurde einfach kühler, jedenfalls wurden meine Arme und Beine ganz weich und schwer.

»Ich wurde noch nie gebadet. Wir wurden immer abgeduscht. Baden ist aber viel schöner«, sagte ich.

»Finde ich auch. Meine Oma hat mich immer sonntags gebadet. Ich durfte so lange drinbleiben, bis ich ganz schrumpelig war. Sie hat immer wieder heißes Wasser nach-gekippt, und Geschichten hat sie mir erzählt. Oder auch vorgelesen.« Lydia lehnte verträumt an der Badewanne und spielte mit ihren langen Spinnenfingern im Wasser.

»Was hat sie dir so erzählt?«, wollte ich wissen.

»Alles Mögliche. Vom Krieg, von ihren Eltern, von meiner Mama, als sie klein war …«

»Du hast auch noch eine Mama?«

»Jeder hat eine Mama.«

»Ich nicht.«

»Doch. Es gibt immer eine Fotze, aus der man rauskam.«

»Wie meinst du das?«

»Gott, Samira, weißt du denn gar nichts? Ich wusste in deinem Alter schon alles übers Ficken und überhaupt …«

»Woher denn?«

»Weil sich immer alles vor meiner Nase abgespielt hat. Ficken, Schwangerschaft, Geburt und so weiter. Beim ersten Bruder habe ich mich noch gefreut, aber dann …«

Ich nahm mir vor, nicht zu viele Fragen zu stellen, um nicht vollkommen dumm zu wirken. Lydia wusste einfach alles vom Leben, und ich war nur ein dämliches Kind. Ich schämte mich sehr.

»Okay, du weißt echt gar nichts, oder?« Ich zuckte mit den Achseln.

»Was denkst du, woher Kinder kommen?«

»Aus dem Bauch?«, sagte ich leise.

»Ja, zumindest nicht vom Storch. Also pass auf, Frauen haben eine Muschi, richtig?« Ich nickte.

»Hast du schon mal so eine richtige Frauenmuschi gese-hen? Oder kennst du nur deine kleine Kindermumu? Okay, willst du mal gucken?« Ich wusste nicht, was ich sagen sollte, aber sie strich schon ihre Klamotten ab und stieg in die Badewanne. Dann setzte sie sich an den Rand, spreizte die Beine und stellte ihre Füße obendrauf. Dann schaute sie auf ihre Muschi und sagte: »Guck, siehst du?«

»Ich glaube, meine sieht auch so aus, nur ohne die ganzen Haare. Bekomm ich die später auch?«

»Klar! Wenn man eine richtige Frau ist, hat man auf jeden Fall unten Haare. Deine werden aber schwarz sein, weil du auf dem Kopf auch schwarze Haare hast. Siehst du, hier ganz oben ist das kleine Loch zum Pinkeln, und hier«, sie ließ zwei Finger irgendwo zwischen ihren Beinen komplett verschwinden, »hier ist die Muschi. Und in dieses Loch ficken dich die Männer irgendwann. Und vielleicht noch in den Arsch, wenn du dich nicht wehren kannst.« Sie lachte.

»Und was hat das Ganze mit Kindern zu tun?«, fragte ich.

»Na ja, so kommen die Dinger in den Bauch. Wenn der Typ seine weiße Soße in die Muschi spritzt, dann wächst da ein Kind. Und wenn der Bauch richtig groß ist, kommt es durch dasselbe Loch wieder raus. Und das ist eine echt eklige Angelegenheit, das sag ich dir.«

»Das hast du bei deiner Mutter gesehen?«

»Ja, fünf Mal. Stell dir das vor. Jedes Jahr so'n Ding.«

»Und ist deine Mutter auch tot?«

»Nein, beiß dir mal in die Zunge! Wie kommst du da drauf?«

»Weil du bei deiner Oma warst und nicht bei ihr, da dachte ich ...«

»Nee, das hat mit anderen Sachen zu tun. Wir lebten

im Dorf. Tut sie ja immer noch. Ich war die Älteste. Und dann gabs noch fünf kleine Blagen. Mein erster Bruder war voll süß und nur lieb. Die anderen haben genervt. Meine Mutter hat einfach zu viel gesoffen und sich von zu vielen Typen ficken lassen, das hat unseren Ruf total ruiniert. Man nannte mich immer das Hurenkind, egal wo ich hinging. Dabei war sie gar keine echte Hure. Sie hat dafür gar kein Geld genommen. Na ja, ist auch egal. Dann hatte sie so einen neuen Kerl, und der wollte gar nichts machen außer saufen und ficken. Und wenn wir Kinder ihn bei diesen beiden Sachen gestört haben, hat er uns alle verprügelt. Der Scheißkerl hat auch von uns verlangt, dass wir im Dorf um Essen betteln und Sachen klauen.« Sie stieg vom Rand der Badewanne und zog sich an. Ihr Gesicht war rot. Ihre Augen auch.

»Und wie bist du zu deiner Oma gekommen?«, wollte ich wissen.

»Eine Nachbarin hat mich irgendwann zu sich geholt und hat meine Oma in der Stadt angerufen. Dann hat sie mich hingefahren.«

»Und die anderen?«

»Sind halt dageblieben. Was weiß ich. Du nervst mit deinem Rumgefrage. Was ist denn überhaupt mit deiner Scheißmutter?«

»Ich hab gar keine …«, fing ich an, doch dann sagte ich: »Ich kenne sie nicht. Ich wusste auch nicht, dass man immer aus irgendjemandem rauskommt. Ich dachte … ich dachte, manche Kinder haben keine Mama, sondern werden gefunden. Und dann sind sie im Heim und warten, bis sie jemand haben will.«

»Das haben sie euch bestimmt so erzählt im Heim.«

»Nee, das habe ich mir selber überlegt. Glaub ich. Oder mit Marina zusammen.«

»Wie auch immer. Bleib du mal hier, ich gehe kurz zum Laden.« Sie ging, und ich wurde plötzlich traurig. Ich vermisste Marina. Ich versuchte, mich an ihr Gesicht zu erinnern. Ich wusste noch ganz genau, wie ihre Nase aussah, und auch an ihr Lächeln und ihre weißen Zähne konnte ich mich erinnern, die ganz schief waren, so als wären es einfach zu viele und als hätten sie einander so lange geschubst, bis sich die ganze Reihe verschoben hatte.

Während ich so vor mich hin träumte, stürmte Lydia rein, gefolgt von den anderen. Sie waren vom Arbeiten zurückgekommen.

»Sie hat ja wirklich noch gar keine Titten«, sagte einer von den Zwillingen. Der andere lachte.

»Sie ist noch ein Kind«, sagte Sergej.

»Oder das bleibt so«, sagte wieder der Zwilling. »Dascha ist kein Kind und hat trotzdem keine Titten.« Alle lachten. Ich umklammerte meine Knie.

»Aus der Kleinen wird noch ein ganz heißes Ding werden«, sagte Rocky. Er kam zu der Badewanne und hob mich aus dem lauwarmen Wasser raus. Alle guckten, und zum ersten Mal schämte ich mich und bedeckte meine nicht vorhandenen Brüste mit dem Unterarm. Rocky zog seinen Pelzmantel aus und legte ihn mir um die Schultern. Er war so schwer, dass ich damit kaum aufrecht stehen konnte.

»Komm, zieh mal deine Sachen wieder an«, sagte Lydia. »Oder nein, warte, hier, zieh mal erst diese sauberen Sachen an und dann die Pullover drüber. Du solltest auch die Unterhose ab und zu in die Kiste werfen, damit ich sie wasche. Verstanden? Sonst stinkst du bald wieder.«

Ich schämte mich, dass sie das so vor allen anderen gesagt hatte. Dann zog ich an, was sie mir gegeben hatte, ohne es mir richtig anzuschauen, und war froh, nicht mehr im Zentrum der allgemeinen Aufmerksamkeit zu stehen.

Jeder setzte sich auf seinen Platz. Lydia schnitt das Brot, Sergej stellte den Topf mit der Suppe auf den Tisch. Rocky schraubte die Wodkaflasche auf, die anderen legten ihre Tageseinnahmen auf den Tisch. Die Kerosinlampe schaffte es normalerweise immer, eine gemütliche Stimmung zu verbreiten. Aber heute Abend hatte sie keine Chance. Ich überlegte, woran das wohl lag, und mir fiel auf, dass Dascha nichts von unserer Suppe aß, sondern nur am Brot knabberte.

»Warum will sie unsere Suppe nicht?«, flüsterte ich Lydia ins Ohr.

»Schmeckt dir die Suppe nicht?«, sagte Lydia daraufhin laut zu Dascha. Sie aber schaute nicht mal auf und kaute weiter auf der Brotrinde herum. »Hey, du Missgestalt, ich rede mit dir!«, sagte Lydia, und die Zwillinge kicherten.

Dann wollte ich auch was sagen: »Wir haben uns echt Mühe gegeben, und du Missgestalt willst sie nicht essen?« Jetzt schaute sie hoch. Alle anderen konnten sich vor Lachen kaum halten. Das gab mir Mut, und ich sagte: »Vielleicht würden dir Titten wachsen, wenn du mehr essen würdest.« Dascha schaute mich mit leerem Blick an.

»Zombies brauchen kein Essen«, sagte Sergej, der vor lauter Lachen kaum ein Wort rausbringen konnte. »Schluss jetzt!« Rockys Stimme war wie eine Ohrfeige, die uns alle wieder zur Ruhe brachte.

Ich war trotzdem stolz auf mich, die miese Stimmung aufgelockert zu haben.

———

Am nächsten Morgen wurde ich in aller Frühe von Sergej geweckt, weil wir zusammen das Auto waschen sollten. Ich zog mir die Mütze tief ins Gesicht und band mir Plastiktüten um die Schuhe, damit meine Füße trocken blieben.

»So, siehst du?«, sagte Sergej, als wir einige Sekunden später draußen standen. Er drückte den Schwamm mehrmals in der Schüssel zusammen. »Je mehr Schaum, desto besser!«

Ich machte es ihm nach. »Aua. Tun dir deine Hände auch so weh?«, fragte ich ihn. Die Kälte knabberte an meinen nassen Händen wie eine kleine hungrige Ratte.

»Nee. Mir tut gar nichts mehr weh. Kannst froh sein, dass es heute ein paar Grad über null sind. Ich musste es einmal bei minus zehn Grad waschen. Da ist das Wasser auf meiner Haut gefroren. Siehst du diese Finger? Und diese drei auch ...«, er zeigte mir seine großen knorpligen Hände. Die Spitzen seiner Finger waren schwarz. »Das sind alles Erfrierungen.«

»Echt? Ich dachte immer, dass sie einfach dreckig sind. Sind es bei den Zwillingen auch Erfrierungen?«

»Klar. Was denn sonst. Guck, ich hab das auch an den Ohren, siehst du?«

»Ja, krass. Tut das weh?«

»Nee. Mir tut gar nichts mehr weh!«, sagte er noch mal und schnipste gegen sein Ohr.

»Echt, du spürst gar nichts? Darf ich mal?«, fragte ich.

Er hielt mir sein Ohr hin, und ich drückte es mit aller Kraft zusammen. »Und?«, fragte ich.

»Gar nichts«, sagte er.

Ich bohrte meine Fingernägel in die schwarze Stelle.

»Und?«

»Nichts!«, wiederholte er.

Dann drehte ich mit aller Kraft an dem ganzen Ohr.

»Aii, bist du bekloppt?!«, schrie Sergej plötzlich.

»Ich dachte, dir tut nichts weh!«

»Bist du irgendwie dumm oder so? Soll ich das mal bei dir machen?« Er schnappte nach meinem Ohr und verdrehte es so heftig, dass ich mir sicher war, es reißt ab.

Ich schrie und versuchte ihn zu schlagen. Wir fielen hin, aber er ließ mich immer noch nicht los. »Na, wie ist es? Hä? Wie ist es? Tut es weh?«, wiederholte er immer wieder. Seine Augen waren kreisrund. Aus den Nasenlöchern kam echter Dampf raus.

»Lass mich los!« Ich versuchte mich zu befreien, aber er drückte mich zu Boden und drehte immer weiter an meinem Ohr.

»Hey! Lass das Kind los, du Schwuchtel!« Es war Rocky. Er riss Sergej von mir los und verpasste ihm ein paar mit der Faust ins Gesicht und dann noch ein paar mit dem Fuß in den Bauch.

»Du fasst das Kind nicht an! Ist das klar? Wenn du eins auf die Fresse willst, kannst du zu mir kommen und dich wie ein Mann prügeln.«

Sergej stand auf und spuckte Blut aus. »Tut mir leid, *Kukolka*!«, sagte er. »Echt ...«

Er wollte ins Haus gehen, aber Rocky befahl ihm, weiter das Auto zu putzen und mir genau zu erklären, wie das geht.

Sergej wischte an dem Auto herum, und ich stand nur daneben. Er sagte gar nichts mehr. Rocky beobachtete ihn kurz, zwinkerte mir dann zu und ging wieder ins Haus. Mein rechtes Ohr glühte. Etwas Warmes kroch meinen Hals herunter. Ich fasste mit der Hand danach. Es war Blut. Ich betrachtete das glänzende Rot an meinen Fingern. Dann leckte ich daran und musste bei dem vertrauten metallischen Geschmack das Gesicht verziehen. Der Alfa Romeo hatte die gleiche Farbe. Vermutlich hatte er auch den gleichen Geschmack. Ich fragte mich, ob er mit Blut gefärbt war. Aber ich traute mich nicht, Sergej zu fragen. Stattdessen fragte ich: »Warum magst du Rocky nicht?«

Sergej hörte auf zu wischen, richtete sich auf und schaute mich über das Autodach hinweg an. »Wer sagt das?«

»Niemand. Ich seh das halt …«

»Aha. Bist du eine Hellseherin, oder was?«

»Nein, ich glaube nicht …: aber ich seh das trotzdem.«

»Aha. Und was siehst du noch so?«

»Dass du in Lydia verliebt bist, zum Beispiel.«

»Okay, das reicht mir mit deinem Zigeunerkram.«

»Warum sagst du das?« Ich versuchte es mit aller Kraft zu verhindern, aber die Tränen liefen mir längst die Wangen runter.

Sergej wischte mit schnellen, ruckartigen Bewegungen weiter. Als ich mich nach einer Weile umdrehte und weggehen wollte, sagte er plötzlich: »Weil er ein Dreckskerl ist und uns alle ausnutzt.«

»Aber er hat uns hier ein Zuhause gegeben. Und Lydia

sagt, er hat sie auch davor gerettet, als Junkie an der Nadel zu sterben«, sagte ich.

»Unser ganz persönlicher Jesus«, sagte Sergej und lachte. »Soll ich dir mal sagen, warum er hier keine Drogen erlaubt? Weil wir dann nicht mehr ordentlich für ihn arbeiten würden. Hast du schon mal so Leute an der Nadel gesehen? Denen gehts einfach gut. Die chillen krass. Die sind im Frieden mit sich und allem. Wie soll er denn so jemanden zum Arbeiten bringen? Außerdem kostet das Zeug Kohle. Richtig viel sogar.«

»Sind Drogen also gut?«, fragte ich.

»Keine Ahnung. Ist dieses Leben hier gut? Manche krepieren daran, das stimmt, aber alle sagen, dass es das geilste Gefühl überhaupt ist.«

»Hast du das schon mal probiert?«

»Nee. Das kostet Geld, sag ich doch! Außerdem reicht mir auch Alk.« Er schwieg wieder und polierte das Auto trocken. »Jedenfalls macht der gute Onkel Rocky nichts aus reinem Vatergefühl heraus. Das kannst du mir glauben«, sagte er. »Wir können rein, ich bin fertig.«

Wir gingen rein. Ich hasste den Moment, an dem der Körper wieder auftaut. Tausende kleine Nadeln stechen dann in die Haut.

Rocky warf einen Blick aus dem Küchenfenster, dann zog er seinen Pelzmantel an, steckte seine Zigaretten in die Tasche und ging weg, ohne uns eine Anweisung zu geben. Es war Montag, nicht Sonntag. »Müssen wir heute nicht arbeiten?«, fragte ich. Keiner beachtete meine Frage.

Einer der Zwillinge, wahrscheinlich Oleg, riss das Fenster auf und schrie in den Hof: »Wann kommst du wieder?«

»Bald!«, sagte Rocky, während er sich in den spiegelglatt polierten Alfa Romeo setzte.

»Dürfen wir raus?«, fragte Oleg.

»Ja, okay. Aber bis abends um sechs sind alle wieder da, klar?« Man hörte die Tür zuschlagen und den Motor starten. Dann war er weg.

———

Oleg und Petja zogen sich Schuhe und Mützen an. Sie waren ganz aufgekratzt.

»Wo geht ihr beiden hin?«, fragte Sergej.

»Hinter die Garagen. Vielleicht sind die Jungs dort ...«, sagte Oleg.

»Aber keinen Scheiß anstellen«, sagte Sergej.

»Aber keinen Scheiß anstellen«, äffte Petja ihn nach.

Sergej knallte ihm eine auf den Hinterkopf.

»Willst du mit, oder was?«, fragte Oleg.

»Nee, lass mal«, sagte Sergej.

»Bringt mir *Koljosa* mit, ja?«, sagte Ilja.

»Hast du denn Kohle?«, fragte Petja.

»Ich hab immer Kohle.«

Sie machten Witze und neckten sich. Alle lachten. Ich verstand wie so häufig nicht, warum.

Die Jungs waren nun auch weg. Ich traute mich nicht, Ilja zu fragen, wie das kam, dass er sein eigenes Geld hatte. Ich wollte einerseits nicht so dumm erscheinen, andererseits hatte ich immer Angst, jemand könnte wegen einer Frage wütend werden. Deswegen fragte ich auch nicht, was dort hinter den Garagen passiert. Stattdessen fragte ich ihn, wofür er eigentlich *Koljosa* brauchte. »Um weit wegzufahren«, sagte er. Ich fragte nicht weiter nach und erfuhr erst viel später, dass *Koljosa* nicht Räder, sondern Pillen waren.

Ich zog mich auf das Sofa zurück, holte meine Barbie raus und sagte zu ihr: »Wir beobachten einfach, was so passiert, okay?« Sie war einverstanden und nickte.

Dascha saß zusammengekauert in dem Blümchensessel und kritzelte mit einem Kugelschreiber irgendwas auf altes graues Papier, in dem mal Wurst oder Käse eingewickelt gewesen war. Ich habe einmal eine Zeichnung von ihr gesehen. Da waren Lydia und Rocky drauf. Ich habe sie sofort erkannt, so gut getroffen waren sie. Aber meistens zerriss Dascha die Zeichnungen sofort, wenn sie fertig war. Ganz anders als Marina früher. Wenn Marina etwas gezeichnet hatte, legte sie es immer in ihren Schrank.

Dascha bemerkte, dass Barbie und ich sie beobachteten, und warf uns einen finsteren Blick zu. Da hob Barbie plötzlich den Arm und winkte ihr zu. Dascha senkte sofort wieder den Kopf, aber wir haben gesehen, dass sie lächelte.

Durch die Tür beobachteten wir Lydia. Sie machte *Blini* für uns und kämmte sich gleichzeitig die langen Haare. Sie machte immer alles gleichzeitig. Das war ihr Talent.

Sergej lehnte neben ihr, flüsterte ihr irgendwas ins Ohr, und sie lachte. Sie waren so cool und erwachsen, dass ich ganz neidisch wurde.

»Es sollte jemand Holz hacken, wenn wir den ganzen Tag hierbleiben«, hörte ich Ilja sagen.

»Du vielleicht?«, sagte Sergej.

»Ja, gerne, wenn du für mich den Kloben hältst«, sagte Ilja, und Lydia kicherte.

»Lustig«, sagte Sergej. »Aber so ist es wohl, wenn man

der einzige Mann im Haus ist.« Dann zog er seine Stiefel an und ging raus in den Hof.

Mittags kamen die Zwillinge zurück. Sie brachten Brot und Butter mit. Wir versammelten uns um den Tisch, tranken schwarzen Tee und aßen weißes Brot mit viel Butter und Salz. Wir wollten die *Blini* essen, aber Lydia erlaubte es nicht. »Erst wenn Rocky wieder da ist!«, sagte sie. Aber Rocky kam und kam nicht. Irgendwann gegen zehn Uhr abends haben wir die *Blini* doch gegessen – ohne ihn.

———

Alle machten, wonach ihnen war. Lydia kochte und versorgte uns alle wie vorher. Eigentlich war es ganz gemütlich, so zu Hause zu sein. Ohne Rocky. Ohne Anweisungen. Wenn ich nur nicht diese Angst gehabt hätte. Was, wenn er nicht zurückkommt?, fragte ich mich. Wer kümmert sich dann um uns? Und was passiert mit meinem Geld für Deutschland? Hatten die anderen auch Angst? Falls ja, zeigten sie es nicht.

Es war wenige Tage vor *Nowy God,* dem Neujahrsfest. *Nowy God* war das wichtigste und schönste Fest des ganzen Jahres. Das war schon im Heim so. An *Nowy God* durften wir länger aufbleiben, es gab einen geschmückten Tannenbaum und einen *Ded Moroz,* der uns Bonbons gab. In Wirklichkeit war das gar kein echter *Ded Moroz,* sondern eine verkleidete Erzieherin. Das wusste jedes Kind. Rocky hatte versprochen, dass er uns auch einen Baum besorgt und Geschenke kauft, wenn wir fleißig arbeiten. Wir haben uns alle angestrengt, aber nun war er einfach weg.

Zwei Tage vor *Nowy God* schleppten die Zwillinge einen kleinen, etwas krummen Tannenbaum an. Sie hatten ihn irgendwo in einem Park gefällt. Wir behängten ihn mit allerhand Sachen – Zapfen, getrockneten Apfelstücken, Zigaretten, Nüssen, Möhren, Teelöffeln und ein paar Bonbons, die Sergej extra für den Baum geklaut hatte. Ganz oben an die Spitze banden wir meine Barbie. Es sah echt witzig aus. Ehrlich gesagt sah der Baum im Heim damals schöner aus. Aber dafür war dieser hier unser ganz persönlicher Baum.

Am letzten Tag vor *Nowy God* ging Lydia zusammen mit den Zwillingen weg. Als sie zurückkamen, füllten sie unsere Küche mit so viel zu essen und zu trinken, wie ich es noch nie gesehen habe. Das Auspacken wollte gar nicht aufhören. Da waren Buchweizen, Kartoffeln, Sardinen, Mehl, Butter, Eier, Möhren, Tomatensaft, Milch, Rote Beete, Mayonnaise, Schmand, gesalzener Spreck, gesalzener Fisch, jede Menge Schokolade, zehn Wodka- und sechs Pepsiflaschen, ein Sack mit Sonnenblumenkernen, Honig und sogar Mandarinen. Dann packte Lydia noch diverse Kosmetiksachen aus, Haarfarbe, Haarspray, Deo, Lippenstift, Cremes und noch andere Sachen, von denen ich noch nicht wusste, wo man sie sich draufschmieren oder -sprühen sollte.

Dann erklärte Lydia jedem, was er zu schälen, zu wischen oder zu schneiden hatte. Und alle befolgten ihre Anweisungen. Auch Dascha. Sie sollte den gesalzenen Fisch von allen Gräten und der Haut befreien und in kleine Stückchen schneiden, damit Lydia daraus *Schuba* machen konnte.

Ich schaute zu, wie Lydia den Fisch mit Schichten aus Kartoffeln, Eiern, Roter Beete und Mayonnaise bedeckte, und war mir sicher, dass er es unter dieser *Schuba* warm hatte.

Schuba heißt nämlich eigentlich Pelzmantel. Ich selbst sollte den gesamten Sack Kartoffeln schälen. Lydia hatte mir ja vor ein paar Tagen gezeigt, wie das geht und nun sollte ich es üben.

Wir verbrachten den Rest des Tages und sogar den halben nächsten Tag mit Kochen. Am Schluss hatten wir so viel Essen, dass wir alle Kinder aus dem Heim hätten einladen können. Ich war aber froh, dass wir sie nicht eingeladen haben, die blöden Kinder. Ich wollte mit ihnen eh nichts zu tun haben. Und auch sonst mit gar keinen Kindern. Ich hasste Kinder. Und am wenigsten wollte ich selbst ein Kind sein.

»Am besten, wir machen jetzt alle einen Mittagsschlaf«, sagte Lydia feierlich und unterbrach meine Gedanken.

»Nee, ich hasse das«, sagte ich, und alle schauten mich an, weil ich normalerweise nicht so laut redete und auch nicht widersprach. Aber bei Mittagsschlaf, da konnte ich einfach nicht anders. »Nö, ich will nicht!«, sagte ich noch mal.

»Dann willst du bestimmt schon vor der Party einschlafen?«, fragte Lydia. Ich schüttelte den Kopf: »Nein, ich schaff das.«

»Die wird frech!«, sagte Sergej zu Lydia.

»Wird sie nicht! Ich hab alles unter Kontrolle!«, dann sagte sie zu mir: »Wenn du einen Mittagsschlaf machst, dann färbe ich dir nachher die Haare, und du darfst dich schminken!«

Ich hatte vorher eigentlich nie den Wunsch gehabt, so etwas zu machen, aber sie sagte es so verlockend, dass ich zustimmte.

———

Als ich aufwachte, war es draußen bereits dunkel. Ilja saß in der Küche und spielte Akkordeon. Lydia hatte ein total schickes blaues Kleid an, eine durchsichtige Strumpfhose und rote Schuhe mit unfassbar hohem Absatz. Sie sah großartig aus. Fast wie meine Barbie.

»So, jetzt machen wir dich auch schick. Ich habe dir tolle Sachen besorgt, du wirst gleich total ausflippen«, sagte sie und zog mir die Decke weg.

»Hier! Guck!«, sie setzte sich zu mir aufs Sofa und schüttete den Inhalt einer Plastiktüte zwischen uns aus.

»Was ist das?«

»Ein Kleid«, sie hob es hoch. »Es ist pink! Und es glitzert hier vorne. Und das hier ist die Schleife, die muss man hinten zubinden. So, siehst du?«

»Für mich?«

»Na klar. Und schau, da ist noch mehr. Sind die nicht schön? Auch mit Schleife«, sie steckte ihre Hände in die weißen Lackschühchen und tat so, als würden sie zu mir laufen.

»Und eine Strumpfhose bekommst du auch noch. Aber mit der musst du echt aufpassen, die gehen schnell kaputt, diese dünnen Dinger. Ich hatte schon mal so eine.« Sie streckte mir den dünnen weißen Stoff entgegen. Es waren kleine Luftballons drauf. Ich habe noch nie so etwas Schönes gesehen, geschweige denn angehabt. Ich umarmte Lydia so heftig, dass wir vom Sofa fielen und lachten.

Die Sachen passten mir perfekt, nur die Schuhe waren etwas zu groß. Aber das war egal. Ich fühlte mich damit wie eine Prinzessin. Oder vielleicht sogar wie Marina in Deutschland. Wenn ihre Eltern mich so sehen würden, würden sie mich sofort adoptieren, dachte ich. Und während ich in meinen Gedanken an Deutschland und an Marina schwebte, wurde irgendwas in meine Haare geschmiert.

Als sie fertig war, führte mich Lydia mit verbundenen Augen nach oben in Rockys Zimmer. Sie stellte mich vor den Spiegel, nahm mir das Tuch von den Augen ab, und ich sah ein fremdes Mädchen an. Ihre Haare waren lang und blond, die Augenbrauen ganz dünn und gebogen. Sie hatte schwarze Lidstriche, und ihre Lippen waren so pink wie ihr Kleid. »Das bin nicht ich«, sagten ich und das fremde Mädchen im Spiegel gleichzeitig. Lydia schaute von ihren hohen Schuhen auf mich herunter und lachte zufrieden.

Als wir wieder runterkamen, hörte ich Sergej zu Ilja sagen: »So einfach ist es nicht. Es gab da irgendwelche Probleme mit anderen Organisationen. Da ist einfach jemand Neues, der seine Kids in unsere Busse zum Taschenputzen reinschickt. Und die Jungs haben mir dann eins auf die Fresse verpasst. Die waren zu zweit und ich mit dem Dascha-Zombie. Und jetzt muss Rocky das halt klären. Ich frag mich nur, wie lange so etwas dauern kann …«

»Warum hast du das nicht schon früher erzählt?«, fragte Lydia.

»Ja, genau. Warum hast du das nicht erzählt?«, fragte ich. Und dann sagte ich: »Siehst du, er ist doch lieb, dass er das für dich klärt.«

»Was? Mann, das ist doch nicht *lieb!* Es ist sein Scheißbusiness. Verstehst du das nicht? Wir sind sein Business. Er zahlt der *Krischa* das nötige Schutzgeld, damit er seine Leute zum Betteln und Klauen hinschicken kann. Die ganze Stadt ist in Bereiche unterteilt. Alles gehört irgendwem.

Und es ist sein Scheißjob, dafür zu sorgen, dass niemand von uns von der Konkurrenz auf die Fresse kriegt. Dafür kassiert er das Geld, was wir verdienen.«

»Komm, reg dich doch nicht so auf. Wir feiern ein Fest heute. Rocky wird es klären, und alles wird gut«, sagte Lydia.

»Alles wird gut«, äffte Sergej sie nach. »Für dich vielleicht. Ich habe keinen Bock mehr auf die Ausbeutung. Er macht seinen Job scheiße. Klar? Wir rackern uns ab, damit er saufen und mit Nutten abhängen kann.«

»Er geht nicht zu Nutten!«, sagte Lydia.

»Lydia, wach doch mal auf! Glaubst du, deine kleine Fotze ist die einzige für ihn? Denkst du wirklich, du bist ihm irgendwas wert?«

»Halt die Klappe! Halt deine verdammte Klappe, hörst du!« Lydia wollte ihn schlagen, aber er hielt ihre Arme fest.

»Was guckst du so dumm? Vielleicht ist ja deine Fotze die nächste. Wer weiß. So, wie sie dich zurechtgemacht hat, könntest du ihm gefallen.« Er ließ Lydia los, und sie sank weinend zu Boden. Ich setzte mich zu ihr und legte meinen Arm um sie. »Hau lieber ab, bevor du dem Arschloch genauso hörig bist wie dein großes Idol hier«, sagte Sergej und zeigte auf Lydia.

»Sobald Rocky für mein Ticket gesammelt hat, werde ich sowieso nach Deutschland fahren«, sagte ich ruhig.

Er setzte sich zu uns auf den Boden, sah mich an und sagte: »*Kukolka*, niemand sammelt irgendwas für dich. Das war nur ein Trick.«

»Lass sie in Ruhe. Außerdem weißt du es nicht«, sagte Lydia.

»Willst du mich verarschen? Sag der Kleinen doch, was Sache ist. Du weißt, dass er ihr nichts geben wird! Sag es ihr doch! Sag doch!«

»Gar nichts werde ich sagen«, sagte Lydia.

»Außerdem hab ich auch so schon einen Teil des Geldes«, sagte ich.

»Woher denn?«

»Es ist in einer Bauchtasche, und Lydia hat es versteckt. Und es ist sehr viel Geld, wenn du es genau wissen willst. Es sind Dollar. Zeig sie ihm, Lydia!«

»O Scheiße, ihr habt Geld vor ihm versteckt? Lydia, warum machst du so eine Scheiße? Du weißt genau, was passiert, wenn er das rausfindet!«, sagte Sergej.

»Es ist eh nichts mehr da«, sagte Lydia.

»Was heißt das? Wie ...?« Ich verstand überhaupt nicht, wovon sie redete.

»Na, was glaubst du, wovon ich diese ganzen schönen Sachen bezahlt habe?«

»Ich dachte ...«

»Ich hab sie gekauft, okay? *Kukolka*, guck mich nicht so an! Es war eh mein Geld, ich habe es geklaut, und ich habe auch die Prügel bekommen. Also ist es meins gewesen. Außerdem hast du jetzt all die schönen Sachen, und wir werden eine tolle Party haben. Du kennst doch den Spruch, wie man das neue Jahr begrüßt, so wird man es auch verbringen!«

Wir saßen da, und niemand sagte was. Plötzlich fing Ilja wieder an zu spielen. Wir hatten ganz vergessen, dass er überhaupt noch da war. Sergej zündete eine Zigarette an und gab sie mir. Ich zog daran und musste furchtbar husten. Sergej und Lydia lachten.

Später kamen auch Dascha und die Zwillinge dazu. Wir aßen und tranken Wodka. Ilja spielte, und wir sangen alte und neue Lieder. Stundenlang. Kurz vor Mitternacht verteilte Lydia die Wunderkerzen. Im Radio hörten wir die Glocken des Moskauer Kreml schlagen. Bei dem zwölften Schlag ließ Sergej den Sektkorken knallen. Wir umarmten und küssten uns und wünschten uns ein glückliches, gesundes und reiches Jahr. Dann schrieb jeder seinen Wunsch auf einen kleinen Zettel, verbrannte ihn in einer Tasse und streute die Asche in den Sekt. Ich war als Letztes dran. Weil ich nicht schreiben konnte, bat ich Lydia darum. Auf meinem Zettel stand nur ein Wort: erwachsen. Ich trank aus und hatte das Gefühl, der Wunsch hätte sich unmittelbar erfüllt. Ich war plötzlich kein Kind mehr.

Nach dem Sekt musste ich leider kotzen. Alles drehte sich, meine Beine konnten mich nicht halten, ich taumelte zum Sofa und bekam von dem Rest der Party nichts mehr mit.

———

Wie man mir später erzählt hatte, war Rocky in der Silvesternacht zurückgekommen. Er hatte seinen Pelzmantel und seine Uhr nicht mehr, dafür aber ein paar gelbgrüne Flecken im Gesicht. Er wollte wissen, wo wir all das Essen, den Alkohol und die Klamotten herhatten, und die Zwillinge sagten, Lydia hätte es bezahlt. Lydia wiederum sagte, sie war mit mir klauen gegangen, und ich hätte ein Portemonnaie mit ganz viel Geld drinnen erwischt. Überraschenderweise war Rocky wohl überhaupt nicht sauer geworden, sondern sagte nur, es ist gut, dass ich so weit bin, jetzt endlich auch

Taschen zu putzen. Er sagte auch, dass wir den Platz am Bahnhof und die gute Buslinie nicht mehr haben und dass er ein paar neue Ideen für unser Business hat.

Das Jahr begann wirklich scheiße. Abends konnten wir nicht mehr gemütlich zusammensitzen, sondern mussten ganz früh schlafen gehen. Um 1 Uhr nachts mussten wir wieder wach sein, um zu den Kiosken zu fahren. Wir sollten jetzt nämlich Kioske ausräumen und anzünden. Nicht irgendwelche, sondern die Kioske, von denen die Besitzer das Schutzgeld nicht bezahlt hatten. Wir arbeiteten jetzt also für die *Krischa*, das war schon ziemlich cool.

Es machte Spaß, die Dinger auszuräumen. Wir nahmen die ganzen Zigaretten, den Alkohol, Schokolade und Kaugummis mit. Es musste sehr schnell gehen und ohne Taschenlampe, damit wir nicht gesehen wurden. Das Schönste war aber das helle Feuer am Ende. Manche Kioske gingen sofort in hohen Flammen auf, andere erst langsam. Da waren wir schon weg, bevor das Feuer seine ganze Pracht entwickeln konnte.

Tagsüber durften wir nicht mehr betteln, sondern mussten alle klauen. Früher durften wir zu zweit arbeiten, jetzt musste jeder allein los und sollte möglichst viel verdienen. Im Klauen war ich echt schlecht. Ich wollte die beste Diebin dieser verdammten Stadt sein. Aber wenn es so weit war, hatte ich total Schiss und klaute nur die leeren Portemonnaies bei halbblinden Omas und Opas. Je mehr Angst ich hatte, desto häufiger wurde ich erwischt, sogar von den alten Leuten.

Einmal habe ich es bei einer Frau in einem teuren Ledermantel mit Pelzkragen versucht, aber sie hat es gemerkt und kreischte: »Haltet die Diebin!« Ich tauchte ein in das

Meer aus Beinen, Taschen, Stiefeln und Schuhen. Als ich aus dem Bus sprang und wegrannte, hatte ich das Gefühl, mein ganzer Körper würde in Flammen stehen, so wie die Kioske, die wir anzündeten. Danach hatte ich ständig Angst, diese Frau zufällig wiederzutreffen.

Jeder versuchte, besser als der andere zu sein, um nicht nachts loszumüssen. Denn wer tagsüber am besten verdiente, musste nachts nicht zu den Kiosken. Mir war das eigentlich egal. Ich hatte keine Angst vor dem Feuer. Ich wollte aber wieder gut sein in meinem Job. Stattdessen war ich die Schlechteste, und die anderen zogen mich damit auf.

———

Eines Abends ging ich zu Dascha und sagte: »Kannst du mir beibringen, wie man klaut?« Als sie nicht darauf reagierte, fügte ich hinzu: »Bitte, es ist mein größter Wunsch.«

Da schaute sie mich mit ihren großen dunklen Augen an. Sie sagte nichts und kaute an ihren Nägeln.

»Wenn du es mir nicht erklären willst, dann könntest du es mir vielleicht wenigstens zeigen. Bitte! Du bist die absolut Beste darin, niemand verdient so viel wie du.«

Sie sagte immer noch nichts, aber sie schaute mich an, also wusste ich, dass sie mir zuhörte.

»Vielleicht kann ich auch was für dich tun? Vielleicht willst du ja was von mir?«

Sie schüttelte den Kopf. Dann bedeutete sie mir mit der Hand, ich solle näher kommen. Ich beugte mich zu ihr, und sie flüsterte kaum hörbar in mein Ohr: »Ich zeig es dir. Aber dafür musst du mich umbringen.«

Ich zuckte zusammen. »Du sprichst ja!« Sie nickte. Ihr Blick war ernst. »Das ist ein blöder Scherz«, sagte ich dann.

»Es ist das, was ich will«, sagte Dascha und schaute wieder weg.

»Das kann ich nicht«, sagte ich. »Vielleicht kannst du dir was anderes wünschen? Ich könnte dir die Augenbrauen zupfen oder dich massieren. Das kann ich gut. Hat mir Lydia beigebracht. Oder …«, ich überlegte einen Augenblick und sagte dann entschlossen: »Oder ich kann dir meine Barbie geben.« Das konnte sie auf keinen Fall ablehnen, denn es war das Wertvollste, was ich hatte.

Plötzlich lächelte sie. »Ich zeig es dir«, sagte sie, ohne die Lippen zu bewegen.

Ich bettelte bei Rocky so lange, bis er mir erlaubte, mit Dascha zu arbeiten. »Aber nur eine Woche«, sagte er schließlich, »und hoffentlich lernst du wirklich was. Ich hatte früher mal so große Hoffnungen in dich gesetzt, *Kukolka*.«

———

Dascha erklärte mir, dass alles *Kopfsache* ist.

»Du musst warten, bis du das Gefühl hast. Es ist das Gefühl, dass du was nehmen willst, das bereits deins ist. Wenn es deins ist, brauchst du keine Angst mehr zu haben. Du musst die Sachen aus einer fremden Tasche mit dem gleichen Gefühl herausholen wie aus deiner eigenen«, sagte sie.

Sie zeigte mir den Geist-Trick, bei dem man sich vorstellt, man ist ein Geist, der unsichtbar durch den Trolleybus schwebt. Man schwebt um die Menschen herum, und dabei bleiben ihre Portemonnaies und manchmal sogar ihr Schmuck an einem »kleben«. Dascha machte es mir vor. Sie bewegte sich durch die Menschenmenge, als wäre sie schwerelos. Sie nahm gar keinen Raum ein, sondern füllte die bestehenden Lücken aus. Niemand bemerkte es jemals, wenn ihre kleine dünne Hand in die Tasche griff.

Dann gab es noch den Fuß-Trick, der ist gut bei Männern, die das Portemonnaie in der Hosentasche haben. Man tritt einer Person wie zufällig auf den Fuß und greift im selben Moment nach dem Portemonnaie. Das muss unbedingt auf die Sekunde genau passieren. Deshalb ist das nichts für Anfänger. Es gab noch viel mehr Tricks. Und Dascha versprach, sie mir irgendwann alle zu zeigen.

Ihre Tricks funktionierten super. Bald konnte ich genauso gut klauen wie die anderen. Dascha und ich verdienten so viel, dass Rocky uns erlaubte, immer zusammen zu arbeiten.

———

Der Frühling kam. Die Vögel kehrten zurück. Ich war wieder total gut in meinem Job. Ich musste so gut wie nie mehr die Kioske anzünden, durfte nachts schlafen, und Rocky hatte mich wieder lieb.

»Du hast mir so viel beigebracht«, sagte ich einmal zu Dascha, »willst du jetzt meine Barbie haben?«

»Nein«, sagte sie. »Behalte du sie lieber. Es ist das Einzige, was wirklich deins ist. Das würde ich dir nicht nehmen wollen.«

»Was willst du dann?«, fragte ich.

»Ich will sterben.«

»Das mache ich aber nicht«, sagte ich sofort.

»Ich weiß. Ich weiß. Aber dann sei meine Freundin. Kannst du das?«

»Ich denke schon.«

»Oder musst du erst bei Lydia um Erlaubnis fragen?«

Ich schwieg und überlegte.

Dann sagte sie: »Sie wird sie dir nicht geben.«

»Warum mögt ihr euch nicht?«, fragte ich.

»Das ist eine lange Geschichte.«

»Bitte, erzähl sie mir!«

»Als ich klein war, haben die schlimme Dinge gemacht. Mit mir.« Dann sagte sie lange nichts. Wir lehnten mit dem Rücken gegen die dicke Aprikose im Garten. Ich drehte meinen Kopf nach rechts und schaute Dascha erwartungsvoll an. In dem blauen Licht des Frühlingsabends fand ich sie sogar irgendwie hübsch. Ihre Haare waren etwas gewachsen und drehten sich zu Locken ein. Sie starrte geradeaus.

»Musstest du Würmer essen und Tierblut trinken?«, fragte ich.

»Was?«

»Na ja, ich dachte, vielleicht schämst du dich, es mir zu sagen, aber ich weiß es doch schon. Ich finde es nicht schlimm, weißt du.«

»Wer hat das gesagt?«

»Ist doch egal. Ich finde es okay.« Ich lächelte sie an und wollte ihre Hand nehmen, aber sie zog sie weg und schaute mich an wie früher, wie ein wütender Zombie.

»Was habe ich jetzt wieder falsch gemacht?«, fragte ich leise.

»Nichts. Du bist bloß ein Kind. Ist schon okay«, sagte sie,

und dann wiederholte sie murmelnd: »Alles okay ... alles okay ... alles okay ...«

Sie erzählte mir die Geschichte nie an einem Stück, aber ich konnte ihr immer wieder einzelne Sätze entlocken. Es muss wohl so gewesen sein, dass sie bei ihren Großeltern aufgewachsen war, und der Opa und noch Freunde von ihm haben sie oft an der Muschi angefasst, und sie sollte das Gleiche mit ihren Schwänzen machen. Und das muss viele Jahre so gegangen und immer schlimmer geworden sein. Weil sie ihr wohl sehr wehgetan haben. Rocky soll auch oft dabei gewesen sein, aber er war nicht so brutal gewesen, und irgendwann nahm er sie dann mit und sagte ihr, sie wäre jetzt sein Mädchen. Doch kurze Zeit später war Lydia da, und er fand sie besser. Was ich ehrlich gesagt gut verstehen konnte, da Lydia viel hübscher war. Sie hatte lange blonde Haare und Brüste. Dascha hatte gar nichts. Dazu noch diese ganzen Wunden an der Haut. Das sah scheiße aus.

»Warst du verliebt? In ihn, mein ich?«, fragte ich sie mal. Sie sagte nichts, aber ich glaube schon. Es war nicht gut für sie, wenn man versuchte, sie zum Reden zu bringen. Sie wurde dann immer so verzweifelt und machte sich immer mehr Wunden. Deswegen habe ich es irgendwann nicht mehr gemacht. Langsam gewöhnte ich mich daran, nicht so viel zu reden. Dascha und ich verstanden uns trotzdem gut. Das Gequatsche der anderen, vor allem von Lydia, ging mir jetzt sogar krass auf die Nerven.

———

Dascha hatte recht behalten. Lydia fand es nicht gut, dass ich mich mit Dascha angefreundet hatte. Irgendwann stellte sie mich vor die Wahl: »Entweder du bist meine Freundin oder die von dieser Missgestalt«, sagte sie.

Ich wählte Dascha. Sie war zwar nicht so cool wie Lydia, aber dafür kommandierte sie mich nicht herum. Außerdem hatte ich Dascha versprochen, zu ihr zu halten. Ich mochte sie. Sie war gar keine Missgestalt. Nur seltsam und traurig.

Lydia hörte von da an auf, mit mir zu reden, mir vorzulesen und meine Haare zu färben. Am Ende des Sommers waren meine Haare vom Ansatz bis zum Kinn schwarz und vom Kinn bis zum Po blond. Ich flocht sie, nahm die große rostige Schere und schnitt den gelbblonden Zopf ab. Dann band ich beide Enden zu und hängte den Zopf an den Nagel, der in der Eingangstür steckte.

»Du wirst genau wie sie! Dein Leben ist vorbei, noch bevor es angefangen hat«, sagte Lydia, als sie mich am nächsten Morgen sah. Das war das Einzige, was sie in diesem Sommer zu mir sagte. Selbst bei alltäglichen Dingen sprach sie nie direkt zu mir, sondern sagte immer zu Sergej, er solle Samira sagen, dass *sie* zur Seite soll, dass *sie* sich hinsetzen soll, dass *sie* sich waschen soll und so weiter.

Am Anfang war ich traurig darüber und versuchte mich mit ihr wieder zu vertragen. Es ging nicht. Ihr Hass auf Dascha war zu groß. Also akzeptierte ich es, so wie es war. Zumal die anderen es auch akzeptierten. Manchmal hatte ich sogar das Gefühl, dass die Jungs es cool fanden, dass ich nicht mehr so auf Lydia hörte und jetzt mehr mein eigenes Ding machte.

Das Leben wurde entspannter, seit wir wieder normal

schlafen konnten. Die Sache mit den Kiosken lief irgendwie nicht. Rocky bekam dafür keine Aufträge mehr. Alle machten sich Sorgen, was als Nächstes kommt. Mir war das eigentlich egal. Ich hatte nämlich eine neue Leidenschaft: Lesen und schreiben lernen.

Abend für Abend brachte Ilja mir die Buchstaben bei. Er schrieb einen Buchstaben hin und sprach ihn laut vor. Dann schrieb er einen neuen Buchstaben hin, und ich sollte sagen, welcher das ist. Dann schrieb er mehrere Buchstaben zusammen und irgendwann Wörter. In wenigen Wochen konnte ich lesen und auch schreiben. Ich las alles, was mir unter die Augen kam. Zeitungen, Aushänge, Schmierereien an der Wand. Manchmal klaute ich Bücher aus den Taschen der Leute. Viele davon waren langweilig, weil ich viele Worte nicht verstehen konnte. Aber einmal war es ein Buch über eine Sängerin. Sie wurde leider umgebracht, und erst am Ende des Buches fand man den Mörder. Da wusste ich, dass ich mal Sängerin werden wollte.

Abends machten wir vor dem Haus Feuer und legten Kartoffeln in die Glut. Ilja spielte Akkordeon, und wir sangen Lieder zusammen. Seit ich bei Rocky war, hatte ich nur ganz leise gesungen, um niemanden zu stören. Aber jetzt sang ich wieder laut, wie damals im *Sonnenschein*, als die Adoptiveltern zu Besuch kamen. Ilja meinte, ich hätte großes Talent. Rocky mochte es auch. Nur Lydia verdrehte immer die Augen und ging sofort wieder ins Haus rein, wenn ich zu singen anfing.

———

Es war ein schwüler, stickiger Nachmittag, als wir uns zur Rushhour in den Bus quetschten. Dascha zeigte auf eine Frau mit vielen Goldketten um den Hals. Ich fand sie nicht gut. Solche Frauen hatten oft gar kein fettes Geld bei sich, sondern täuschten ihren Reichtum nur vor mit dem ganzen Schmuck. Ich wollte lieber den großen muskulösen Mann mit der Adidas-Hose. Er hatte auch dieses coole kleine Täschchen, was manche Männer um das Handgelenk herum tragen. Wir hatten schon unzählige davon geklaut. Man schnitt sie einfach von dem Henkel ab, der am Gelenk weiter hängen blieb. Die meisten merkten es gar nicht, weil sie sich nur darauf konzentrierten, den Taschengriff festzuhalten. Das war superlustig.

Dascha fand den Typen auch okay. Sie machte eh meistens das, was man ihr sagte, und widersprach nicht. Das war neben der Tatsache, dass sie so gut wie nie sprach, eine weitere angenehme Eigenschaft an ihr. Sie presste sich durch zu dem Typen, schnitt sauber das Ding ab und reichte es unauffällig an mich weiter. Ich steckte es in meine Tasche und quetschte mich schon mal zum Ausgang durch. Der Bus hielt an, und ich wurde mit der Masse hinausgedrückt. Ich schaute mich um, wo Dascha steckte, da sah ich, dass der Typ sie am Arm gepackt hatte und anschrie. Daschas Augen waren genauso ruhig und traurig wie sonst. Sie gab mir ein kaum wahrnehmbares Zeichen abzuhauen. Theoretisch war das auch die Regel. Wer das Geld hat, haut ab. Da es keine Beweise gibt, wird der andere dann laufengelassen. Das konnte ich aber auf keinen Fall machen. Ich sprang noch mal zurück in den Bus, riss Dascha von ihm los und schrie: »Renn!«

Wir rannten los. Ich hielt die Tasche fest unter den Arm geklemmt. Meine Beine waren so schnell, dass ich fast hinfiel und Daschas Gummilatschen klackten laut auf dem staubigen Asphalt. Der war über den Tag so heiß geworden, dass wir Fußabdrücke hinterließen. Sogar die schwerelose Dascha. Ich kannte mich in der Gegend ganz gut aus und rannte nach links in eine abschüssige Seitenstraße, die zu einer kleinen Siedlung führte. Ich lief immer weiter, an bellenden Hunden vorbei, über einen kleinen Zaun drüber, dann durch eine Lücke in einem hohen Holzzaun. Plötzlich fiel mir auf, dass Daschas Latschen nicht mehr klackten. Ich blieb stehen. Schaute zurück. Nichts. Nur die Hunde, die vor den Zäunen standen und die Zähne fletschten. Ich hätte einfach weiterlaufen können, aber ich lief zurück. Vielleicht war sie umgeknickt, dachte ich, obwohl ich eigentlich wusste, was los war. Mein Herzschlag war lauter als das Hundegebell, aber der Typ, der Dascha immer wieder mit der flachen Hand ins Gesicht schlug, war noch lauter.

»Wo ist meine Tasche? Du verfickte Schlampe, wem hast du sie gegeben?«

»Hier!«, sagte ich und warf ihm die Tasche hin.

Er ließ Dascha los und bückte sich nach seiner Tasche.

»Es ist alles drin«, sagte ich.

»Ich entscheide, ob alles drin ist, klar?«, sagte er und schaute nach. Dascha stand da wie eine Statue. Ich nahm ihre Hand und sagte leise: »Komm, Dascha, komm!«

»Stehen bleiben!«, sagte der Typ. »Ich erwarte zumindest eine Entschuldigung, klar?«

»Ja. Klar. Entschuldigen Sie bitte vielmals. Wirklich. Es tut uns sehr leid. Wirklich. Wir sind nur so hungrig ... Das wird nie wieder vorkommen! Versprochen!«, sagte ich und schaute ihn mit meinem Adoptier-mich-Blick an.

»Okay, halt die Klappe, die andere soll sich auch entschuldigen.«

Dascha brachte keinen Ton heraus.

»Komm, Dascha, sag, dass es dir leidtut!«, flüsterte ich. Aber sie sagte gar nichts und schaute weder mich noch den Typen an, sondern so typisch dämlich geradeaus, als wäre nur Leere in ihrem verdammten Hirn.

Plötzlich holte der Typ eine Pistole aus der kleinen Tasche heraus und hielt sie Dascha an den Kopf. »Entschuldige dich, du Fotze!«, schrie er sie an.

»Bitte! Sie kann nicht immer reden. Das heißt, sie redet meistens überhaupt nicht. Sie ist eigentlich stumm. Und ich habe mich auch für uns beide ... und Sie haben ja jetzt ihr Zeug und ...«, sagte ich.

»Schnauze, sonst bist du gleich auch dran, klar?«, sagte er. »Und dir, du Hure, bring ich schon Manieren bei!« Während er mit der einen Hand immer noch die Waffe an ihren Kopf hielt, schob er mit der anderen den Bund seiner Adidas-Hose runter, holte seinen Schwanz raus und rubbelte an ihm, bis er rot und steif wurde. »Mach dein Scheißmaul auf, du Fotze!«, schrie er Dascha an.

Ich stand einfach da und sah zu, wie er sie runter auf die Knie zwang, mit seiner riesigen Hand so fest in ihre bleichen Wangen drückte, bis der Unterkiefer runterklappte, ihr Mund aufging und er seinen fetten Schwanz in ihren Kopf hämmerte. Daschas Augen waren zu und ihre Wangen nass. Sie gab Würgegeräusche von sich und versuchte ihn wegzustoßen. Plötzlich ging alles ganz schnell. Der Typ schrie auf.

Dann ein lauter Knall. Warmes Blut spritzte auf meine Beine, Arme und auf mein Gesicht. Ich rannte los.

———

Es war dunkel, als ich zu Hause ankam. In meinem Kopf rauschte das gesamte Blut meines Körpers. Der Rest war leer. Ich kotzte. Ich kotzte alles aus, was ich an diesem Tag gegessen hatte, und dann noch weiter, immer weiter. Endlich konnte ich die Ecke beschreiben, wo ich Dascha zurückgelassen hatte. Rocky und Sergej fuhren sofort hin.

Sie kamen bald zurück.

»Tot«, sagte Sergej.

»Schade. Armes Ding«, sagte Rocky. Sie hatten ihre Leiche nicht mitgebracht. Zu gefährlich. Die *Milizija* könnte uns was anhängen.

»Tja, lebendig war sie ohnehin schon lange nicht mehr«, sagte Lydia. Niemand antwortete.

Rocky gab ihr eine Ohrfeige und sagte: »Es wird nicht mehr darüber gesprochen, klar? Nie mehr. Am besten, ihr vergesst sie und kümmert euch um euren eigenen Scheiß.«

Ich konnte es nicht vergessen. Jede Nacht träumte ich von Daschas Tod, und jeden Tag fragte ich mich, wie das passieren konnte. Was ich falsch gemacht hatte, ob ich sie hätte retten können. Wenn ich nur sofort gesagt hätte, dass sie nicht reden konnte. Aber sie konnte es doch! Sie konnte reden. Warum wollte sie sich nicht entschuldigen?

Die nächsten Tage blieb ich auf dem Sofa liegen. Niemand sagte etwas dagegen. Ich stand nur auf, um aufs Klohäuschen zu gehen. Ich trank kaum, und essen konnte ich wegen der Übelkeit sowieso nicht.

»Iss was«, sagte Lydia, nachdem ich eine Woche auf dem Sofa verbracht hatte. Von da an sagte sie es jeden Tag einmal. So als wäre es ihre Pflicht, das zu sagen. Ich dachte, Rocky würde mich zwingen, aufzustehen und wieder arbeiten zu gehen, aber er ließ mich in Ruhe. Ich hätte es ohnehin nicht gemacht. Ich würde nie wieder klauen können. Nie wieder. Alles war sinnlos. Mein Kopf war voller Fragen. Voller Angst. Vorwürfe. Schmerz. Übelkeit. Ich nahm an nichts mehr teil. Nur durch den Gang aufs Klo merkte ich, dass der Herbst gekommen war und dass er wieder ging. Obwohl Dascha nie etwas gesagt hatte, war es ohne sie viel stiller geworden im Haus.

———

Eines Tages kam Rocky mit einer riesigen, wunderschönen Tanne nach Hause. Er schob mich mit dem Sofa beiseite, um sie aufstellen zu können. Er hatte eine Glückssträhne beim Kartenspielen gehabt und nun einen Haufen Geld gewonnen. Deshalb hatte er auch allerhand Baumschmuck gekauft, sehr viel teures Essen und für jeden ein Geschenk.

»*Kukolka*, wachst du irgendwann aus deinem Winterschlaf mal auf?«, fragte er. Ich fühlte mich so schwach, dass ich mich gar nicht mehr aufsetzen konnte. Ich hatte das Gefühl, es würde nicht mehr lange dauern und ich würde mit dem Sofa verwachsen, auf dem ich lag. »Es wird Zeit, dass du wieder normal wirst«, sagte er ganz leise und strich mir über den Kopf. »Und essen musst du. Du bist ein Skelett. Das sieht scheiße aus. Sollen die Leute denken, ich würde euch Kinder hungern lassen, oder was?« Er zwinkerte mir zu und lachte. Ich lachte nicht mit. Ich verstand den Witz gar nicht, und ich beschloss, nie wieder über etwas zu lachen, was ich nicht verstand.

Es war das zweite *Nowy God* bei Rocky. Diesmal war alles anders. Rocky war da. Er hatte Freunde eingeladen und auch zwei Frauen. Die sahen toll aus. So schön, als wären sie gar nicht von dieser Welt. Ihre Kleider waren so winzig klein, dass man alles von ihren Körpern sehen konnte. Und dann noch diese langen Haare und roten Lippen und die superhohen Schuhe. Ich war hypnotisiert von ihnen. Sie bemerkten mich genauso wenig, wie sie den anderen Dreck in unserer Bude bemerkten.

Alle waren ganz aufgekratzt. Wahrscheinlich waren sie schon besoffen. Es gab einen Kassettenrekorder, von dem Musik gespielt wurde, Champagner und Kaviar und natürlich Geschenke. Ich fühlte nichts. Nicht, als Rocky mir eine neue Barbie schenkte, und nicht, als er Lydia vor allen anderen vornüber auf den Blümchensessel drückte, ihren Rock hochschob, ihre Strumpfhose zerriss und seinen Schwanz zwischen ihre Beine schob.

»Bist du jetzt zufrieden?! Denkst du, du hast mir zu sagen, wen ich zu ficken habe und wen nicht? Denkst du, du hast mir irgendwas zu sagen, du kleine Fotze?« Die Sätze kamen stoßartig aus seinem Mund.

Als er fertig war, winselte und schluchzte Lydia. Sie zog ihren Rock runter und ging nach oben. Die anderen feierten einfach weiter. Dann fickten Rocky und seine drei Freunde die zwei schönen Frauen. Ich saß in der Ecke des Zimmers und starrte sie an. Ich hatte mir so was schon oft bei den

Straßenhunden angeschaut. Nur dass die Hunde nicht so keuchen mussten und einander nicht in den Kopf fickten. Plötzlich hatte ich wieder Daschas Gesicht vor mir. Es ist rot. Sie würgt.

Ich musste kotzen. Ich kotzte Kaviar und Schokolade. Niemand bemerkte es. Ich zog mir die Decke über den Kopf, hielt mir die Ohren zu und wartete, bis es vorbei war. Bis *alles* vorbei war.

————

Einmal wurde ich von der Sonne geweckt, die durch das trübe, dreckige Fenster ins Zimmer schien. Zum ersten Mal seit langem hatte ich Lust aufzustehen. Fest in Decken gehüllt, mit denen ich mittlerweile fast verschmolzen war, ging ich raus und setzte mich auf die Bank vors Haus. Die Luft war kalt, aber sie roch nach neuem Leben. Ganz anders als in mir drin. Da roch es nach Verwesung und Tod. Plötzlich konnte ich Dascha verstehen. Sie wollte sterben. Jetzt war sie tot. So einen Tod wollte sie aber gar nicht. Ich wusste das ganz sicher. Sie hatte mir nämlich erzählt, wie sie am liebsten sterben wollte. Sie wollte von einem hohen Gebäude runtergeschubst werden.

Ich hatte gesagt, dass ich ihr nicht helfen werde. Jetzt bereute ich es. Hätte ich ihr doch den Wunsch erfüllt, dann hätte sie den Tod gehabt, den sie wollte.

Plötzlich fiel mir meine neue Barbie ein. Ich ging ins Haus, um sie zu holen. Sie war immer noch eingepackt. Ich nahm die Barbie und die große rostige Schere und setzte mich zurück auf die Bank. Dann schnitt ich vorsichtig die Verpackung auf. Die neue Barbie war keine echte Barbie. Ihr

Name war Cindy, und im Gegensatz zu meiner echten Barbie konnte man ihre Arme und Beine nicht knicken. Außerdem hatte sie schwarze Haare. Hübsch war sie trotzdem. Ich legte die Schere ganz dicht an den Puppenkopf und schnitt die erste Strähne ab. Dann noch eine. Immer weiter, bis nur noch Stoppeln übrig waren. Ich drückte sie an mich und heulte.

Dann quietschte die Tür, und Ilja kam heraus. Er setzte sich neben mich. Ich wischte die Tränen und den Rotz mit der Decke weg und schaute ihn an. Sein unheimliches Gesicht war mir inzwischen vertraut geworden. Hinter diesem unheimlichen Gesicht war ein netter Mensch. Aber hinter manchen netten Gesichtern waren unheimliche Menschen.

»Ich weiß, dass du mich anstarrst«, sagte Ilja.

»Tue ich nicht«, sagte ich und musste lächeln, weil er so was immer spürte.

»Doch. Tust du immer noch.« Er drehte sein Gesicht zu mir. Er lächelte. Ich lächelte zurück und wusste, dass er es wusste.

»Rocky muss dich sehr gern haben!«, sagte er nach einer Pause.

»Wie kommst du darauf?«, wollte ich wissen.

»Na ja, er hat dich jetzt ein halbes Jahr auf dem Sofa rumgammeln lassen. Da muss er dich sehr gern haben.«

»Und wenn schon. Soll er mich eben auf die Straße schmeißen, ist mir doch egal.«

»Ich meine es eher so, dass du aufpassen solltest. Es hat immer den gleichen Grund, wenn er ein Mädchen mag. Verstehst du, was ich dir sagen will?«

»Ja, klar«, sagte ich.

»Sicher?«

»Nein. Eigentlich nicht«, sagte ich ganz leise in mich hinein.

»Er steht halt auf ganz junge Dinger.«

»Aber er hat doch Lydia.«

»Na und?«, er lachte. »Die wird ihm vielleicht zu alt oder zu langweilig oder was weiß ich. Ich kenne mich mit so was nicht aus. Ich hatte noch nie was mit Mädchen, wie man sich denken kann.« Er lachte. Dann wurde er aber wieder ernst und sagte: »Aber du musst echt aufpassen mit ihm, klar?«

Ich nickte.

»Bist du sehr traurig?«, fragte er dann.

»Ja«, sagte ich. »Sehr.«

Dann musste ich wieder heulen. Er legte seinen Arm um mich, und ich heulte so lange, bis keine Tränen mehr kamen und nur noch heftiges Schluchzen übrig war. Irgendwann verstummte auch das, und es blieb bloß mein Atem, der mich füllte und leerte.

»Es gibt eine Sache, die wirklich immer hilft«, sagte Ilja.

»Ich will keinen Wodka«, sagte ich.

»Wer redet von Wodka? Aber stimmt, ich korrigiere mich, es gibt zwei Sachen, die immer helfen – Wodka und Musik.« Er stand auf und kam nach wenigen Sekunden mit seinem Akkordeon zurück.

Er spielte. Ich schloss die Augen. Die Sonne schien auf mein Gesicht. Ich wollte mich in dem Licht und der Wärme auflösen. Wie die Musik. Die Töne verließen das Akkordeon und lösten sich in der Unendlichkeit auf. Vielleicht war Dascha jetzt Teil dieser Unendlichkeit? Lydia hatte mal gesagt, sie ist im Himmel bei Gott. Ich wusste aber nicht, wie ich mir so was vorstellen sollte. Sergej sagte, sie ist wie jeder andere Kadaver unter der Erde und würde von Würmern zerfressen werden. Das konnte ich mir zwar gut vorstellen, aber ich wollte es nicht. Es war furchtbar. Das mit dem Auflösen in der Unendlichkeit, wie die Melodie, das gefiel mir. So konnte ich sie gehen lassen. In das Licht, in die Wärme, in die End-losigkeit. Ich öffnete die Augen. Ilja spielte immer noch.

»Du sollst nicht Cindy heißen und eine gefälschte Bar-bie sein«, flüsterte ich zu der Puppe in meiner Hand. »Du heißt ab jetzt Dascha. Einverstanden?« Sie nickte und lä-chelte auf eine traurige Weise, wie nur Dascha es konnte. Es war schön, sie bei mir zu haben. Ich stimmte in das Lied ein, das Ilja gerade spielte. Frische Luft strömte in mich hinein. Sie kam zum ersten Mal wieder bis in meinen Bauch. Ich ließ meine Stimme frei. Sie war stark und laut. Meine Stimme war größer als ich. Sie beeindruckte mich immer wieder.

———

In den nächsten Tagen kam mein Appetit wieder. Wir saßen gerade zusammen am Tisch, als Ilja sagte: »Samira hat eine tolle Stimme. Wenn sie mit zum Brunnen kommt und zum Akkordeon singt, verdienen wir bestimmt mehr.«

»Okay«, sagte Rocky. »Mehr als sie hier auf dem Sofa ver-dient, wird es ja in jedem Fall.« So geschah es, dass ich den ganzen Frühling und Sommer mit Ilja am Brunnen auf dem Karl-Marx-Prospekt verbrachte.

Die Leute mochten unsere Musik. Sie blieben stehen, um uns zuzuhören. Sogar sehr viele Leute. Sie warfen Geld in unseren Hut, und alle zehn Minuten ging ich damit noch mal herum, und die Leute warfen noch mehr rein, sogar Scheine. Manchmal auch Dollar. Es gefiel mir, dass sie es freiwillig taten und dass man nicht betteln musste. Außer ein bisschen vielleicht.

Das Allerschönste war aber der Applaus. Wir kannten nicht so viele Lieder, vielleicht zwanzig oder so, also sangen wir sie immer wieder.

Meine Stimme war jetzt noch stärker. Sie wollte raus. Immer raus aus meinem kleinen Körper und rein in die grenzenlose Freiheit. Sie schwang sich in die Luft. Hoch, noch höher. Ich fragte mich, wie ich sie all die Jahre in mir hatte halten können.

Mein Lieblingslied war *Malenkaja Strana*. Es war ein neues Lied von Natascha Koroljowa. Einerseits mochte ich es, weil bei diesem Lied die meisten Leute stehen blieben. Andererseits, weil der Text alles zusammenfasste, was ich mir vom Leben erhoffte.

Hinter Wäldern, hinter Bergen, ist ein kleines Land,
Dort sind die Menschen voller Freude,
Das Leben und die Liebe vereint.
Dort liegt der Wunder-See und glitzert,
Dort gibts weder Böses noch Schmerz,
Dort gibts ein Schloss und darin den Phönix,
Er schenkt den Menschen Licht.

Das kleine Land,
Das kleine Land,
Wer kann mir sagen,

Wer verraten,
Wo ich es finden kann?

Dieses Land scheint für mich unerreichbar,
Doch ich gebe die Hoffnung nicht auf.
Denn dort wartet ER bereits auf mich,
Ein schöner Junge auf goldenem Pferd.

Malenkaja Strana bedeutet kleines Land. Und in dieses kleine Land, das für mich Deutschland war, träumte ich mich immer wieder, während ich das Lied sang. Und das war mindestens zehn Mal am Tag.

Manchmal musste ich dabei sogar weinen. Das war mir erst peinlich, aber ich stellte schnell fest, dass das gar nicht schlimm war. Die Leute gaben sogar noch mehr Geld, wenn sie mich weinen sahen. Deswegen versuchte ich bald gar nicht erst die Tränen zu unterdrücken, sondern versetzte mich extra in eine ganz traurige Stimmung. Für Geld war mir alles recht. Gerade jetzt, wo ich angefangen hatte, mir immer ein bisschen was aus dem Hut in die Tasche zu stecken. Ilja konnte es ja nicht sehen. Ich weiß nicht, ob er mich verpetzt hätte. Vermutlich nicht. Aber ich hatte aufgehört, irgendjemandem zu vertrauen. Ich wollte jetzt auf mich selber aufpassen.

Nach der Arbeit war ich zwar erschöpft, wollte aber trotzdem immer weiter singen. Ich war süchtig nach der Musik, so wie die anderen süchtig nach Wodka waren. Ich fing an meine eigenen Lieder zu schreiben. Mein erstes eigenes Lied hieß *Daschenka*.

»Hast du schon eine Melodie dazu?«, fragte Ilja.

»So ein bisschen …«, sagte ich und summte sie ihm vor. Er probierte auf dem Akkordeon ein wenig herum, und nach ein paar Stunden war es fertig.

Dascha, Dascha, Daschenka, jetzt bist du tot
Überm Asphalt ergoss sich dein Blut, erdbeerrot
So jung und so zart
Das Leben hatte für dich keinen Rat

Warum nur, Daschenka, warum bist du tot?
Warum du und nicht irgendein Vollidiot?

Dascha, Dascha, Daschenka, wo bist du jetzt
Seine Waffe hat dein Gesicht zerfetzt
Doch deine Seele kriegt er nicht
Die seh ich oft im Kerzenlicht

Warum nur, Daschenka, warum bist du tot?
Warum du und nicht irgendein Vollidiot?

Dascha, Dascha, Daschenka, ich will dich rächen
Ich will, dass er bezahlt für sein Verbrechen
Doch was kann ich tun, außer ihn verfluchen
Sein Schicksal kann man sich nicht aussuchen

Ich war richtig stolz und wollte mein Lied immer wieder singen und verbessern, als Rocky aus dem Haus kam und uns unterbrach.

»Ihr geht jetzt schlafen. Ich will nichts mehr hören für heute«, sagte er. Und als Ilja sich Richtung Haus bewegte, hielt er mich am Arm zurück und sagte: »Ich möchte dir einen Tipp geben, lass die Toten tot sein. Sonst nehmen sie dich mit. Verstanden?« Ich sah ihn lange an, dann schüttelte ich den Kopf. »Vergiss Dascha. Das ist das Beste für uns alle.« Es klang wie eine Drohung. Aber es war mir egal. Ich schrieb noch viele weitere Lieder für sie.

Wir sangen sie am Brunnen. Aber niemand wollte stehen bleiben. Niemand applaudierte, niemand warf Dollars in unseren Hut.

»Die Leute wollen die alten Sowjet-Lieder hören. Oder die neuen aus dem Radio. Sie wollen das hören, was sie kennen. Sie wollen Lieder mit Texten, die sie mitsingen können«, sagte Ilja. Es machte mich traurig. Wir sangen also unser altes Repertoire, und die *Kopejka* rollte wieder. Vielleicht waren unsere Lieder doch nicht gut. Vielleicht war ich noch zu jung, um gute Texte zu schreiben. Oder ich hatte kein großes Talent. Oder auch kein kleines.

———

An den Abenden ging ich wieder spazieren. Früher war ich oft mit Dascha spazieren gewesen. Sie hatte es geliebt und ich liebte es, sie so zufrieden zu sehen. Jetzt spazierte ich allein. Einmal sah ich eine Frau mit einer kleinen Gruppe von Kindern. Die hatten alle ein himbeerrotes Jackett an. Das war jetzt total in Mode. Die Kinder lachten und sprachen von irgendeinem Unterricht und von Hausaufgaben. Sie wirkten so unbeschwert. Blieben an der Ampel neben der Frau stehen und warteten, bis es Grün wurde. Ich musste lachen, weil ich das so dämlich fand. Die Mädchen hatten schwarze Röcke an und weiße Strumpfhosen. Richtig weiß. Alles an ihnen war sauber und rein. Sie waren wahrscheinlich so alt wie ich. Vermutlich war es das Einzige, was wir gemeinsam hatten.

Plötzlich musste ich überlegen, wie alt ich jetzt eigentlich war. Ich wusste, dass ich sieben gewesen war, als ich aus dem Heim weggegangen bin. Es war Spätsommer, und nun war es wieder Sommer, der dritte Sommer bei Rocky. Ich war ungefähr zehn. Ja, genau. Zehn, das ist ziemlich erwachsen, dachte ich. Nicht nur wegen des Alters an sich, sondern weil ich jetzt auch ein paar Haare an der Muschi und unter den Armen hatte. Sie waren schwarz, genau wie Lydia es vorhergesagt hatte. Außerdem hatte ich jetzt Brüste. Na ja, keine richtigen Brüste, aber so kleine Hügel. Vielleicht waren es auch keine richtigen Hügel, aber Erhebungen waren es definitiv. Zumindest wenn ich von oben darauf guckte. Jeden Tag kontrollierte ich, ob sie gewachsen waren. So wie ich jeden Tag die Härchen unter meinen Achseln und an der Muschi zählte.

Die anderen bemerkten auch, dass ich immer erwachsener wurde. Rocky fragte einmal beim Essen: »Bin ich eigentlich der Einzige, oder fällt euch auch auf, dass Samira zu einer kleinen Frau wird?«

»Geht so«, sagte Lydia.

»Nicht, dass sie dir den Rang abläuft«, sagte daraufhin Sergej.

Ich sagte gar nichts. Ich wollte mich an diesen dummen Gesprächen nicht beteiligen. Für Lydia ging es nur darum, ob sie hübsch ist, ob Rocky sie gut findet, ob sie ein tolles Leben führen werden, irgendwann. Ob man den Haaransatz sieht, ob sie schöne Nägel hat, ob Sergej immer noch in sie verliebt ist, ob Rocky sie betrügt oder nicht oder doch ...

Sergej war immer geladen. Außer auf Lydia war er auf alle immer sauer oder wollte zumindest mit niemandem was zu tun haben. Er wollte nur darüber reden, dass alles den Bach runtergeht, dass nichts Sinn hat, dass alles verloren ist und die Welt ein ungerechter Scheißhaufen.

Die Zwillinge waren einfach nur dumm und albern, vor allem wenn sie gerade etwas geschnüffelt hatten. Und sie schnüffelten ständig. Und Ilja war halt Ilja.

Ich wollte anders werden. Nicht so wie die anderen hier. Ich wollte nach Deutschland in mein *Malenkaja Strana*. Ich wollte cool werden und reich und schön. Vielleicht eine Sängerin sein. Oder lieber mit Marina zur Schule gehen. Das hatte ich noch nicht entschieden. Auf jeden Fall aber wollte ich den schönen Jungen treffen, der für mich vorbestimmt war. Den Jungen und sein goldenes Pferd. Ich stellte ihn mir groß und stark vor, mit schwarzen Haaren und einem Auto. Ah nee, der hatte ja schon das Pferd. Wobei man ja eventuell auch beides haben konnte, wenn man reich war ...

———

Eines Morgens wachte ich verschwitzt auf. Das ging seit Wochen so. Was jedoch anders war, war dieses nass-klebrige Gefühl zwischen meinen Schenkeln. Ich hasse diese Hitze, dachte ich, während ich mit geschlossenen Augen einen Zipfel der Decke zwischen die Schenkel schob. Als ich dann wenige Sekunden später doch die Augen öffnete, sah ich Blut. Meine Hand war blutig, die Decke, und an meinen Oberschenkeln war auch Blut. Wo kam es her? Ich untersuchte meine Beine. Ich entdeckte keine Wunde, stattdessen musste ich feststellen, dass ich von innen verblutete. Aus meiner Muschi kam Blut! Warum? Was war passiert? Ich war mir sicher, ich würde gleich sterben. Ich sprang hoch, schaute im großen Zimmer nach, ob Lydia zufällig unten geschlafen hatte, und als ich sie nicht sah, stürmte ich die Treppe hoch zu Rockys Zimmer.

»Hey, bitte wach auf! Bitte! Mir ist was Furchtbares passiert. Lydia!« Ich versuchte sie wachzurütteln, ohne den schnarchenden Rocky zu wecken.

»Was? Samira? Was zum Teufel …?«, sie setzte sich auf, sah das ganze Blut an meinen Händen, sprang aus dem Bett und deutete mir an, leise zu sein.

Wir gingen nach unten in die Küche. Sie lächelte und sagte: »Herzlichen Glückwunsch!«

»Was?«, ich konnte nicht fassen, dass sie so kaltherzig sein konnte.

»Du hast deine Periode bekommen. Das ist gut. Das heißt, du entwickelst dich zu einer Frau.«

»Wie meinst du das?«

»Das Blut kommt ab jetzt jeden Monat einmal für ein paar Tage aus deiner Muschi. Das ist normal. Das hat jede Frau so.«

»Du meinst, das wird nie aufhören?«

»Na klar, in ein paar Tagen. Aber nächsten Monat kommt es wieder.«

»Und du hast so was auch?«

»Ja. Jede Frau hat das.«

»Dascha hatte so was bestimmt nicht«, widersprach ich.

»Nee, aber das war eh ein Wunder, dass ihr Körper noch funktioniert hat. Selbst Tote sehen besser aus. Na ja, jetzt ist sie auch tot, deshalb sollte man nicht schlecht über sie reden. Ist auch egal ... Wenn du dich nicht von mir abgewendet hättest, dann hätte ich dich auf das hier vorbereitet«, sagte sie. Aber gar nicht auf ihre übliche Lydia-Art. Es klang eher traurig.

Sie nahm ein altes Handtuch, machte es nass und wischte das ganze Blut von meinen Händen und Oberschenkeln. Dann brachte sie mir Mullbinden. Sie waren bräunlich verfärbt.

»Das sind eigentlich meine. Aber du kannst sie haben. Wir werden bald noch welche für dich besorgen.«

»Was macht man damit?«, fragte ich.

»Na was wohl. Du faltest sie – so in etwa –, und dann legst du sie dir in die Unterhose. Und da läuft dann das ganze Blut rein. Und wenn der Stoff ganz voll ist, dann nimmst du sie raus und wäschst sie so lange, bis das Blut wieder raus ist. Ganz sauber kriegt man sie nicht. Es bleibt immer ein bisschen braun.«

»Und wo soll das ganze Zeug dann trocknen?«

»Am besten irgendwo, wo es niemand sieht. Ich leg sie oft ganz spät abends über den Ofen oder in den Garten, wenn Sommer ist, und bevor alle wach werden, nehme ich sie wieder ab. Aber jetzt mach ich es immer oben bei Rocky. Den stört es nicht. Und er ist nicht so blöd wie die Jungs, die so was nicht kennen ...«

»Das ist voll kompliziert«, sagte ich.

»Na einfacher ist es mit Watte. Die musst du danach nur

wegschmeißen. Aber die ist megateuer. Du musst sie ja immer wieder neu besorgen.«

»Klingt aber irgendwie besser. Ich hasse waschen. Und wenn da auch noch Blut dran ist … ich weiß nicht.«

»Ist doch dein eigenes Blut.«

»Das will ich am wenigsten sehen. Blut sollte im Körper bleiben.«

»Wie auch immer, das ist nicht zum Aussuchen. Du hast eben deine Periode wie jede andere Frau auch. Finde dich damit ab.«

Sie stand auf und wollte gehen. Dann drehte sie sich noch mal um und sagte: »Ich kann sie für dich oben aufhängen. Die Mullbinden. Aber nur, wenn sie gewaschen sind.«

»Danke«, sagte ich. »Das ist cool von dir.«

Sie ging nach oben zu Rocky, und ich legte mich wieder aufs Sofa. Ich hatte sicherlich noch zwei Stunden Zeit, bis alle aufstehen würden. Ich lag da und versuchte die Unterleibsschmerzen zu ignorieren und einzuschlafen. Ich hatte das Bedürfnis, mich auf den Bauch zu drehen, aber das ging seit neuestem nicht mehr, weil meine Brüste so schmerzten.

In solchen Momenten hasste ich es, eine Frau werden zu müssen. Viel lieber hätte ich meinen Mädchenkörper behalten. Auf der anderen Seite mochte ich es, Blicke von Männern und manchmal auch von Frauen zu bekommen, die mir zeigten, dass ich nun gesehen wurde. Auf eine andere Art. Vielleicht lag das aber auch an meinem Gesang und gar nicht an diesen winzigen Tittchen, die sich kaum unter der Kleidung abzeichneten. Mit diesem Wirrwarr an Gedanken im Kopf schlief ich schließlich doch ein und vergaß den Schmerz.

———

Den ganzen nächsten Tag war ich mit der Sache zwischen meinen Beinen beschäftigt. Alle zehn Minuten wollte ich kontrollieren, ob die Mullbinden sich schon mit dem Blut vollgesogen hatten und ich sie auswechseln musste. Diese warme und feuchte Matratze in der Unterhose machte mich vollkommen verrückt. Zum Glück war es Sonntag, und ich musste mit dieser Katastrophe nicht draußen am Brunnen stehen.

Rocky bemerkte, dass etwas nicht stimmte, und fragte, was los ist. Ich zuckte mit den Achseln, als wüsste ich nicht, wovon er sprach, doch Lydia, die gerade ihr Brot kaute, sagte einfach: »Sie hat ihre Tage bekommen.«

Ich wollte auf der Stelle tot umfallen oder, noch besser, dass auch Lydia tot umfällt. Am liebsten alle, die es gehört hatten. Vielleicht sogar die ganze verdammte Welt. Dieses verdammte, beschissene Universum, das ein Mädchen bis ans Ende ihrer Tage aus der Muschi bluten lässt und dem Spott aller Leute ausliefert.

Heulend rannte ich raus in den Garten. Dort, wo der Schatten des Hauses ein kleines Stückchen Wiese vor der erbarmungslosen Hitze der Sonne gerettet hatte, setzte ich mich hin und presste den Rücken an die kühlen Steine der Hauswand. Mein Körper zitterte vor aufgestauter Energie. Ich verspürte sowohl den Wunsch als auch die Kraft, dieses Haus mit allen, die sich darin befanden, einfach aus der Erde zu reißen, es auseinanderzubrechen, in immer kleinere

Stücke zu zerschmettern, bis nur noch eine riesige Staubwolke übrig war. Eine Staubwolke, die dann auch mich verschlucken und verdauen würde.

———

»Samira?«, ich blickte auf und sah Lydia, die immer noch ein
Brot kaute. »Steh auf, Rocky will dir was sagen.«

»Dann soll er herkommen«, sagte ich.

»Du bist vielleicht drauf, ey. Komm schon. Der ist voll
nett, er will dir ein Geschenk machen. Los, aufstehen!« Bei
Worten wie Geld oder Geschenk konnte ich nicht anders, als
zu gehorchen. Wir gingen zur Vorderseite des Hauses, wo
Rocky schon wartete. Er hatte die Zigarette im Mundwinkel,
und seine rechte Hand spielte mit dem Autoschlüssel.

Er lächelte. Dann sagte er: »Du musst dich nicht schämen,
Kukolka. Du wirst eine Frau, das ist ein Grund zum Feiern.
Ich will dir was schenken, mein Juwel.«

Lydia wollte mit, aber er bedeutete ihr mit einer Handbewegung, zurück ins Haus zu gehen.

Ich durfte mich auf den Beifahrersitz setzen. Seit Rocky
mich gefunden hatte, hatte ich nur einmal dort gesessen,
auf dem Weg zum Haus. Es war jetzt genauso heiß wie
damals. Überrascht stellte ich fest, wie viel länger meine
Beine inzwischen waren. Als ich vor drei Jahren hier gesessen hatte, waren sie fast der ganzen Länge nach auf der
Sitzfläche gewesen. Nun waren es nur noch die Oberschenkel. Die Knie knickten so ab, dass die Unterschenkel hinun-
terhingen. Es gefiel mir sehr.

Rocky kurbelte die Fenster runter und drehte das Radio

auf. Er sagte nicht, wohin wir fahren, und ich fragte nicht nach. Ich genoss den Wind. Er pustete durch meinen Kopf, wirbelte die bösen Gedanken heftig auf und nahm sie alle mit. Mein Körper sank ganz weich in den großen Autositz.

Nach einer Weile parkte Rocky. Ich kannte die Straße nicht. Wir stiegen aus und liefen ein paar Meter, bis er vor einem Kellereingang stehen blieb. Darüber war ein Schild. *Ewropa* stand darauf.

»Du kannst dir alles aussuchen, was dir gefällt und passt«, sagte Rocky, während wir die Stufen hinunterstiegen.

Obwohl draußen die Sonne knallte, war es unten kühl und dunkel. Eine Glühbirne baumelte von der niedrigen Decke herunter. Es roch modrig und feucht. Ich sog die Luft tief ein. Der Geruch war so angenehm, dass ich erst gar nicht bemerkte, dass der kleine Raum voll mit Tischen und Regalen war, auf denen Kisten voller Klamotten standen. Auf manchen Tischen waren die Klamotten einfach zu Bergen aufgeschüttet.

»Na, Mädchen, dann such dir mal was Schönes aus.« Ich drehte mich zu der Stimme um. Links von der Eingangstür stand eine kleine dünne Frau hinter einem weiteren Tisch. Auf dem Tisch war eine Waage, und drum herum lagen jede Menge kleine Sachen wie BHs, Krawatten, Gürtel, Schmuck und Brillen.

Die Frau war zwar schon alt, aber sie hatte kein Kopftuch um und trug auch kein langes Kleid oder einen langen Rock, wie ich es sonst von alten Frauen kannte. Sie trug eine schwarze Hose. Obenrum hatte sie eine rosafarbene Bluse mit kleinen goldenen Knöpfen an und darüber ein lila Jackett. »Starr mich nicht so an, Schätzchen«, sagte sie. Sie lachte dabei und warf ihren Kopf nach hinten, so wie Lydia es auch tat. »Rocky, mein Lieber, warum starrt sie mich so an? Ich brauche eine Zigarette. Hast du Feuer?« Sie öffnete die Eingangstür und stellte sich in den Türrahmen. Eine Sekunde lang hatte ich Angst, sie würde zu Staub zerfallen, sobald sie in die Glut der Sonne tritt.

Rocky hielt ihr die Flamme seines Feuerzeuges hin und sagte dann zu mir: »Schau dich mal um, *Kukolka*. Die Kartons sind beschriftet. Es ist tolles Zeug dabei. Die sind zwar getragen, aber dafür kommen die Sachen aus Europa. Nicht so ein billiger Türkei-Scheiß, wie er auf dem Basar verkauft wird.«

Ich wusste nicht genau, was jetzt von mir erwartet wurde. Durfte ich in den Sachen wühlen? Ich zog wahllos ein Stück lila gemusterten Stoff aus einem der Haufen. Drehte es herum, bis ich erkannte, dass es ein Sommerkleid war. Ich hätte allerdings mindestens fünfmal in dieses Kleid gepasst. Ich zog an einem pinken Zipfel. Es war ein gigantisches T-Shirt mit einem Delphin darauf.

»Oh, Kindchen, merkst du nicht, dass diese Kiste für Übergrößen ist?« Die Frau drückte ihre Zigarette aus und kam zu mir. Ihre Absätze machten herrliche Klick-Klack-Geräusche.

»Weißt du, was du haben willst?«, fragte sie.

»Nicht genau. Aber vielleicht etwas, was so lila ist wie das hier«, sagte ich und zeigte auf ihr Jackett. Sie war kaum größer als ich und roch nach Blumen und Zigaretten. Ihre Haare schwebten wie eine weiße Wolke um ihren Kopf.

»Wie *das hier*«, wiederholte sie. »*Das hier* ist ein Samt-

jackett. Samt. Kennst du so was? Weißt du, wie es sich anfühlt?«

Sie nahm meine Hand und strich damit über ihren Ärmel.
Der Stoff war weich, aber fest. »Samt lässt die Farbe immer
anders aussehen. Und gibt ihr eine ungeahnte Tiefe. Man
muss ihn aber auch gut pflegen. Dann hat man eine lange
und erfüllte Beziehung zu einem solch prächtigen Kleidungsstück.«

»Anatolwna«, sagte Rocky, »war früher am Theater und
hat einen besonderen Blick für Klamotten«. Er zwinkerte
mir zu und grinste.

Sie schaute ihn verächtlich an und sagte: »Es ist der Trä-
ger, der darüber entscheidet, ob es ein *Kleidungsstück* oder
eine *Klamotte* ist, die er da trägt.« Und dann zu mir: »Du bist
ein sehr schönes Kind. Du hast etwas Rassiges, wie eine
Zigeunerin. Du wirst in Männern viele Sehnsüchte wecken,
pass bloß auf damit, Kleine. Ich werde dir was aussuchen.
Du wirst überrascht sein, was Kleidung aus dir machen
kann. Komm. Komm mit.« Sie ging zwischen den Regalen
und Tischen, griff wie zufällig nach Sachen aus Kisten und
Haufen und warf sie mir über die Arme, die ich ausgestreckt
vor mir hielt. Währenddessen redete sie immer weiter, von
Mustern und Farben und Stoffen und Verschlüssen, gab mir
was zum Fühlen, und als ich beide Hände voll hatte, strich
sie mit den Stoffen über meine Wange oder meinen Nacken.
Manche waren kalt, andere warm, wiederum andere glatt.
Sie kannte den Namen von jedem Stoff und jedem Schnitt.
Es war faszinierend, ihr zuzuhören. Viele ihrer schönen For-
mulierungen verstand ich gar nicht, aber ich genoss es, in
ihrem Redefluss zu baden.

»So, jetzt anprobieren«, sagte sie. »Los, zieh dich aus.«

Ich zog meine Schuhe aus, dann sah ich zu Rocky rüber und zögerte.

»Es gibt nichts an dir, was ich nicht schon tausendmal gesehen hätte«, sagte er, als hätte er meine Gedanken erraten.

»Sie ist eine junge Dame und muss sich so etwas nicht gefallen lassen. Dreh dich um, oder hat man dir keine Manieren beigebracht?«, sagte die Frau. In ihrem Tonfall war aber etwas Ironisches. Diesen ganz speziellen Ton erkannte ich mittlerweile recht gut. Rocky gehorchte ihr dennoch. Er nahm sich einen Stuhl und setzte sich verkehrt herum darauf.

Ich probierte jede Menge Sachen an. Hosen, T-Shirts, Kleider, Röcke, Leggins, Unterhosen, einen Badeanzug, einen BH, dann noch Sandalen und Stoffschuhe.

»Es ist zu warm«, protestierte ich, als sie mir zwei Pullover hinlegte.

»Der nächste Winter wird kommen, mein Kind. Dessen kannst du dir sicher sein. Vermutlich wird Rocky dir nicht alle Tage so ein Geschenk machen. Nimm lieber alles, was du bekommen kannst«, sie lachte, und Rocky lachte auch.

»Lass dir nichts andrehen, *Kukolka*, die Alte will bloß Kohle machen.«

»Ich geb dir die Alte«, schimpfte sie halbherzig. Am Ende wollte Rocky noch diverse Sachen aussortieren, die ihm nicht gefielen. Auch den Pullover mit einem grünen Frosch drauf. Er ist zu kindisch, sagte er. Aber die Frau setzte sich dafür ein, dass ich alles bekam, was wir ausgesucht hatten. Die Sachen brachten sieben Kilo auf die Waage.

Rocky zahlte, und wir wollten gerade gehen, als die Frau sich hinter mich stellte und sagte: »Die will ich dir noch schenken. Der Stein hat die gleiche Farbe wie deine Augen und auch die gleiche Klarheit.« Sie legte mir eine silberne Kette mit einem Herzchen-Anhänger um den Hals.

»Danke«, sagte ich.

»Möge dich die Kette beschützen, Kind«, sagte sie, küsste ihre Fingerspitzen und machte ein Kreuz von meiner Stirn zu meinem Bauch und von meiner linken Schulter zur rechten.

———

Wir gingen raus in eine andere Welt. In eine glühende, alles vernichtende Hitze. Rocky warf die neuen Sachen in den Kofferraum, und ich setzte mich auf den Beifahrersitz.

»Hinter meinem Sitz gibts noch etwas Pepsi«, sagte er. Ich griff danach. Die Flasche war warm und fast leer. Die Blubberblasen waren weg. Ich trank sie in einem Schluck leer.

»Danke«, sagte ich, als er losfuhr.

»Bitte«, sagte Rocky.

»Gib mir mal die Kette.«

»Warum?«

»Weil ich sie brauche, und außerdem sind die vielen Klamotten, die du bekommen hast, wohl genug. Oder nicht?«

Ich gab sie ihm. Den Rest der Fahrt sagten wir nichts mehr. Im Radio wurde *Malenkaja Strana* gespielt, und ich summte mit.

Lydia schäumte vor Wut, als sie meine neuen Kleidungsstücke sah. Wie ein kleiner Hund lief sie hinter Rocky her und fragte, warum es so viele sind, warum sie schon so lange kein Geschenk mehr bekommen hat, wo die Sachen herkommen und ob er auch mit ihr hinfahren wird. Er behandelte sie so, wie man ein schwirrendes Insekt behandelt. Mal ignorierte er sie komplett, mal scheuchte er sie mit einer Handbewegung aus dem Weg.

Die Zwillinge waren irgendwo unterwegs, vermutlich hinter den Garagen zum Schnüffeln, Sergej würdigte mich keines Blickes, und Ilja spielte vor dem Haus Akkordeon. Und während der Nachmittag so verging, schaute ich mir ganz konzentriert und in aller Ruhe meine neuen Sachen an. Befühlte sie und versuchte mich zu erinnern, welcher Name zu welchem Stoff gehörte. Jersey, Jeans, Cord, Seide, Chiffon, Baumwolle, Acryl ... ich hatte keine Ahnung mehr, welcher welcher war. Nur Samt. Ich wusste ganz genau, was Samt war. Und ich besaß jetzt sogar tatsächlich ein Kleidungsstück aus Samt. Es war ein sehr kurzes, enganliegendes, schulterfreies schwarzes Kleid. Die Frau sagte, es ist eigentlich als Oberteil für eine große dünne Frau gedacht, aber ich könnte es als Kleid tragen, wenn ich alle um den Verstand bringen wollte. So hat sie es gesagt. Und nun war ich gespannt, ob das stimmte.

Ich zog das Kleid an und stolzierte damit durch Wohnzimmer und Küche. Es gab leider nicht viel freie Bodenfläche. Überall lag etwas rum. Ich stellte mir vor, dass ich auf einer Insel bin, und all diese Haufen sind Gesteine und exotische Pflanzen, über die ich drübersteigen muss.

Ich war vollkommen in meine Inselwelt versunken, als Lydias gehässiges Lachen mich herausriss. »O mein Gott, bist du jetzt ein Popstar? Dieses Kleid«, sie krümmte sich vor Lachen und hielt sich den Bauch. »Und dann diese dünnen Beinchen, ich kann nicht mehr.«

Ich stand da und überließ sie ihrem Lachanfall. Als sie sich beruhigte, sagte ich: »Es ist Samt.«

»Es ist was?«

»Samt. Es gibt der Farbe eine ungeahnte Tiefe.«

»Bist du jetzt vollkommen abgedreht? Was redest du für einen komischen Schwachsinn? Hast du draußen einen Hitzeschlag bekommen?« Sie legte mir die Hand auf die Stirn und zog sie mit einem »Sssss ...« zurück, als hätte sie sich verbrannt.

»Das ist nicht lustig«, sagte ich.

»Zieh das Ding besser aus. Es steht dir nicht«, sagte Lydia, die plötzlich ganz ernst wurde.

»Ich finde es schön.«

»Du siehst wie eine kleine Nutte darin aus. Ernsthaft. Das ist was für Frauen. Du bist noch keine.«

»Lass sie in Frieden. Ich bring dir die Woche auch mal was mit, okay?«, schrie Rocky von oben, denn er musste das Ganze mit angehört haben. Lydia drehte sich auf der Stelle um und rannte zu ihm hoch.

Plötzlich fühlte sich das Kleid zu eng und zu kurz an. Ich zog es aus und legte es auf das Sofa zu den anderen Sachen. Ich besaß sieben Kilogramm Kleidung. Bestehend aus einem langen Mantel, einem Pullover, einer Cordhose, Shorts, einem Rock, dem schwarzen Kleid, einem grünen Sommerkleid, zwei T-Shirts, einer weißen Bluse, einer Strickmütze, einem BH, drei Unterhosen, zwei dicken Strumpfhosen und drei Paar Socken. Außerdem hatte ich jetzt noch warme Schnürboots und Gummi-Flip-Flops. Über die Wintersachen konnte ich mich bei der Hitze nicht so freuen, aber ich hatte auf die Frau gehört und schon mal vorgesorgt, auch wenn es mir vollkommen absurd erschien, mich im Juni auf den Winter vorzubereiten. Außerdem waren mir die Wintersachen und auch die Schuhe viel zu groß. Die Frau hatte jedoch gesagt, dass ich da noch reinwachsen werde und dass zu groß immer besser ist als zu klein.

Nachdem ich mich sattgesehen hatte, breitete ich den Mantel aus, legte die anderen Kleidungsstücke und Schuhe darauf, knöpfte den Mantel zu und band ihn mit den Ärmeln fest. Dieses Paket schob ich dann unter das Sofa und legte mich wie ein Wachhund darauf.

———

Mehrmals die Woche spielte Rocky Karten. Eines Tages hatte er die Idee, mich mitzunehmen.

»Zieh lieber dein schwarzes Kleid an«, sagte Rocky, als er sah, dass ich das pinke Kleidchen anhatte, das Lydia mir damals zu *Nowy God* geschenkt hatte. Es reichte damals über die Knie, aber nun endete es schon in der Mitte der Oberschenkel. Ich hatte auch die weißen Lackschühchen angezogen, die damals viel zu groß gewesen waren. Nun waren sie mir dermaßen zu klein geworden, dass ich damit kaum einen Schritt laufen konnte. Ich war traurig, denn ich hatte sie seitdem nicht mehr angehabt, weil ich sie schonen wollte. Ich nahm mir vor, nie wieder etwas zu schonen. Ich wollte jeden Tag die schönsten Sachen tragen, die ich hatte, bis sie an mir zerfielen.

Ich zog mich also noch mal um und ging zum Auto, wo

Rocky bereits wartete. Während der Fahrt erzählte er nur, was mich erwartete und was ich zu tun hatte. Er sagte, wir fahren in die Wohnung eines Freundes und dass diese Wohnung sehr schick eingerichtet ist, weil das ein reicher Freund ist, der viel Glück im Leben gehabt hat. Ich sollte so tun, als würde mich das gar nicht beeindrucken. Ich sollte mich sofort in einen der Sessel oder auf das Sofa setzen und nicht zu offensichtlich all die Reichtümer anglotzen. Außerdem sollte ich, wenn man mich dazu aufforderte, singen. Ich sollte dort alles essen und trinken, aber auf gar keinen Fall auf den Gedanken kommen, mir etwas für später einzupacken.

Ich tat alles genauso, wie er es mir gesagt hatte. Als zwei riesengroße Glatzköpfe uns die Tür öffneten und wir in einen Flur hineingelassen wurden, dessen Boden aus Marmor und dessen Decke aus Spiegeln bestand, zeigte ich mich unbeeindruckt. Wir zogen die Schuhe aus und durften in das Wohnzimmer gehen. Die beiden Typen blieben an der Tür.

Das Wohnzimmer war ein riesengroßer Raum mit sehr hoher Decke. Ein dicker rosafarbener Teppich mit Blumen lag in der Mitte. Links an der Fensterseite stand ein ovaler Tisch mit zehn roten gepolsterten Stühlen. Rechts zwei Sofas und drei Sessel. Alles aus rotem Samt und auf goldenen Füßen.

Ganz unbeeindruckt setzte ich mich in einen der Sessel und wartete auf weitere Anweisungen. Rocky lief auf und ab. Betrachtete ganz lässig die Gemälde und schaute ab und zu auf seine Uhr. Niemand außer uns war im Raum. Ich schaute runter auf meine nackten Füße. Sie waren schwarz.

Auch unter den Fußnägeln. Da ich sie heute Mittag aber gewaschen hatte, musste es von den Schuhen gekommen sein. Das Innere musste wohl abgefärbt haben.

»Rocky«, flüsterte ich. Und als er nicht reagierte, sagte ich noch mal: »Psssstt ... Rocky!« Endlich schaute er mich an. »Meine Füße sind schwarz.«

»Da vorne ist das Bad, falls er hier nichts umgebaut hat«, sagte Rocky und zeigte Richtung Flur.

Ich tapste in den Flur. Einer der beiden Riesen, die immer noch dort standen, sagte: »Rechte Tür«, ohne dass ich ihn etwas gefragt hätte.

Der Raum war nicht so groß, dafür aber komplett verspiegelt. Der Boden, die Wände und die Decke. Einfach alles. Die Badewanne, das Klo und das Waschbecken waren weiß und perfekt sauber.

Ich stellte einen Fuß ins Waschbecken und drehte das Wasser auf. Warmes Wasser. Ich hatte schon ganz vergessen, dass es das gibt. Ich wusch den Fuß und trocknete ihn mit dem roten Handtuch ab, welches dort hing. Dasselbe tat ich mit dem zweiten. Doch als ich damit fertig war, sah ich, was ich angerichtet hatte. Das schöne Handtuch hatte schwarze Flecken bekommen. Ich überlegte, was ich jetzt tun sollte. Aufessen würde nicht gehen. Waschen? Dann wäre es aber komplett nass. Ich faltete es ganz klein und versteckte es in dem Schränkchen unter dem Waschbecken, wo unterschiedliche Fläschchen aufbewahrt wurden. Ich wollte gerade wieder rausgehen, als die Badewanne mir zuzwinkerte.

Sie fühlte sich kalt und glatt an, als ich hineinstieg und mich der Länge nach ausstreckte. Ich schaute nach oben.

Eine dünne Gestalt im schulterfreien schwarzen Kleid schwebte über mir, ihre blaugrünen Augen auf mich gerichtet.

»Wer bist du?«, fragte ich.

»Wer bist *du*?«, fragte die Gestalt zurück.

»Ich? Ich bin niemand.«

»Das ist gut. Wer niemand ist, kann alles werden.«

»Dann will ich reich werden«, sagte ich.

Wir sahen uns lange und tief in die Augen. Da klopfte es an der Tür.

»Samira, bist du eingeschlafen?« Es war Rocky. Bevor ich aufspringen konnte, stand er schon im Raum. Seine massige Gestalt spiegelte sich von allen Seiten, und ich fühlte mich umzingelt. Ich wollte gerade eine Ausrede erfinden, da bemerkte ich, dass er gar nicht sauer war. Kein bisschen. Er lächelte und sagte: »Na, komm raus, oder hast du dich hier für den ganzen Abend einquartiert?«

Ich kam raus. Es waren bereits sechs andere Männer da. Der Raum war voller Zigarettenqualm, und Rocky roch nach Alk. Jetzt war klar, warum seine Laune so gut war. Das Blöde bei Rocky war nur, dass sie bald kippen würde. Ab dem zwanzigsten Wodkagläschen wurde er immer aggressiv. Wir haben das mehrmals gezählt. Es war immer das zwanzigste. Aber hier gab es keinen Wodka. Die Männer tranken Kognak.

Rocky führte mich von einem seiner Freunde zum nächsten. Er sagte immer wieder: »Darf ich vorstellen, meine *Kukolka*!« Und die Männer lachten und sagten, dass ich eine hübsche *Kukolka* bin. Sie waren alle ganz begeistert von mir. Der eine küsste meine Hand, ein anderer wollte, dass ich mich im Kreis drehe. Ein hübscher junger Mann wollte, dass ich mich auf seinen Unterarm setze. Ich tat es, und er trug mich herum. Plötzlich ging die Flügeltür hinten im Raum auf, und ein kleiner dünner Mann kam herein. Er paffte eine Zigarre. Dabei bewegte sich sein Schnurrbart ganz eigenwillig, und ich hatte den Eindruck, der Schnurrbart wäre ein eigenständiges Wesen, an dem dieser kleine Mann klebte. Er hatte ein rotes Jackett und Pantoffeln an. Dadurch wusste ich sofort, dass es der reiche Freund war, dem diese Wohnung gehörte. An der Farbe des Jacketts erkannte ich, dass er reich war, und an den Pantoffeln, dass er hier zu Hause war. Der junge Mann setzte mich sofort ab.

»Was soll dieses Kind hier?«, fragte der Gastgeber.

»Ich hab sie zur Unterhaltung mitgebracht«, sagte Rocky. »Und sie ist kein Kind mehr, Mischa.«

»Wenn ich Unterhaltung will, bestell ich mir Nutten«, sagte er und setzte sich an den Tisch.

»Sie kann singen wie ein Engel. Du wirst begeistert sein«, sagte Rocky. Seine Augen waren bereits glasig, bald würde seine Stimmung umschlagen. »Komm, sing!« Er zerrte mich am Arm, stellte mich ans Fenster und wiederholte: »Sing! Los, sing!«, und weil ich immer noch keinen Ton rausbrachte, kramte er in seiner Hosentasche, zog einen Dollar raus, drückte ihn mir in die Hand und sagte: »Sing!«

Alle starrten mich an. Ich zog mein hochgerutschtes Kleidchen runter und begann zu singen. *Malenkaja Strana*, was sonst. Ich sang mit geschlossenen Augen und öffnete sie erst, als ich fertig war.

Sie mochten es. Alle klatschten. Auch Mischa. Er gab mir ein Zeichen, zu ihm zu kommen. Ich blickte zu Rocky, aber der grinste nur und machte eine unklare Kopfbewegung.

»Komm, ich beiße nicht«, sagte Mischa, der mein Zögern bemerkt hatte. Als ich bei ihm stand, schaute er mich durchdringend an und fragte: »Wie alt bist du?«

Während ich überlegte, um wie viel ich mich älter machen konnte, ohne dass es auffällt, hörte ich mich schon »zehn« sagen.

»Du hast Talent«, sagte er. »Und du bist ein hübsches Kind. Du wirst sicher irgendwelche Probleme haben, aber lass dir gesagt sein, ein Kind gehört in seine Familie. Ob diese nun gut oder schlecht ist.«

»Ich bin ihre Familie«, sagte Rocky, der plötzlich hinter mir stand und seine großen Hände auf meine Schultern legte.

»Soll ich austeilen?«, fragte einer der Männer.

»Ja. Mach mal. Aber lass uns eine Runde auf dieses Engelskind trinken«, sagte Mischa. Er holte eine Flasche, und alle stellten ihre Gläser zum Nachkippen hin. Auch ich bekam ein Glas. Aber ich schaffte es nicht, das Zeug auszutrinken.

Den Rest des Abends war ich die meiste Zeit mir selbst überlassen, weil alle in das Spiel vertieft waren und nur nach jeder zweiten oder dritten Runde von mir verlangten, ein Liedchen zu singen. In der Zwischenzeit aß ich Schokolade und unzählige kleine Brote mit Kaviar.

Es war schon mitten in der Nacht, als Rocky mich unsanft weckte und ich im Halbschlaf hinter ihm her zum Auto trottete.

———

Zu Hause schliefen alle. Ich legte mich auf mein Sofa und war fast wieder eingeschlafen, als Rocky plötzlich neben mir saß.

»Du warst ganz wundervoll«, sagte er. Er streichelte mir erst über Kopf und Rücken, dann tiefer über den Po. Seine Hand glitt beim Hochfahren zwischen meine Oberschenkel und berührte leicht meine Muschi. Ich lag wie versteinert da und tat so, als würde ich schlafen. Ich wünschte mir, das alles wäre nur ein furchtbarer Traum.

Er streichelte mich weiter, und bald waren seine Finger nur noch an meiner Muschi und strichen zwischen den Arschbacken hoch. Mit unterdrückter Stimme sagte ich, er solle aufhören. Aber er fragte nur, halb gehaucht, halb gekrächzt: »Warum? Ist es unangenehm?«

»Nein.«

»Na dann, entspann dich ein bisschen. Ich will doch nur lieb zu dir sein.«

Ich brachte kein Wort heraus. Es war mir so peinlich. Ich wusste auch nicht, was mein Problem war, denn er tat mir ja nicht weh. Ich hatte sogar das Gefühl, dass es irgendwie schön war. Doch gleichzeitig war es auch ganz furchtbar.

Ohne dass ich es steuern konnte, fing ich an zu heulen. Ich heulte und schluchzte, und meine Nase füllte sich mit Rotz, den ich hochzuziehen versuchte und der mir hinten im Rachen hinabrutschte. Ich wusste nicht, wieso ich heulen musste. Es war mir so oberpeinlich. Er hatte mir ja nichts getan, und ich hatte ja auch dank ihm einen schönen Abend mit leckeren Sachen gehabt.

Da hörte Rocky auf und sagte: »Oh, meine Kleine, muss ja nicht sein. Vielleicht ein andermal. Schlaf jetzt!« Er gab mir einen Kuss auf den Hinterkopf und legte eine Decke über mich. Dann hörte ich nur noch seine Schritte und das Quietschen der dritten und fünften Stufe, als er nach oben stieg.

———

Am nächsten Morgen hatte ich alles wieder vergessen. Es war wie ausgelöscht. Erst abends, als Rocky mich wieder mitnehmen wollte, fiel es mir schlagartig ein. Ich hatte schon den ganzen Tag gesungen und wollte eigentlich nicht mit. Aber ich konnte es mir nicht aussuchen. Ich zog das Kleid wieder an und ging zum Auto. Lydia und Sergej saßen vor dem Haus, rauchten und knabberten Sonnenblumenkerne.

»Jeden Abend auf den Ball geht das kleine Aschenputtel«, sagte Lydia, als sie mich sah. Sergej lachte. Ich sagte nichts, stieg ins Auto und schlug die Beine übereinander. Das hatte ich mir von den jungen Frauen am Brunnen abgeguckt. Ich war müde.

Rocky stieg auch ins Auto, drehte den Zündschlüssel um und machte sich eine Zigarette an. »Ich freue mich, dass du dabei bist«, sagte er und legte seine haarige Hand auf meinen Oberschenkel. Ich fühlte, wie die Stelle unter seiner Hand schlagartig zu Eis wurde. Je länger er seine Hand dort ließ, desto mehr breitete sich das Eis aus. Erst über das linke Bein, dann das rechte, dann hoch zum Bauch und zur Brust. Kurz bevor das Eis meinen Kopf erreicht hatte, musste Rocky in einen neuen Gang schalten und zog die Hand wieder weg.

Der zweite Abend verlief ähnlich wie der erste. Außer

dass Rocky diesmal eine ordentliche Summe Geld gewann und ich eine ordentliche Portion Alkohol runterkippte.

Auf dem Rückweg konnte ich kaum noch zum Auto laufen. Ich musste dauernd lachen. Alles war lustig und leicht. Der Kognak hatte all meine Sorgen in eine Glitzerwelt verwandelt. Es war toll, bis die Glitzerwelt sich zu drehen anfing, immer schneller und schneller. Dann kam das Kotzen. Zum Glück waren wir schon auf unserem Hof, als es kam. Sonst hätte ich Rocky blamiert oder sein Auto versaut.

Er ließ mich draußen, bis ich die allerletzten Reste der Glitzerwelt ausgekotzt hatte. Dann zog er mich aus, legte mich aufs Sofa und warf die Decke über mich. Ich schloss die Augen. Alles drehte sich. Ich fiel. Tief. Tiefer. In eine dunkle Tiefe.

—

Der schöne Herbst war sehr kurz dieses Jahr. Dann wurde es bitterkalt. Weil ich bald von meinem Doppeljob ganz heiser wurde, sagte Rocky, dass ich nicht mehr am Brunnen singen sollte, sondern nur noch abends für seine Freunde. Er sagte, ich würde ihm Glück bringen. Außerdem gaben die Männer mir viel Geld, das ich natürlich komplett an Rocky abgeben musste.

Fast jeden Abend waren wir irgendwo. Meistens bei diesem alten Mischa, manchmal auch bei anderen zu Hause oder in Restaurants.

Ich spulte immer das gleiche Programm runter. Saufen, singen, als Glücksbringer auf Rockys Schoß sitzen, ihm den Nacken massieren, noch mehr singen, nach Hause fahren.

Jeden Abend legte ich mich danach sofort hin, in der Hoffnung, schlafen zu dürfen. Jeden Abend gab es aber einen zweiten Teil des Programms. Rocky zog seine Sachen aus und einen Bademantel an. Dann setzte er sich an den Rand des Sofas. Er massierte meinen Rücken und rutschte mit der Hand immer tiefer in Richtung meiner Muschi. Immer wenn ich ein Zeichen gab, dass ich etwas nicht mochte, ließ er mich aufstehen und legte sich stattdessen selbst hin. Nun sollte ich es bei ihm tun. Ich sollte mit seinen Füßen anfangen. Sie waren verschwitzt und dreckig. Ich sollte sie massieren, dabei sagte er ganz genau, wie jeder Zeh angefasst werden sollte. Dann sollte ich die Beine massieren. Erst die Waden, dann den inneren Teil der Schenkel. Ich sollte sie von unten nach oben kneten. Und dann wieder nach unten ausstreichen. Ich versuchte, nicht zu weit nach oben zu kommen, aber er wollte, dass ich es ordentlich mache und das Bein bis nach ganz oben bearbeite. Es ist ganz normal, sich gegenseitig zu verwöhnen, sagte er. Und dann öffnete er seinen Bademantel, und sein Schwanz war ganz dick und groß. Wenn die Kerosinlampe brannte, sah ich, dass er dunkelrot war. Er reichte fast bis zum Bauchnabel. Ich sollte ihn mit beiden Händen reiben. Rocky sagte, er braucht das. Das wäre das mindeste, was ich für ihn tun kann, um ihm Schmerzen zu nehmen und damit er sich erholen kann. Er sagte, es wäre gut, wenn ich früh lerne, wie ein männlicher Körper funktioniert und wie man einem Mann Freude bereitet. Denn irgendwann würde ich einen Freund haben, und er würde enttäuscht sein von mir, wenn ich keine Erfahrung habe. Er sagte, dass er mir einen Gefallen tut, indem er mir das alles beibringt.

Einmal sagte ich jedoch, dass ich zu müde bin. Dass ich nicht kann. Da schlug er mich mit seinem Gürtel. Dann sagte er, dass ich undankbar bin. Und noch andere Sachen. Ich konnte sie nicht hören. Mein Körper brannte an den vielen Stellen, die von der Gürtelschnalle getroffen waren.

Wenn ich es gut machte, war es viel schneller vorbei. Und ich durfte schlafen.

Da ich bis in die Morgenstunden wach war und bis in den Nachmittag schlief, war dieser Winter für mich komplett dunkel. Ich war froh, den Tag zu verschlafen, dadurch musste ich Lydia nicht in die Augen sehen. Und sie konnte auch nicht in meine sehen, um zu erfahren, was hinter ihrem Rücken passierte. Sie tat mir so leid. Sie wünschte sich sehr, dass Rocky nur ihr allein gehörte. Und ich wünschte es mir auch.

Er sagte manchmal, nachdem er gekommen war, dass niemand ihn so entspannen kann wie ich. Dass ich schön bin und die weichsten Hände habe, die ihn je berührt haben. Und manchmal kaufte er mir Schokolade. Die gab ich fast immer an Lydia ab. Ich hatte das Gefühl, dass ich es tun musste, um meine Schuld bei ihr zu begleichen. Sie hatte eine richtig seltsame Art, Schokolade zu essen. Während ich die Riegel in drei Bissen verschlang, um eine richtige Geschmacksexplosion zu erleben, lutschte sie daran. Sie konnte locker eine Stunde damit verbringen und war der Meinung, dass es der einzig richtige Weg ist, Schokolade zu essen.

———

»Bekommt dir ja ziemlich gut, mit Rocky unterwegs zu sein«, sagte sie einmal, als wir zusammen kochten.

»Es ist okay«, sagte ich.

»In den letzten Monaten bist du ja richtig kurvig geworden. Trägst sogar einen BH. Du fütterst dich dort bestimmt mit den krassesten Sachen voll.«

»Manchmal schon«, sagte ich.

»Ich war auch mal dabei. Ich weiß, wie krass es da zugeht.«

»Wann denn?«

»Lange her. War leider auch nur ein Mal. Vielleicht habe ich nicht so viel Glück gebracht wie du.«

Ich schwieg und konzentrierte mich auf die Kartoffelschale, die eine perfekte Spirale werden sollte.

»Sind da Nutten?«, fragte Lydia.

»Manchmal schon.«

»Fickt er mit denen?«

»Wer?«

»Wer wohl, Rocky!«

»Was weiß ich.«

»Na, hast du es gesehen?«

»Ich glaube nicht.«

»Ja oder nein?«

»Verdammt, Lydia, was soll das? Was willst du von mir? Frag ihn doch selbst!«

Sie schaute mich an, ohne etwas zu sagen. Ihre Augen glänzten. Dann drehte sie sich von mir weg. Ich sah ihr Gesicht nicht, aber ich wusste, dass sie heulte. Es war ein seltsames Gefühl, zu wissen, dass man jemanden zum Heulen bringen konnte. Irgendwie schlecht und doch auch gut.

»Was ist denn? Wieso …«

»Es macht mich fertig! Verstehst du?«, sagte sie. Sie schaute mich an, als würde meine Antwort von großer Bedeutung sein.

»Was denn? Was macht dich fertig?«

»Ich hasse es, dass er jeden Abend einfach weggeht. Er sagt mir noch nicht mal, wohin. Oder wann er wieder da ist. Ich tue alles für ihn. Alles! Aber du, du darfst jeden verdammten Abend mit! Das ist zum Kotzen! Ich bin schließlich seine … na ja, seine … du weißt schon, was ich meine. Wir sind schon irgendwie zusammen … und er fickt mit diesen Nutten.« Sie sank zu Boden und hielt sich die Hände vors Gesicht.

Ich setzte mich zu ihr. Wollte meinen Arm um sie legen, aber ich traute mich nicht. »Es macht mich verrückt. Ich werde so wütend, wenn ich daran denke, dass er mit den ganzen Nutten fickt. Ich könnte sie alle umbringen. Ich schwöre, bei der Heiligen Mutter Gottes, dass ich es tun würde.« Ihre weit aufgerissenen Augen starrten ins Leere, als sie das sagte.

»Warum denn nicht ihn?«, fragte ich.

»Bist du verrückt? Ich liebe ihn. Ich würde jede umbringen, die ihn mir wegnehmen will«, sagte sie, »das ist nämlich Liebe. Vielleicht wirst du es mal begreifen.« Dann drehte sie sich zu mir, schaute mich durchdringend aus ihren roten, verquollenen Augen an und sagte ganz langsam und leise: »Und wenn du dich an ihn ranmachst, bringe ich auch dich um. Er gehört mir! MIR! Hast du das verstanden?« Ich nickte. Und in mir drin wurde es plötzlich dunkel. Als hätte ein Windstoß die Kerze ausgepustet. Hatte Lydia etwas mitbekommen? Doch dann umarmte sie mich von hinten und flüsterte in mein Ohr: »Ich weiß, du würdest so was nie tun. So bist du nicht. Du bist meine Freundin.« Dann gab sie mir einen Kuss auf die Wange und machte sich an die Zwiebel.

»Ich wünschte, ich würde schwanger werden«, sagte sie nach einer Weile. »Wenn ich schwanger wäre, würde er sich um mich kümmern. Dann würde ich ihm einen Sohn schenken. Und vielleicht würden wir sogar heiraten. Und du wärst meine Trauzeugin.«

»Was ist das?«

»Nee, kannst du ja gar nicht, dafür muss man mindestens sechzehn sein. Oder sogar achtzehn.«

»Irgendwann bin ich sechzehn«, sagte ich.

»Irgendwann. Ich will nicht irgendwann heiraten, sondern jetzt. Oder bald. Wenn ich dann so ein kleines Baby hätte, dann könnte ich mich drum kümmern. Ich würde es versorgen und stillen. Mit meiner Brust, so, siehst du? Dann hätte mein Leben einen Sinn. Ich wäre eine richtig gute Mutter.«

Ich wusste nicht, wie ich da hineingeraten war und wie ich wieder rauskommen sollte. Diese Sache mit Lydia und Rocky. Rocky und mir. Mir und Lydia.

Ich fühlte mich schuldig.

Ich sagte zu diesem Thema überhaupt nichts. Ich hatte Angst, dass ich mich durch irgendwas verraten würde. Und vielleicht würde sie mich tatsächlich umbringen, wenn sie wüsste, was hinter ihrem Rücken passierte.

———

Einmal hatte ich die Hoffnung, sie und Sergej würden sich doch näherkommen, und dann würde ihr Rocky egal werden.

Es war kurz nach *Nowy God*. Sergej hatte einen schlimmen Unfall. Das war bei einem der Einbrüche passiert, die er jetzt mit den Zwillingen machte. Er wollte in den dritten Stock, aber es war alles vereist, und er rutschte ab. Er fiel runter und brach sich sämtliche Rippen und sein linkes Bein. Die Zwillinge schleppten ihn nach Hause, und Rocky fuhr mit ihm am nächsten Tag zu irgendeinem befreundeten Arzt, bei dem er einen Gips um sein Bein bekam. Da er auch eine Gehirnerschütterung hatte, musste er die ganze Zeit liegen und kotzen. Das dauerte einige Wochen, und Lydia wich nicht von seiner Seite. Brachte ihm sogar eine Flasche, in die er pinkeln und eine Plastikschüssel, in die er kacken konnte. Ich hätte das für ihn nie gemacht, weil es so eklig war. Einmal, da hörte ich, wie er sagte: »... lass uns hier weggehen. Lass uns ins Dorf ziehen. Wir könnten eine Familie gründen. Wir beide.« Ich konnte nicht verstehen, warum sie ihn nicht wollte. Aber sie wollte eben nur Rocky.

———

Es war wieder Sommer geworden, als Lydia mir sagte: »Ich bin schwanger. Denke ich. Bin mir vielleicht sogar sicher.«

»Hast du es ihm gesagt?«, fragte ich.

»Nein. Nur dir. Weil ich mir noch nicht so absolut sicher bin. Ich will noch warten.«

»Danke.«

»Wofür?«

»Dass du mir das sagst.«

»Na irgendwem muss ich es ja sagen. Sonst wird man ja verrückt.«

»Hast du Angst?«

»Wovor?«

»Weiß nicht, dass er das nicht gut findet oder so?«

»Nein. Der wird ausflippen vor Glück. Ich hoffe nur, ich vertue mich nicht. Ich hab das schon ein paar Mal gedacht, aber dann ging es irgendwie immer weg. Ich hoffe, es bleibt.«

»Was ging weg?«, fragte ich.

»Die Schwangerschaft. Die ging weg, und ich hatte die Tage wieder.«

»Wie lange dauert es, bis man so was sicher weiß?«

»Nach neun Monaten kommt das Kind. Dann ist es sicher«, sagte sie, und wir lachten.

Aber man wusste es schon früher. Zum Ende des Sommers hatte sie einen kugelrunden Bauch. Wie eine kleine Wassermelone.

Alle fanden das lustig und aufregend. Alle außer Rocky. Ich war nicht dabei, als sie es ihm gesagt hatte. Ich wusste noch nicht mal, ob sie es ihm überhaupt sagen musste oder ob er es selbst kapiert hatte. Jedenfalls wollte er, dass sie es wegmachen lässt.

»Wie macht man denn so was weg?«, fragte ich Lydia.

»Keine Ahnung«, sagte sie. Und weil sie nie zuvor mit »keine Ahnung« geantwortet hatte, egal um was es ging, wusste ich, dass es schlimm war.

»Ich will es auch gar nicht wegmachen lassen. Es ist mein Sohn«, sagte sie dann noch und streichelte die kleine Melone.

Irgendwann stellte Rocky sie vor die Entscheidung, ins Dorf zu ihrer Mutter zu fahren oder es wegmachen zu lassen. Sie heulte. Tagelang heulte sie. Und dann betrank sie sich. Jeden Tag.

Es tat mir sehr leid, aber irgendwann konnte ich es auch nicht mehr ertragen. »Mann, Lydia, entscheide dich doch endlich!«, schrie ich sie einmal an. Und weil sie sich kein Leben ohne Rocky vorstellen konnte, stimmte sie schließlich zu, es wegmachen zu lassen.

Rocky sagte, dass es zu gefährlich war, mit ihr ins Krankenhaus zu fahren. Lydia hatte keinen Pass und keinen registrierten Wohnsitz. Aber er kannte eine Frau, die so was macht.

———

Es war ein Montag, ein furchtbar heißer Montag. Die dicke alte Frau stank nach Schweiß, als sie reinkam. Alle waren weg. Auch Rocky. Nur Lydia nicht und ich auch nicht. Ich sollte dableiben. Für Lydia.

Die Alte schaute erst mich und dann Lydia voller Abscheu an. Sie murmelte etwas und schüttelte dabei den Kopf. Dann sollten wir die Fenster schließen und die Vorhänge zuziehen. Die Alte gab Lydia Wodka. Ein ganzes Glas voll.

»Austrinken und auf den Tisch legen«, sagte sie. Lydia legte sich auf den Küchentisch. Die Alte griff nach ihren Beinen und stellte sie gespreizt auf. Auf Befehl holte ich den Besen und die Wäscheleine. Die Leine wurde abwechselnd um den rechten Fußknöchel und den Besenstiel gewickelt. Dann um den linken Fußknöchel und um das andere Ende des Besenstiels. Dann wurde der Besenstiel an den Tischbeinen festgebunden.

Trotz der Hitze zitterte Lydia am ganzen Körper. Sie sagte nichts. Starrte die Decke an. Ich sollte noch mehr Wäscheleinen holen. Als ich wieder angerannt kam, riss mir die Alte die Wäscheleine aus der Hand, wickelte sie um Lydias Handgelenke und legte sie ihr so gefesselt hinter den Kopf.

Erst jetzt öffnete sie ihren schwarzen Aktenkoffer, in dem allerhand Metallwerkzeuge waren. Zuerst nahm sie eine dunkelblaue Schürze raus und zog sie über. Dann holte sie ein dunkles Stück Holz und schob es Lydia zwischen die Zähne. »Draufbeißen«, sagte die Alte. Und dann zu mir: »Du gehst jetzt besser. Du kannst weder mir noch ihr helfen. Möge Gott ihr beistehen.« Dann bekreuzigte sie sich drei Mal.

Ich ging raus, beschloss aber, in der Nähe zu bleiben und im Garten zu warten. Hinter dem Haus setzte ich mich in den Schattenstreifen.

Lydia schrie.

Ich ging wieder nach vorne und legte mein Ohr gegen die Tür. Ein anschwellender Schrei, der in einem kaum hörbaren ultrahohen Ton endete.

Dann noch mal.

Dann hörte ich die Alte, wie sie Lydia ausschimpfte. Sie soll den Mund halten. Hätte sie sich auch vorher überlegen können, bevor sie die Beine breit gemacht hat. Sie hätte besser zur Schule gehen sollen. Und noch andere Sachen, die ich in keinen Zusammenhang mit der jetzigen Situation bringen konnte.

Als ich das Schreien und das Schimpfen der Alten nicht

mehr ertragen konnte, beschloss ich, ein bisschen unsere Straße rauf- und runterzuspazieren. Als ich zurückkehrte, kam die Alte gerade aus dem Klohäuschen. Ihre Hände und die Schürze waren voller Blut. Sie hat sie umgebracht! Das war mein erster Gedanke. Ich wollte wegrennen, aber da hatte sie mich schon gesehen und rief nach mir. Auf wackligen Beinen ging ich zu ihr.

»Komm«, sagte sie. »Jetzt kannst du dich nützlich machen.«

Mit ihrer blutverschmierten Hand öffnete sie die Tür, und wir gingen rein. Lydia lag noch immer auf dem Tisch. In genau der gleichen Stellung. Ihr Bauch, die Beine, der Tisch, die ganze Küche waren voller Blut. Sie drehte den Kopf in meine Richtung. Ihr Gesicht war farblos. Leicht transparent. Ihre Lippen blau. Ich ging zu ihr und streichelte ihr über den Kopf.

»Darf man sie wieder losmachen?«, fragte ich die Alte.

Sie nickte.

Mit zittrigen Händen fummelte ich an den Stricken und versuchte die Knoten zu lösen. Dann holte ich aber die Schere. Es war mir egal, dass es die Wäscheleine war. Mussten wir halt eine neue besorgen, dachte ich. Ich schnitt alles durch. Und Lydia drehte sich auf die Seite. Zog die Knie an die Brust. Sie sah aus, wie kleine Küken aussehen, wenn sie aus dem Nest auf den Asphalt knallen.

Die Alte wusch sich die Hände über der Badewanne und schimpfte, weil es kein warmes Wasser gab. »Hier, mach sie mal sauber«, sagte sie und gab mir einen feuchten Lappen.

Als ich Lydia von all dem Blut befreite, stellte ich überrascht fest, dass sie gar keine Wunden am Körper hatte. Das ganze Blut kam aus ihrer Muschi. Und es kam immer noch mehr.

»Es wird noch ein paar Tage nachbluten. Ist wie Periode. Leg einfach was rein. Und nimm diese Schmerztabletten, falls du Bauchweh hast«, sagte die Alte. Dann packte sie ihr Zeug ein und ging.

Ich holte Mullbinden und eine Unterhose und was Sauberes zum Anziehen für Lydia. Dann half ich ihr zum Sofa. Die Treppe hoch hätte sie eh nicht geschafft.

Ich machte einen Eimer voll mit Wasser und wischte die Küche so lange, bis das ganze Blut in dem Eimer war. Ich traute mich nicht, einen Eimer voll mit Blut einfach so in den Garten zu kippen, also beschloss ich, ihn in das Plumpsklo zu schütten. Als ich da so vornübergebeugt stand, sah ich darin einen blutigen Lappen mit Fleischfetzen drin. Schnell schüttete ich den Eimer aus und ging zurück. Mir war schlecht. Ich wusch meine Hände und mein Gesicht mit kaltem Wasser. Dann schaute ich noch mal nach Lydia. Sie lag da und starrte geradeaus.

»Lydia?«, sie schaute mich nicht an. Ich setzte mich vor ihr auf den Boden. »Lydia? Was hat die Alte mit dir gemacht?«, fragte ich vorsichtig. Lydia sagte nichts. Dann schloss sie die Augen.

Obwohl es schon später Nachmittag war, war es immer noch furchtbar heiß in dem Haus. Lydia zitterte aber ganz doll. Ich legte eine weitere Decke über sie. Dann ging ich spazieren, um mich von der ganzen Geschichte abzulenken.

Ich kam erst wieder, als es dunkel wurde. Ich ging direkt zu Lydia, um zu sehen, ob sie wach war und es ihr schon besserging. Sie lag aber genauso da, wie ich sie zurückgelassen hatte.

Ich ging in die Küche, machte die Kerosinlampe an, holte den Sack mit den Kartoffeln und begann sie zu schälen. Da hörte ich schon das Auto auf dem Hof. Sergej kam als Erster rein.

»Wie gehts ihr?«, fragte er, ohne mir hallo zu sagen.

»Ich glaube, sie schläft.«

Er ging zu Lydia, vergewisserte sich, dass ich recht hatte, und kam wieder in die Küche. »Sie schläft«, sagte er, als die anderen reinkamen.

»Wie ist es gelaufen? Alles wieder gut?«, fragte Rocky.

»Ich weiß nicht genau. Sie hat echt krass geschrien, und am Ende war hier alles voller Blut. Ich hab saubergemacht und sie auf das Sofa gelegt. Seitdem schläft sie«, sagte ich.

»Na ja, ich glaube, das ist ganz normal.« Rocky schien zufrieden mit mir und meinem Bericht. Und ich war zufrieden, wenn er zufrieden war.

————

Später gab es Kartoffeln mit Butter, aber Lydia schlief immer noch. Weil sie auf meinem Sofa schlief, hatte Rocky die Idee, dass ich oben auf ihrem Platz schlafen soll.

»Ich glaube, Lydia würde das nicht so gut finden«, sagte ich.

»Du schläfst oben, wenn ich es sage. Und Lydia hat hier gerade nicht viel zu melden. Sie hat uns schon genug Ärger eingehandelt.« Er schob seinen Teller weg und steckte sich eine Zigarette an.

»Ich leg meine Matratze neben das Sofa, falls Lydia wach wird und etwas braucht. Wasser oder so«, sagte Sergej. Ich verfluchte ihn für diese Idee. Warum war das nicht mir eingefallen?

Es war also wie immer, nur schlimmer. Weil Rocky danach nicht wegging. Ich musste neben ihm einschlafen. Ich drehte mich weg zum Fenster. Ich fragte mich, wie Lydia dieses widerliche Schnarchen ausgehalten hat.

Irgendwann konnte ich einfach nicht mehr. Ich ging nach unten und legte mich auf eine der freien Matratzen. Daschas Matratze. Ich hatte mich bis jetzt noch nie daraufgelegt. Die anderen auch nicht. So als ob es ein schlechtes Zeichen wäre, auf der Matratze einer Toten zu liegen. Aber diese Nacht war es mir egal. Hauptsache schlafen.

Es wurde langsam hell, als ich wach wurde. Ich ging in die Küche, um Wasser zu trinken. Während ich auf Zehenspitzen an Lydia und Sergej vorbeischlich, bemerkte ich, dass er auch wach war.

»War sie zwischendurch wach?«, fragte ich ihn.

»Ich glaube nicht«, sagte er und gähnte laut.

»Sollen wir sie wecken? Sie muss doch irgendwas trinken«, sagte ich.

Sergej setzte sich auf und strich über Lydias Arm.

»Lydia?«, sagte er. »Gott! Lydia! Sie ist kalt. Samira!«

Ich kam näher und strich Lydias Haare nach hinten. Ihr Gesicht war ganz friedlich und sanft.

»Sie ist tot! O Gott! Sie ist tot! Samira! Samira, siehst du, dass sie tot ist?«, schrie Sergej. Dann zerrte er sie von dem Sofa runter auf seine Matratze. Dort, wo sie gelegen hatte, war ein riesiger rotbrauner Fleck. Dann sah ich ein ähnliches Rotbraun auf dem Boden links vom Sofa. Ich beugte mich runter und tunkte meinen Finger rein. Blut. Eine riesengroße Pfütze aus Blut war unter dem Sofa.

———

Am selben Tag haben wir Lydia beerdigt. Draußen im Garten. Ich hatte ihre Haare zu einem Zopf geflochten und ihn ihr auf ukrainische Art vorne um den Kopf gelegt. Dann malte ich ihr Gesicht so gut an, wie ich es konnte. Als ich ihre Lippen schminkte, sah ich plötzlich, wie sie lächelte und leicht die Nase kräuselte. Ich wollte schon rufen, dass sie lebt. Doch dann sah ich, dass ich es mir nur eingebildet hatte. Währenddessen hatten die Jungs ein tiefes Grab geschaufelt. Wir legten eine Decke rein, und auf die Decke legte Sergej Lydia und darüber noch eine Decke. Über eine Leiter kam Sergej wieder hoch, und sie fingen an, das Loch mit der Erde aufzufüllen. Rocky stand ein paar Meter weiter weg und rauchte. Noch bevor die Jungs fertig waren, ging er zu seinem Alfa Romeo und fuhr weg.

Am selben Abend packte Sergej seine wenigen Sachen in eine Tüte und ging auch. Er sagte nicht tschüss und auch nicht, wo er hinwill. Ich habe ihn nie wieder gesehen.

TEIL 2

Rocky kam an diesem Tag nicht zurück und auch nicht am nächsten. Und Tage später auch nicht.

Die Zwillinge wollten mit Ilja und mir wenig zu tun haben. Sie trafen sich immer mit irgendwem an den Garagen und nahmen Drogen. Ilja wollte auch einmal mit. Aber sie wollten ihn nicht dabeihaben.

Das bisschen Geld, das ich mir aus dem Hut genommen und zusammengespart habe, habe ich für Essen ausgegeben. Ilja hatte auch nichts mehr, so dass wir nach ein paar Wochen weder Geld noch Lebensmittel dahatten. Weil ich das Betteln nicht mehr gewohnt war, hatte ich Hemmungen, es zu machen. Ich wusste gar nicht mehr, wie das geht. Taschen putzen kam nicht in Frage. Meine Brust schnürte sich ganz eng zu, wenn ich nur daran dachte. Ich überlegte, die Messer-und-Degen-Sammlung aus Rockys Zimmer zu plündern und auf dem Basar anzubieten. Aber ich hatte Angst, jemand würde mich damit abstechen.

Ich ging zu dem kleinen Markt, der bei uns in der Nähe war. Viele alte Frauen, aber auch Männer verkauften dort Gemüse, Eier, Speck und Fleisch. Ich war so hungrig, dass ich mich zusammenreißen musste, nicht nach den Sachen zu greifen und sie mir hemmungslos in den Mund zu stecken. Ich suchte nach der nettesten Verkäuferin. Es war eine kleine dickliche Oma mit einem bunten Kopftuch. Ihr Gesicht war rund und die weichen hängenden Wangen waren ganz faltig.

»Könnten Sie mir etwas zu essen geben? Ich habe so Hunger«, sagte ich, als gerade keiner an ihrem Stand war.

»Los, geh weiter. Zigeunerpack. Geh. Geh zu deinen Eltern«, sagte sie mit ukrainischem Akzent.

»Die ist bestimmt schon verheiratet«, sagte die Frau am Nachbarstand. »Die verheiraten ihre Kinder doch schon mit zwölf oder dreizehn. Gib ihr nichts. Los, weg hier.«

Ich ging also weiter, bevor noch mehr Leute auf mich aufmerksam wurden. Ich wollte unsichtbar sein. Ein Geist. Der sich alles nehmen konnte. So wie Dascha es mir damals gezeigt hatte.

Ich stand da. Schaute geradeaus. Dann löste ich mich auf. Einfach so. Ich wurde zu Luft. Mein ganzer Körper wurde zu kalter Herbstluft. Nur mein Kopf nicht. Mein Kopf war eine kleine milchig weiß leuchtende Kugel.

Ein paar Stände weiter sah ich eine Frau. Neben ihr stand eine kleine Sackkarre mit ganz vielen Einkäufen. Ich schwebte an ihr vorbei, die Karre folgte mir unauffällig. Es war ganz leicht.

Erst später, als der Wagen im Matsch unserer Straße stecken blieb, war mein Körper kein Luftkörper mehr. Er war schwer und warm. Mit Mühe schaffte ich die Beute ins Haus. Ein Sack Kartoffeln, zwei große Stücke weißen gesalzenen Speck, ein Glas Schmand, getrocknetes Obst, eine Flasche Olivenöl und zwei Laibe Brot. Ich rief Ilja, und wir fraßen alles durcheinander, wie Straßenhunde, die eine

Mülltonne plündern. Am Ende war ich so vollgefressen, dass ich kaum noch atmen konnte.

———

Fast täglich ging ich nun auf die Suche nach Essen. Auf dem Markt, in den Lebensmittelläden und an den Trolleybushaltestellen tummelten sich viele Leute. Ich schlich mich an und sammelte ihre Einkäufe ein. Mal war es mehr, mal weniger. Für uns war es genug. Das Sammeln fühlte sich gut an und auch gerecht. Denn Essen sollte für alle da sein, nicht nur für die Leute mit Geld.

Ilja fühlte sich schlecht, weil er nichts beitragen konnte. Und weil wir beide nicht wussten, wie man zu dem Brunnen fährt, um dort Musik zu machen, beschlossen wir, einfach auf dem Gagarin-Prospekt zu singen. Aber mittlerweile war es so eisig kalt, dass wir es nicht länger als ein paar Stunden draußen aushielten. Auch im Haus war die plötzliche Kälte ein Problem. Ich konnte nicht so gut Holz hacken, also suchte ich in der ganzen Umgebung nach kleineren Ästen, die man verfeuern konnte. Einmal fand ich Holzkisten. Die waren hinter einem Zaun. Ich kletterte drüber und schmiss eine nach der anderen auf die andere Seite, als mich der Hund entdeckte. Um ein Haar hätte er mir den Fuß abgebissen. Zu Recht. Es war ja sein Job, auf die Dinger aufzupassen. Mein Job war es, sie zu klauen. Mein Job war es, zu überleben.

Ich dachte mir, wenn ich den Winter überlebe, dann kommen der Frühling und der Sommer. Da könnte ich gut Geld verdienen, und weil ich dann nichts mehr an Rocky abgeben müsste, würde ich mir ein Ticket nach Deutschland kaufen. Vielleicht hätte ich dann sogar so viel, dass ich Ilja mitnehmen könnte. Ich hatte vor kurzem gehört, wie zwei Frauen sich erzählten, dass man im Ausland alles heilen konnte. Vielleicht könnten sie dort sogar Iljas Augen reparieren. Aber dafür müsste auch er den Winter überleben. Ich machte mir keine Illusionen über den Tod. Ich wusste, dass jeder irgendwann dran ist. Und dass irgendwann in Wirklichkeit jederzeit bedeutet. Ilja hatte keinen besonders starken Willen zu überleben. Das merkte ich jetzt erst, als ich viel allein mit ihm war. Früher kam er mir stark und unzerstörbar vor. Jetzt sah ich seine Angst und seine Abhängigkeit von mir. Ich hatte ihn gern. Er war der Einzige, den ich noch hatte. Aber er war ein Krüppel. Er hätte mich nicht beschützen können. Aber er war auch keine Gefahr für mich. Er hätte mir nichts tun können, selbst wenn er gewollt hätte.

Die Zwillinge kamen nur selten nach Hause. Einmal die Woche vielleicht. Bettelten um Geld oder Essen. Ich gab ihnen nichts. Die waren Junkies geworden.

———

Eines Abends, als Ilja und ich in der Küche rauchten und über das Leben sprachen, sagte er: »Ich würde dich so gerne sehen, *Kukolka*! So wie deine Stimme klingt, musst du sehr schön sein.«

»Ich bin eine Zigeunerin. Wem so was gefällt, findet mich schön. Und wer Zigeuner nicht mag, findet mich hässlich.«

»Ich weiß nicht, wie Zigeuner aussehen. Als man mich

blind gemacht hat, wusste ich noch nichts von Zigeunern«, sagte er.

»Na ja, die haben immer so dunkle Haare und dunklere Haut.«

»Das haben doch auch andere Leute«, sagte Ilja.

»Ja, aber die Zigeuner haben auch lange Röcke an und bunte Hüfttücher. Und goldene Armbänder haben sie oft. Und Ohrringe.«

»Aber das sind doch Sachen, die man an- und auszieht. Das zählt doch gar nicht.«

»Ja, aber die laufen auch so alle zusammen herum, und die können aus der Hand lesen«

»Aber du bist doch ganz anders. Du hast gar keine Röcke und keine Armbänder, und aus der Hand lesen kannst du auch nicht.«

»Keine Ahnung, Mann. Die Leute sagen es mir halt, also werden die es schon wissen.«

»Ich will dein Gesicht anfassen, damit ich mir vorstellen kann, wie du aussiehst«, sagte er und streckte seine Hand aus. Lange, knochige Finger berührten meine Wange. Ganz sanft und gewissenhaft betastete er meine Stirn, die Schläfen, den Abstand zwischen meinen Augen und zwischen Nase und Mund. Dann tastete er meine Lippen ab, und ich musste lächeln, weil sich das komisch anfühlte.

»Die sind ganz weich«, sagte er. Dann nahm er seine Hände runter.

»Ich weiß, dass ich hässlich bin und mich nie jemand lieben wird«, sagte er plötzlich. »Aber ich würde gerne wissen, wie sich ein Kuss anfühlt. Würdest du mich küssen, *Kukolka*? Bitte. Würdest du?«

»Ich weiß nicht. Ich habe auch noch nie geküsst. Ich denke nicht, dass …«

»Bitte. Nur ganz kurz«, sagte er und zog mich an der Hand.

»Ich weiß nicht.« Sein entstelltes Gesicht war mir zwar vertraut geworden, aber die Vorstellung, es zu berühren, geschweige denn zu küssen, ekelte mich sehr.

»Ich bin schon zwanzig … Nein, sogar einundzwanzig. Es ist doch furchtbar, dass ich noch nie geküsst wurde …«

Ich drehte mich ein wenig zu ihm. Ein fauliger Geruch kam aus seinem Mund. Dann kniff ich die Augen zusammen und küsste ihn ganz schnell mit zusammengepressten Lippen irgendwo zwischen Mund und Wange.

»Samira, einen richtigen Kuss«, sagte Ilja. »Nur einmal. Bitte.«

Er hielt mein Gesicht mit beiden Händen fest und küsste mit geöffneten feuchten Lippen meinen Mund. Ich hielt still. Und war froh, als es vorbei war.

Er schien nicht besonders zufrieden zu sein mit dem Kuss. Vielleicht habe ich es nicht so gut gemacht. Aber es war mir egal. Ich wollte es auf keinen Fall wiederholen.

———

Es war irgendwann im Dezember. Ich kam mit meiner Beute zurück, und im Hof stand der rote Alfa Romeo.

Rocky saß auf seinem alten Platz am Tisch, rauchte und lachte über etwas. Als er mich reinkommen sah, sprang er auf, hob mich hoch und wirbelte mich durch die Luft. »Meine *Kukolka*, mein Juwel!« Er setzte mich ab und gab mir einen nassen und piksigen Kuss auf den Mund. Unauffällig wischte ich seine Spucke ab. Erst dann sah ich die beiden Mädchen, die in unserer Küche saßen.

»Schau mal, *Kukolka*, das sind zwei neue Mädels, die ich von der Straße geholt habe …« Er erzählte und erzählte, aber ich hörte ihm nicht mehr zu. Ich wollte nichts über diese Mädchen wissen. Sie konnten definitiv kein Ersatz sein. Nicht für Dascha. Nicht für Lydia. Noch bevor mir die Tränen rausschossen, rannte ich aus dem Haus. Ich rannte so lange, bis ich keine Luft mehr bekam. Meine Füße waren nass und eisig kalt. Ich schaute mich um und sah ein gelbes Wohnhaus. Ich ging darauf zu, in der Hoffnung, dass sie noch keinen dieser neuen Sicherheitscodes in die Tür eingebaut hatten. Aber sie hatte doch einen. Wütend trat ich gegen die verdammte Tür. Sie ging sofort auf. Das Ding war bereits kaputt. Hätte ich mir auch denken können. Ich lief ein halbes Stockwerk hoch, dann setzte ich mich auf die Treppenstufen und heulte.

Plötzlich ging unten im Erdgeschoss eine Tür auf. Ein Auge und ein Büschel weißer Haare waren durch den Türspalt zu sehen. »Zu wem gehörst du denn?«, fragte mich die alte Frau. Und als ich nicht antwortete, sagte sie: »Wohnst du in diesem Haus hier?« Ich schüttelte den Kopf und wischte meine laufende Nase mit dem Ärmel ab.

»Komm mal rein, Kind. Es ist fast Nacht, hier treiben sich Gott weiß was für Leute herum. Hab heute erst die ganzen Spritzen rausgefegt. Wer lässt denn sein Kind um diese Zeit rumspazieren? Komm lieber kurz rein.« Ich stand auf und ging die Stufen wieder runter. Sie machte die Tür zu. Ich hörte, wie sie von innen die Kette losmachte. Dann ging die

Tür wieder einen Spaltbreit auf, und eine warme Hand zog mich hinein.

»Du bist ja ganz durchgefroren«, sagte die alte Frau. Sie hatte ein Nachthemd an und darüber einen blauen Bademantel aus Handtuchstoff. Sie war klein und rund, aber ihre Beine, die unter dem Bademantel hervorguckten, waren ganz dünn und weiß.

»Wo gehörst du denn hin, Kind?«, fragte sie.

»Ich weiß nicht«, sagte ich.

»Aber wer sind deine Eltern?«

»Ich habe keine«, sagte ich und heulte wieder los.

»Ach du lieber Gott, das arme Kind«, sagte die Frau. »Was haben diese Verbrecher nur gemacht. Diese Perestroika. Verflucht soll sie sein. Wie viel Kummer kann das Land noch ertragen ... Arme Kinder ... Arme Menschen ... Alles geht den Bach runter ... Alles ist verloren ...«, sagte die alte Frau. Dann lächelte sie mich an. Sie hatte zwei oder vielleicht auch drei Zähne im Mund. »Komm, erst mal musst du durchgewärmt werden. Ich lasse dir ein Bad einlaufen.« Ihre Wohnung war klein und voller Sachen. Ich ging hinter ihr ins Badezimmer. Es war ein Raum für sich. Mit Klo, Waschbecken und Badewanne.

»Komm, Kind, zieh dich aus. Zieh die nassen Sachen aus. Armes Kind. Du wirst noch krank werden, wenn du nicht durchgewärmt wirst«, sagte sie und drehte den Wasserhahn auf. Es kam warmes Wasser. Direkt aus dem Wasserhahn. Ich zog meine Klamotten aus, setzte mich schnell in die Wanne und umarmte meine Knie. Die alte Frau verschwand mit meinen Sachen. Als sie wiederkam, war die Wanne schon fast voll. Sie hatte eine Tasse Tee dabei und einen Teller mit

Broten und stellte beides auf dem Klodeckel ab. Dann holte sie sich einen Hocker und setzte sich drauf. Sie drehte den Wasserhahn zu und gab mir den Tee. Er war sogar süß.

Sie saß da und erzählte davon, wie viel Angst man heutzutage haben musste, dass überall die Drogenabhängigen sind, man von der Rente nicht leben kann und dann noch viele andere Sachen. Ich war mit dem Tee fertig und stopfte nun die Brote in mich hinein. Mit Butter und Marmelade waren die. Erdbeergeschmack im Winter ist etwas Unglaubliches.

Als meine Haut genauso schrumplig war wie die der alten Frau, gab sie mir ein Handtuch und ein langes Nachthemd. Beides roch nach Seife und nach alten Menschen. Sie machte mir einen Schlafplatz auf dem Sofa im Wohnzimmer. Sie selbst schlief hinter einem Vorhang im gleichen Zimmer. Sie deckte mich mit einer schweren, steifen Decke zu und sagte: »Wir können morgen über alles reden, was dir passiert ist und wo du hingehörst.« Dann strich sie mir sanft über den Kopf und knipste das Licht aus. Sie legte sich in ihr Bett, und schon kurz darauf hörte ich lautes Schnarchen.

Ich zog mir erst die Decke, dann das Kissen über den Kopf, stopfte mir sogar die Finger in die Ohren, aber ich hörte es immer noch. Ein ganz furchtbares Geräusch. Ich begann richtig wütend zu werden. Dann versuchte ich mir vorzustellen, vor der Tür würde ein großer dicker schnarchender Bär liegen, der mich beschützt. Ich war fast eingeschlafen, als plötzlich die Worte der alten Frau wieder in meinem Kopf auftauchten. »Morgen werden wir schauen, wo du hingehörst.« Mir wurde kotzübel vor Angst. Was sollte ich ihr bloß erzählen? Sie würde mich entweder zurück ins Heim schicken oder die *Milizija* rufen, wenn ich ihr von Rocky und dem Haus erzähle. Scheiße. Ich überlegte mir ein paar andere Geschichten, aber die waren alle bescheuert. Also stand ich auf, schlich zum Fenster, nahm meine feuchten Sachen von der Heizung und zog sie an. Dann schlüpfte ich in meine Stiefel und tastete mich in den Flur. Ich knipste das Licht im Bad an und öffnete die Tür so weit, dass ein schmaler Lichtstreifen in den Flur fiel. An einem Haken hingen zwei Mützen, einige gestrickte Schals und Tücher. Ich zog mir eine der Mützen über den Kopf, dann wickelte ich mir noch ein rotes Stricktuch um den Hals. Die hat so viele, dachte ich, da ist es nicht so schlimm, wenn ich eins mitnehme. Als ich schon fast zur Tür raus war, sah ich eine braune Ledertasche, die am Türknauf hing. Wie automatisch griff ich danach. Meine Hand wühlte durch die Tasche, zog ein Portemonnaie raus und stopfte es unter meinen Pullover. Dann öffnete ich die Tür und ließ mich von der Nacht verschlucken.

———

Als ich nach Hause kam, schliefen alle. Ich stieg vorsichtig über all das Zeug, das auf dem Boden lag, und ließ mich auf das Sofa fallen. Ich hatte nicht nachgeguckt, wie viel im Portemonnaie war. Solange ich nicht wusste, wie viel drin war, war es, als hätte ich es gar nicht geklaut. Plötzlich fiel mir ein, wie Lydia damals in der Bahnhofshalle ein Portemonnaie bei einer Oma geklaut hatte. Lydia. Seit ihrem Tod hatte ich kaum an sie gedacht. Ich hatte einfach keine Zeit gehabt. Ich musste mich um unser Überleben kümmern, und das ging von früh bis spät. Ich war schon traurig, dass sie tot war, keine Frage. Es tat mir für sie leid, aber sie fehlte mir nicht. Außer jetzt.

Ich war fast eingeschlafen, da hörte ich das vertraute Geräusch seiner Schritte. Mein Magen drehte sich um. Ich schloss die Augen. Stellte mich schlafend. Vielleicht muss er ja nur pissen oder was trinken, dachte ich. Ich hörte ihn immer näher kommen, dann setzte er sich an den Rand des Sofas.

»*Kukolka*«, flüsterte er. Ich rührte mich nicht.

»*Kukolka*, schläfst du schon?« Er fing an, meinen Kopf zu streicheln. Ich drehte mich um. »Rocky, darf ich bitte schlafen? Bitte. Nur dieses eine Mal«, sagte ich.

»Ich will dir nur was sagen, mein Juwel«, sagte er.

Ich setzte mich auf. »Was?«, fragte ich.

»Du bist mir das Wichtigste. Wirklich. Du bist wie mein eigenes Kind. Die Mädels sind keine Konkurrenz für dich. Nicht, dass du so was denkst. Aber das sind auch nur arme Schweine. Und wir können hier ein bisschen Unterstützung gebrauchen, richtig?«

»Die werden Dascha und Lydia nie ersetzen können«, sagte ich.

»Aber nein! *Kukolka*, natürlich nicht. Natürlich nicht«, sagte er. »Ist für mich doch auch kacke, was alles passiert ist. Denkst du, es ist mir egal? Denkst du, ich leide nicht genauso?«

»Du bist weggegangen! Du hast uns alleingelassen«, sagte ich.

»Ich konnte nicht anders, okay? Aber ich bin wieder da, mein Juwel, ich bin jetzt da.« Er drückte mich an seine breite Brust, und ich verschwand in seiner Umarmung.

»Was ist das?«, fragte er plötzlich.

»Was denn?«, fragte ich.

Er ließ mich los und zeigte auf meinen Bauch. »Was hast du da?«, er betastete das Portemonnaie unter meinem Pullover und sagte: »Geldbeutel, oder?« Er griff von oben in meinen Pulli rein und holte das Ding raus. »Wie viel?«, fragte er.

»Keine Ahnung. Ich habe noch gar nicht reingeguckt«, sagte ich.

Er stand auf, ging in die Küche und machte die Kerosinlampe an. Ich blieb auf dem Sofa, streckte mich aus und drehte mich zur Wand. Ich hoffte, dass kaum Geld drin war. Ein paar Griwni vielleicht. Vielleicht auch gar nichts. Vielleicht nur ein paar winzig kleine Fotos von hübsch angezogenen Kindern mit Schleife und dummer Fresse vor einem blauen Hintergrund. Solche Fotos habe ich schon häufig in den Portemonnaies alter Omas gefunden. Ich hörte Rocky mit der Zunge schnalzen, dann kurz auflachen. »Geil!«, sagte er laut. »*Kukolka*, ich wusste schon immer, dass auf dich Verlass ist.«

Ich stand auf. Ging zu ihm rüber und sah nach, was es da zu feiern gab. Eine Menge Scheine lagen auf dem Tisch. Die ganze Monatsrente, dachte ich. Scheiße. Vielleicht hätte es für mein Ticket gereicht.

»Rocky, es ist meine Kohle. Ich will mir davon das Ticket nach Deutschland kaufen«, sagte ich. Er lachte und zählte die Scheine noch mal durch.

»Setz dich«, sagte er dann. Ich blieb stehen. Mit dem Fuß schob er einen Stuhl weg vom Tisch. »Setz dich, hab ich gesagt«, sagte er. Ich ging um ihn herum und setzte mich ans Fenster. Rocky starrte mich an. Die Lampe warf gruselige Schatten auf sein Gesicht.

»Du meinst es ernst?«, fragte er. Ich nickte. Ohne zu fragen, griff ich nach seinen Zigaretten und zündete mir eine davon an.

»Okay, du bist fast erwachsen. Und es ist meine Pflicht, dich von deinen Träumen zu erlösen, *Kukolka.*« Er zündete mit seiner runtergerauchten Zigarette eine neue Zigarette an, dann sagte er: »Du wirst niemals nach Deutschland fahren. Es ist nicht so einfach, wie du dir das in deiner kindlichen Phantasie vorstellst. Du brauchst einen Ausreisepass und ein Visum, bevor du überhaupt irgendwelche Zugtickets, Bustickets oder Flugtickets kaufen kannst. Du hast aber noch nicht mal einen normalen Pass. Weil du noch keine sechzehn bist. Du bist ... du bist ... wie alt bist du denn jetzt, zum Teufel?«

»Zwölf«, sagte ich.

»Siehst du? Zwölf, verdammte Scheiße, du musst bei deinen Eltern im Pass eingetragen sein. Aber du hast keine verfickten Eltern. Niemanden hast du außer mir. Und in meinem Pass kannst du nicht stehen, weil ich nicht dein echter Vater bin und weil sie dich sofort einsacken und zurück ins Heim stecken würden, wenn ich versuchen würde, dich zu adoptieren oder so was.«

»Aber Marina ... die hat es auch geschafft. Und ich kann zu ihr. Ich weiß das. Ihre Eltern haben sogar ein Bett für mich.«

»Das, was deiner Marina passiert ist, ist die totale Ausnahme und passiert sonst nur im Märchen. Außerdem weißt du gar nicht, obs ihr da gutgeht. Ich hab vor kurzem gelesen, dass ganz viele Kinder, die nach Amerika adoptiert wurden, jetzt tot sind. Weißt du, was mit denen passiert ist? Man hat sie dort umgebracht, und ihre Organe wurden den reichen amerikanischen Kindern eingepflanzt. Verstehst du, in was für einer kranken Welt wir leben? Und wenn das sogar in Amerika passiert, zu was sind dann erst die Deutschen fähig? Diese widerlichen Nazis.«

»Du hast mich also immer angelogen …?«

»Du warst ein Kind. Du warst auf der Straße mit all den Perversen, Junkies, Betrügern, Mördern. Hätte ich dich dort verrecken lassen sollen? Ich habe dein verdammtes Leben gerettet. Vergiss das mal nicht. Ich musste dich da wegholen. Und wenn ich dir deine kindliche Phantasie gelassen habe, dann nur, um dich zu beschützen.«

»Das kann nicht sein. Ich kann nicht nach Deutschland fahren? Nie? Das kann nicht sein. Für kein Geld?«, fragte ich.

Er schüttelte den Kopf. »Es tut mir leid, *Kukolka*. Aber du kannst dich immer auf mich verlassen. Ich würde dich nie im Stich lassen. Ich will ein Business aufmachen. Ich habe eine tolle Idee. Dann bauen wir uns das Haus hier richtig aus. Alle sollen sich dann verpissen. Nur wir bleiben. Ich mach einen Star aus dir. Du wirst im Fernsehen singen. Jeder wird dich kennen.«

»Ich will nicht«, wollte ich sagen. Aber es kam kein Ton aus mir raus. Eines der neuen Mädels war wach geworden und kam in die Küche, um nachzusehen, was los war. Rocky machte einen Wink, und sie verschwand wieder.

»Du musst das alles erst mal kapieren. Das ist sicher viel jetzt«, sagte er. Er streckte sich über den Tisch und nahm

meine Hand. »*Kukolka*, wir kriegen das hin. Zusammen.«
Dann ließ er meine Hand wieder los, wollte eine neue Kippe
aus der Schachtel nehmen, aber sie war leer. Er stand
auf, holte den Autoschlüssel aus seinem Pelzmantel und
warf ihn mir zu. Er landete auf dem Boden. »Ich hab
noch eine Stange im Auto«, sagte er, als ich mich danach
bückte.

Ich ging raus. Die Kälte gab mir rechts und links eine
Ohrfeige. Ich wollte irgendwas Krasses machen. Den Schlüssel in den roten Lack des Alfa Romeo bohren und tiefe Wunden reinschlitzen. Oder mit dem Wagen einfach wegfah-
ren. Oder ihn gegen eine Wand fahren. Oder von einer
Brücke in den Dnjepr. Aber ich konnte gar nicht fahren.
Vielleicht lieber mit einem Stein die Scheiben einschlagen?
Ich öffnete die Beifahrertür. Aus dem Handschuhfach ragte
eine Stange L&M. Ich nahm sie raus, schloss das Handschuhfach und dann die Beifahrertür und ging ins Haus zurück.

»Das ist ein Glücksfall. Das Geld, meine ich«, sagte Rocky,
als er mich im Flur hörte. »Ich habe ein paar Schulden. Und
mit dem Geld kann ich bei der Kartenrunde wieder Gewinn
machen.«

»Was ist, wenn du verlierst?«, fragte ich und gähnte.
Meine Augen waren ganz klein und heiß.

»Ich bin gut. Ich kann das Risiko gut kalkulieren. Du
kommst mit. Du warst immer mein Glücksbringer. Und
wenn die Jungs dich in deinem schwarzen Kleidchen sehen,
dann werden sie dir ihr ganzes Geld zustecken wollen.«

»Ich geh schlafen«, sagte ich.

»Du darfst die Hälfte behalten. Als Taschengeld. Für Lippenstift oder so«, sagte er und gab mir einen Klaps auf den Arsch, als ich an ihm vorbei und zu meinem Sofa ging.

———

Ein paar Wochen später war es dann so weit. Ich sollte mich hübsch machen, und dann fuhren wir zu der üblichen Wohnung, wo die üblichen Männer das übliche Kartenspiel spielten. Alles wie immer. Nur, dass diesmal noch ein Junge da war und Klavier spielte. Er war etwa so alt wie ich und konnte alles spielen, was ich singen konnte, und noch viel mehr.

Es lief gut, die Männer gaben mir Geld und sagten, welches Lied sie hören wollten. Ich schaute ab und zu Rocky an. Er war rot und schwitzte. Ständig kaute er an der Haut rund um seine Fingernägel. Dann setzte er seine Goldkette ein und verlor sie. Irgendwann sagte Mischa: »Das wars wohl. Ich will die Kohle spätestens in zwei Wochen hier auf dem Tisch sehen. Sonst wirst du zu Wurst verarbeitet.« Alle lachten. Aber Mischa legte den Zeigefinger an seine Lippen, und es wurde sofort still.

»Mischa, Mischenka, komm schon. Zwei Wochen? Ich brauche etwas Zeit. Das Business läuft gerade nicht so ...«, bettelte Rocky. »Lass mich noch ein Spiel machen. Ich brauche nur eine Chance.«

»Du hast keine Kohle mehr. Deine Kette liegt hier auch schon«, sagte ein großer, dicker Typ.

»Mischa, komm schon. Schreib das einfach zu meinen Schulden dazu«, sagte Rocky.

Mischa lachte. Dann sagte er: »Ich nehme die Kleine da,

als Einsatz.« Keiner sagte was. Ich starrte Rocky an. Meine Kopfhaut kribbelte.

»Okay«, sagte er und nickte. Ein breitschultriger junger Mann mit rasiertem Kopf mischte die Karten.

»Sing«, sagte Mischa, ohne mich anzuschauen. »Sing, *Kukolka*!«

Ich wollte wieder etwas Krasses tun. Ein Messer aus der Küche holen und es in Rockys Kopf rammen oder eine brennende Zigarette in Mischas Auge ausdrücken oder das Fenster aufreißen und rausspringen … Ich sang aber. Keine Ahnung, was. Keine Ahnung, wie lange. Rocky hatte gute Karten. Er gewann. Mehrmals hintereinander. Er gewann seine Kette zurück und einen Teil seiner Schulden. Wir fuhren wieder nach Hause. Ich hatte ihn nie glücklicher gesehen.

Er versicherte mir, dass er mich nie bei Mischa gelassen hätte, dass es nur ein Witz war. Dass ich das falsch verstanden habe. Aber es war zwecklos. Ich wusste, dass mich das gleiche Schicksal erwartet wie Dascha und Lydia. Ich wusste, dass ich zu niemandem gehöre und nichts wert bin. Dass ich einfach da bin, so wie Kakerlaken. Niemand weiß, wo die herkommen. Niemand braucht sie. Sie leben, bis einer sie wegklatscht. Normalerweise hätte ich geheult. Ich heulte in letzter Zeit ständig. Aber diesmal nicht.

In den nächsten Tagen verkroch ich mich wieder auf der Couch. Ich war neidisch auf Dascha und Lydia. Ich war neidisch, dass sie ihren Tod schon sicher hatten. Keine Schmerzen, keine Qualen mehr. Ich hatte nichts sicher. Nicht einmal den Tod. Nicht einmal das.

Einmal kam Rocky zu mir und sagte, er habe einen super

Platz zum Singen für mich besorgt. In einer Unterführung. Ich sagte ihm, dass ich nicht mehr singen will. Er schlug mit der Faust in mein Gesicht und sagte: »Ich hab die Nummer satt. Ab morgen werde ich dich dort absetzen und abends wieder abholen, und du solltest besser nicht mit leeren Taschen ankommen.« Wieder wollte ich irgendwas Krasses tun, wieder machte ich nichts.

——

Am Anfang war es nicht so toll. Kalter Durchzug, grauer Stein, drängende Menschen, Pisse-Geruch. Ich sah auch nicht gerade hübsch aus mit dem blauen Auge, und die Leute gaben nicht so viel. Aber später gewöhnte ich mich ein. Ich sang immer an der Ecke gegenüber den Treppenstufen. Diese Ecke wurde zu meinem Zuhause. Ich stellte mir vor, hinter mir in der Ecke wäre der Phönix aus *Malenkaja Strana* und würde mich mit seinem goldenen Licht anstrahlen. Dann schloss ich die Augen und sang. Mal die Lieder aus dem Radio, mal die, die ich mit Ilja geschrieben hatte, mal habe ich einfach nur den Mund aufgemacht und mich selbst von der Melodie überraschen lassen, die herauskam.

Oft blieben die Leute stehen, um mir zuzuhören. Immer wenn ich spürte, dass da wer stand, versuchte ich mir erst vorzustellen, was es für eine Person war, Mann oder Frau, jung oder alt usw. Dann machte ich die Augen auf und schaute nach, ob ich recht hatte. Selbst wenn ich die Augen die ganze Zeit über aufließ, blieb ich in anderen Welten. In einer dieser Welten war ich eine echte Sängerin. In einer anderen hatte ich eine Zwillingsschwester, die zufällig vorbeikommt, mich erkennt und mich dann mit zu unseren Eltern nimmt. In einer weiteren Welt wohnte ich mit einem Hunderudel in einem Zauberwald und konnte mich selbst ganz nach Lust und Laune in einen Hund oder einen Menschen verwandeln.

Am 8. März passierte aber ein echtes Wunder.

———

Der 8. März, das ist Frauentag. Alle Frauen in der Ukraine machen sich an diesem Tag besonders schick. Sie ziehen dünne Strumpfhosen an, egal, wie kalt es ist, hochhackige Schuhe, egal, wie tief der Schnee liegt, und schminken sich in den buntesten Farben, egal, wie grau ihr Alltag ist. Alle Frauen und Mädchen bekommen Geschenke und Blumen. Von ihren Männern, ihren Kindern, ihren Eltern, ihren Freundinnen.

Es war der 8. März 2000. Wäre es nicht 2000 gewesen, hätte ich es mir vielleicht nicht gemerkt. Aber ich hatte von allen Seiten so viel über das Jahr 2000 gehört, dass es unmöglich war, nicht zu wissen, welches Jahr gerade war. Ich stand also wieder in meiner Unterführung und sang *Malenkaja Strana*, als ER die Treppe herunterkam.

Er sah aus wie ein Prinz. Auf dem Kopf eine schicke Pelzmütze, schwarzer Mantel, Lederhandschuhe, Jeans, schwarze, glänzende Stiefel. Groß und schlank. Mit heller Haut, braunen Augen und den schönsten Augenbrauen, die ich je bei einem Jungen gesehen habe. Er war eigentlich schon eher ein Mann. Aber jung. Und er hielt einen Strauß roter Rosen zwischen seinen Lederhandschuhen, als er die Treppe herunterkam. Er blieb stehen und hörte zu. Als ich fertig war, klatschte er. »Alles Gute zum 8. März, Prinzessin!«, sagte er und gab mir den Strauß roter Rosen. Bevor ich mir sicher sein konnte, dass es nicht eine meiner Phantasien war, war er wieder weg.

Ich starrte wie hypnotisiert auf die dunkelroten Blüten. Matt und ebenmäßig. Wie das Jackett der alten Frau aus dem Klamottenladen, dachte ich. Wie Samt.

»Was willst du für die Rosen?«, fragte ein Mann mit Schnurrbart.

»Was?«, fragte ich.

»Die Rosen! Was die kosten?«

»Äh ...«

»Fünfzehn Griwni? Alle zusammen?«

»Zwanzig«, sagte ich.

»Meinetwegen. Du musst ja auch was dran verdienen. Und es ist schließlich der 8. März ...« Er gab mir das Geld, nahm den Rosenstrauß und war weg.

Ein paar Tage später sah ich wieder, wie ER die Treppe herunterkam. Er sah aus wie ein Prinz. Auf dem Kopf eine schicke Pelzmütze, schwarzer Mantel, Leder ... Das habe ich doch schon mal erlebt, dachte ich. Es konnte keine Phantasie sein. Er war echt. Diesmal hatte er statt der roten Rosen eine rote Thermoskanne dabei. Er kam direkt auf mich zu. Lächelte mit schneeweißen Zähnen. Ich hörte mitten im Lied auf zu singen.

»Wie schade«, sagte er, »bitte, sing weiter. Es ist das Schönste, was ich je gehört habe.«

Also setzte ich noch mal an und sang weiter. Es war das

Lied für Dascha. Als ich fertig war, klatschte er. Wir waren allein in der Unterführung.

»Furchtbares Wetter«, sagte er. »An so einem Tag setzt ein gutes Herrchen seinen Hund nicht vor die Tür.«

»Ja«, sagte ich, »als Hund hätte ich vielleicht mehr Glück gehabt.« Ich versuchte zu lachen.

»Ich habe gehofft, dich zu sehen. Ich musste ständig an dich denken, seit ich dich hier am 8. März gesehen habe.«

»Wirklich?«

»Ja. Wirklich. Du weißt noch, wer ich bin, oder? Der mit den Rosen ...«

»Ja, natürlich weiß ich das.«

»Musst du nicht in der Schule sein?«

»Nein.«

»Gehst du nicht hin?«

»Nein.«

»Was sagen deine Eltern dazu?«

»Nichts.«

»Bist du eine Zigeunerin?«

»Vielleicht.«

»Musst du das Geld abends abgeben?«

»Ja.«

»Ich habe Tee mitgebracht. Willst du?«

»Ja.«

Mit zwei geschickten Bewegungen schraubte er den Deckel ab, der gleichzeitig ein Becher war. »Hier, halt mal«, sagte er. Ich griff mit meinen roten, vor Kälte tauben Fingern danach. »Du hast ja gar keine Handschuhe«, sagte er. Schnell steckte er sich die Thermoskanne zwischen die Knie und zog seine Handschuhe aus. »Hier, zieh die mal an«, sagte er, hielt mir mit einer Hand die großen ledernen Handschuhe hin und nahm mir mit der anderen den Deckel wieder ab.

Ich zog sie an. Ein Handschuh hätte für beide Hände gereicht. Sie waren ganz warm und mit weichem Fell innen drin. Er drückte mir den Deckel wieder in die Hand und schraubte nun die Kanne auf. Heißer Dampf stieg auf, während sich mein Becher mit rosarotem Tee füllte. Ich nippte daran und verbrannte mir in derselben Sekunde Unterlippe, Zunge und Gaumen.

»Lecker«, sagte ich und lächelte ihn an.

»Weißt du, was das ist?«

»Nein.«

»Willst du es wissen?«

»Ja.«

»Es ist Hagebutte. Aber nicht so was Selbstgesammeltes, was dann in der Kanne herumschwimmt. Sondern ...«

Er erzählte etwas über den Tee, aber ich konnte es nicht richtig verstehen. Ich löste mich auf in seiner Stimme. Meine Augen verfolgten die Bewegungen seiner Lippen, seiner Mundwinkel, seiner Nasenspitze, die sich bei einigen Worten nach unten bewegte, seiner Augenbrauen, seines Kinns, das mal runder und mal flacher wurde.

»... Hörst du mir zu?«

»Ja.«

»Und was sagst du dazu?«

»Wozu?«

»Dass wir was essen gehen.«

»Jetzt?«

»Na klar.«

»Ich darf nicht. Ich muss noch was verdienen. Läuft heute eh nicht so gut. Scheißtag.«

»Hoffentlich nicht wegen mir?«

»Nein, nein. Einfach so …«

»Ich kann dich ja auch später abholen.«

»Ich weiß nicht, da kommt Rocky mich immer abholen.«

»Rocky? Was ist das für ein Name?«, er lachte.

»Weiß nicht. Er heißt so.«

»Und wie heißt er mit richtigem Namen?«

»Das ist sein richtiger … dachte ich.«

»Hier heißt doch niemand Rocky. Wer ist das? Dein Stief-vater?«

»So was in der Art.«

»Oder dein Freund? Wie alt ist er?«

»Du fragst ganz schön viel. Vielleicht geht dich das auch gar nichts an«, sagte ich.

»Tut mir leid, du hast recht«, sagte er schnell. Wir schau-ten beide nach unten, dann sagte er: »Ich finde dich sehr schön. Du gefällst mir. Und ich würde dich nie zwingen, bei dieser Kälte den ganzen Tag hier zu singen.«

»Er zwingt mich nicht. Ich kann tun, was ich will.«

»Also willst du einfach nicht mit mir ausgehen?«

»Doch!« Wir lachten.

»Jetzt?«

»Ja.«

Er packte die Thermoskanne wieder ein, und wir gingen eine Weile durch die vereisten Straßen. Ich hatte keine Ah-nung, wohin, denn in der Gegend kannte ich nichts außer meiner Unterführung. Wir blieben vor einem Kellereingang stehen, stiegen vier Stufen hinunter und huschten durch die schwere Eisentür hinein. Dahinter war es warm. Im fast leeren Lokal tanzte der Zigarettenrauch mit Brathähnchen, während saure Gurken dazu applaudierten. Es weckte in mir Erinnerungen an schöne Zeiten. Als noch alle da waren. Als Lydia jeden Tag die Küche mit dem Geruch von Gebratenem füllte. Irgendwas zwickte in meinen Augenwinkeln. Vielleicht nur der Rauch.

Er nahm die *Schapka* ab und knöpfte seinen Mantel auf. Ich zog den Reißverschluss meiner Jacke auf. Ich zuckte überrascht zusammen, als er sie mir abnahm und an die Garderobe hängte.

Wir setzten uns an einen Tisch unter dem halbhohen Kellerfenster. Eine dicke Frau brachte die Karte. Handgeschrieben und laminiert. Es waren nur wenige Gerichte drauf. Ich wusste nicht, was so etwas sonst kostete, aber ich fand die Preise unglaublich hoch.

Er schien meine Gedanken zu lesen, denn er sagte: »Ich lade dich selbstverständlich ein. Du kannst dir alles aussuchen, was du möchtest.«

Die dicke Frau kam zurück an unseren Tisch. »Frikadellen *po kiewski*, Kartoffeln und eine Coca-Cola. Und noch einen Kognak. Zum Aufwärmen«, sagte er. Beide, er und die dicke Frau, schauten mich erwartungsvoll an.

»Ich weiß nicht so genau ...«, sagte ich verlegen.

»Und das Gleiche für die Dame«, sagte er und lächelte. Die dicke Frau nickte und ließ uns wieder in Ruhe.

»Ich weiß noch gar nicht, wie du heißt«, sagte er.

»Du hast mich auch nicht gefragt.«

»Weil ich so verzaubert war. Von deinen Augen. Von deiner Stimme ...«

»Samira«, sagte ich schnell, bevor er mir noch mehr Komplimente machen konnte.

»Samira?«

»Ja.«

»Ist das dein echter Name?«

»Ja. So heiße ich schon immer.«

»Ist das ein Zigeunername?«

»Weiß nicht. Vielleicht.«

»Du hast doch gesagt, du bist Zigeunerin.«

»Nein, du hast gefragt, ob ich eine bin, und ich habe gesagt ›vielleicht‹.«

»Weißt du es nicht?«

»Nein. Ich bin aus dem Heim. Wie heißt du denn eigentlich?«

»Dmitrij. Dima. Dimochka, sagt meine Mama.«

»Dimochka«, wiederholte ich, und es schmeckte wie Sirup in meinem Mund.

»Bist du adoptiert?«, fragte er, und der Geschmack auf meiner Zunge wurde bitter.

»Nein.«

»Ich dachte, Rocky …«

»Ich bin abgehauen. Und Rocky … Rocky ist … so was wie ein Freund.«

Unser Essen kam. Ich spießte die braungebratene Frikadelle mit der Gabel auf und biss hinein. Dickflüssige Käsemasse quoll heraus und verbrannte meine Unterlippe. Zum zweiten Mal. Dima kicherte. Er selbst schnitt ein Stückchen von seiner Frikadelle ab, pustete darauf und legte es sich elegant in den Mund.

———

Rocky stand schon unten, als wir lachend und scherzend die Treppe zur Unterführung hinuntergingen. Seine Augenbrauen waren aufgeplustert und eng zusammengezogen.

»Samira!«, brüllte er mich an, sobald er mich sah. »Willst du mich verarschen? Wo bist du gewesen? Ich warte seit einer Viertelstunde! Was zum Teufel!«

»Bitte, entschuldigen Sie«, sagte Dima. »Es ist meine Schuld. Ich war so frei, sie zum Essen einzuladen, und jetzt ist es so spät geworden.«

An dieser Stelle eskalierte es vollkommen. Rocky schrie mich an, ich sei eine Hure. Er schrie Dima an und sagte, ich sei eben keine Hure, die er nach Lust und Laune mitnehmen könnte. Er sagte, ich sei zwölf. Dass Dima sich allein schon aus diesem Grund von mir fernhalten sollte. Dima schrie ihn auch an und sagte, er würde mich ausbeuten. Er würde die *Milizija* rufen. Ich schrie, die beiden sollen aufhören. Doch in diesem Moment schlug Rocky Dima ins Gesicht. Und wären nicht zwei Männer dazugekommen, um die Schlägerei zu schlichten, wäre noch Schlimmeres passiert.

Rocky zerrte mich ins Auto, in dem Ilja und die beiden neuen Mädchen bereits saßen, und fuhr uns nach Hause.

Als Erinnerung an Dima blieben mir nur die Brandblasen im Mund. Mein Gaumen pellte sich mehrere Tage, und als er wieder glatt und rosig war, war auch dieses kleine Andenken weg.

Jeden Tag starrte ich die Treppe der Unterführung an und schreckte auf, wenn ich glänzende Stiefel und Jeans sah. Oder eine Pelzmütze. Ich glaubte seine Stimme zu hören. Aber es war immer nur Einbildung. Ich konnte nicht mehr schlafen, an nichts anderes mehr denken. Nur an ihn. Dima.

Dimochka. Ich fühlte mich krank. In Gedanken ging ich immer wieder unser Gespräch durch. Vielleicht hätte ich nicht so verschlossen sein sollen. Ich hätte ihm mehr erzählen sollen, dachte ich. Im nächsten Moment war ich mir sicher, ihn durch unnötige Details abgeschreckt zu haben. Schließlich gab ich einzig und allein Rocky die Schuld an allem. Zum Glück ließ er mich seit einiger Zeit in Ruhe. Nachts hörte ich immer wieder seine Schritte auf der Treppe, doch sie kamen nie bis zu meinem Sofa. Er blieb bei der Matratze stehen, auf der das neue blonde Mädchen lag. Ich freute mich, es nicht mehr machen zu müssen. Aber ich fragte mich auch, ob er sie hübscher fand. Weil sie blond war. Weil sie keine Zigeunerin war.

———

Als es wärmer wurde und ich mir sicher war, Dima nie wiederzusehen, ging es mir irgendwie besser. Ich schrieb einige Lieder über die Liebe auf den ersten Blick und die erste Liebe im Allgemeinen. Ich fühlte mich ganz verändert. Erwachsen. Das wollte ich unterstreichen, also kaufte ich mir einen Kajalstift. Ich wollte einen schwarzen, aber die Verkäuferin, die sehr jung und hübsch war, sagte, dass ein blauer meine blaugrünen Augen besser betonen würde.

Zu Hause stellte ich fest, dass wir keinen Anspitzer hatten. Also spitzte ich den Stift mit dem Messer an. Als die himmelblaue Mine frei war, machte ich damit einige Experimente vor dem Spiegel. Es sah irgendwie kacke aus. Dann kam das blonde Mädchen rein und zeigte mir, wie man einen Lidstrich malt. Das war nett. Trotzdem wollte ich mich nicht mit ihr unterhalten oder sie fragen, wie es ihr gefällt, Rocky massieren zu müssen. Noch nicht mal ihren Namen wollte ich mir merken. Ging aber nicht anders. Xenja war der. Ganz typisch. Nichts Originelles.

Ich zeigte ihr, wie man bei uns die Wäsche macht, und sagte ihr, dass sie das nun jedes Wochenende machen muss. Weil sie neu ist.

Zu meiner Überraschung hörte sie auf mich.

———

Alle Bäume blühten. Der Himmel war blau. Ich hatte perfekte Lidstriche und trug meinen grünen Froschpullover. Der Frosch spannte etwas über meiner Brust, und die Ärmel waren zu kurz geworden, aber es war ja auch nicht mehr kalt. Bei so einem Wetter lief das Geschäft am Brunnen vermutlich besser. Aber Rocky bestand darauf, dass Ilja dort allein bleibt. Ich sollte also diesen sonnigen, duftenden Tag in der dunklen und stinkenden Unterführung verbringen. Der Vormittag verging schnell. Die Sonne taute die Seelen der Menschen auf, und sie gaben ganz gut Geld. Immer wieder musste ich einen Teil einstecken, damit es nicht nach zu viel aussah.

Ich war gerade ins Zählen vertieft, als ich einen Schatten hinter mir spürte. Ich drehte mich um, und da stand ER. Dimochka. Er lächelte. Seine Haare glänzten und waren perfekt in Form. Er hatte ein Hemd an und eine Lederjacke. Er war wunderschön. Der schönste Mann der Welt.

»*Priwet*«, sagte er.

»*Priwet*«, sagte ich.

»Du siehst ja ganz anders aus.«

»Ja, wieso?«

»Deine Augen. Und deine Haare. Waren sie schon immer so lang und schwarz?«

»Eigentlich schon. Eine Freundin hat sie mir mal blond gefärbt. Aber das ist sehr lange her. Danach hatte ich sie sogar kurz. So bis hier.«

»Ich bin froh, dich wiederzusehen.«

»Bist du zufällig hier langgegangen?«

»Nein. Nicht zufällig. Ich hatte in der Gegend zu tun.«

»Ah so. Was denn?«

»Business. Hast du Hunger?«

»Schon, aber ich muss noch was …«

»… verdienen«, beendete Dima meinen Satz und nickte. »Wie viel verdienst du so am Tag?«

»In Griwni oder Dollar?«

»Du bekommst Dollars?«

»Klar.«

»Na gut, dann Dollar. Wie viel?«

»Hundert«, sagte ich. Schamlos gelogen war das. An schlechten Tagen waren es vielleicht fünf Dollar, an sehr guten zwanzig. Maximal dreißig.

»Okay«, sagte Dima, »ich gebe dir hundert Dollar, wenn du den Rest des Tages mit mir verbringst. Wir kommen auch pünktlich zurück. Versprochen.«

Ich nickte und presste meine Lippen zusammen, um ein dämliches Grinsen zu vermeiden. Ich konnte nicht fassen, wie reich er war. Und noch weniger konnte ich fassen, wie viel ich ihm wert war. Jetzt war ich mir sicher, dass er mich auch liebt.

Wir gingen wieder zu dem Restaurant im Keller. Er rauchte. Ich rauchte auch. Als wir ankamen, setzten wir uns auf die Stufen vor dem Restaurant. Redeten. Er wollte alles über mich wissen, und ich wollte alles über mich erzählen. Über Rocky, wie er mich beinahe verspielt hatte, über Lydia und über Dascha, über Ilja und über Sergej und die Zwillinge und die Einbrüche. Witzige Sachen. Traurige Sachen. Er hörte mir zu. Fragte manchmal nach. Gab mir eine neue Zigarette, wenn meine zu Asche geworden war. Es hätte sich nicht mehr gelohnt, reinzugehen. Ich musste wieder zurück. Dima brachte mich bis vor die Treppe der Unterführung. Die letzten Meter sagte keiner was. Wir standen da, schauten einander nicht an. Mir wurde übel. Vielleicht vor Hunger. Vielleicht wegen der vielen Zigaretten. Vielleicht vor Angst. Angst, er würde wieder verschwinden. Diesmal für immer. Ich würde Wochen oder Monate brauchen, um mich davon zu erholen. Er sagte nichts. Ich sagte auch nichts. Ich fragte mich, ob ich etwas falsch gemacht hatte, zu viel erzählt? Zu wenig gefragt? Ich hatte im Grunde gar nichts gefragt. Wusste nichts über ihn. War er verletzt? Enttäuscht? Sauer?

»Ich geh lieber runter«, sagte ich.

»Ja, das ist besser«, sagte Dima.

»Danke für die Zigaretten«, sagte ich und hätte mich im selben Moment umbringen können für diesen superdämlichen Spruch.

Er kicherte aber.

»Bitte«, sagte er. »Soll ich dir morgen wieder welche vorbeibringen?«

Ich sagte nur schnell »ja«, bevor ich die Stufen runterlief.

Auf halber Treppe drehte ich mich noch mal um. Er war weg.

Ich stellte mich in meine Ecke, legte den Hut auf den Boden, damit Rocky nichts merkte, und schloss die Augen. Nun versuchte ich mich zu beruhigen. In meinem Bauch war eine leuchtend gelbe Sonne, die wie irre aus all meinen Poren strahlte. Ich atmete aus und ließ sie kleiner werden. Ganz klein. Erbsengroß. Das reichte immer noch und würde niemandem auffallen.

Rocky kam viel zu spät. Es ärgerte mich. Ich beschloss, ihn zu bestrafen und ihm nur das Geld vom Vormittag zu geben. Ich hatte aber Angst, er würde mir nicht glauben und mich absuchen. Wenn er die hundert Dollar finden würde, die ich als ganzen Schein in meiner Hosentasche hatte, würde er ausrasten. Ich hätte vorher daran denken sollen, ihn zu wechseln. Verdammt.

»*Kukolka*, warum machst du so ein böses Gesicht?«, fragte Rocky.

»Hab schlecht verdient.«

»Im Ernst? Ilja hat super verdient. Was ist los? Nicht genug angestrengt?«

»Doch. Bei dem Wetter gehen die Leute nicht gerne durch die Unterführung. Die gehen lieber einen Umweg und warten an der Ampel, statt durch den bepissten Tunnel zu latschen.«

»Der Platz ist Hammer. Der hat mich einiges gekostet«, sagte er. »Und kostet immer noch«, murmelte er hinterher.

»Was hast du denn?«

»Nur zehn.«

»Griwni?«

»Nein, Dollar natürlich.«

»Okay. Streng dich morgen besser an. Verstanden?«

Ich nickte.

»Ich höre nichts. Verstanden?«, brüllte er.

»Ja«, sagte ich leise.

———

Abends nach dem Essen saßen Ilja und ich draußen auf der Bank und sangen alte Lieder mit eigenen Texten. Irgendwann ging er rein, und ich blieb alleine zurück. Starrte in den dunkelgrauen Himmel und malte mir ein Leben mit Dima aus. Er würde mich heiraten, und ich würde ein Baby bekommen und es furchtbar lieb haben. Und ich würde im Fernsehen auftreten und viele Blumen bekommen. Und wir würden in einem riesengroßen Haus wohnen, und das Bad wäre komplett verspiegelt. Dann noch ein Auto. Und sehr viele Kleider. Und immer das beste Essen. Bestimmt kann er kochen, dachte ich. Ich konnte es jedenfalls nicht.

Xenja kam aus dem Haus und unterbrach meine Gedanken. Sie setzte sich zu mir auf die Bank.

»*Kukolka* ...«, sagte sie.

»Ich heiße Samira. Wenn du etwas von mir willst, dann sprich mich mit meinem Namen an. Sa-mi-ra. Verstanden?«

»Ja«, sagte sie. Stand auf und ging wieder rein.

Ich musste kichern. Ich hätte nicht gedacht, dass es so gut funktioniert. Schon im Heim wurde uns immer gesagt: »Wer Angst hat, der respektiert auch.« Mir gefiel es, von jemandem respektiert zu werden. Selbst, wenn es so jemand Bedeutungsloses wie diese Xenja war.

Da kam sie wieder raus, setzte sich diesmal aber nicht

hin, sondern blieb an der Bank stehen und sagte: »Samira, ich will mich nicht mit dir streiten. Ich will auch nicht, dass du sauer bist.«

»Worauf soll ich sauer sein?«

»Na ja, wegen Rocky … weil du … weil ich … ich weiß nicht, wie das vorher war, aber er meinte …«, sie sprach nicht weiter, sondern knibbelte stattdessen die grüne Farbe von der Bank ab.

»Wie heißt du noch mal? Xenja, oder?«, fragte ich, obwohl ich es natürlich wusste. Sie nickte. »Also, Xenja, wenn du mir etwas sagen willst, dann überlege dir erst mal, was du sagen willst, bevor du den Mund aufmachst.«

»Ich wollte nur sagen, dass er gesagt hat, dass du ihm das Wichtigste bist und dass er nicht will, dass du eifersüchtig bist auf mich. Und ich wollte das nur sagen, damit …«

»Musst du ihn entspannen?«, fragte ich.

»Was?«

»Seine Füße und seinen Schwanz massieren. Musst du das machen?«

»Ah so … ja, wir ficken.«

»Gefällt es dir?« Meine Stimme war perfekt. Hart und gelangweilt.

»Na ja, es ist ganz gut. Es ist halt nur einer, und er ist auch voll nett.«

»Hattest du viele?«

»Na ja, das ist es ja, seit ich an der Nadel bin, habe ich immer so viele Typen gehabt. Und manche waren echt scheiße drauf. Da fühlt man sich hier so … du weißt schon …«

»Du bist eine Nutte?«

»Nein, jetzt nicht mehr.«

»Und du bist an der Nadel?«

»Ja, aber ich werds schon schaffen.«

»Weiß er das? Weiß Rocky das?«

»Ja klar, er besorgt mir ja das Zeug. Aber nicht so viel. Er will, dass ich aufhöre. Will mir helfen ...«

Ich stand auf und ging weg. Ließ sie einfach stehen. Sie war für mich einfach nur Abschaum. Rocky genauso. Ich war so wütend, dass er mein Geld für ihre Drogen ausgab. Für eine Nutte. Eine hässliche Nutte. Ich lief so lange durch die Gegend, bis ich mir sicher war, dass alle schliefen. Dann kam ich zurück, ließ mich auf das stinkende Sofa fallen und war sofort weg.

———

Als ich wach wurde, war es noch dunkel. Das Haus war stickig. Veratmete und verfurzte Luft aus dem großen Zimmer wollte sich mit der vergammelten und verrauchten aus der Küche mischen. Aber sie kreisten nur umeinander. Keine wollte sich in der anderen auflösen.

Ich holte meine zwei Barbies raus. Ging in die Küche und setzte sie auf den Tisch. Die eine war so elegant, mit langen blonden Haaren. Ich setzte sie ganz an die Kante und knickte die Knie, damit ihre Unterschenkel runterhingen. Die andere konnte ihre Beine nicht knicken. Sie waren steif und aus Plastik, das an den Füßen sehr dünn, sogar leicht transparent war. Ihre Haarstoppeln ragten zu allen Seiten. Die Augen waren etwas schief aufgemalt. Sie war eben nur eine billige Kopie. Sie würde nie so werden wie die echte Barbie aus Deutschland. Ich fand es ungerecht. Ich zog beide aus und vertauschte ihre Kleider. Aber es änderte nichts. Ich wollte, dass sie miteinander sprechen, aber sie taten es nicht. Sie lagen einfach nur da, als wären sie tot. Ich legte meinen Kopf auf den Tisch und starrte so lange das schwarze Fenster an, bis es gräulich wurde, bis es bläulich wurde, bis es tiefblau wurde, bis es hell wurde. Dann schaltete ich das Radio an und öffnete das Fenster. Mit je einer Barbie in der Hand ging ich raus. Ich lief bis zur großen Straße. Obwohl es so früh war, fuhren hier schon viele Autos. Ich schaute nach oben zu dem blauen Himmel und sagte: »Gott oder Gottesmutter oder wer da oben alles ist, lasst uns ein Spiel spielen: Ich lege die beiden Barbies auf die Straße, und wenn sie von einem Auto überfahren und zerstört werden, dann weiß ich, dass Dima nicht wiederkommen wird. Dann werde ich niemals ein schönes Leben haben. Dann weiß ich, dass ich bald meinen Tod bekommen werde. Wenn sie aber von den Reifen verschont bleiben, wenn sie überleben, dann ... dann will ich auch leben. Aber so richtig. Nicht wie jetzt.«

Ich überlegte noch mal kurz und beschloss, doch nur die billige Barbie hinzulegen. Als gerade kein Auto kam, legte ich sie mitten auf die Fahrbahn. Ich war schon fast zurück auf dem Bürgersteig, da dachte ich, ich hätte ihr Kleid ausziehen sollen, sie hatte ja immer noch das schöne von der echten Barbie an. Ich drehte mich um und wollte sie noch mal aufheben, aber ich sah sie nicht, ich sah nur das Gesicht eines schwarzen Jeeps vor mir. Mein Körper sprang nach vorne, als meine Seele von dem Jeep überfahren wurde. Ich saß da und wusste nicht, ob ich nun tot war. Ich hatte nämlich keine Schmerzen, durch die sich das Leben sonst immer bemerkbar machte. Dann erinnerte ich mich an die Barbie. Ich schaute nach, konnte sie aber nirgends sehen. Dann sah ich sie doch. Ihren Kopf. Nur den Kopf. Er war zerkratzt, aber er war da. Er passte genau auf meinen Zeigefinger drauf. Und lächelte mich an. Nach allem, was ich ihm angetan hatte. Ich schaute wieder nach oben und fragte Gott, seine Mutter und die anderen, was das jetzt eigentlich soll. Warum bekam ich kein Zeichen? Oder war das eins? Ich vermisste Lydia, sie kannte sich perfekt mit so was aus.

Ich ging zurück und legte mich hinter das Haus an die Stelle, wo sie begraben war. Zum ersten Mal, seit sie tot war, weinte ich um sie. Als ich im Haus Geräusche hörte und sah, wie Xenja zum Klohäuschen lief, stand ich auf. Ich hob einen Stock auf, der etwa so dick war wie mein Finger, steckte den Kopf der toten Dascha-Barbie darauf und drückte ihn in die Erde. Dort, wo Lydia lag. Dann ging ich zu der Bank und wartete, bis alle rauskamen, um sich in den Alfa Romeo zu quetschen.

———

Die ersten Stunden konnte ich kaum singen, die Luft wollte nicht in meinen Bauch, sie blieb im Hals. Ich sang schlecht. Es kamen viele Leute vorbei, aber niemand wollte stehen bleiben oder mir Geld geben. Ich wusste, dass Dima nicht kommen würde. War auch besser so. Ich sah scheiße aus. Ich stank. Ich war verheult. Ich war es nicht wert, dass er wegen mir kommt. Oder überhaupt irgendwer. Ich fragte mich, warum ich noch da war. Warum hatte der Jeep mich nicht überfahren?

»Was ist passiert?«, hörte ich seine Stimme fragen.

Er war da. Dima. Er stand vor mir und streckte mir eine Schachtel Marlboro entgegen. »Hier, ich habe dir was mitgebracht.« Er lächelte das schönste Lächeln dieser Welt. Ich heulte. Er hob meinen Hut vom Boden auf, dann legte er seinen Arm um mich und führte mich die Treppen hoch. Draußen knallte die Sonne. Wir bogen in eine Querstraße ein, gingen noch mal nach rechts und noch mal nach links. Er blieb vor einem schwarzen Jeep stehen. Alle Reichen hatten jetzt so einen Jeep. Er holte einen Schlüssel aus der Hosentasche und machte die Beifahrertür auf. Ich setzte mich rein, und er schloss sie, bevor er auf die andere Seite ging und sich hinter das Steuer setzte.

»Erst erzählen oder erst Eis?«, fragte er.

»Eis«, sagte ich und musste gleichzeitig lachen und heulen. Wir fuhren los, und er hielt bald an und kaufte *Plombir*.

»Nur eins?«, fragte ich.

»Nur für dich, *Kukolka*«, sagte er und lächelte.

»Woher weißt du, dass man mich *Kukolka* nennt?«, fragte ich.

»Ich wusste es nicht. Ich habe es nur gesagt, weil du so hübsch bist. So sagt man das doch – schön wie eine Puppe.«

Ich hielt die Eisverpackung immer noch zwischen den Fingern. Dann riss ich die Folie auf. Ein weißer Hügel schaute mir aus dem blassen Waffelbecher entgegen.

»Wenn du nicht willst, nenne ich dich nicht mehr so«, sagte Dima.

»Du kannst mich nennen, wie du willst ...«, sagte ich. Und dann sagte ich: »Das Eis ist total kalt«, um von dem Thema wegzukommen. Dann wollte ich noch irgendwas

Intelligentes sagen, aber mir fiel nichts ein. Ich leckte den weißen cremigen Hügel, bis ich es nicht mehr aushalten konnte und hineinbiss. Der Eisklumpen blieb lange in meinem Rachen stecken, von wo aus er mein Hirn und mein Herz vereiste. Noch bevor ich Angst bekam, war es aber wieder gut, und ich biss wieder rein. Diesmal nicht so tief. Dima beobachtete mich und kicherte. Ich begann immer übertriebener zu essen, um ihm noch mehr Freude zu bereiten. Meine Zunge und meine Hände waren kalt, aber in meinem Bauch war die Sonne wieder da. Groß und warm. Als Dima kurz ausstieg, um etwas aus dem Kofferraum zu holen, schaute ich unter mein T-Shirt. Aber von außen war nichts zu sehen.

Wir fuhren einfach durch die Stadt. Ich kannte die meisten Straßen nicht. Dann bog Dima auf den Gagarin-Prospekt und mir wurde schlecht. Nicht weit von hier war es geschehen. Wir waren ungefähr am *Uniwermag* ausgestiegen und losgerannt. Ihre Gummilatschen klackten hinter mir auf dem Asphalt. Dann der Zaun. Noch einer. Sie war weg. Dascha. Das Gesicht verzerrt, rot, sie würgte. Das Auto hielt an. Ich beugte mich aus dem offenen Fenster und kotzte. Kalte Eiskotze. Gar nicht eklig, schmeckte noch genauso wie vor ein paar Minuten. Dima fuhr wieder an, bog scharf nach rechts, blieb stehen und stellte den Motor aus.

Er sah besorgt aus. Fragte, was los sei. Ich sagte nichts. Musste heulen. Er gab mir seine Zigarette, ich zog daran und musste noch mal kotzen. Aber es war nur ein Würgen. Kam nichts raus. Er sagte, dass ich mich nicht dafür schämen muss, dass mir im Auto schlecht wird, und dass er vorsichtiger fahren wird. Ich war dankbar für diesen Vorschlag. Ich wollte es nämlich nicht erklären. Er würde mich sicher hassen, wenn er wüsste, dass ich meine Freundin im Stich gelassen habe.

Meine Augenlider fühlten sich schwer an. Ich konnte meinen Kopf nicht halten. »Darf ich schlafen?«, fragte ich. Dima hatte nichts dagegen. Ich kletterte auf die Rückbank. Schlief ein. Träumte.

Marina öffnete mir die Tür. Ich war zwölf, aber sie war immer noch sechs. Sie schaute mich böse an. Sie war unzufrieden mit mir. Sie sagte, ich hätte im *Sonnenschein* bleiben müssen. Sie hätte ihre Eltern geschickt, um mich zu holen, aber ich sei nicht da gewesen. Sie sagte, ich sei jetzt eine dreckige Zigeunerin, eine Bettlerin, eine Diebin und Nutte geworden und dürfe bei ihr nicht mehr rein. Ich flehte sie an, mich doch bitte reinzulassen, mich bei ihr schlafen zu lassen. Aber sie sagte, sie würde mich nie in ihrem sauberen Bettchen schlafen lassen. Sie schloss die Tür.

Ich wachte auf. Dima war weg. Das Auto parkte. Ich setzte mich auf, schaute aus dem Fenster und erkannte, wo ich war. *Podstanzija*. Auf dem Platz posierte ein Brautpaar. Die Braut trug ein aufgebauschtes weißes Kleid. Sie sah aus wie eine Sahnetorte. Der junge Mann nahm sie auf den Arm, und für einen Moment konnte ich ihren Slip sehen und ihre wuchtigen weißen Oberschenkel. Sie lachte. Der Fotograf knipste. Dann kam noch ein anderes Brautpaar. Der Mann war klein und dick, aber die Braut sah wie eine Prinzessin aus. Ich hatte mal ein Buch über so eine Prinzessin gelesen. Das Kleid dieser zweiten Braut war viel schöner. Es schimmerte wie Seide und schmiegte sich an ihren perfekten Körper. Der Rock hatte rechts einen langen Schlitz, und wenn sie lief, sah man ihr langes schlankes Bein vom Schuh bis zur Hüfte. Sie war keine Russin. Viel zu dunkle Haare hatte sie, und diese geschwungene Nase. Vielleicht eine Armenierin oder eine Georgierin? Aber Rocky sagte, Georgierinnen sind nicht schön, weil sie immer Schwarz tragen und einen Damenbart haben. Also konnte diese schöne Frau auf keinen Fall eine Georgierin sein. Vielleicht eine Jüdin? Lydia hatte mir mal versucht zu erklären, wie die aussehen. Sie konnte das immer sofort erkennen. Wenn sie mal bei einem Juden viel Geld geklaut hatte, sagte sie: »Juden sind reich und zerstören das Land.« Wenn sie mal ein leeres Portemonnaie gefischt hatte, sagte sie: »Sicher von einem Juden. Die haben ihr Geld nie dabei. Sie verstecken es und wollen alles nur für sich haben, um das Land zu zerstören.« Aber am schlimmsten schimpfte sie immer auf die Zigeuner. Das konnte ich am besten verstehen, weil sie uns wirklich immer abzockten und unsere Plätze besetzten.

Ich war so in Gedanken versunken, dass ich mir gar nicht die Frage stellte, wo eigentlich Dima war. Es war ziemlich stickig in dem Wagen geworden. Obwohl er das Fenster einen Spalt weit offen gelassen hatte, bekam ich langsam keine Luft mehr. Die Sonne knallte nämlich ganz schön.

Ich kletterte wieder nach vorne auf den Beifahrersitz und schob meine Nase und meinen Mund an die Spalte im Fenster, aber die Luft wollte wieder nicht in meinen Körper. Ich bekam Angst. »DDDDIIIIIIIIMMMAAAAAAAAAAAAAAAAAA!«, schrie ich mit aller Kraft.

»Musst doch nicht so schreien, *Kukolka!*«

Ich drehte mich um. Er saß wieder auf seinem Sitz. Zündete sich eine Marlboro an und gab mir auch eine. Er startete den Motor, und wir fuhren los. »Musste hier kurz was erledigen«, sagte Dima. »Business«, fügte er noch hinzu.

»Business«, wiederholte ich. Ich war ganz benommen von allem, aber der Fahrtwind erfrischte mich. »Komm, lass uns spazieren gehen«, sagte Dima, als er wieder anhielt. Es war der *Schewtschenko-Park*, erklärte er mir. Sein Lieblingspark. Ich hatte bis dahin nichts von diesem Park gehört. Dabei war er riesengroß und wunderschön. Es gab dort sogar einen Löwen. Er lag anmutig und gelassen da. Sein Gesicht, seine Mähne, die Pfoten, der Hintern, alles war dunkel. Fast schwarz. Nur sein Rücken nicht. Der strahlte und glänzte, als wäre er aus purem Gold. Ein kleiner Junge saß auf ihm und verdeckte einen Teil der Pracht. Der Vater machte ein Foto. Dann streckte der Knirps seine pummeligen Arme nach seiner Mutter aus. Ich wartete, bis sie weg waren, dann lief ich hin und kletterte auch drauf.

»Schade, dass ich kein Foto machen kann«, sagte Dima.

»Ja, schade«, sagte ich. »Aber es wurden eh noch nie Fotos von mir gemacht.«

Wir spazierten zum Wasser, dann über die Brücke, dann immer weiter. Wir spazierten so lange, dass ich das Gefühl hatte, dieser Park wäre eine eigene Stadt in Dnepropetrowsk. Dima kaufte mir Limonade. Dima kaufte mir Eis. Dima bezahlte mir eine Fahrt mit *Katschelja Surpris*. Das war eine riesengroße Metallschüssel mit hohem Rand, in die ich mich mit den anderen Leuten reinstellte. Dann drehte sich das Teil. Es drehte sich schnell, immer schneller, hob sich in die Luft, stellte sich quer. Mal dachte ich, die Leute, die am oberen Rand sind, fallen alle auf mich runter, in der nächsten Sekunde schrie ich wie am Spieß, weil ich selbst runterzufallen glaubte. Aber es war Magie. Wir klebten an der Metallwand fest, und egal, wie doll wir gewirbelt wurden, niemand fiel runter. Als wir aus der Schüssel wieder aussteigen konnten, waren meine Beine etwas weich und in meinem Kopf war *Kascha*. Es war unglaublich. Ich wollte es sofort noch mal ausprobieren.

Dima kaufte mir noch ein Ticket. Diesmal hielt ich die Augen die ganze Zeit offen. Ich wollte verstehen, wie es funktioniert. Welche Kraft hält mich fest? Warum falle ich nicht runter? Ist das Gott? Bevor ich die Antworten finden konnte, war es wieder vorbei. Mir war übel. Das Eis und die Limonade drückten in meinem Bauch und drohten, gleich wieder hochzukommen. Ich versuchte, ihnen klarzumachen, dass das keine Option war. Sie blieben drin.

Wir gingen weiter spazieren und kamen an einem Zoo vorbei. Dima zahlte den Eintritt. Dort gab es viele kleine Käfige. Darin waren die Tiere. Jedes in seinem eigenen Käfig. Ein vertrauter Geruch nach Pisse stieg mir in die Nase. Plötzlich schrie ich auf: »Scheiße! Wie spät ist es? Rocky! Der wird mich umbringen!« Ich schaute nach Dima. Er stand gerade vor dem Käfig, in dem ein Bär mit dem Rücken zu ihm saß und sich gegen die Gitterstäbe lehnte. Dima drehte sich um, lächelte und sagte: »Warum willst du zu ihm zurück? Bleib doch bei mir.«

»Aber ich muss doch nach Hause«, sagte ich.

»Bin ich dir nicht ein besseres Zuhause? Merkst du nicht, dass ich dich liebe?«

Alles drehte sich. Ich wurde so leicht, die Sonne in meinem Bauch so groß, so heiß. Konnte es wahr sein? Ich wollte, dass er es noch mal sagt. Ich wusste nicht, ob ich es richtig verstanden hatte. Ich wollte irgendetwas Tolles und Kluges antworten. Aber ich sagte nur: »Und wo soll ich schlafen?« Dima fand diese dämliche Frage aber gar nicht schlimm, er lachte und sagte: »Bei mir. Du kannst für immer bei mir bleiben.« Dann zuckte er mit den Achseln und sagte: »Wenn du willst. Ansonsten bring ich dich zurück zu ihm. Entscheide dich einfach.« Natürlich wollte ich, aber jetzt ging alles so schnell, heute Morgen wusste ich noch nicht mal, ob er wiederkommen würde, und jetzt sollte ich mit ihm mit. Für immer. Er war wunderschön, und ich liebte ihn auch. Ich fühlte es. Aber bei Rocky war mein Zuhause. Meine Barbie, Marinas Brief, meine Bücher, meine Kleidung, Ilja und auch die doofen Zwillinge. Da war Rocky. Er wird mich umbringen, wenn ich weggehe. Er wird mich ganz bestimmt finden und umbringen, dachte ich. Ich schaute in den winzigen Käfig vor mir. Ein dünner Fuchs mit verwirrten Augen und heraushängender Zunge lief hin und her. Von der Nase bis zur Schwanzspitze war er genauso lang wie sein Käfig. Er lief hin und her, hin und her, hin und her. Mir wurde ganz schwindlig davon. Im Käfig daneben machte ein magerer Wolf das Gleiche. Warum machen die das? Was soll das? Verstehen die nicht, dass sie da nicht rauskönnen?

»Gut!«, sagte ich.

Dima kam zu mir und legte seine Hände auf meine Hüfte. »Was heißt gut? Kannst du auch einen ganzen Satz sagen?« Er zog mich ein wenig zu sich, bis unsere Hüften sich berührten. Ich fühlte, wie sich zwischen meinen Beinen eine Hitze entwickelte und es leicht pochte. Wurde ich krank? Ich hatte so viele neue Empfindungen im Körper. Ich schaute hoch zu Dima und sagte: »Ich will mit dir gehen.« Dann senkte ich wieder den Kopf und schlang meine Arme um seinen Körper. Er legte sein Kinn auf meinem Kopf ab, und wir blieben einfach so stehen. Ich wusste gar nicht mehr, wo mein Körper aufhört und seiner anfängt. Bis er mich wieder losließ und sagte: »Dann lass uns zum Strand gehen, Schaschlik essen und den Sonnenuntergang anschauen.«

Wir liefen eng umschlungen zum Strand. Ich versuchte mich seinem Schritt anzupassen, denn ich war es nicht gewohnt, mit jemandem auf diese Weise zu spazieren. Die Leute schauten uns an, und ich fühlte mich stolz und erwachsen.

———

Als wir zurück zum Auto liefen, war es schon dunkel. Er hatte mich immer noch nicht geküsst. Er hatte zweimal meine Hand geküsst, was mir wegen meiner kaputten und dreckigen Fingernägel peinlich war, und einmal hatte er meine Stirn geküsst. Aber kein einziges Mal auf den Mund.

Wir fuhren nach Topol, einem Stadtteil, in dem ich schon mal gewesen war. Wir hatten hier damals eine Garage ausgeräumt und angezündet. Das war lange her. Hier gab es riesige Pappeln, nach denen der Stadtteil ja auch benannt war. Die Häuser waren aber noch höher als die Pappeln. Ich zählte zwanzig Etagen. Zwischen den Hochhäusern waren große Flächen mit Turngeräten für Kinder, dazwischen wuchs Unkraut. Aber das sah ich erst am nächsten Tag. Als wir ankamen, war es stockfinster.

Dima parkte, und wir gingen in eins der Hochhäuser rein. Der Fahrstuhl war kaputt. Unten brannte eine Glühbirne, die jemand rot angepinselt hatte. Damit sie nicht geklaut wird, erklärte Dima lachend. In den anderen Stockwerken war es dunkel. Wir liefen bis in das neunte. Dima öffnete die Tür und knipste das Licht an. Ich ging rein und wollte mich gerade umsehen, da sagte er: »Na, na, Schuhe aus!« Beschämt kehrte ich zur Tür zurück und zog meine Flip-Flops aus. Meine Füße waren aber nicht gerade sauberer. Ich blieb an der Tür stehen und wartete auf weitere Anweisungen.

»Ich werde dir erst einmal ein Bad einlaufen lassen«, sagte Dima. Rechts von uns war das Badezimmer. Er ging rein und drehte den Hahn auf. Ich stand immer noch im Flur und drückte meinen Rücken gegen die Eingangstür. Neben mir war eine Garderobe. Da hingen einige Jacken auf Bügeln. Obendrüber lagen zwei Schiebermützen und ein schwarzes Käppi. Auf dem Boden standen drei paar Schuhe. Millimetergenau ausgerichtet und so sauber, als würde man sie nur zu Hause tragen. Ich sah meine dreckigen Flip-Flops an. Sie waren genauso beschämt wie ich. Ich bückte mich und stellte sie ordentlich nebeneinander und mit der Nase nach vorne. »Komm doch her«, rief Dima aus dem Bad.

Ich ging rein. Der Raum war weiß gekachelt, es gab ein weißes Klo, Waschbecken und eine Badewanne. Über dem Waschbecken hing ein Glasregal. Darauf standen mehrere kleine Fläschchen, wie Matroschkas der Größe nach geordnet. Dima tauchte seinen Arm ins Wasser und sagte: »Perfekte Temperatur. Ich leg dir eine Zahnbürste und Zahnpasta raus. Hier. Und dieses Handtuch kannst du benutzen, wenn du fertig bist. Deine Sachen kannst du hier hinlegen, wir besorgen dir bald neue. Eventuell hab ich aber noch was da«, er machte eine Pause. Überlegte. »Steig da schon mal rein, ich such was für dich raus«, sagte er schließlich und ging. Die Tür lehnte er an, schloss sie aber nicht. »Die Zähne richtig gründlich putzen, okay?«, hörte ich ihn im Flur sagen. Ich nickte, obwohl er es nicht sehen konnte. Dann zog ich meine Sachen aus und stieg in die Wanne. Es war heiß. Zu heiß. »Das muss so«, hörte ich Lydia in meinem Kopf sagen.

Am Rand waren drei bunte Plastikflaschen, auf denen in fremden Buchstaben, vermutlich auf Englisch, etwas geschrieben stand. Ich nahm die hellgrüne in die Hand. Es war eine hübsche Frau darauf, die von sehr vielen glänzenden Haaren umgeben war. Ich hatte noch nie gesehen, dass die Haare sich bei jemandem auf diese Weise um Kopf und Schulter legen.

Ich öffnete den Deckel, es roch nach Apfel. Nach riesengroßem grünen Monsterapfel. Diesen Geruch erkannte ich sofort. Es roch genauso wie die Kaubonbons aus den Paketen, die Marina damals von ihren deutschen Adoptiveltern bekommen hatte. Ich drehte die Flasche um, und transparenter, leicht grünlicher Glibber floss in meine Hand. Es roch so verlockend, dass ich nicht widerstehen konnte und daran leckte.

»Was machst du denn da?« Dima stand im Türspalt. Er hatte mich beobachtet.

»Nichts«, sagte ich. Ich versuchte mein Gesicht nicht zu verziehen, aber es ging nicht, der Seifengeschmack in meinem Mund war zu widerlich. Ich beugte mich vor, saugte das Badewasser zwischen meine Lippen und spuckte es wieder aus.

»Es roch nach Apfel«, sagte ich zu Dima. Wir lachten. Ich zog die Knie an und hielt sie fest.

»Schämst du dich?«, fragte er.

Ich nickte.

Er lächelte. »Hier eine Leggins, ein T-Shirt, Unterhöschen. Ich hab keinen BH, aber brauchst du vielleicht auch nicht ...«, er legte die Sachen auf den Klodeckel und ging wieder raus.

Ich ließ meine Knie los, lehnte mich zurück und versuchte meine Muskeln zu entspannen. Ich wollte diesen Luxus genießen, in den ich so plötzlich hineingeraten war. Mein Kopf war aber dagegen. Der Kopf wollte denken. An Rocky, an die anderen zu Hause, an meine Sachen. Ich hatte Angst. Angst, Dimochka könnte mich doch nicht mehr haben wollen, und dann wäre ich ganz allein. Rocky würde mir nicht mehr erlauben zurückzukommen. Vielleicht würde er mich sogar wirklich umbringen. Im besten Fall. Im schlimmsten Fall würde ich als Nutte auf der Straße landen und an der Nadel sein. Trotz des heißen Wassers bildete sich eine Gänsehaut auf meinen Armen. Ich wollte nicht daran denken. Nicht immer Angst haben. Ich hatte keinen Grund. Er hatte doch gesagt, dass er mich liebt. Aber liebte er mich wirklich? Ich brauchte ein Zeichen von Gott und den anderen da oben. Deshalb sagte ich: »Ich tauche unter Wasser und zähle bis hundert. Wenn ich es durchhalte, ist es ein Zeichen, dass er mich liebt und alles gut wird. Und wenn ich es nicht schaffe, dann ...« Ich sprach es nicht aus, sondern holte tief Luft und tauchte unter.

Ich zählte bis fünfzig, dann wurde es immer enger, und ich zählte nicht mehr achtundfünfzig, neunundfünfzig, sechzig, sondern acht, neun, sechzig und wieder eins, damit es schneller ging. Bei fünfundneunzig ging es wirklich um Leben und Tod. Ich musste Luft holen. Verdammt.

Aber es war fast hundert. Wird schon alles gut werden, dachte ich.

In der Zwischenzeit war der Dreck auf meiner Haut so weit eingeweicht, dass ich ihn runterrubbeln konnte. Überall, wo ich an mir rieb, bildeten sich dünne grauschwarze Würmer und trieben reglos davon. Das Wasser wurde trüb. Ich nahm wieder was von dem Apfelzeug zwischen die Hände und verteilte es über meine Arme. Sofort entstand duftender weißer Schaum. Ich machte einen Klecks auf meinen Kopf, schrubbte meine Haare, mein Gesicht, meinen Hals. Ich kratzte die eingeweichte Hornhaut von meinen Fersen und die Erde unter meinen Fußnägeln ab. Es war lange her, dass ich die Nägel mit der Schere geschnitten hatte. Immer hatte ich Angst, mir einen ganzen Zeh abzuschneiden. Meistens brachen sie nach einiger Zeit sowieso von alleine ab. Das war manchmal schmerzhaft, aber ich hatte mich daran gewöhnt.

Als ich jeden Millimeter meines Körpers durchgeschrubbt und kiloweise grauschwarze Würmchen abgerieben hatte, holte ich die Zahnbürste und die Zahnpasta. Auch auf denen stand etwas in fremden Buchstaben geschrieben. Woher hatte er diese Sachen? Plötzlich wurde mir bewusst, dass ich Dima sehr viel über mich erzählt hatte, ja eigentlich alles, außer das mit Marina, weil ich nicht vollkommen naiv und idiotisch rüberkommen wollte, die Sache mit Dascha auch nicht und das mit Lydia auch nicht so richtig, aber trotzdem, das meiste wusste er über mich. Ich aber wusste von ihm gar nichts. Nur dass er toll aussah und sehr reich war. Ich drückte auf die Tube. Eine weiß-blau-rot gestreifte Wurst kam raus, und während ich sie so herauskriechen sah, plumpste sie schon ins Wasser und verschwand in der trüben Tiefe. Ich drückte nochmal auf die Tube und hielt meine Bürste drunter. Perfekt.

Ich schrubbte damit meinen Mund. Das letzte Mal, dass ich so was gemacht hatte, nur ohne so eine Paste, sondern mit Zahnputzpulver, das war, als Lydia noch da gewesen war. Sie hatte auf so was geachtet.

Als mein Mund anfing zu brennen und der Schaum aus ihm quoll, spuckte ich ihn aus, saugte was von dem trüben Wasser ein und spuckte wieder aus. Ich kletterte aus der Suppe raus und wickelte mich in das große Handtuch. Ich sah mir die Sachen an, die Dima mir hingelegt hatte. Die Unterhose war keine normale Unterhose. An der einen Seite, vermutlich vorne, war sie aus feiner Spitze und hatte ein Schleifchen. Hinten aber war nur ein dünner Faden. Ich zog sie an, und der Faden schob sich zwischen meine Arschbacken. Was war das denn? Ich probierte es andersherum, aber das war noch schlimmer. Ich zog sie wieder aus und zog stattdessen die Leggins an. Die war etwas zu groß. Aber nur ein bisschen. Das Shirt war hellblau und hatte vorne einen Dinosaurier drauf. Ich wischte über den beschlagenen Spiegel und schaute rein. Bin ich schön?, dachte ich. Finde ich das schön, wie ich bin? Wie wäre ich denn gerne? Ich stellte mir eine andere Samira vor, kleinere Nase, hellere Haut, blonde Haare, dunkle Augen, oder doch lieber blaue. Solche, die eindeutig blau sind. Wo man es mit Sicherheit sagen kann. Meine waren blaugrün mit Gelb. Aber die Leute fanden sie immer total toll. Ich schaute nach oben zu Gott und seiner Mutter und den anderen und sagte: »Ich will mal so werden, dass ich jedem Mann gefalle. So, dass jeder sich in mich verliebt, wenn er mich sieht.« Dann musste ich kichern, weil ich mich daran erinnerte, wie Lydia mir das mal erklären wollte, wie das geht, dass jeder Mann einen haben will. Damals war ich zu jung, um es zu verstehen.

———

»Na, hast du dich genug gepflegt, du kleine Kleopatra?«, sagte Dima. Er stand wieder hinter mir in der Tür.

»Wer ist Kleopatra?«, fragte ich.

»Oh, kennst du nicht? Das war eine wunderschöne Königin. In Ägypten. Lange her«, sagte er.

Ich hatte bis dahin auch nichts von Ägypten gehört, aber ich wollte nicht alles auf einmal fragen.

Deshalb nickte ich bloß. Er sah den Schlüpfer auf dem Klodeckel und sagte: »Oh, du trägst keine Unterwäsche?«

»Der ist irgendwie seltsam, der besteht nur aus einer Hälfte …«, sagte ich und kicherte.

»Das ist ein String. Das tragen Frauen jetzt so. Es sieht sexy aus. Ohne ist es aber auch sexy.« Er kam zu mir und hielt mich wieder an der Hüfte. Dann beugte er sich runter und küsste mich auf den Mund. Ich wollte auch irgendwas machen, aber ich war wie erstarrt. Er nahm meine Hände, legte sie sich um den Hals und sagte leise, fast gehaucht: »Du musst deine Lippen weich lassen und den Mund leicht öffnen …« Er küsste mich mit seinen warmen Lippen, und ich spürte, wie seine Zunge ein kleines Stück in meinen Mund kam. Sie berührte meine Zunge und verschwand wieder. Ich schickte meine Zunge auf die Suche in seinen Mund. Da löste er sich von mir und sagte noch mal in diesem gehauchten Ton, ich solle nicht so weit mit meiner Zunge rein und viel langsamer küssen. Er hob mich hoch und trug mich in das Zimmer links vom Flur. Es war fast dunkel. Nur zwei Kerzen brannten.

»Hast du in diesem Zimmer kein Licht?«, fragte ich.

Er kicherte. Und küsste mich wieder. Er legte mich ganz vorsichtig auf das Bett. Es roch nach Blumen und nach Frische. Seine Wohnung schien der sauberste Ort der Welt zu sein. Er legte sich zu mir. Wir küssten uns. Er streichelte meinen Nacken, meinen Rücken, meinen Po. Dann schob er sein Bein zwischen meine Schenkel. Wir bewegten uns, rieben uns aneinander. Seine Hand glitt unter mein Shirt. Eine große warme Hand. Er streichelte meinen Rücken, dann meinen Bauch. Ich wollte auch irgendwas mit meinen Händen machen, aber ich wusste nicht, was. Er streichelte die Stelle zwischen meinen Brüsten. Seine Hände waren überall. Dann richtete er sich ein wenig auf und öffnete sein Hemd. Sein Oberkörper war muskulös. Sein Bauch ganz flach. Er hatte kaum Haare. Nur eine kleine Stelle auf der Brust. Ich berührte sie. Er stand auf und zog seine Jeans aus. Faltete sie und legte sie über einen Stuhl. Dann legte er sich wieder zu mir.

»Warst du schon mal mit einem Mann zusammen?«, fragte er mich, während er mich küsste.

»Wie meinst du das?«

Er nahm meine Hand und führte sie in seine Unterhose zu seinem Schwanz. Er war hart und heiß.

Ich zog meine Hand weg und setzte mich wieder hin. Ich musste an Rocky denken, an sein Keuchen, an seine Füße, an seinen Schwanz.

»Wir machen es ganz langsam. Du musst keine Angst haben. Komm schon her«, sagte Dima. Er streckte seine Hand nach mir aus und berührte meine Wange. Ich schmiegte mich wieder an ihn. Er küsste meine Lippen und meinen Hals. »Ich würde dir nie wehtun«, sagte er, stand auf und pustete die Kerzen aus. Es wurde stockdunkel. Er kam wieder ins Bett und zog mir die Leggins und das Shirt aus. Ich lag auf dem Rücken. Er drückte sanft meine Knie auseinander und fing an, mit seiner Zunge zwischen meinen Beinen zu lecken. Ich musste kichern, aber er sagte »Schhhh«, und ich wurde leise. Er verteilte die Spucke auf meiner Muschi, und seine Zunge machte Auf-und-ab-Bewegungen. Dann legte er seinen Finger auf einen ganz empfindlichen Punkt und bewegte ihn rhythmisch hin und her, bis ich das Gefühl hatte, dass dort Funken schlagen und ein Feuer entsteht. Ich atmete schwer, konnte mich gar nicht mehr konzentrieren, keinen Gedanken fassen, das Feuer verbrannte alles in mir und alles um mich herum. Er steckte seinen Finger in mich. Obwohl es ein wenig wehtat, wollte ich nicht, dass es aufhört. Es war eine krasse Lust. Keine Ahnung, auf was. Einfach pure Lust. Ich schrie auf, er presste mir die Hand auf den Mund. Es war vorbei. Mein Körper zitterte leicht, Dima rutschte hoch zu mir und hielt mich fest.

»Das heißt, mit einem Mann zusammen sein«, sagte er. »Hattest du schon mal so einen Orgasmus?«

Es hieß also Orgasmus. Das krasseste Gefühl. »Nein«, sagte ich und wollte auf der Stelle einschlafen, aber er sagte, ich soll ihm auch Vergnügen machen. Ich berührte ihn zwischen den Beinen, und sein Schwanz wurde wieder hart. Ich war überrascht, dass ich es bei ihm kein bisschen

eklig fand. Er hatte unten herum keine Haare, und er roch
gut.

Ich massierte seinen Schwanz, aber er sagte, dass sei
nicht richtig so. Er wollte, dass ich ihn in den Mund nehme.
Ich nahm ihn in den Mund. Es ging nur die Hälfte rein. Ich
lutschte ein wenig daran. Auch das war gar nicht eklig. Es
schien ihm aber nicht zu gefallen. Er sagte, ich soll es langsamer machen und ihn tiefer in den Mund nehmen. Ich versuchte es richtig zu machen. Es verging viel Zeit, und ich
fand es sehr anstrengend. Ich dachte schon, das würde nie
aufhören, als plötzlich warme, salzige Pampe in meinen
Mund geschossen kam. Ich wollte es ausspucken, aber er
hielt mir seine große Hand vor den Mund und sagte, dass
ich es schlucken soll. Er sagte, dass es für einen Mann das
Schönste sei und der größte Liebesbeweis. Ich schluckte
und war froh, dass Rocky das nie von mir verlangt hatte. Es
war wirklich widerlich, selbst bei Dima. Er stand auf und
ging ins Bad. Ich war erschöpft und schlief ein.

———

Am nächsten Morgen wurde ich als Erste wach. Es war noch
sehr früh. Gewohnheit eben. Dima schlief neben mir. Er umarmte sein Kissen, und sein Mund war leicht geöffnet. Sein
Atem kaum hörbar. Er war wunderschön. Ich stand leise
auf, ging aufs Klo. Dann putzte ich mir die Zähne. Ich wollte
perfekt für ihn sein. Obwohl es noch früh war, war es schon
sehr heiß in der Wohnung. Ich machte leise die Balkontür
auf und ging raus.

Draußen war es frischer. Vom Balkon aus sah man nur

weiße Hochhäuser und die Pappeln. Ich fragte mich, ob die Pappeln als Erstes da waren und sie den Bezirk deshalb *Topol* genannt haben oder ob sie ihn erst so genannt und dann all diese Pappeln gepflanzt haben. Ich schaute nach unten. Einige kleine Häuschen standen dort nebeneinander. Drum herum war ein Zaun. Was sollte dieser Zaun, dachte ich, haben die kleinen Häuser Angst vor den großen?

Ich ging wieder rein. Schaute mich im Wohnzimmer um. Das Bett, auf dem wir geschlafen hatten, war eine Schlafcouch. An der Wand gegenüber stand eine Schrank-Regal-Kombi, die diese Wand fast vollständig bedeckte, dazwischen war ein niedriger Tisch. Auf dem Boden ein roter Teppich, vor dem Fenster ein Fernseher.

Ich ging zum Regal und schaute mir all die Bücher an. Ich holte eins raus, schlug es in der Mitte auf und las den Satz: »Sie wusste nicht, ob sie ihn liebte.« Wie kann man so was nicht wissen, fragte ich mich. Ich wusste es jedenfalls. Ich drehte mich um und schaute Dima an. Er lag jetzt auf dem Rücken. Ein Arm lag neben dem Körper, der andere war nach oben zu seinem Kopf gestreckt. Er hatte dicke Muskeln, und seine Achseln waren glatt. Ich schaute unter meine Achseln, da waren zwei kleine Pelztiere. Ein ähnliches Pelztier war auch zwischen meinen Beinen. Ob er das vielleicht eklig fand? Nein, dachte ich, sonst hätte er mich nicht da unten geleckt. Ich schaute mir die Vitrine an. Kristallgläser, Kristallvasen, Kristallschüsseln. Alle reichen Leute hatten so was. In Mischas Wohnung war auch alles voll damit. In einer der Schüsseln lag ein Ei. Aber kein normales. Ein Kristall-Ei. Ich stellte mich auf die Zehenspitzen und nahm es raus. Ich ging damit zum Fenster und drehte es langsam zwischen meinen Fingern. Es war nicht glatt wie ein echtes Ei, sondern geschliffen. Es hatte unzählige kleine Flächen und Kanten. Das Ei schimmerte in allen Farben. Ich war fasziniert davon.

»Oh, schon wach?«, sagte Dima.

Ich erschreckte mich und ließ das Ei fallen. Es zersplitterte mit einem lauten Geräusch in Millionen von kleinen Glasscherben. Mir war klar, dass Dima gleich ausrasten und mich auf der Stelle rauswerfen würde. Ich wollte mich entschuldigen, aber ich konnte kein Wort sagen. Meine Kehle war ganz trocken. Ich starrte die Scherben an. Die Tränen schossen aus meinen Augen.

Er stand auf, ging in den Flur und kam mit einem Staubsauger zurück. »Hast du dich verletzt?«, fragte er.

Ich schüttelte den Kopf.

»Okay, dann kannst du es hiermit wieder wegmachen. Ich geh mal ins Bad.« Er drückte auf den Knopf, und das Gerät heulte auf wie ein wütendes Tier.

Ich saugte damit alle Scherben auf. Dann saugte ich noch den Teppich und den Boden im Flur. Nicht dass es dreckig war, aber es machte total Spaß. Das Ding schluckte jedes Staubkörnchen und jeden Fussel mit Begeisterung und machte noch mehr wütend-hungrige Geräusche. So was bräuchten wir zu Hause, dachte ich. Aber wir hatten ja gar keinen Strom. Und es war auch nicht mehr mein Zuhause.

»Bist du sehr sauer?«, fragte ich, als Dima frisch geduscht und mit einem Handtuch um die Hüften aus dem Bad kam.

»Nein. Du hast es doch weggemacht«, sagte er und strich mir über den Kopf. Er ging in die Küche und ich hinter ihm her.

»Was war das überhaupt?«, fragte er, während er den Kessel mit Wasser auffüllte.

»Es war ein Zauber-Ei«, sagte ich.

Er lachte, dann sagte er: »Der meiste Krempel hier gehört mir eh nicht. Ich kultiviere auch nicht diese Kristallgeschirr-Verehrung. Das ist so ein sowjetischer Scheiß, den ich überhaupt nicht verstehe.«

»Wem gehören die Sachen dann?«, fragte ich.

»Ich habe die Wohnung mit allem, was drin steht, einer jüdischen Familie abgekauft.«

»Warum haben sie die Sachen nicht mitgenommen?«

»Irgendwas haben die schon mitgenommen. Aber den Rest haben sie dagelassen. Die sind nach Israel ausgereist, glaub ich. Oder nach Amerika? Ist auch egal.« Er bückte sich, nahm eine Pfanne aus dem Schränkchen und stellte sie auf den Herd. Dann öffnete er den Kühlschrank, holte Würstchen, Eier, Butter und Tomaten raus. Seine Bewegungen waren so kraftvoll und männlich, dass ich unfreiwillig seufzen musste. Ich war mir sicher, dass er genau der Junge war, den ich in *Malenkaja Strana* so viele Jahre besungen hatte.

Die Butter schmolz in der heißen Pfanne. Zwei dicke Würstchen schmiegten sich aneinander, während Dima sechs Eier am Rand aufschlug und dazuschickte.

»Willst du mit mir nach Deutschland fahren?«, fragte er plötzlich. Einfach so aus dem Nichts.

»Was?«, sagte ich etwas zu laut. Dann beruhigte ich mich ein wenig. Ich wollte nicht wie eine naive Idiotin wirken und sagte total lässig: »Niemand kann einfach so nach Deutschland.«

»Blödsinn. Das halbe Land ist schon ausgewandert. Oder sagen wir, jeder, der konnte.«

Ich starrte ihn an und versuchte zu verstehen, ob er mich verarscht.

»Alle dürfen raus. Das Problem ist nur, dass die meisten von ihnen niemand haben will«, sagte er und lachte.

»Und du willst jetzt nach Deutschland?«, fragte ich.

»Nein, ich lebe schon seit fünf Jahren in Deutschland. Ich will, dass du mitkommst. Also, was sagst du?«

Ich fing an zu hüpfen und unkontrolliert mit den Händen zu fuchteln, dann umarmte ich ihn und küsste seinen Rücken, seine Arme, seinen Bauch.

»Das war schon immer mein absoluter Traum. Darum bin ich aus dem Heim abgehauen, darum überhaupt alles!«

———

Ich erzählte ihm alles über das Heim und über Marina. Über die Deutschen, die sie adoptiert hatten und nicht mich. Über die Pakete und über den Brief. Den Brief, den mir damals meine schreckliche Erzieherin vorgelesen hatte und den ich später selber so oft gelesen habe, bis ich jedes Wort auswendig kannte und bis das Papier so abgerieben und eingefettet war, dass die Worte verblasst waren. Den Brief, auf dem ihre Adresse stand.

Dima fragte, in welche Stadt Marina gezogen war. Ich hatte keine Ahnung. Ihre Adresse war in fremden Buchstaben geschrieben.

Dima stellte unsere Teller auf den Tisch und ging ins Wohnzimmer. Ich setzte mich an der kurzen Seite des

Tisches hin und schaute das glänzende Würstchen an, als er mit einem großen Buch zurückkam. Er setzte sich nah zu mir und schlug das Buch hinter unseren Tellern auf.

»Das ist ein Atlas. Darin sind Karten von allen Ländern der Welt«, sagte er und rammte seine Gabel mitten in das Würstchen. Ich wollte mein Würstchen genauso aufspießen, aber es wehrte sich, flutschte vom Teller und landete mitten auf der Weltkarte. Ich hielt die Luft an. Dima lachte. Ich lachte erleichtert mit, holte es schnell zurück und biss rein, bevor das Ding sich was Neues einfallen ließ.

Die Erde war ein Ball. Viel Wasser, Kontinente, Länder, sehr viele Länder, und dann noch ganz viele Städte und in den Städten dann die Straßen und die Häuser und die Menschen. Plötzlich fühlte ich mich winzig klein. Dima blätterte weiter und erzählte. Er war schon in Holland, Spanien, Belgien, Frankreich, Italien, Russland, Polen und Israel gewesen. Und in Deutschland und der Ukraine natürlich.

Er zeigte mir, wo Dnepropetrowsk auf der Karte zu finden war und wo Berlin. Dort lebten er und seine Familie. Sie waren vor fünf Jahren nach Deutschland gezogen, weil Deutschland neue Juden haben wollte. Seine Familie hatte sich dann jüdische Papiere besorgt und war ausgereist. Das war im Sommer 95. Es war derselbe Sommer, in dem ich aus dem Heim weggelaufen war. Vielleicht sogar derselbe Monat und derselbe Tag. Dima war siebzehn gewesen und gerade mit der Schule fertig geworden. In Deutschland hatte er den Führerschein gemacht und mit seinem Onkel und Cousin ein Autobusiness eröffnet, mit dem sie sehr reich wurden. Sie besorgten in Deutschland Autos, die Dima dann in die Ukraine fuhr und dort verkaufte. Sein anderer Cousin hatte ein Restaurant aufgemacht, in dem schon ganz viele berühmte Leute gesungen haben. Dima versprach mir, dass auch ich dort singen werde und später auch im Fernsehen. Es gab in Berlin einen russischen Sender, bei dem er Leute kannte.

Ich hätte nicht glücklicher sein können. Vor lauter Aufregung hatte ich vergessen weiterzuessen. Mein Teller war voll, nur dem Würstchen fehlte ein Stück. Dimas Teller war leer, also schnappte er sich zuerst mein Würstchen und zog sich dann den Rest rein.

»Du hast einen Appetit wie ein ausgehungertes Straßenkind«, sagte ich lachend.

»Jetzt werd mal nicht frech«, sagte er, sprang auf und wuchtete mich über seine Schulter.

Ich kreischte, als ich da so plötzlich kopfüber hing, und klatschte ihm auf den Arsch. Er rannte mit mir ins Bad, stellte mich in der Badewanne ab, und bevor ich reagieren konnte, spritzte er mich mit der Dusche ab. Die Leggins und das Shirt klebten an meinem Körper. Er ließ sein Handtuch fallen und stieg nackt zu mir in die Wanne. Er zog mir das Shirt aus. Dann kniete er sich hin und schob die Leggins runter bis zu meinen Knöcheln. Ich hielt mich an seinem Rücken fest, während ich jeweils einen Fuß anhob, um herauszukommen. Mein Körper zitterte leicht. Aber nicht wegen der Kälte. Seine Haut war ganz glatt und weich. Der Duschschlauch drehte sich plötzlich nach oben. Das Wasser spritzte wie eine Fontäne bis an die Decke. Dima schnappte den Duschkopf und steckte ihn oben in die Halterung. Nun floss das Wasser direkt auf meinen Kopf. Ich ging einen halben Schritt nach vorne. Dima küsste mich. Heute war es ganz anders. Meine Zunge hatte total den Durchblick. Passte sich den Bewegungen seiner Zunge an, war mal zu Hause, mal auf Besuch. Dimas Hand wanderte über meine linke Brust zum Bauch und dann an meine Muschi. Es war *der* Punkt. Dann schob er den Vorhang etwas beiseite und lehnte sich raus zu dem weißen Schränkchen, das zwischen der Badewanne und dem Waschbecken stand. »So, die Wildnis wird jetzt gezähmt«, sagte er und hielt einen Rasierer hoch.

Ich sollte ein Bein auf dem Badewannenrand abstellen. Dima nahm eins von den bunten Fläschchen und seifte die gesamte Gegend zwischen meinen Beinen ein. Dann legte er den Rasierer an und räumte einen Streifen frei. Ich wollte, dass es schnell geht, aber er ließ sich Zeit. Spülte den Rasierer, setzte neu an. Ich hatte Angst, dass er mich mit dem Rasierer gleich schneiden würde. Rocky hatte nämlich immer Schnittwunden, wenn er sich rasierte. Aber Dima war vorsichtig und gewissenhaft. Ich sollte mich drehen und wieder ein Bein aufstellen. Diesmal spreizte er meine Arschbacken auseinander und rasierte dort. Ich wusste gar nicht, dass ich dort Haare hatte. Das Wasser, das nur schlecht abfloss und mir bis zum Knöchel reichte, war schon voll mit den kleinen schwarzen Haaren. Aber es kamen noch viel mehr dazu, von den Beinen, Achseln und Unterarmen.

Als Dima fertig war, sagte er, dass ich darauf achten solle, ab jetzt immer so auszusehen. Ich schaute an mir runter. Ich sah wieder aus wie ein kleines Mädchen. Lydia hatte mal gesagt, dass echte Frauen immer Haare hätten und dass echte Männer total drauf abfahren. Aber Dima nicht. Er war besonders. Vielleicht hatte Lydia auch einfach keine Ahnung von echten Männern. Er stieg aus der Wanne, rubbelte sich mit seinem Handtuch ab und gab mir das nasse Ding. Ich trocknete mich ebenfalls damit ab und lief ihm ins Wohnzimmer nach.

Wir legten uns aufs Bett und küssten uns wieder. Dimas Zunge schmeckte nach Würstchen. Er biss leicht in meine Lippe. Ich machte es auch bei ihm, aber er sagte, dass er das nicht mag. Ich sollte lieber sein Gesicht und seinen Nacken streicheln. Ich lag auf dem Rücken und er halb auf mir drauf. Irgendwann schob er mir ein Kissen unter den Kopf und rutschte mit seinen Knien hoch zu meinen Achseln. Er steckte mir seinen Schwanz in den Mund und fing an, mit rhythmischen Bewegungen in meinen Rachen zu stoßen. Dann hielt er an und sagte, ich soll die Zähne mit den Lippen bedecken. Ich versuchte es, aber es war schwer. Ich musste würgen. Vorsichtig schob ich seine Hüfte weg, und er nahm das Ding raus. Er rutschte runter, schob meine Knie auseinander und schaute sich meine Muschi an. Gestern im Dunkeln fand ich es irgendwie angenehmer. Ich schloss die Augen. Er leckte wieder meine Spalte. Aber nur kurz. Bis da unten alles nass und glitschig war, dann steckte er seine Finger rein. Er schob sie rein und raus und spreizte sie in mir. Dann sollte ich mich auf den Bauch drehen und die Knie aufstellen. Ich lag da, mit dem Arsch nach oben, und spürte etwas Warmes und Weiches an meiner Muschi. Ich wusste, dass es sein Schwanz war. Ich wusste, dass er ihn reinstecken wird. Dass das Sex ist. Dass das mein richtiges erstes Mal sein wird. Mein Körper wollte es sogar, aber mein Kopf hatte Angst vor dem Ding. Er schob ihn rein. Hielt meine Hüfte fest und rammte ihn mit einer unglaublichen Geschwindigkeit in mich. Ich stöhnte, vor Schmerz. Er stöhnte auch. Hatte er auch Schmerzen? Dann zog er seinen Schwanz plötzlich raus. Ein leeres, brennendes Gefühl. Er stöhnte noch lauter. Dann spritzte warmer Glibber auf meinen Rücken.

Dima stand auf und ging ins Bad. Ich blieb liegen. Ich wartete auf *das* Gefühl, den Orgasmus. Es kam nicht mehr. Stattdessen kam Dima zurück und sagte, ich solle mich jetzt auch abduschen gehen. Er stieg über mich, legte sich auf die Wandseite und verschränkte die Arme hinter dem Kopf. Als ich aufstand, sagte er, ich solle den Fernseher anmachen. Ich drückte den Knopf. Viele kleine Männer in dunklen Anzügen liefen in dem Kasten herum. Ich ging ins Bad und drehte das Wasser auf. Richtig heiß kam es raus. Kein mühseliges Erhitzen auf dem Herd, kein schweres Schleppen. Einfach aus dem Wasserhahn. Ich stellte mich in den Regen, der aus dem Duschkopf kam. Das Wasser spülte den Glibber weg, der überall an mir klebte. Ich fasste zwischen meine Beine – Glibber. Ich leckte daran. Es schmeckte sauer und widerlich. Genauso schlimm wie das, was aus Dimas Schwanz kam. Wenn er an so etwas lecken wollte, dann musste er mich sehr lieben, dachte ich. Ich versuchte mich glücklich zu fühlen, aber es klappte nicht. Warum war da nicht diese Feuerwelle gewesen? Dieser Orgasmus? War ich irgendwie kaputt? Ich überlegte kurz, nach diesem speziellen Punkt zu suchen, den Dima gestern und auch heute unter der Dusche gedrückt hatte. Aber ich traute mich nicht. Ich wusste nicht, ob ich es durfte, jetzt, wo mein Körper ihm gehörte.

Ich trocknete mich ab und ging ins Wohnzimmer. Dima war eingeschlafen. Er lag auf dem Rücken, ein Bein ausgestreckt, das andere angewinkelt. Ich setzte mich auf den Rand des Bettes und schaute mir seinen Schwanz an. Klein und entspannt lag er in der Vertiefung zwischen Bein und Unterleib. Vorne hing ein weiches schrumpeliges Stückchen Haut. Der Fernseher lief immer noch, es schien Dima nicht zu stören.

Die nächsten Tage verbrachten wir größtenteils mit Sex. Man konnte Sex auch im Sitzen machen und sogar im Stehen. Aber es war anstrengend. Ich hatte keinen Orgasmus mehr. Einmal fragte ich Dima, warum ich das nicht mehr habe, und er sagte, dass viele Frauen ihn nie hätten und dass ich dankbar sein sollte, dieses Gefühl mit so jungen Jahren schon erlebt zu haben.

Am dritten oder vierten Tag fuhren wir in eine von den neuen teuren Boutiquen, die es jetzt gab. Ich bekam eine Jeans und ein Top mit Leopardenmuster. Dann noch Unterwäsche aus schwarzer Spitze, Strumpfhosen und ein schickes Kleid. Das Kleid war wichtig, weil Dima mich auf eine Geburtstagsparty mitnehmen wollte. In einem anderen Laden kaufte er mir noch Schuhe mit richtig hohen Absätzen. Meine Traumschuhe.

Dima hatte an diesem Tag noch viele Sachen zu erledigen. Wir fuhren durch die Stadt, von einem Businesspartner zum nächsten. Ich wartete stundenlang im Auto, bis er fertig war. Ich holte meine schönen Schuhe raus. Sie rochen neu. Glänzten arrogant. Bedrohten mich mit der Höhe ihres Absatzes. Ich zog sie an und legte meine Füße auf das Lenkrad. Meine Beine waren dünn und trotz der Bräune übersät mit blauen Flecken, die sich in unterschiedlichen Stadien befanden. Obwohl Dima meine Unterschenkel vor ein paar Tagen rasiert hatte, waren sie jetzt voller schwarzer Stoppeln. Er hatte gesagt, ich soll sie glatt halten, und nun hatte ich Angst, dass er es eklig finden wird. Ich fand es ja selbst schon eklig, seit ich wusste, dass es sich nicht so gehörte.

Dima kam zurück, sah, dass ich die Schuhe trug, lächelte und sagte: »Das Laufen solltest du noch etwas üben, *Kukolka*. Im Laden sah das nicht so sexy aus.«

Ich übte es den ganzen Abend. Erst lief ich im Wohnzimmer auf und ab, dann im Flur und in der Küche, denn es störte Dima beim Fernsehen. Nach einigen Stunden hatte ich ein Gefühl für die Schuhe bekommen und keine Angst mehr vor ihnen. Ich setzte einen Fuß vor den anderen, ein wenig über Kreuz und schaute hoch, nicht runter. Rücken gerade, Bauch rein, Brust raus, Kopf hoch. So hatte es die Verkäuferin gesagt. Sie hatte sich auf ihren High Heels so geschmeidig bewegt, als wären sie ganz natürliche Fortsätze ihrer Füße. Sie hatte ein blaues Kostüm an und eine weiße Bluse darunter. Sie fand Dima toll. Das sah ich sofort. Ich habe sie gehasst. Ich habe gehasst, dass ich nicht sie war.

Als ich mich in meinen neuen Schuhen sicher fühlte, kam ich wieder ins Wohnzimmer, um Dima meinen Gang zu präsentieren. Er lag auf dem Bett, die Arme hinter dem Kopf. Ich fragte ihn, ob er sehen möchte, wie ich jetzt laufen kann, aber er wollte nicht. Ich sollte zu ihm ins Bett kommen.

Ich öffnete die Riemchen der Schuhe, streifte sie ab und stieg ins Bett. Er drückte mich runter und holte seinen Schwanz aus der schwarzen Unterhose. Es war ein großes Ding, und ich fragte mich ernsthaft, wie es da unten immer reinpasste. Ich nahm die glänzende Spitze in den Mund. Er gab mir Anweisungen: mit der Zunge um die Eichel kreisen, an der Eichel saugen, den Schwanz komplett in den Mund schieben, die Eier lecken. Dann schob er mich weg, rubbelte mit heftigen, fast brutalen Bewegungen an seinem Schwanz und spritzte ab. Dann gab er mir einen Kuss auf die Stirn, lächelte und ging ins Bad.

Als er zurückkam, fragte ich, ob wir noch zusammen Sex machen wollen, aber er sagte, dass es ihm zu anstrengend ist. Dann überlegte er noch mal und sagte, ich soll mir die neue Unterwäsche anziehen und ihm zeigen, wie ich in den Schuhen laufen kann. Ich freute mich, rannte in den Flur, wo die Tüte mit den Einkäufen stand, zog meine Klamotten aus und die zarte Spitze an, schloss die Riemchen der Schuhe wieder und ging ins Wohnzimmer.

Ich lief auf und ab. Aber Dima war immer noch müde. Er stand auf, schaltete den Fernseher aus und machte den Kassettenrekorder an. Er wollte, dass ich für ihn tanze. Ich tanzte. Aber er fand es nicht sexy. Er sagte, ich soll mir mal ein paar Musikvideos ansehen und versuchen, es sexier zu machen. Er sagte, ich soll mich langsamer bewegen, mehr mit meiner Hüfte kreisen, meine Brüste streicheln und was mit meinen Haaren machen. Ich wusste nicht genau, was. Ich versuchte es besser zu machen, aber ihm gefiel es immer noch nicht. Ich war mir sicher, dass es an dieser dummen Verkäuferin aus dem schicken Laden lag. Ich hasste sie dafür, dass sie mir meine Liebe kaputt gemacht hat. Sie hatte ihn verwirrt und verhext. Dumme Schlampe. Billige Fotze. *Bljad*!

Dima schlief. Ich aber lag da und dachte immer noch nach. Meine Gedanken drehten sich im Kreis, so lange, bis der Kreis geschlossen wurde, der eine Gedanke den anderen und der andere den nächsten fraß und schließlich sich selbst zersetzte. Es wurde hell. Ich schlief ein.

———

Es war schon spät, als ich wach wurde. Neben mir lag ein Zettel. In schöner Schrift stand darauf:

Guten Morgen, Kukolka! Ich bin gleich zurück.

Dein Dima

Ich nahm den Zettel in die Hand, als wäre er ein gerade geschlüpftes Küken. Ich las ihn noch mal und noch mal und noch mal. *Dein Dima.* Mein Dima. Ich fühlte nur Liebe. Grenzenlose Liebe. Ich blieb liegen, räkelte mich im Bett und saugte das Glück auf, das mir das Schicksal endlich zugeteilt hatte. Etwas später kam Dima zurück. Er hatte rote Rosen dabei. Neun Stück. Ich holte eine Kristallvase aus der Vitrine und füllte sie mit Wasser. Dima machte Frühstück. Ich ging duschen und all die stoppligen Stellen rasieren. Später hatten wir Sex. Dima konnte meinen Körper so anfassen, dass ich fast verrückt wurde. Ich wollte, dass er alles mit mir macht. Mich benutzt. Sogar Popo-Sex wollte ich machen. Ich hatte keine Scham mehr, war nur noch gierig nach dem Orgasmus. Ich war bereit, alles zu tun, damit Dima mir einen Orgasmus schenkt. An diesem Tag war er besonders lieb zu mir, und ich konnte zweimal einen Orgasmus haben.

Mittags brachte er mich in einen Schönheitssalon. Dort waren lauter wunderschöne Frauen, die Dima anschauten, als würden sie ihm sofort einen blasen wollen. Ich hakte mich bei ihm ein und wollte mit ihm knutschen, während wir warteten. Aber er wollte nicht. Dann kam eine etwas ältere Frau zu uns, und Dima sagte, sie sollen an mir das volle Programm machen. Die Frau fragte, ob mit Make-up oder ohne, und er sagte, mit. Dann wurde ich von einer blonden Schönheit zu einem Sessel begleitet, während Dima mit der älteren Frau zur Kasse ging.

Nach drei oder vier Stunden kam er wieder. Er strahlte, als er das Ergebnis sah. Meine Haare waren stufig geschnitten und ich hatte einen kurzen Pony bekommen. Meine Augenbrauen waren gezupft. Mein Gesicht war mit Dampf gereinigt, eingecremt, grundiert und abgepudert. Meine Wangen waren mit Rouge und meine Augenlider mit Lidschatten in mehreren Farben angemalt. Dazu kamen schwarze Lidstriche oben und unten, sehr viel Wimperntusche und kleine glitzernde Steinchen an den äußeren Augenwinkeln. Meine Lippen waren mit einem dunklen Violett umrandet und dann noch mit Pink ausgemalt, abgepudert und abgetupft und noch mal ausgemalt und dann mit viel Gloss übergossen. Meine Fingernägel waren gefeilt und lackiert und ebenfalls mit glitzernden Steinchen beklebt.

»*Kukolka*«, sagte Dima und lächelte, »du siehst aus wie eine echte *Kukolka*.« Alle waren zufrieden, dass es Dima gefiel.

Ich fühlte mich ganz wacklig, nicht wegen der hohen Schuhe, sondern wegen der ganzen Prozedur. Noch vor ein paar Monaten hätte ich mir so was nicht träumen lassen. Dass sich jemand stundenlang nur um meine Haare, meine Nägel und mein Gesicht kümmern würde. Und als wäre das alles noch nicht genug, kaufte Dima mir noch einen Haufen

Kosmetik, damit ich mich selber schminken konnte. Ich war meinem Dima ziemlich viel wert, und es war das schönste Gefühl, abgesehen vom Orgasmus.

———

Ich saß auf dem Beifahrersitz, und Dima ermahnte mich bereits zum zweiten Mal, nicht an den Nägeln zu kauen. Er sagte, dass er die Maniküre nicht dafür bezahlt hat, dass der Lack in meinem Magen landet. Mein neues dunkelrotes Kleid rutschte hoch, und ich zog daran, um wenigstens ein Stück meiner Schenkel zu bedecken. Die dünne Strumpfhose dagegen rutschte runter. Außerdem juckte sie mich überall. Ich versuchte so wenig wie möglich an mir herumzuzupfen und dachte immer wieder an die Worte der Verkäuferin – Bauch rein, Rücken gerade, Kopf hoch.

Dima parkte, und wir stiegen aus. Beim Laufen dachte ich an nichts außer an meine Schuhe und das einschnürende Kleid. Ich konnte damit nur winzig kleine Schritte machen, mit denen ich Dima nicht so schnell folgen konnte. Vor allem als wir in die fünfte Etage stiegen, verlangten die Schuhe und das Kleid meine vollste Konzentration. Fünf Etagen können unterschiedlich hoch sein. In unserem Hochhaus waren fünf Etagen nichts. Aber das hier war eine *Stalinka*. Ein wunderschöner Bau mit dicken Wänden und hohen Decken. Hier waren fünf Etagen so hoch wie zehn in unserem Haus.

Als wir endlich oben ankamen, öffnete uns ein gutaussehender junger Mann die Tür. Im Flur standen mehrere Paar Männerschuhe und mindestens genauso viele High Heels. Ich war froh, meine dazustellen zu können. Meine

Füße weigerten sich, in voller Länge auf dem Boden aufzutreten. Es dauerte einige Momente, bis das Ziehen und Brennen aufhörte.

Dima begrüßte seine Freunde. Alle waren jung und schön und reich. Er stellte mich vor, und ich lächelte. Ich hatte mir vorher nur darüber Gedanken gemacht, wie ich auf der Geburtstagsparty aussehen würde. Aber ich hatte überhaupt nicht daran gedacht, worüber ich mit den Leuten reden sollte. Diese Menschen lebten in einer anderen Welt als ich. Viele hatten offensichtlich in diesem Sommer die Schule beendet. Manche studierten schon. Sie redeten von Partys, von Amerika, von Europa, von Colleges, von Universitäten, von Autos, von ihren Eltern, von Englischkursen, vom Türkeiurlaub, von der Politik und dann noch über irgendwelches Internet.

Ich stand neben Dima und machte ein kluges Gesicht. Ein Freund von ihm fragte mich, wie ich heiße und ob Samira mein echter Name ist. Dann fragte er, wie alt ich bin. Ich sagte dreizehn, und er lachte. Dann fragte er noch mal, und ich sagte sechzehn.

Ich folgte Dima auf den Balkon zum Rauchen. Da standen schon zwei Mädchen. Die eine schaute mich an, verdrehte die Augen und ging wieder rein. Die andere folgte ihr. Dima zuckte mit den Schultern und gab mir Feuer.

Es kamen immer mehr Leute. Es gab Essen, und es gab Wodka und natürlich auch Coca-Cola. Die Gespräche der Leute machten mich müde. Ihr Lachen langweilte mich. Ich hatte gerade beschlossen, mich nicht weiter um diese Menschen zu kümmern und mit niemandem zu reden, da setzte sich ein Mädchen zu mir. Es war die, die vorher auf dem

Balkon gestanden hatte und ihrer Freundin zurück in die Wohnung gefolgt war. Sie fragte: »Wie heißt du denn? Ist Samira wirklich dein Name? Woher kommst du denn, bist du aus Aserbaidschan?«

Ich sagte: »Nein, von hier.«

Sie fragte, wie alt ich bin, ich sagte dreizehn, sie lachte, also sagte ich sechzehn. Sie fragte, auf welche Schule ich gehe. Ich sagte, ich gehe nicht hin. Sie lachte wieder und sagte, ich würde noch wie ihr Freund enden, dem die Eltern einen Abschluss kaufen mussten, damit er studieren konnte. Dann fragte sie, woher ich Dima kenne, ich sagte, er hat mich beim Singen angesprochen, sie fragte, ob ich eine echte Sängerin bin. Ich sagte nein. Ich wollte das nicht weiter erklären und sagte, ich muss aufs Klo.

Als ich zurückkam, wartete sie aber immer noch auf mich. Sie wollte wissen, ob ich Dimas Freundin bin, und als ich ihr das mit Stolz bestätigte, sagte sie: »Meine Freundin, die vorher so unhöflich weggegangen war, als sie euch gesehen hat, war früher mit Dima zusammen. Sie waren ein Traumpaar, er wollte sie sogar heiraten, aber dann ist er mit seiner Familie nach Deutschland gegangen und hat sich für was Besseres gehalten. Als er die Beziehung beendet hat, ist für sie eine Welt zusammengebrochen. Aber das war schon letztes Jahr. Sie hat jetzt einen neuen Freund und studiert in London. Ihr Vater ist ...« Sie erzählte und erzählte. Am Ende wusste ich aber nichts über sie. Nicht einmal ihren Namen.

Als Dima mich irgendwann am Arm packte und hochriss und wir endlich gehen konnten, war es mitten in der Nacht. Ich war besoffen und konnte auf den hohen Schuhen kaum laufen. Dima ging es sogar noch schlechter. Er musste auf dem Weg zum Auto kotzen und sagte, dass die Pillen, die er sich mit den Jungs eingeschmissen hatte, scheiße waren. Ich war froh, dass er nicht spritzte. Viele auf der Party haben gespritzt, auch die Exfreundin, die in London studiert. Früher dachte ich, dass Drogen für Leute sind, denen es scheiße geht, aber jetzt sah ich, dass auch die Reichen sie nehmen.

Den nächsten Tag schlief Dima komplett durch. Ich duschte, rauchte eine Zigarette auf dem Balkon, durchforstete das Bücherregal und fand dabei ein leeres Heft und Stifte.

Ich setzte mich in die Küche und schrieb auf:

Klamotten sind nicht alles (aber schon wichtig).

Ich brauche Wissen und Bildung.

Dann blätterte ich um, schrieb *Dima* in die Mitte der Seite und zeichnete ein Herz drum. Abends weckte ich ihn und servierte ihm Spiegelei und Würstchen ans Bett. Während er sich das Essen in den Mund schob und unzerkaut herunterwürgte, teilte ich ihm mit, dass ich beschlossen hatte, meine Sachen bei Rocky zu holen und mich zu verabschieden. Dima sah etwas blass aus, sagte gar nichts, nickte nur und schlief wieder ein. Ich fand ihn echt süß.

Es hat zwei oder drei Tage gedauert, bis Dima wieder fit war, und als ich ihn fragte, wann wir fahren würden, wusste er gar nicht, wovon die Rede war. Ich erklärte es ihm noch mal und diesmal war er von der Idee gar nicht mehr begeistert.

»Dimochka, versteh doch, ich muss da hin. Ich muss es noch mal sehen.« Ich musste sehen, wo ich groß geworden bin. Ich musste mich von dem Haus mit dem aufgeplatzten Putz und den roten Wunden darunter verabschieden. Musste mich von den Lebenden und den Toten verabschieden. Von dem Klohäuschen und dem Aprikosenbaum.

»Das Risiko ist einfach zu groß, *Kukolka*. Wer weiß, wie der Typ reagiert, wenn wir dort aufkreuzen. Das ist ein Psychopath. Welcher normale Mensch nennt sich schon Rocky. Außerdem hast du doch selbst von der Messersammlung erzählt. Das ist ja wohl verrückt genug. Vielleicht hat er sogar eine Knarre da. Ich habe echt keine Lust auf eine Schlägerei, geschweige denn auf eine Schießerei. Ich bin einfach nicht der Typ für so was«, sagte Dima.

»Es wird schon nichts passieren. Dima, es muss wirklich sein. Ich muss ein paar wichtige Dinge abholen.«

»Ist es wegen der Barbie? Ich werde dir einfach eine neue kaufen, wenn du willst.«

»Nicht nur. Außerdem kann man diese Barbie nicht einfach durch irgendeine neue ersetzen. Die ist von Marina. Die ist heilig.«

»Die heilige Barbie. Gut, was noch?«

»Na der Umschlag. Also der Brief in dem Umschlag. Also, die Adresse auf dem Umschlag.«

»Wovon redest du?«

»Von Marina. Ich habe dir doch von dem Brief aus Deutschland erzählt. Da steht ihre Adresse drauf. Ohne diese Adresse werde ich sie doch niemals finden in Deutschland.«

Nach langem Betteln war Dima einverstanden. Mit allem, außer dem Verabschieden von den Lebenden. Er sagte, es ist zu gefährlich und auch vollkommen bescheuert.

———

Es war vormittags gegen 10 Uhr, als wir hinfuhren. Das war die Uhrzeit, zu der normalerweise niemand da war, außer vielleicht eines der Mädchen, zum Putzen oder so. Aber auch das war unwahrscheinlich an einem Montag. Dima parkte ein ganzes Stück weit weg von dem Hof und dem Haus. Er wollte im Auto warten.

Ich stieg aus. Meine hohen Absätze klackten auf dem Asphalt, als ich zum Metalltor lief. Mein Herz pochte im Rachen, und ich dachte, ich kotze es gleich aus. Doch als ich sah, dass der rote Alfa Romeo nicht da und der Hof leer war, beruhigte ich mich ein bisschen.

Die Aprikose war über und über mit reifen Früchten behangen und schien unter der Last zu leiden. Aber freute sich, mich zu sehen. Ich drückte gegen die Haustür, und sie ging auf. Nur einen Spalt weit, denn irgendwas im Flur störte. Ich bückte mich, streckte die Hand nach dem störenden Gegenstand aus, aber da war nichts. Ich tastete die Tür entlang den Boden ab, bis meine Finger etwas Weiches zusammen mit etwas Hartem ertasteten, was offensichtlich unter der Tür eingeklemmt war. Ich zog es raus, die Tür gab nach, und da sah ich erst, dass es eine Ratte war. Eine tote Ratte, die in einer Falle steckte. Ich war froh, dass sie nicht am Kopf erwischt wurde. Das sah immer so furchtbar aus, wenn ihnen der kleine Schädel zerschmettert wurde. Ich überlegte kurz, ob ich sie im Garten begraben sollte, aber ich hatte keine Zeit. Darum legte ich sie genau dorthin, wo sie vorher war.

Ich ging in die Küche. Sie war leer. Nur der Geruch nach kaltem Zigarettenrauch, Zwiebeln, Fett und Tränen saß müde am Küchentisch. Ich nickte ihm zu und ging weiter.

Das Sofa stand an seinem Platz, bloß die Decke, die ich damals darübergelegt hatte, war weg. Der große braune Fleck ruhte auf dem Sofa. Ich berührte ihn mit meiner Hand und schaute dann die Finger an, als könnte der alte Fleck immer noch blutig sein. Irgendwie machte mich das traurig, dass er es nicht war. Dass er einfach getrocknet war und nun ein dunkles, langweiliges Braun angenommen hatte. Dass er nicht für immer nass und dunkelrot geblieben war. Ich bückte mich und holte meinen wertvollsten Besitz heraus. Ich hatte den Brief, das Heft mit meinen Songtexten und etwa hundertzwanzig Dollar in Zeitung eingewickelt und zusammen mit meiner Barbie zwischen die Metallfedern unter dem Sofa geklemmt. Schnell stopfte ich beides hinten in den Bund meiner Jeans. Ich wollte gerade nach meinen Klamotten und Büchern suchen, als ich das Knarzen der Treppe hörte. Dann noch mal. Mein Kopf konnte sich nicht entscheiden, ob ich rennen oder mich verstecken sollte. So blieb der Körper stehen, und die Augen sahen ihn durch die offene Tür, sahen, wie er die Treppe runterstieg, und das Herz klopfte so laut, dass der Kopf noch schlechter eine Entscheidung treffen konnte. Als er fast vor mir stand, kam dann endlich ein Gedanke: Er wird dich umbringen. Wenn du Glück hast, wird er dich nicht vorher ficken wollen, sondern gleich umbringen.

Rocky stank nach Wodka und Schweiß. Als er mich sah, stürzte er sich auf mich, und wir plumpsten auf das Sofa. Auf den braunen Fleck. Er hielt mich fest. Ich fühlte, wie mein Körper zitterte, und da bemerkte ich, dass er es war, der so zitterte, dass ich mitgezittert hatte. Ich versuchte sein Gesicht anzuschauen, das unter meiner Achsel vergraben war. Heulte er? Er heulte. Rocky heulte. Aus irgendeinem Grund beruhigte mich das. Ich fragte:

»Heulst du?«

»Nein«, sagte er und heulte richtig laut.

»Warum heulst du?«

»Ich heule doch nicht, *Kukolka*. Ich doch nicht. Ich freue mich. Es sind Freudentränen. Dass du da bist. Dass du nach Hause kommst.«

»Nein«, sagte ich.

»Ist schon gut, schon gut, Kleine«, sagte er, setzte sich auf und drückte mein Gesicht an seine Brust. Sein Unterhemd war tief ausgeschnitten, und seine Brusthaare scheuerten meine Wange auf, während er mir über den Kopf strich.

»Nein, Rocky«, ich drückte mit meiner Hand gegen seinen fetten Bauch, und als das nichts brachte, kniff ich ihn mit aller Kraft in die Brustwarze.

Er ließ mich los und schrie: »Bist du verrückt geworden?« Ich sprang auf und machte ein paar Schritte Richtung Küche.

»Nein«, sagte ich nur. Als wäre ich zu doof, irgendwas anderes zu sagen.

»*Kukolka*, komm her. Komm zu mir, meine Liebe. Ich bin nicht böse. Komm«, sagte er, wischte sich mit dem Handrücken über die aufgequollenen Augen und streckte mir dann seine Arme entgegen.

»Ich bin nicht deine Liebe. Ich werde nicht zurückkommen«, sagte ich. Er wuchtete seinen Körper hoch und machte ein paar Schritte auf mich zu. Seine Augen waren rot und weit aufgerissen.

»Ich bin nicht allein. Sobald ich schreie, kommt Dima!«,

sagte ich und versuchte, selbst daran zu glauben. Da sank er auf die Knie. Als wäre alle Luft aus ihm raus. Er kroch auf allen vieren zu mir, umklammerte meine Füße, meine Beine und heulte und flehte mich an zurückzukommen. Ich stand einfach nur da. So muss sich ein Grabstein fühlen, an dem ein Hinterbliebener weint und bettelt, dachte ich. Als seine Umklammerung sich lockerte, stieß ich ihn mit einem meiner hohen Absätze zur Seite und ging raus. Weg von ihm, weg von dem braunen Fleck, weg von dem Geruch, der da saß, weg von der toten Ratte in der Falle, weg von dem Haus mit dem aufgeplatzten Putz und den tiefroten Wunden darunter. Weg von der Aprikose, die gezwungen war, dort zu sein, weil sie ein Baum war und nicht wegkonnte. Ich blickte runter zu meinen Schuhen, eine Schleimspur seines Rotzes und seiner Tränen glänzte darauf. Ich bückte mich, riss ein paar Blätter von einem Strauch ab und wischte es ab. Ich wollte seinen Rotz nicht mitnehmen.

Als ich schon am Metalltor war, fiel mir ein, dass ich mich nicht von Lydias Grab und nicht von Daschas Matratze verabschiedet hatte. Aber ich wollte nicht zurück. Ich durfte nicht zurück. Ich durfte mich nicht umdrehen, sonst würde etwas Schlimmes passieren. Das wusste jedes Kind. Das wusste ich schon damals, als ich aus dem *Sonnenschein* wegging.

Noch bevor ich richtig im Auto saß, startete Dima den Motor.

»Alles okay?«, fragte er.

»Ja. Alles okay«, sagte ich.

Er streckte mir die Zigarettenschachtel hin. Ich zündete mir eine an. Wir fuhren los. Überall waren fröhliche Kinder mit ihren Eltern und Blumen in den Händen zu sehen. Schulanfang.

Ich holte mein Heft aus der Tasche und schrieb kaum lesbar, weil das Auto so ruckelte:

Heute ist der 1. September 2001, Tag des Schulbeginns. Der 1. September soll ab jetzt mein Geburtstag sein.

Heute beginnt mein drittes Leben. Das zweite hat am 1. September 1996 begonnen. Statt im Heim eingeschult zu werden, habe ich die Schule der Straße besucht. Heute verlasse ich sie. Lebendig. Heute beginnt mein drittes Leben. Ich bin stark. Ich kann alles.

»Was schreibst du da?«, fragte Dima.

»Gedanken«, sagte ich.

»Du schreibst Tagebuch?«, fragte er.

»Nein, nur Gedanken«, sagte ich. Und dann noch: »Heute ist mein Geburtstag.«

»Wirklich? Am 1. September? Dem Tag des Beginns des neuen Schuljahres?«

»Ja.«

»Dann müssen wir das feiern.«

»Ja.«

»Wie alt bist du jetzt geworden?«

»Dreizehn. Wann ist dein Geburtstag?«

»Der war im Juni, am 25. Willst du ein Törtchen? Ich kenne eine tolle Konditorei.«

»Ja, Törtchen. Törtchen und Sex«, sagte ich.

»Das würde mir auch gefallen«, sagte er.

Wir fuhren zur Konditorei, kauften Unmengen von allen möglichen Cremetörtchen und fuhren dann wieder nach Hause. Den Rest des Tages hatten wir Sex.

Dima sah beim Sex ganz anders aus. Sein Körper war so schön, dass ich am liebsten hineingebissen hätte. Sein Gesicht schien mir irgendwie fremd zu sein. Aber nicht bedrohlich. Mehr wie ein Fremder, dem man vertrauen konnte. Der genau wusste, was er tat. Ein bisschen wie ein Arzt. Ich habe nur einmal einen Arzt getroffen, damals im Heim, als wir vor der Einschulung untersucht wurden. Aber ich erinnerte mich gut an das Gefühl des blinden Vertrauens dem jungen Arzt gegenüber.

Später aßen wir Törtchen, das heißt, ich aß sie alleine, weil Dima keinen Zucker mochte. Ich aß so viel davon, dass mir schlecht wurde. Aber irgendwie war es ein gutes Schlechtsein. Ein Schlechtsein der Reichen, ein Schlechtsein der Völlerei. Dieses Schlechtsein gefiel mir besser als das andere Schlechtsein. Mit diesem Schlechtsein konnte man auch gleich viel besser schlafen.

———

Am nächsten Tag sagte Dima, dass er wegmuss. Aber nicht nur für einen Tag, sondern für länger. Er musste nach Deutschland und dort ein neues Auto abholen. Er sagte, er würde in einer Woche wieder bei mir sein.

»Eine Woche?«, fragte ich.

»Ja«, sagte er.

»Wie soll ich es denn so lange ohne dich aushalten?«

»Das wird schon, ich lade dir den Kühlschrank voll mit Essen. Lauter leckerem Kram. Außerdem hast du den Balkon und den Fernseher und die Badewanne. Bücher magst du ja auch ...«

»Was? Ich muss die ganze Woche in der Wohnung bleiben?«

»Was ist denn so schlimm daran?«, fragte er.

»Gib mir doch einfach den Schlüssel«, sagte ich.

»Du spinnst doch. Es ist mein einziger Schlüssel, wenn ich zurückkomme und du bist nicht da, wie soll ich dann hier reinkommen?«, sagte er.

»Vertraust du mir nicht? Denkst du, ich würde abhauen?«, fragte ich.

»Ich vertraue dir, aber ich vertraue den anderen nicht. Wenn dich jemand ausraubt oder bedroht und dann hier einbricht ... Es ist auch für dich sicherer hier drin. Komm schon, was ist so schlimm daran? Vor ein paar Monaten hättest du vermutlich alles dafür getan, mal eine Weile in so einer geilen Bude zu chillen und geile Sachen zu essen und Fernsehen zu glotzen. Entspann dich einfach, bade, lackiere dir die Nägel, was Mädchen halt machen. Es wird so schnell vorbeigehen, dass du mich wahrscheinlich gar nicht erst vermissen wirst«, sagte er und schob mit seinem Zeigefinger mein Kinn hoch. »Nicht quengeln, *Kukolka*«, sagte er.

»Okay«, sagte ich.

Wir fuhren in den Supermarkt, und er kaufte mir richtig viel Zeugs. So viel zu essen und zu trinken hatte ich noch nie auf einem Haufen gesehen. Nicht mal an *Nowy God*.

Am Abend packte er seine Tasche, und am nächsten Morgen war er weg.

———

Im Flur hing ein Kalender vom letzten Jahr. Ich blätterte vor zum September, malte einen Kreis um den 3., zählte sieben

Tage vorwärts und malte dann ein Herzchen um den 10. Dann ging ich zurück ins Bett. Ich wollte lange schlafen. Am liebsten eine Woche lang.

Gegen Mittag wachte ich mit riesigem Hunger auf. Ich hatte mich mittlerweile so sehr an das regelmäßige und gute Essen gewöhnt, dass ich mich fragte, wie ich früher ohne das alles leben konnte. Ich ging in die Küche und holte eine Flasche Coca-Cola aus dem Kühlschrank. Dimochka hatte mir echte Cola gekauft, keine Pepsi. Ich schnitt drei Scheiben weißes Brot ab, beschmierte sie dick mit Butter und verteilte roten Kaviar darauf. Zusammen mit meiner Beute ging ich zurück ins Wohnzimmer. Ich schob alle Kissen und Decken an die Wand, schaltete den Fernseher an, krabbelte ins Bett und lehnte mich gegen das ganze Zeug, das ich mir aufgetürmt hatte. Im Grunde hatte er recht, dachte ich. Was ist schon so schlimm daran, eine Woche in dieser tollen Wohnung zu verbringen? Nichts tun zu müssen. Ich beschloss, diese Woche so richtig zu genießen.

Die ersten drei oder vier Tage waren super. Ausschlafen, Fernsehen glotzen, lange baden und natürlich all die leckeren Sachen essen. Manchmal in dieser und manchmal in einer anderen Reihenfolge.

Vormittags stand ich gerne auf dem Balkon, rauchte und schaute nach unten auf die kleinen Häuschen. Es war ein Kindergarten. Ich beobachtete die Kinder, die dort hinter dem Zaun spielten. Ich hasste sie. Verwöhnte, zufriedene Kinder. Um nichts mussten sie sich kümmern. Hatten saubere Sachen an, waren fröhlich und satt. Manchmal wollte ich irgendwas nach ihnen schmeißen. Aber so weit konnte ja kein Mensch werfen.

Jeden Abend strich ich den vergangenen Tag im Kalender durch. Aber die letzten drei Tage wollten einfach nicht vorübergehen. Ich hatte keinen Bock mehr auf das Essen. Ich versuchte es in mich reinzustopfen, aber es wollte nicht durch meine Kehle rutschen. Ich schaute mir den Atlas an. Ich las in dem Wörterbuch. Ich rauchte. Aber die Zeit ging einfach nicht rum. Ich wollte irgendwas schreiben. Also ging ich zum Tisch und schlug das Heft auf, aber ich wusste nicht, was. Dann setzte ich den Stift an und schrieb:

Wer bin ich? Und darunter: *Wer weiß, dass es mich gibt?*

Dann musste ich heulen. Als ich aufgehört hatte zu heulen, war der Tag endlich vorbei. Ich strich den Tag durch. Nur noch zwei. Also im Grunde einer. Weil der 10. war ja schon im Herzchen. Es hätte natürlich sein können, dass Dimochka erst am Abend kommt. Aber ich wollte nicht an so was Böses denken. Nur noch einen Tag, wiederholte ich vor mich hin und schlief ein.

———

Der letzte Tag war überraschenderweise gar nicht so schlimm. Ich wollte, dass alles perfekt ist, wenn Dima wiederkommt, also putzte ich. Und es gab eine Menge zu putzen, weil ich die ganze Woche alles verkommen lassen hatte. Bis ich das gesamte Geschirr gespült hatte, war der Vormittag schon rum. Dann habe ich gewaschen, gefegt, gewischt, aufgeräumt, das Bett neu bezogen und den ganzen Müll, der sich angesammelt hatte und angefangen hatte zu stinken, erst mal auf den Balkon gestellt. Dann habe ich mich hübsch gemacht. Beine, Muschi, Achseln rasiert und Nägel lackiert. Da war es auch schon Nacht. Ich strich den letzten Tag weg und legte mich ins Bett. Dann stand ich aber wieder auf, ging ins Bad und schminkte mich. Es hätte ja sein können, dass Dimochka schon sehr früh am Morgen kommt, wenn ich noch schlafe, und da wollte ich perfekt aussehen.

Mit Kajal um die Augen, einem Seidentop und einem Rüschen-Tanga legte ich mich hin. Ich war so aufgeregt, dass ich erst gegen Morgen einschlief. Als ich wach wurde, war es Mittag, aber Dimochka war immer noch nicht da. Ich war ein bisschen enttäuscht, aber auch ein bisschen froh, weil meine Schminke über Nacht total verschmiert war. Ich schminkte mich also neu, machte das Bett, rückte Teppich, Stühle, Bilder, Bücher und Vasen millimetergenau an ihren Platz. So wie mein Dimochka das mochte. Dann setzte ich mich an den Küchentisch und starrte durch den Flur hindurch die Eingangstür an. Jedes Mal, wenn ich Schritte im Treppenhaus hörte, bekam ich Schweißausbrüche. So nach dem zwanzigsten Mal hörte es dann aber auf. Ich wurde müde vom Warten und schlief ein.

Mitten in der Nacht wachte ich auf. Das Licht war immer noch an. Er war nicht gekommen. Ich ging zu dem Kalender. Alle Tage waren durchgestrichen, nur der 10. war immer noch vom Herzchen eingerahmt. Hatte ich mich vertan? Ich zählte die durchgestrichenen Tage vor und zurück. Sieben. Eine Woche, hatte er gesagt. Das waren sieben Tage. Hatte ich an irgendeinem Tag aus Versehen mehrere durchgestrichen? Nein, ich war mir sicher, dass es nicht so war. Aber wo war dann der Fehler? Wieso war er nicht da? Ich ging ins Bett und versuchte jeden einzelnen der sieben Tage durchzugehen, aber sie verschwammen in meinem Kopf. Sie waren ja auch alle irgendwie gleich gewesen.

———

Am nächsten Tag kam er auch nicht. Der 10. war im Herzchen, und nach ihm waren jetzt schon zwei Tage durchgestrichen. *Wer weiß, dass es mich gibt?*, wiederholte sich in meinem Kopf.

Ich fand in dem Bücherregal ein Buch, das *Robinson Crusoe* hieß. Ich las es in drei Tagen durch. So schnell war ich noch nie mit einem Buch fertig gewesen. Das Buch war toll. Irgendwie war ich wie Freitag, dem das Leben erklärt werden musste, und gleichzeitig wie Robinson, weil ich jetzt so einsam war wie auf einer Insel. Die Stimme des Buches war lauter als die Stimme in meinem Kopf. Das war gut. Als ich fertig war, las ich es noch mal von vorne. Und als ich ein zweites Mal fertig war, waren es auf dem Kalender genauso viele Tage hinter dem Herzchen wie vor dem Herzchen.

Ich hatte das meiste aufgegessen. Weil ich ja nicht gewusst hatte, dass ich es mir aufsparen musste. Der Müll auf dem Balkon stank, und ich hatte keine Zigaretten mehr. Ihm musste was passiert sein, dachte ich. Vielleicht hatte er einen Unfall mit dem Auto, oder jemand hatte ihn umgebracht. Ich wurde unendlich traurig und weinte zwei oder drei Tage lang um Dima. Dann gab es kein Essen mehr. Nur noch Mehl und Zucker und Sonnenblumenöl. Ich wühlte die Abfälle durch, konnte aber nichts Essbares finden. Dann rührte ich einen dünnen Teig aus Mehl und Wasser an und machte daraus so was wie *Blini*, nur ohne Geschmack. Ich überlegte, wie ich die Wohnungstür aufbekommen könnte. Ich musste hier raus. Er war tot, ich war mir ganz sicher. Ich könnte an die Tür schlagen und um Hilfe rufen, und jemand von den Nachbarn würde mich hören und die *Milizija* rufen. Oder die würden selber die Tür eintreten. Aber was könnte ich ihnen sagen, damit sie mich weiter in der Wohnung lassen? Dima hätte sicherlich nicht gewollt, dass ich auf der Straße lande.

Ich hatte von den hundertzwanzig Dollar noch fünfzig übrig, den Rest hatte Dimochka sich geliehen. Ob das genug war, um die *Milizija* zu schmieren?

Und als ich so an Dimochka dachte und daran, dass er jetzt tot war, mein Liebster, mein Schönster, da wurde ich wieder so unendlich traurig und dachte, dass es besser wäre, wenn ich auch tot wäre.

———

Als es doppelt so viele Tage nach dem Herzchen wie vor dem Herzchen waren, hörte ich, wie ein Schlüssel ins Schloss gesteckt wurde. Ich lag unter der Decke und bewegte mich nicht. Dann hörte ich Schritte, und plötzlich hockte er vor mir und sagte: »Guten Morgen, du Schlafmütze. Wie siehts denn hier aus? Keinen Bock auf Aufräumen gehabt?« Ich konnte es gar nicht glauben und habe dann nur geheult.

»Was ist los? Ich dachte, du würdest dich freuen«, sagte er.

»Ich dachte, du bist tot!«, sagte ich, während der Rotz aus meiner Nase lief.

Er lachte nur und sagte, dass es so typisch für Frauen ist, sich immer Sorgen zu machen. Nein, er hatte nur etwas länger zu tun gehabt. Musste was klären. Nichts Wichtiges.

Ich fühlte mich plötzlich wie eine Verrückte, die total übertreibt. Es tat mir leid, dass ich so scheiße aussah und die Wohnung so unaufgeräumt war. Er sagte: »Mach dich hübsch. Wir gehen essen. Ich bin am Verhungern.«

Wir fuhren zu einem dieser neuen und sehr teuren Restaurants und aßen dort *Pelmeni*. Dimoschka war schön und witzig und entspannt wie immer. Er sagte, dass er einen Pass für mich besorgt hatte und ich schon morgen nach Deutschland fahren würde.

»Schon morgen?«, fragte ich.

»Super, oder? Manchmal werden Träume ganz schnell wahr«, sagte er.

»Aber du bist doch erst heute gekommen. Willst du dich nicht erst mal ausruhen, bevor wir fahren?«

»Ich muss hier eh noch was erledigen. Du fährst alleine, und ich komme in wenigen Tagen nach.«

»Und wo soll ich da alleine hin? Zu Marina?«

»Nein, natürlich nicht. Ich lasse dich abholen und zu meiner Berliner Wohnung bringen.«

»Ganz alleine? Ich habe doch ...«

»Jetzt sei nicht albern. Du bist doch eine erwachsene Frau, oder nicht? Du kannst ja wohl ein paar Tage allein verbringen.«

»Klar. Es ist nur ... Ich habe dich so vermisst.«

»Ich dich doch auch, *Kukolka*. Deswegen habe ich mich doch auch um deine Papiere gekümmert.«

»Kann ich mit dem Pass nicht später fahren?«

»Nein. Leider nicht. Ich habe auch schon dein Busticket von Kiew nach Berlin.«

»Und wie komme ich nach Kiew?«

»Wir fahren mit dem Nachtzug. Ich bringe dich bis zum Bus. Und in Berlin wartet dann Wowa auf dich.«

»Und wer ist ...«

»Also, jetzt reicht es mir aber. Ich habe erwartet, dass deine Dankbarkeit etwas größer ausfällt.«

»Tut mir leid. Ich bin unendlich dankbar. Ich bin nur so verwirrt«, sagte ich und küsste seine schöne Hand.

Zu Hause schrieb ich Marinas Adresse von dem Briefumschlag in mein Heft. Dima gab mir ein kleines gelbes Russisch-Deutsch-Wörterbuch, seine Adidas-Reisetasche und den Pass. Im Pass stand: *Margarita Shvarts, 12. 02. 84.* Er sagte, dass ich mir den Namen und das Geburtsdatum so einprägen muss, dass ich beides im Schlaf aufsagen kann.

Ich rechnete nach.

»Sie ist schon achtzehn«, sagte ich. »Außerdem sieht sie mir kein bisschen ähnlich, außer vielleicht die Haare und dass sie auch ein Mädchen ist.«

»Die Haare reichen vollkommen. Der Rest fällt keinem auf. Wenn du dich ein bisschen schminkst, siehst du auch wie achtzehn aus. Es ist alles super. Aber im Prinzip hast du recht. Mit einem gefälschten Pass gibt es immer ein Risiko«, sagte Dima.

»Welches?«, fragte ich.

»Das ist jetzt zu kompliziert. Aber wenn der Zolltyp sagt, dass da irgendwas fehlt oder nicht stimmt, dann nimmst du den Pass zurück, legst hundert Dollar rein, gibst ihn dem Zolltypen wieder und sagst, dass es jetzt stimmt.«

»Und woher nehm ich die hundert Dollar?«

»Die geb ich dir natürlich. Und du hast sie in der Hosentasche oder sonst wo, wo du sie schnell greifen und in den
Pass legen kannst. Aber nur, wenn die was sagen. Nicht vorher. Kapiert?«

»Und was, wenn die das Geld nicht wollen?«

Da mussten wir beide furchtbar lachen.

———

Am Abend des nächsten Tages fuhren wir zum Bahnhof. Wir
gingen zum Schalter. Es war derselbe, bei dem ich vor fünf
Jahren angestanden hatte. Während Dima zwei Tickets
nach Kiew kaufte, schaute ich mich um. Ich suchte sie. Die
Frau. Und tatsächlich, sie war da, an der gleichen Stelle. Die
Zigeunerin mit dem Baby. Hatte sie ein neues Baby? War das
gar nicht ihres? Oder war das eine andere Zigeunerin, die
bloß genauso aussah? Sie bemerkte, dass ich sie anstarrte,
und streckte mir mit flehendem Singsang ihre Hand entgegen.

»Sie hat ein Baby«, sagte ich zu Dima. Die Frau flehte und
bettelte.

»Es ist eine Zigeunerin«, sagte Dima, als hätte ich ihn
gefragt, wer das ist.

»Wollen wir ihr was geben?«, fragte ich.

»Spinnst du?«, sagte er. »Ich finanziere doch nicht diesen
Abschaum. Komm. Gleis 2«, sagte er. Er ging quer durch die
Bahnhofshalle zu den Gleisen, und ich beeilte mich, auf
meinen hohen Schuhen hinterherzukommen.

Wir hatten das Abteil für uns alleine, obwohl es für vier

Leute gedacht war. Die Zugbegleiterin kam und brachte uns Bettwäsche. Dann kam sie noch mal und brachte Tee. Es war der beste Tee, den ich je getrunken hatte. Aber vielleicht kam es mir nur so vor, und das Geheimnis lag in den hübschen *Podstakaniki*, die um die Gläser herum waren. Ich wollte mit Dima kuscheln und rumknutschen, aber er war zu müde und wollte schlafen.

Am nächsten Morgen waren wir schon in Kiew. Dima kannte sich dort gut aus. Wir liefen ungefähr zwanzig Minuten zum Zirkusgebäude. Von dort fuhren die Busse nach Deutschland ab. Riesenbusse. Unten konnten unendlich viele Koffer rein, und oben saßen die Menschen. Der Bus war ziemlich voll. Dima hatte mich gewarnt, mit niemandem zu reden, wenn es aber nicht anders ging, sollte ich so knapp wie möglich antworten. Ich sollte mich mit Margarita Shvarts vorstellen, wenn jemand fragte.

Zum Abschied gab er mir einen Kuss auf die Stirn, beugte sich dann zu meinem Ohr und flüsterte:

»Denk daran, kein Wort zu niemandem.«

———

Ich hatte Glück. Ich hatte einen Fensterplatz. Und ich hatte noch mal Glück, weil neben mir ein lustiger älterer Mann saß, der sehr viel redete. Er hieß Lionja und war aus Kiew.

»Kiew bleibt für immer meine Heimat«, sagte er. »Ich kann nicht ohne Kiew. Aber Deutschland ist eben Deutschland. Sie verstehen schon.«

Ich verstand überhaupt nichts. Vor allem nicht, warum er mich siezte.

»Ich bin zweimal im Jahr in der Ukraine. Frühling und Herbst. Ich war dieses Jahr im Frühling und jetzt noch mal im Herbst hier, und das wars. Jetzt muss ich bis zum Frühling warten. Sind Sie aus Berlin?« Ich nickte.

»Ich nicht«, sagte er. »Ich fahre zu meiner Tochter und dann nach Gelsenkirchen. Uns hat man dahin zugeordnet, ins Ruhrgebiet. Aber meine Tochter, die wollte nur Berlin. Was wir nicht alles tun mussten, damit sie dort hinziehen konnte. Und was ist so toll dort? Was?« Er schaute mich erwartungsvoll an. »Na, Sie sind doch auch so ein junges Mädchen. Sie müssen es doch wissen. Meine Tochter ist ja eigentlich schon dreißig. Sie hat aber keine Kinder. Darum ist sie für mich immer noch keine richtige Frau ... Was ist so toll dort? Ich weiß es nicht. Dreckig und laut, und da, wo sie am Anfang gewohnt hat, war alles voller Türken und Araber. Jetzt hat sie eine Wohnung in Charlottenburg. Nur arrogante Russen und reiche Deutsche dort«, traurig schüttelte er den Kopf. »Ich werde mich nie einfinden bei den Deutschen. Nie. Für mich ist es zu spät. Aber für meine Tochter ist es gut. Und vielleicht trifft sie noch wen und bekommt Kinder«, er schaute mich an. »Sie sind noch so jung, Sie haben bestimmt auch noch keine Kinder. Gehen Sie noch zur Schule? Wohnen Sie bei Ihren Eltern?« Ich nickte. »Schöne Wohnung? Bestimmt. Man kann ja auch schön wohnen in Berlin. Sie sind doch aus Berlin, oder?« Wieder nickte ich. »Meine besten Jahre sind hinter mir. Ohne Sprache. Ohne alles. Die haben meinen Abschluss nicht anerkannt. Da haben mir einige geraten, ich soll mir einen Anwalt nehmen. Aber wofür soll ich mir einen Anwalt nehmen? Wer soll mich noch einstellen in meinem Alter und ohne Sprache.

Und die Sprache, die geht mir wirklich nicht rein. Mit ihrem der, die, das. Sie können ja bestimmt super Deutsch. Für junge Leute ist es ja auch einfach. Für Kinder ist es ideal. Die lernen einfach von allein. Paar Wochen. Fertig ... Aber wir. Nichts. Wie heißen Sie denn?«

»Margarita Shvarts.«

»Ah, Rita. Nennen Ihre Eltern Sie Rita?«

Ich nickte.

»Shvarts. Wird es S-h-v-a-r-t-s geschrieben?« Er lachte. »Ja, das wird immer so idiotisch transkribiert. Aber wenn Sie irgendwann den deutschen Pass machen, dann können Sie es ändern. Es ist ein Supername für Deutschland. Aber damals ... Haben Ihre Eltern mit diesem Namen viel unter dem Antisemitismus gelitten? Oder waren sie in so Kreisen, wo man verschont wurde? Manchmal war das ja so. Oder haben Sie noch andere Nationalitäten in der Familie? Sie sehen ja nicht so typisch jüdisch aus. Habt ihr da noch irgendwelche Georgier oder so? Sie sind so dunkel. Aber sehr schön sehen Sie aus, nicht, dass Sie mich falsch verstehen. Mir ist es im Grunde gleich. Mensch ist Mensch, auf die Seele kommt es an. Aber jetzt müssen Sie mich entschuldigen, ich muss etwas schlafen«, sagte er und schlief in der selben Sekunde mit offenstehendem Mund ein.

Der Bus gefiel mir gut. Große Sitze, ein eigener Abstellplatz für die Füße und sogar ein Tisch zum Aufklappen. Leider konnte ich ihn nur sehr kurz nutzen, weil die Person vor mir ihren Sitz nach hinten klappte und im Grunde bis Berlin liegen blieb. Ich schaute lange aus dem Fenster und sah mir die gelben, roten und violetten Blätter der Bäume an. Plötzlich wurde ich traurig, weil mir klarwurde, dass ich die

Ukraine verlasse, ohne sie jemals gesehen zu haben. Ich fragte mich, ob ich je wieder zurückkommen würde. Nach Hause. Vielleicht, wenn ich reich und berühmt geworden bin. Vielleicht zusammen mit Marina. Wir könnten unser altes Heim besuchen. Oder lieber nicht. Lieber was Schönes. Aber vielleicht will ich ja auch gar nicht mehr zurück. Ich holte das gelbe Wörterbuch raus und wiederholte in den nächsten Stunden immer wieder: *Guten Tag. Ich heiße ... Wie heißen Sie? Wie gehts? Ja. Nein. Gut. Ich verstehe nur wenig Deutsch. Toilette. Auf Wiedersehen.* Und das unaussprechliche Wort: *Entschuldigung.* Ich dachte, die Deutschen müssen echt klug sein, wenn sie sich so komplizierte Wörter ausdenken konnten.

———

Irgendwann gab es eine Pause zum Pinkeln. Die Klohäuschen waren so ähnlich wie bei Rocky. Ich hasste sie.

Der zweite Stopp war in Lwow. Das war schon fast an der Grenze zu Polen, erklärte mir Lionja. Hier waren die Toiletten größer, das heißt, man kam schneller dran. Widerlich waren sie trotzdem. Sie waren irgendwie eine Mischung aus dem normalen Plumpsklo und einer echten Toilette, weil das Loch im Boden aus Keramik war. Davor saß eine dicke Frau mit speckiger Schürze und aß ein Butterbrot, während sie von uns Geld kassierte und jedem ein Stückchen Klopapier gab. Die Pause dauerte dort länger. Man konnte sich auch was zu essen kaufen, und ich kaufte mir Leckereien für die Fahrt. Ich war aber krass überrascht, wie die Leute dort sprachen. Die sprachen alle Ukrainisch. In Dnepropetrowsk hörte man nur ab und zu jemanden auf Ukrainisch reden.

Nur die Alten, die ihr Gemüse oder Speck auf dem Markt verkauften. Alle anderen sprachen Russisch. Aber hier sprachen sie alle Ukrainisch. Alte wie Junge, Arme wie Reiche.

Es war Nacht, als wir an der Grenze ankamen. Alle im Bus wurden unruhig. Dann kam die Durchsage vom Fahrer: »Wir brauchen zweihundert DM. Dann muss niemand raus. Die Zolltypen werden gleich reinkommen, euch durchzählen, die Pässe einsammeln, und spätestens in einer Viertelstunde könnten wir weiterfahren.«

Die meisten schienen dieses Prozedere zu kennen, aber irgendwer in der hinteren Reihe war dagegen. Eine ganze Familie mit fünf Leuten. Sie wollten kein Geld geben. Dann wurde diskutiert und gestritten, und ein Mann, der hinter mir saß, sagte: »Wir müssen das Geld einsammeln. Wir müssen bezahlen! Sie werden uns sonst zehn Stunden hier drin warten lassen, dann müssen wir aussteigen, unser gesamtes Gepäck in der Halle ausschütten und noch mehr Geld bezahlen, weil angeblich irgendwas mit den Dokumenten, dem Gepäck oder sonst was verkehrt sein wird. Das können Sie mir ruhig glauben!«

Ich überlegte, was ich tun sollte. Ich hatte noch dreißig Dollar von meinem Ersparten. Dima hatte mir ein paar Griwni und DM für das Essen und die Toilette gegeben. Er sagte, in Polen und vor allem in Deutschland seien die Toiletten teuer. Und dann hatte er mir noch den Hundertdollarschein gegeben, mit dem ich die Zollbeamten schmieren sollte, falls ihnen was an meinem Pass nicht gefällt. Während ich darüber nachdachte, musste ich auch noch das Zoll-Formular ausfüllen. Es war auf Ukrainisch. Ich verstand es nicht. Weil ich ja nur Russisch konnte. Ich schaute bei

Lionja nach, und er erklärte mir, wo ich was ankreuzen musste. Die Frau, die das Geld einsammelte, kam immer näher.

Sollte ich jetzt was von meinem Geld abgeben? Oder es lieber behalten? Lionja schien meine Sorge zu bemerken und fragte: »Ritochka, haben Sie genug Geld dabei?« Ich schüttelte den Kopf. »Machen Sie sich keine Sorgen, ich zahl für Sie mit«, sagte er so leise, als wäre es unser Geheimnis. Eine junge Frau notierte, wer wie viel gab, und überreichte das Geld dann dem Busfahrer, der damit zu dem beleuchteten Häuschen lief.

Kurze Zeit später kam er mit zwei uniformierten und bewaffneten Männern und einem Schäferhund zurück. Sie öffneten unten den Bus, schauten das Gepäck an, dann kam einer zu uns hoch und sammelte die Pässe ein. Alle waren still und angespannt. Ich fragte mich, ob die anderen auch mit falschen Papieren reisten.

Es dauerte zehn oder fünfzehn Minuten, bis der Busfahrer endlich zurückkam und sagte: »Zwei Leute müssen raus.« Vor Schreck konnte ich die beiden Namen, die er nannte, kaum verstehen. Aber es waren schon zwei Männer aufgestanden und gingen mit ihm mit. Die Leute fingen an, darüber zu diskutieren, warum die beiden rausmussten und wie lange es nun dauern würde. Jeder erzählte seine beste und spannendste Zollgeschichte. Aber schon nach fünfzehn Minuten kam der Busfahrer mit den beiden wieder rein, und wir konnten weiterfahren.

———

Als wir durch Polen fuhren, wurde ein Film angemacht. Aber ich wollte ihn nicht sehen, ich wollte Deutsch lernen. Wenn ich bei Marinas Eltern bin, sollen die mich nicht für eine Idiotin halten, dachte ich. Ich holte mein Wörterbuch, mein Heft und einen Stift aus der Tasche und wiederholte die deutschen Wörter, die ich bereits kannte: *Ich, du, er, sie, es, wir, ihr, sie, Entschuldigung.* Dann suchte ich in dem Wörterbuch meine Lieblingswörter und versuchte mir zu merken, wie sie auf Deutsch heißen: *Schuhe, Buch, Papier, Musik (das war einfach), Torte (auch einfach), Sonne, Sex (sehr einfach), Freundin, Haus, Liebe.* Ich versuchte sie in mein Heft zu schreiben, aber es ging nicht. Der Bus ruckelte zu doll.

In Polen waren die Straßen nicht viel besser als in der Ukraine. Dafür waren die Toiletten wunderschön. Mit sauberen Kloschüsseln, warmem Wasser, Flüssigseife, Unmengen Klopapier und sogar Kunstblumen.

Lionja unterhielt sich jetzt mit der Frau, die auf der anderen Seite neben ihm saß, und ich hörte, wie er ihr genau das Gleiche noch mal erzählte wie mir. Am Abend waren wir an der deutschen Grenze angekommen. Hier mussten wir lange warten und dann alle aus dem Bus aussteigen. Aber niemand hatte an meinem Pass was auszusetzen.

In der Nacht konnte ich schlafen, und am nächsten Morgen waren wir schon in Berlin.

Bevor wir ausstiegen, nahm Lionja einen Stift und schrieb was auf einen Zettel. »Ritochka, Sie haben doch gesagt, dass Sie singen. Meine Tochter ist auch eine Künstlerin. Sie singt leider nicht, aber vielleicht könnt ihr euch ja mal kennenlernen. Wir sind ein kleines Volk, wir müssen zusammenhalten. Das werden Sie erst später verstehen. Wenn man jung ist, versteht man so was nicht.«

Ich fand das so lieb, dass ich ihm beinahe gesagt hätte, dass ich eigentlich Samira heiße. Aber so bescheuert war ich natürlich nicht. Ich sagte nur danke und steckte den Zettel in die Tasche.

TEIL 3

Jemand tippte mir auf die Schulter. Ich drehte mich um und sah einen jungen Mann. Nur etwas größer als ich, aber bestimmt viermal so breit. Er hatte einen quadratischen Kopf mit kurzen blonden Haaren. Der Schriftzug auf seinem gelben T-Shirt wurde von seiner massigen Brust gedehnt.

»Samira?«, fragte er laut.

Ich zuckte zusammen und schaute mich um, aber es schien niemanden zu interessieren, was dieser Typ da gerade sagte.

»Ich bin Mar-ga-ri-ta«, sagte ich langsam und überdeutlich.

»Hä? Ich dachte, ich soll eine Samira abholen«, sagte der Typ. »Hä, der hat mir doch ein Foto gegeben.« Er holte es raus. Schaute auf mich und dann wieder auf das Bild. »Hä?«

»Ja, ja, das bin ich, Mar-ga-ri-ta. Margarita Shvarts.« Und weil er immer noch nichts verstand, stellte ich mich auf die Zehenspitzen und flüsterte in sein Ohr: »Ich habe doch einen falschen Pass. Da heiße ich Margarita Shvarts.«

»Ahhhh!«, sagte der Typ und lachte mit seinen kleinen Zähnchen. »Den kannst du mir jetzt wiedergeben.«

Ich gab ihm den Pass, und wir gingen zu seinem Auto.

Groß, schwarz und glänzend. Vier Kreise vorne. Die Sitze aus weißem Leder und furchtbar bequem.

»Ich bin Wladimir. Wowa«, sagte er, als wir losfuhren.

»Ich bin Samira«, sagte ich. »Kann ich mich jetzt eigentlich wieder Samira nennen?«, fragte ich.

»Ja, na klar!«, sagte er. Er drehte das Radio auf. Ein sehr cooler Song wurde gespielt. Aber er schaltete um und sagte: »Ich hasse diese Schwuchtel.«

»Was war das für ein Lied?«, fragte ich.

»Von Michael Jackson, dieser verdammten Schwuchtel.«

Den Rest der Fahrt schwiegen wir. Berlin war erst sehr schön und wurde dann immer mehr wie Topol in Dnepropetrowsk. Hochhäuser, nichts als Hochhäuser und breite staubige Straßen. Wowa parkte den Wagen. Wir waren da.

»Es sieht irgendwie aus wie Topol«, sagte ich.

»Ja, finde ich auch«, sagte er. »Ist aber Marzahn.«

Vor dem Haus waren ein Sandkasten und ein paar Bänke. Da saßen Jugendliche drauf und sprachen Russisch. Einfach so, mitten in Deutschland. Der Fahrstuhl stank wie gewohnt nach Pisse, aber er funktionierte.

Achter Stock. Ganz links. Wowa schloss die Tür auf. Warme Luft und der Geruch nach fremden Betten und vergammelten Gurken begrüßten uns. Wowa schmiss meine Tasche auf den Boden neben die Tür, ging dann nach links ins Wohnzimmer und riss die Balkontür auf. Ich sah es nicht, aber ich wusste, dass es kein Fenster, sondern eine Balkontür war, denn die Wohnung, in der wir waren, hatte exakt den gleichen Schnitt wie Dimas Wohnung in Dnepropetrowsk.

Ich ging zu Wowa auf den Balkon. Er zündete sich gerade

eine Zigarette an und streckte mir auch eine hin. Ich nahm sie. Er wirkte jetzt noch massiger als draußen. Sein Kopf und seine Stirn waren nass vom Schweiß, sein Gesicht rot. Er sah Dimochka überhaupt nicht ähnlich.

»Wann kommt Dima?«, fragte ich.

»Paar Tage«, sagte er. »Ich hab dir Essen eingekauft. Ist alles in der Küche. Fernsehen kannst du. PC nicht anfassen, Telefon auch nicht. Schon gar nicht in die Ukraine telefonieren. Klar?«

»Okay.«

Wir rauchten fertig. Dann kramte er in seiner Hosentasche, zog einen zerknüllten blauen Zettel raus und murmelte mehr zu sich selbst als zu mir: »Futter, Fernsehen, PC, Telefon. Ah! Noch was! Waschmaschine auch nicht anfassen, und komm mit, Mikrowelle muss ich dir erklären.«

Wir gingen in die Küche. Auch sie war exakt wie die von Dima in der Ukraine. Nur standen hier krasse Geräte herum.

»Hier. Mikrowelle. Kannst du kochen oder warm machen. Hier drehen. Oder lass einfach, wie das jetzt ist. Und hier, das ist für die Zeit. Da machst du so zwei Minuten. Wenn du mehr willst, machst du noch mal zwei Minuten. Oder halt eine. Und der Knopf ist zum Aufmachen. Siehst du?« Er drückte drauf, und die Tür sprang mit einem »Plong« auf. »Was noch? Das ist der Wasserkocher. Hier so, Deckel auf, Wasser rein, zurückstellen und den Knopf nach unten. Geht dann von alleine aus. Was noch? Toaster. Brot rein, hier runterdrücken, geht auch von alleine aus.«

»Und wo ist der Herd?«, fragte ich.

»Hier, vor deiner Nase«, sagte er.

»Und wie zünde ich die Flamme an?«

»Das ist ohne Flamme. Ist ein Elektroherd. Hier ist immer alles elektro. Einfach hier drehen. Keine Flamme. Klar?«

»Okay.«

»Gut, dann entspann dich, bis Dima kommt. Und wenn was ist, ruf mich an.«

»Aber ich darf doch nicht telefonieren.«

»Ja, stimmt. Dann eben nicht. Der kommt eh bald.«

Er ging zur Tür und ich hinterher.

»Und wo ist mein Schlüssel?«, fragte ich.

»Was für'n Schlüssel? Es gibt nur den, und den brauch ich. Ist ja nur für ein paar Tage. Dann kommt er schon.«

Er breitete seine Arme zu einer Umarmung aus und sagte: »Na dann …« Ich trat einen Schritt näher und ließ mich umarmen. Dabei landete eine seiner Hände auf meinem Arsch. Ich fand es total unangenehm, aber ich sagte nichts. Erst als der Schlüssel sich im Schloss umdrehte, wurde mir bewusst, dass ich schon wieder in einer Wohnung feststeckte. Wie lange würde es diesmal dauern? Paar Tage, eine Woche? Oder wieder drei? Es war ja gerade mal eine Woche her, dass ich aus der letzten rausgekommen war. Ich fing an, gegen die Tür zu hämmern, aber Wowa war weg.

———

Ich lehnte eine Weile mit der Stirn an der Tür und beobachtete, wie meine Tränen auf den Boden tropften und eine kleine Pfütze bildeten. Ich wischte mit dem Fuß drüber, dann hockte ich mich hin, öffnete meine Tasche und zog den Zettel raus, den Lionja mir im Bus gegeben hatte. In geschwungener Schrift stand da auf Russisch *Olga Pismena*, darunter eine Telefonnummer, die aus neun Zahlen bestand, und darunter eine Adresse, aber auf Deutsch. Ich holte das kleine Wörterbuch raus, schaute ein paar der Buchstaben nach und las dann: Uhlandstraße 144.

Ich rufe jetzt da an, dachte ich für eine Sekunde, aber dann wurde mir bewusst, wie bescheuert das wäre. Was würde diese Olga schon groß machen können? Ich sagte mir, dass ich einfach nur müde war und sonst nichts. Es war im Grunde ja auch nichts Schlimmes passiert. Dima würde bald kommen, der hatte schon so viel für mich getan, der liebt mich, sagte ich mir. Das beruhigte mich etwas. Ich ging ins Bad und ließ warmes Wasser in die Wanne einlaufen. Dann zog ich meine Sachen aus und tauchte in das viel zu heiße Bad ein. »Das muss so«, hörte ich Lydias Stimme sagen. »Das muss so.« Und dann sagte die Stimme: »Du hast es krass weit geschafft, *Kukolka*. Du hast mich jetzt schon übertroffen. Du bist in Deutschland, dem Land deiner Träume. Und du bist mit einem Märchenprinzen zusammen. Warum heulst du denn, verdammte Scheiße?«

»Ich heule nicht. Ich hab Angst.«

»Wieso denn Angst? Ist doch alles geil.«

»Ich hab Angst, dass er mich nicht mehr liebt. Dass er mich nicht mehr will. Weil er mich so viel allein lässt.«

»Schwachsinn«, sagte Lydia. Und verschwand wieder aus meinem Kopf.

Mir war so heiß, dass ich spürte, wie ich im Wasser schwitzte. Dann wurde mir auch noch schwarz vor Augen. Ich kletterte wieder aus der Wanne und ging in die Küche, auf der Suche nach tollem deutschen Essen.

Ich öffnete den Kühlschrank und schaute mir die schönen Verpackungen an. Alles war für sich in einer Extraverpackung. Ich nahm eine dieser Verpackungen raus. Es war eine Wurst. S-A-L-A-M-I, las ich darauf. Eine dicke runde Scheibe, übergossen mit transparentem Plastik. Eine Ecke war rot angemalt, und ein roter Pfeil zeigte darauf. Ich knibbelte die Ecke mit dem Fingernagel an. Aha, hier vermutlich aufmachen, dachte ich und zog die obere Folie ab. Zu meiner Überraschung war die Wurst schon in hauchdünne, gleichmäßige Scheiben geschnitten. Unfassbar, diese Deutschen, dachte ich. Ich aß eine Scheibe, dann noch eine und noch eine, bis die Verpackung leer war. Ich legte sie ins Spülbecken. Dann machte ich einen Schrank auf und entdeckte dort bunte Tüten aus knisternder Folie. C-Hi-P-S, las ich darauf. Ich riss sie auf, und darin befand sich der Himmel. Es waren hauchdünne Scheiben aus Kartoffeln. Ziemlich ölig und knuspriger als alles, was ich je gegessen hatte. Ich setzte mich auf den Boden und aß alle C-Hi-P-S auf. Die Tüte legte ich auch in die Spüle. Ich ging wieder zum Kühlschrank. Diesmal nahm ich eine Coca-Cola-Flasche und einen in Plastik eingeschmolzenen Käse raus. Auch der war in hauchdünne Scheiben geschnitten. Den Deutschen schien es wichtig zu sein, alles zu schneiden. Aber wer macht das? Wer schneidet all diese Lebensmittel? Ich stellte mir große Räume mit vielen kleinen Tischen vor. An jedem saß ein Kind und schnitt mit großem Messer die Lebensmittel. Aber wer sammelte die Scheiben ein? Wer wog sie ab? Wer verpackte sie in diese schönen Plastikfolien? Es sprengte meine Vorstellungskraft.

Nach dem Käse und der Cola war ich richtig vollgefressen.

Ich spülte die Verpackungen von Käse und Wurst, wusch die C-Hi-P-S-Tüte aus und legte alles zum Abtropfen hin.

Dann legte ich mich auch selbst hin. Es war gerade mal früher Abend, aber ich schlief bis zum nächsten Morgen durch.

———

Die nächsten Tage verbrachte ich komplett vor dem Fernseher. Leider wusste ich nicht, wie man die Programme umschaltet. Selbst den Knopf zum Anschalten habe ich nur mit Mühe entdeckt. Auf dem alten Gerät in Dimas Wohnung war das ein fetter roter Knopf und darunter ein Schalter zum Drehen. Hier war der Knopf schwarz wie das Gerät, und ich habe bestimmt zwanzig Minuten gebraucht, bis ich verstanden habe, dass das überhaupt ein Knopf ist.

Ich schaute den ganzen Tag MTV. Da haben Leute gesungen und getanzt, und es gab viel laute lustige Werbung. Zum Beispiel schrie immer wieder eine Stimme: »Hol dir dein Jamba!« Ich wusste nicht, was das heißt, und stellte mir darunter irgendwas zum Essen vor. Der Spruch wurde zu einer Dauerschleife in meinem Ohr. Hol dir dein Jamba, holdi dein Jamba, holdi danjamba, holdidanamba, holdidanamba. Die deutschen Lieder gingen mir gut in den Kopf, und ich fand, dass Deutsch und Englisch sich sehr ähnlich sind. Manche Lieder konnte ich schon nach dem zweiten, dritten Mal mitsingen, zum Beispiel »Ups, aydidit egeyn.« Ich versuchte auch die Tanzschritte nachzumachen. Ich krabbelte auf allen vieren und kreiste mal mit dem Arsch und mal mit dem Kopf. Dann stellte ich mich im Bad vor den Spiegel und versuchte den sexy Blick. Ich hob den Kopf hoch, legte ihn etwas schief und fuhr mir mit der Zunge über die Lippen. Dann rannte ich noch mal ins Wohnzimmer, um mir weitere Inspiration zu holen. Dann ging ich wieder ins Bad, stellte mich mit dem Rücken zum Spiegel und drehte mich auf eine Weise um, dass meine Haare im hohen Bogen um meinen Kopf flogen. Ich fand, das sah bei mir irgendwie scheiße aus, und ging wieder ins Wohnzimmer, um mir eine neue Pose abzugucken.

Ich hatte aber noch eine viel interessantere Beschäftigung. Die Mikrowelle. Es war ein absolut faszinierendes Gerät. Dieses Licht und dieser sich drehende Teller. Ich legte ein Stück Wurst rein, und nach einer Minute war sie heiß. Dann legte ich andere Sachen rein und schaute, was passierte. Manche wurden ganz matschig, zum Beispiel Tomaten, andere zerflossen zu einer furchtbar leckeren Schweinerei, zum Beispiel Käse oder Schokolade, und bei anderen wiederum passierte gar nichts, zum Beispiel bei den C-Hi-P-S. Einmal aber, als ich ein Ei in ein Glas mit Wasser legte und es in die Mikrowelle stellte, explodierte das Gerät. Wirklich krass. Die Tür flog ab. Ich hatte mich furchtbar erschreckt. Zumal es ja klar war, dass dieses Ding unendlich teuer war.

Das muss so der fünfte oder sechste Tag gewesen sein. Es war derselbe, an dem auch das Telefon klingelte. Ich wusste erst mal nicht, ob ich drangehen durfte. Weil Wowa gesagt hatte, dass ich nicht telefonieren darf. Drangehen ist ja auch telefonieren, daher wusste ich es nicht. Am Ende ging ich doch dran, weil ich so gerne mit jemandem reden wollte. Es war Dima. Ich erzählte natürlich sofort von der Mikrowelle, aber er war gar nicht sauer. Da wusste ich ganz sicher, dass er mich liebt. Er sagte, dass er gleich ins Flugzeug steigen und schon heute Abend bei mir sein würde.

Ich war so glücklich, dass ich erst mal wild durch die Wohnung hüpfte, mich im Kreis drehte und grinste, bis meine Wangen wehtaten. Dann putzte ich alles, was nicht perfekt sauber war, duschte, rasierte alle wichtigen Stellen, lackierte meine Nägel, schminkte mich und zog mir einen Lederrock und ein pinkes Shirt an. Dann setzte ich mich aufs Sofa und wartete.

Ich starrte auf die Uhr, aber die Zeit wollte überhaupt nicht vergehen. Ich machte den Fernseher an. Das lenkt ab, dachte ich, aber nein, ich konnte mich nicht konzentrieren, in meinem Kopf war total viel Wind. Es war gar nicht heiß, aber ich schwitzte trotzdem. Dreimal ging ich ins Bad, um meine Achseln zu waschen und sie mit Deo einzusprühen. Dann blieb ich vor dem Spiegel stehen und sagte: »Hallo, Dima!«, »Hi!«, »Dimochka, hallo«, »Guten Tag«, »Oh, Dimitrij. Was für eine Überraschung.« Dazu probierte ich verschiedene Gesichtsausdrücke und Stimmlagen aus.

Später am Abend lag ich erschöpft und mit verschmierter Schminke auf dem Sofa. Ich spürte, wie warme Tränen an beiden Seiten aus meinen Augenwinkeln runter zu den Ohren liefen, als der Schlüssel im Schloss umgedreht wurde. Plötzlich war er doch da. Ich sprang auf, rannte in den Flur, sprang an ihm hoch und umklammerte ihn mit meinen Armen und Beinen. Mein Dimochka. Er war da. Jeglicher Schmerz war wie weggepustet. Er küsste mich, dann drehte er mich zur Wand um, schob meinen Tanga zur Seite und versuchte, seinen Schwanz reinzustecken, aber es ging nicht, er war zu dick. Ich hörte, wie er auf seine Hand spuckte und die Spucke an meiner Muschi verteilte. Dann ging der Schwanz rein, und Dima stöhnte und drückte meine Brüste, und ich stöhnte auch, weil es so wehtat, aber dann griff er um mich herum und rieb diese Stelle zwischen den Beinen, die sich so gut anfühlt. Dadurch wurde es etwas besser. Die nächsten Tage hat es aber wieder mehr Spaß gemacht. Irgendwie schien sich meine Muschi dran gewöhnen zu müssen. Jedenfalls wurde sie dann immer ganz voll mit Glibber und tat nicht mehr so weh beim Sex.

Dima schlief nach dem Sex immer ein, ich aber nicht. Ich konnte nicht, immer hatte ich Gedanken im Kopf. Und Angst. Ständige Angst, er könnte wieder weggehen. Aber nach ein paar Wochen hatte ich mich wieder eingekriegt.

———

Es war Herbst, Ende Oktober, glaube ich. Aber es war immer noch warm. Wir hatten eine tolle Zeit. Dimoschka war so schön, er hatte tolle Kleidung und roch so gut. So männlich, nach Zigaretten und Leder. In Deutschland hatte er ein anderes Auto. Ein blaues. Es war nicht so groß wie der Jeep, aber es glänzte, war hinten höher als vorne und sah teuer aus.

Wir machten eigentlich jeden Tag das Gleiche. Wir fuhren mit dem Auto zum Ostkreuz und dann mit der S-Bahn weiter. Wir stiegen mal am Alex aus, mal am Hackeschen Markt oder an der Friedrichstraße. Manchmal fuhren wir auch zur Warschauer Straße und dann mit der U-Bahn. Diese U-Bahn fand ich am allerbesten. Weil man einen tollen Ausblick hatte und sogar in manche Wohnungen reinschauen konnte. In Wohnungen reinzuschauen mochte ich eh total gerne.

Wir fuhren also jeden Tag irgendwohin, dann gingen wir in Geschäfte und klauten alles, was wir wollten. Sogar im KaDeWe. Das war so lustig und einfach, dass wir damit gar nicht mehr aufhören konnten. Die Deutschen waren echte Trottel, was das anging. Einmal sagte ich zu Dima, dass ich in der U- oder S-Bahn in einem Rutsch locker zehn Portemonnaies fischen könnte. Er sagte, ich solle es ihm beweisen, aber ich wollte so was nicht mehr machen. Ich machte es am Ende doch, weil er so enttäuscht war und ich ihn wieder fröhlich sehen wollte. Ich habe in einem Rutsch sieben Portemonnaies und zwei Handys rausgeholt. Die Leute passten überhaupt nicht auf.

Dann fuhren wir zum Alex. Dort verkauften Tschetschenen russische Mützen und Orden, und Dima vertickte die Handys an sie. Dann fuhren wir zum Zoo. Da gab es auch ein paar Russen, mit denen Dima über irgendwelche Geschäfte sprechen musste. Später gingen wir zu McDonald's essen und dann noch zu Ullrich einkaufen.

———

Im November begann die Weihnachtszeit. Ich kannte kein Weihnachten. Aber es schien sehr ähnlich wie *Nowy God* zu sein. Zumindest gab es auch einen geschmückten Tannenbaum. Das Krasseste an Weihnachten war, dass es unendlich lange ging und dass es diese kleinen Häuschen gab, in denen Essen verkauft wurde. Es gab auch Häuschen, in denen so Zeugs lag, und man konnte sich eigentlich alles davon nehmen, weil niemand so richtig darauf aufpasste. Ich besorgte mir auf diese Weise unzählige kleine Figürchen, Steinchen, Schmuck, Mützen, Kugelschreiber, Kerzen und tausend andere Sachen. Dima war begeistert davon. Einmal sagte er: »*Kukolka*, du hast es im Blut. Eine geborene Diebin.«

Es war eigentlich lieb gemeint. Wie ein Kompliment. Aber es ließ mich nicht los, und ich musste immer weiter darüber nachdenken. Einerseits weil meine Erzieherin im Heim damals dasselbe gesagt hatte, andererseits weil ich mich fragte, was ich eigentlich noch so alles im Blut habe. Ich versuchte mir vorzustellen, wie winzig kleine Zettelchen mit Informationen darauf in meinem Blut schwimmen. Ich wollte mehr über das Blut wissen und befragte Dima dazu.

Er lachte nur und sagte: »Vielleicht ist eine Ärztin an dir verlorengegangen, wenn dich solcher Kram interessiert.«

»Vielleicht sollte ich eine werden«, sagte ich.

»Das wird man nicht einfach so. Das studiert man viele Jahre.«

»Dann studiere ich das.«

»Das wird nicht gehen. Du hast nicht mal eine Schule besucht. Außerdem willst du doch eine Sängerin sein. Oder nicht?«

»Ja, stimmt.«

»Na siehst du. Ein Medizinstudium ist etwas für Menschen ohne ein angeborenes Talent.«

———

Ende Dezember schneite es plötzlich. Von unserem Fenster aus sah das sehr schön aus. Weiße Erde, aus der große weiße Häuser wuchsen. Wir saßen im Wohnzimmer. Dima am PC-Tisch und ich auf dem Sofa mit Heft, Stift und Wörterbuch.

»Dimochka?«, sagte ich.

»Hm«, machte er, ohne zu mir rüberzugucken.

»Dimochka, hast du schon was über Marina rausgefunden?«

»Wen?«

»Marina.«

»Ah, nee, noch nicht. Das ist nicht so leicht.«

»Aber es gibt doch die Adresse und ...«

»Und? Ist nicht so leicht, hab ich gesagt! Kennst du dich mit PCs aus? Ja? Willst du es selber machen?«

»Nein. Warum bist du so sauer? Ich frag doch nur. Weil du gesagt hattest ...«

»Gesagt, gesagt! Hör mal lieber auf zu nerven.«

»Okay. Aber wirst du sie finden?«

»*Bljad*, keine Ahnung. Lass mich jetzt in Ruhe, verstanden?«

Ich wusste, dass er morgen wieder ganz lieb sein würde. So ging das ständig. Also, am Anfang nicht, da war er nur lieb, aber dann wurde er halt oft so sauer. Wenn er diese schlechte Laune bekam, wollte er meistens irgendwelche Freunde besuchen und mit denen feiern und saufen.

Eigentlich waren wir den ganzen November und Dezember über am Feiern gewesen. Mir hat es am Anfang gut gefallen. Lustige Leute. Alle so megaerwachsen. Die fanden es auch nicht schlimm, dass ich erst dreizehn war. Sie nannten mich »Dimas *Kukolka*«. Es war total lustig und verrückt. Wir waren immer besoffen, und die Erinnerung an diese Zeit ist wie eine *Kascha* in meinem Kopf. Ich kann nicht sagen, wer alles da war, wo wir alles waren oder was wir alles gemacht haben.

Um ehrlich zu sein, war es nicht nur schön. Zum Beispiel wollten Dima und die Jungs mal, dass ich ein anderes Mädchen küsse.

»Los, küsst euch, ich will das sehen«, sagte er.

»Ich will lieber dich küssen«, sagte ich. Aber er wurde wieder so angespannt, und ich wollte, dass er Spaß hat und mit mir zufrieden ist. Also küsste ich sie. Sie war wirklich hübsch, aber ich fand es trotzdem komisch, ein Mädchen zu küssen. Dann ging das immer weiter. Am Ende war ich nackt und sie, glaube ich, auch, aber ich weiß es nicht genau. Ich weiß nur noch, wie ich auf dem Teppich lag, alles drehte sich, sie leckte meine Muschi, und ein paar Jungs standen um uns herum, schrubbten an ihren Schwänzen, und warmer Glibber spritzte überall auf mich. Auf den Bauch und die Brüste und ins Gesicht. Ich fand es total eklig, aber irgendwie habe ich nichts gesagt. So was gab es dann immer öfter. Dima wollte, dass ich es mit zwei seiner Freunde gleichzeitig mache. Er wollte dabei zugucken, wie sie mich abwechselnd lecken und dann ihre Schwänze in mich stecken. Der eine war ganz süß, das fand ich nicht so schlimm, aber der andere stank nach Schweiß und hatte überall eitrige Pickel. Vorne an seinem Schwanz war total viel Haut, und es schmeckte nach Pisse und Muschi, als er ihn mir in den Mund schob. Ich musste fast kotzen. Zum Glück war er schnell fertig. Dima war danach aber sehr stolz auf mich. Er sagte: »Wenn ich sehe, wie sie dich nehmen und wie sie dich wollen, dann steigt mein Verlangen nach dir. Dann fühle ich, wie sehr ich dich liebe und dass du nur zu mir gehörst.«

Ich habe mich lange nicht getraut, ihm zu sagen, dass mir die Partys keinen Spaß machen. Ich hatte einfach zu viel Angst, ihn zu enttäuschen. Außerdem bekam ich dabei manchmal sogar einen Orgasmus. Und dann sagte ich mir, wenn ich dabei einen Orgasmus habe, dann kann es zumindest für den Körper nicht schlecht sein.

———

Am ersten Januar war mir total schlecht. Es war schon fast Mittag, und wir waren immer noch in dieser Wohnung, wo wir *Nowy God* gefeiert hatten. Alles war durcheinander, überall lagen halb angezogene Körper, leere Flaschen, Essen, gebrauchte Kondome. Ich weckte Dima, und wir fuhren nach Marzahn. Die Straßen waren voller Müll, den ich nicht zuordnen konnte.

»Raketen«, sagte Dima.

»Was für Raketen?«, fragte ich.

»Feuerwerk.«

»Was ist Feuerwerk?«

»Hast du gestern gar nichts mitbekommen? Das Feuerwerk?«

»Nee. Ich weiß gar nicht, was Feuerwerk sein soll.«

»Ist ganz schön eigentlich. Wie Feuerblumen am Himmel.«

»Und der Dreck hier?«

»Na das ist das Zeug, was runterfällt. Die Leichen sozusagen.«

Lange sagte keiner was. Dann sagte ich: »Dimochka?«

»Ja, *Kukolka*?«, sagte er.

»Bitte nicht sauer werden, aber ich möchte nicht mehr so viel Party machen im neuen Jahr.«

»Ja, okay«, sagte er zu meiner Überraschung.

Ich war glücklich. Auch wenn ich hätte wissen müssen, dass daraus nichts wird, denn jeder Idiot kennt doch das russische Sprichwort »Wie du das Jahr beginnst, so wirst du es auch verbringen«.

———

Der Januar war ganz still. Es lag immer noch Schnee. Grau und matschig, und nur an ganz geheimen Stellen, wo ihn keine Füße getreten haben, war er weiß. Ich stand am Fenster und beobachtete, wie Männer in orangenfarbener Kleidung die aufgequollenen Raketenleichen wegräumten. Ich war zum ersten Mal seit langem wieder richtig klar im Kopf, weder besoffen noch verkatert. Ich musste an Marina denken. Mein halbes Leben schon träumte ich davon, zu Marina nach Deutschland zu fahren. In meiner Vorstellung passte Deutschland in ein Haus. Dort lebte Marina mit ihren Eltern. Dort gab es ein Zimmer für sie. Dort gab es ein Bett für mich.

Draußen war es neblig. Die Welt schien zu schlafen. Nur die Männer bewegten sich in ihrer leuchtenden Kleidung hin und her. Ich schaute das gegenüberliegende Haus an und überlegte, wann die Menschen wohl auf die Idee gekommen waren, gestapelt zu wohnen. Plötzlich wurde mir klar, dass die Vorstellung von Marinas Haus nur in meinem Kopf existierte. Sie könnte genauso gut in einem Hochhaus leben. Nur eben in Witten. So hieß ihre Stadt. Witten. Ob es genauso riesig wie Berlin war? Oder sogar noch größer? Ich ging ins Wohnzimmer, holte mein Heft, was jetzt fast voll war, und schrieb auf:

Liebe Marina,

ich habe dir schon mal einen Brief geschrieben, aber du hast ihn nie bekommen. Diesen wirst du ebenfalls nie bekommen, aber vielleicht spürst du, dass ich ihn dir schreibe. Früher, als wir noch echte beste Freundinnen waren, hätte so was funktioniert. Ich bin jetzt dreizehn und erwachsen. Ich kann alles, was man können muss. Und du? Wo lebst du jetzt? Hast du einen Freund? Ist er so toll wie meiner? Liebe Marina, wir werden uns vielleicht nie wieder sehen. Aber ich bin jetzt auch in Deutschland. Ich esse auch dieses tolle Essen, ich habe tolle Klamotten und kann mir jeden Tag neue klauen gehen. Ich habe ein gutes Leben. Ein Luxusleben eigentlich. Ich würde nur so gerne …

Dima kam in die Küche und unterbrach mich. Er setzte sich an den Tisch, stützte den Kopf auf die Hände und stöhnte laut. Ich stand auf, legte meine Hände auf seine breiten Schultern und massierte seinen Nacken.

»Besser?«, fragte ich.

»Nein. Davon wirds nicht besser«, sagte er.

»Soll ich dir einen blasen?«

»Nein«, sagte er und drehte sich zu mir um. »Nein. Ich habe ein wirklich schlimmes Problem. Setz dich.«

»Aber was ist denn passiert?«, fragte ich.

»Es gibt Probleme mit dem Business. Es war nicht meine Schuld. Komplizierte Sache … Es ging um echt viel Geld. Jedenfalls schulde ich jetzt ein paar Leuten Geld«, sagte er.

»Wie viel?«, sagte ich.

»Viel, sehr, sehr viel.«

»Können deine Freunde nicht vielleicht ...?«

»Nein, das ist einfach zu viel.«

»Und nun? Was kann man machen?«

»Wenn ich die erste Rate nicht in zwei Wochen bezahle, werden die mir ...«

»O Gott, was?«

»Die haben gesagt, wenn ich nicht die Rate bringe, dann werden die mir erst mal die Finger abhacken. Und dann ...«

»O, Gott, erzähl mir das nicht. Erzähl mir das nicht.« Ich musste heulen.

»*Kukolka*, nur du kannst mir helfen. Machst du das? Bitte!«

»Ja klar, alles, mein Liebster, alles! Was kann ich tun?«

»Ich hab einen Freund, der hat viel Kohle, und er steht total auf dich. Er hat dich mal bei einer Party gesehen, und er hat mir gesagt, dass er sich in deine Augen verliebt hat. Im Ernst, guck nicht so! Er würde viel Geld dafür bezahlen, dass du mal mit ihm ausgehst.«

»Was heißt das? Ficken?«

»Mann, klar heißt das ficken. Aber du hast dich ja bisher auf den Partys auch gerne ohne Geld ficken lassen, oder? Was ist so schlimm daran?«

»Ich habs gar nicht gern gemacht ...«

»Das sah aber ganz anders aus. Hast dich geräkelt, gestöhnt, es gibt sogar ein Video davon.«

»Ihr habt es gefilmt?«

»Nicht ich. Außerdem, wen juckts? Hast du Angst, dass deine Mutter sauer wird, oder was?«

»Dima, ich weiß nicht, ich will nicht für Geld ...«

»Willst du, dass sie mir die Finger abhacken? Oder dass sie mir die Kehle durchschneiden? Hä? Für mich wär das kacke, für dich aber auch. Die Bullen klopfen dann hier an, ficken dich erst mal durch, prügeln dann die Scheiße aus dir raus, dann ab in den Knast, und wenn du Glück hast, schicken sie dich in die Ukraine zurück. Bye-bye der Traum von Deutschland, von schönem Leben und von deiner Marina.«

»Du hast doch gesagt, Marina kann man nicht finden.«

»Nein, ich habe sie bloß noch nicht gefunden. Aber man kann es noch weiter versuchen.«

»Dann ist das doch die Lösung! Ihre Eltern sind furchtbar reich, die werden bestimmt ...«

»Mann, Samira, kapierst du das nicht? Wir haben nur uns beide. Du und ich. Ich und du. Niemand wird uns helfen. Wir müssen da jetzt durch.«

»Ich will keine Nutte sein.«

»Dann nenn es anders. Er ist ein Freund. Er ist cool. Du musst aufpassen, dass du ihn nicht geiler als mich findest.« Er lachte und zündete sich eine Zigarette an. Ich zündete mir auch eine an.

»Und das würde reichen? Wenn ich es einmal mit ihm mache?«

»Das würde für die erste Rate reichen. Du würdest diese liebe Hand retten. Diese Fingerchen hier, die dich so lieben.« Er krabbelte mit den Fingern über meinen Oberschenkel und kitzelte meine Muschi.

»Wusstest du, dass es ab nächstes Jahr vollkommen legal ist in Deutschland?«, sagte er.

»Was, Nutte sein?«

»Nutte, Prostituierte, Kurtisane, Sex-Arbeiterin, such dir

aus, wie du es nennen willst. Ist eine ganz normale legale Arbeit. Im Grunde verkauft man außerdem bei jeder Arbeit seinen Körper. Wenn ich Autos über die Grenze fahre, verkaufe ich meinen Körper. Der Körper fährt Auto, und ich bekomme Kohle. Und das ist das Gleiche. Nur, dass dir Sex auch Bock macht. Oder?« Er fing an, an mir rumzufummeln, aber mir war nicht danach. Ich musste nachdenken. Musste mich entscheiden.

»*Kukolka*«, sagte er dann ernst, »im Grunde ist es ganz einfach, entweder du gehst mit Sascha aus, oder ich werde umgebracht, es liegt in deiner Hand.«

»Okay«, sagte ich, »ich mach es.«

————

Er machte das Treffen für den nächsten Abend aus. Der Typ kam zu uns, gab Dima einen Umschlag, und dann ging ich mit ihm runter zu seinem Auto. Ich hatte einen roten Rock an, eine Netzstrumpfhose, ein schwarzes Oberteil und eine weiße Daunenjacke mit Pelz an der Kapuze. Wir fuhren in einen Stripclub. Der war ziemlich klein und auch gemütlich. Es waren nur fünf andere Gäste dort. Alles Männer. Vorne tanzte ein schwarzes Mädchen an der Stange. Sie konnte damit echte Kunststücke machen. Ich fand ihre Schuhe sehr geil. Die waren transparent. Plateauabsatz und Riemchen, alles transparent. Sie erinnerte mich an Aschenputtel, die hatte auch Schühchen aus Kristall. Wir tranken Cocktails. Nach dem zweiten war ich besoffen. Sascha redete nicht mit mir. Aber er war trotzdem sehr nett.

Wir fuhren zu ihm. Seine Wohnung war groß, und überall

auf dem Boden lagen Kinderspielsachen. Klötze und Gummitiere. Ich wollte eins aufheben, aber er hielt mich fest und küsste mich. Er konnte ganz gut küssen. Wir küssten uns, dann nahm er meine Hand und führte mich ins Schlafzimmer. Ich sagte: »Wohnst du hier mit ...?«

»Pssst«, machte er. Er zog mir die Daunenjacke aus, warf sie auf den Boden, dann das Oberteil, dann den BH. Er hielt meine Brüste in beiden Händen, beugte sich runter, küsste sie.

»Leg dich aufs Bett«, sagte er.

»Soll ich mich ausziehen?«, fragte ich.

Er schüttelte den Kopf, und ich legte mich hin. Er ging raus, vermutlich aufs Klo. Dann kam er wieder. Er hatte sich ausgezogen und hatte eine fette Erektion. Ich sollte mich auf den Bauch drehen und die Beine auseinandermachen. Dann zog er meine Schuhe aus und auch die Strumpfhose. Den Rock und den Tanga ließ er mir an. Er schob den Tanga nur zur Seite und fing mit schmatzenden Geräuschen an, meine Muschi zu lecken. Ich war so betrunken, dass ich dabei fast eingeschlafen bin. Dann holte er eine Tube Gel aus dem Nachtschrank, schmierte damit mein Arschloch ein und steckte erst seine Finger und dann seinen Schwanz rein. Er massierte meine Klit, und ich hatte einen Orgasmus. Er fickte mich immer weiter, irgendwie konnte er nicht kommen. Dann holte er ihn endlich raus, zog das Kondom ab, und ich sollte ihn bestimmt eine halbe Stunde lutschen. Ich fühlte nichts außer Müdigkeit. Irgendwann kam er endlich.

»Du kannst hier schlafen«, sagte er.

»Kannst du mich auch zurückfahren?«, fragte ich.

»Nein. Ich rufe Dima an«, sagte er und griff zum Handy.

»Nein, lass mal, der schläft doch bestimmt. Fahr mich morgen.«

Er schlief, ich aber nicht. Trotz Müdigkeit konnte ich nicht einschlafen. Ich war fast wieder nüchtern. Mein Arsch brannte ein wenig, aber das war nicht das Problem. Mit Dima mochte ich Popo-Sex sogar. Aber mit diesem Typen wollte ich so was nicht machen. »Jetzt bist du auch eine Nutte«, hörte ich Xenja, Rockys neues Mädchen, in meinem Kopf sagen.

»Nein, bin ich nicht«, sagte ich. »Es ist was anderes. Ich muss Dimas Leben retten.«

Endlich wurde es hell. Ich war schon angezogen, saß im Flur und schaute mir all die Gummitiere an, die dort auf dem Boden lagen.

Als Sascha mich nach Hause fuhr, sagte er: »Hat mir gut gefallen mit dir. Das können wir wiederholen.«

———

»Wie wars?«, fragte Dima.

»Okay«, sagte ich.

»Was habt ihr gemacht?«

»Stripclub, dann ficken«, sagte ich. Ich war todmüde, weil ich gar nicht geschlafen hatte. Ich ging ins Bad und schloss die Tür.

»Ja, und was habt ihr beim Ficken gemacht?«, sagte Dima. Er hatte die Tür aufgemacht und lehnte im Türrahmen, während ich auf dem Klo saß.

»Erzähl doch mal.«

»Oh, lass mich doch ... ich bin müde. Ich will in Ruhe scheißen, duschen und schlafen«, sagte ich und riss ein Stück von dem schneeweißen deutschen Klopapier ab.

»Okay«, sagte er und ließ mich wieder allein.

Später fragte er mich noch mal aus, und ich musste ihm alle Details erzählen. Er sagte, es würde ihn richtig stolz machen, dass ich im Bett so geil bin.

———

Sascha war mir am liebsten von allen. Im Januar hatte ich nur ihn. Ab Februar kamen noch drei weitere Typen dazu. Ich mochte sie nicht. Einer war fett, ein anderer stinkig und der letzte war einfach nur pervers. Er wollte keinen Sex, sondern nur Fotos machen von meiner Muschi und von meinem Arschloch. Dima brachte mich jeden Abend für eine Stunde zu ihm und holte mich wieder ab.

Dima sagte: »Ich bin so stolz auf deine Schönheit. Du bist die Muse eines Künstlers. Das ist eine große Ehre.«

Ich sagte: »Der ist einfach pervers.«

Dima lachte nur. Er zeigte mir auf dem PC ganz alte Gemälde mit nackten Frauen und Fotos von nackten Frauen, die in Zeitschriften abgedruckt wurden, damit ich ihm glaubte, dass es Kunst war. Ich glaubte es, weil es unangenehmer gewesen wäre, es nicht zu glauben.

Sascha war aber wirklich in Ordnung. Er war sauber, und er war nett. Er wollte ganz normale Sachen machen, und ein Mal reichte ihm auch. Er holte mich jede Woche ab. Samstagabends. Da waren seine Frau und die Kinder immer bei den Großeltern.

Erst als er mir das erzählte, wurde mir klar, dass ich nicht nur keine Eltern, sondern auch keine Großeltern hatte.

Dima hatte eine große Familie in Berlin, aber er hatte mich niemandem vorgestellt. Er sagte: »Sei doch froh, dass du keine Sippschaft an der Backe hast. Familie ist immer scheiße. Es gibt keine tollen Familien, außer im Film oder im Buch. Alle, die ich kenne, haben dumme Geschwister, aufdringliche Mütter, tyrannische Väter, verrückte Tanten und Onkel, zurückgebliebene Großeltern, und immer sind alle miteinander zerstritten oder wollen Geld von einem. Du bist jung und frei. Du kannst jetzt schon viel Geld verdienen. Wir können unsere Liebe ganz offen leben, sogar zusammenwohnen. Bist du etwa nicht glücklich mit mir?«

»Ich liebe dich mehr als mein Leben«, sagte ich. »Aber ich bin froh, wenn wir die Schulden abbezahlt haben und ich es nicht mehr mit den Typen machen muss.«

»Du machst es super. Du bist das geilste Mädchen, das ich kenne. Alle sind neidisch auf mich. Komm her. Schau, was ich hier habe. Der steht mir sofort, wenn ich nur an dich denke. Schau ihn dir an. Haben die Anderen manchmal auch so einen Prächtigen? Gefällt er dir? Nimm ihn in den Mund. Schau mich an. Ja. Immer in meine Augen, ja …«

———

Früher musste ich immer würgen, wenn der Schwanz so tief in meinem Hals war. Aber jetzt nicht mehr. Ich wurde so ein bisschen wie unsere Waschmaschine. Ganz viele Programme, alle laufen automatisch ab, und von außen sieht man nur, dass sich was dreht. Was da genau passiert, weiß

keiner und will auch keiner wissen. Hauptsache, das Ergebnis ist gut. Die Wäsche ist wieder sauber. Aber was macht
die Maschine mit dem Dreck? Wo kommt der ganze Dreck
hin?

Ich fragte Dima, und er sagte: »Kanalisation. Alles kommt
in die Kanalisation. Auch was wir ausscheiden. Einfach alles.«

Kanalisation. Ich versuchte mir ein Bild davon zu machen.
Es klappte nicht.

Im Sommer hatte ich jeden Tag zwei bis drei Kunden plus
Raphael, den perversen Künstler. Wenn ich meine Tage
hatte, hatte ich Ruhe vor ihnen. Vor Raphael aber nicht. Er
machte dann Fotos mit Tampon, wie ich ihn rausziehe oder
reinschiebe. Total eklig. Mir war das aber eigentlich egal
geworden. Ich dachte währenddessen einfach an irgendwelche anderen Sachen. Manchmal gelang es mir, ein Geist zu
werden. Wie damals mit Dascha. Mein Körper löste sich auf
und wurde Licht. Das klappte nicht immer. Wenn es nicht
klappen wollte, dann stellte ich mir vor, wie ich im Fernsehen singe. Oder wie ich mit Marina Schokolade esse. In dieser Vorstellung ist es immer Sommer, und wir sind fünf Jahre
alt.

———

Ich wollte irgendwas verändern, also hatte ich angefangen,
morgens spazieren zu gehen. Ich war schon lange nicht
mehr allein gewesen. Immer mit Dima oder mit den Kunden. Ich hatte mir so gewünscht, bei Dima zu sein. Jetzt war
mein Traum in Erfüllung gegangen, aber ich war nicht
glücklich. Warum musste auch immer irgendwas dazwischen-

kommen? Warum mussten ihn diese Leute erpressen? Warum konnte er Marina nicht finden? Vielleicht würden ihre Eltern uns ja doch helfen. Warum konnte jeder normal sein und normal leben, nur wir nicht? War das Schicksal? Hatte man so was im Blut? Ich beneidete die jungen Frauen, die paarweise mit ihren Kinderwagen um die Häuser spazierten, und stellte mir vor, wie unser Baby wohl aussehen würde.

»Siehst du?«, sagte Lydia in meinem Kopf. »Siehst du, jetzt wünschst du dir auch ein Baby von so einem Scheißkerl. Und Normalität. Und einfach Hausfrau und Mutti sein und ...«

»Gar nicht«, sagte ich. »Es ist ganz anders. Er ist nicht so wie Rocky. Wie kannst du die beiden miteinander vergleichen? Ich liebe ihn.«

»Ich habe Rocky auch geliebt ... aber dann ...«

»Dima ist ganz anders. Und ich will nicht nur Hausfrau sein. Ich will noch ins Fernsehen und singen.«

Lydia lachte. Ich wusste, dass sie ihren Kopf nach hinten werfen würde, wenn sie jetzt da wäre.

»Ich weiß, dass Dima seine Macken hat. Er wird von einer Sekunde zur anderen sauer, schreit mich wegen Kleinigkeiten an, aber er ist nicht so ein widerlicher Typ wie Rocky. Er ist wunderschön. Und er liebt mich.«

»Du gehst für ihn anschaffen. Das musste ich für Rocky nicht tun.«

»Er ist in Schwierigkeiten. Ich rette sein Leben. Und jetzt verpiss dich aus meinem Kopf. Du bist tot. Du hast mir nichts zu sagen.«

———

Am ersten September, meinem vierzehnten Geburtstag, war Dimochka ganz früh aufgestanden, um mir Blumen zu kaufen. Er weckte mich mit einem Kuss. Vor mir auf einem Hocker standen rote Rosen, Pralinen, eine Tasse Kaffee und ein Handy.

Dima sang für mich *Happy Birthday*. Es war total schief, und ich musste kichern. »*S dnjom rozhdenija, Kukolka*«, sagte er.

»Danke! Du bist der liebste Mensch auf Erden«, sagte ich. Ich zählte die Rosen und sagte: »Es sind ja vierzehn.«

»Ja, du bist doch vierzehn geworden.«

»Aber man darf nur eine ungerade Zahl schenken. Sonst bringt es Unglück.«

»Das ist in Deutschland nicht so. Hier bringt es kein Unglück. Aber wenn du willst, machen wir eine weg«, sagte er, zog eine Rose aus der Vase und legte sie neben mich auf die Decke. Es entstand ein Wasserfleck in Herzform, und weil ich immer nach Zeichen suchte, freute ich mich darüber.

»Hier, ich hab meine Nummer eingespeichert. Dann kannst du mich jederzeit anrufen, wenn ich dich abholen soll. Vielleicht kannst du bald deine Kunden selbst verwalten. Du bist ja schon ein großes Mädchen«, sagte Dima. Das Handy war ein altes Modell, nicht so eins wie Dimas. Aber es war mein eigenes, und ich freute mich sehr. Vor allem darauf, *Snake* zu spielen.

Ich sah mir Dimas Nummer nur kurz an und konnte sie schon auswendig. Ich wollte die Nummer eintippen können, wenn ich ihn anrufen wollte. Das mochte ich lieber als die Kurzwahltaste. Sachen, die mir gefielen, versuchte ich möglichst in die Länge zu ziehen. Anrufen war eine davon. Das Anrufen selbst machte mir fast mehr Spaß als das Telefonieren.

Es war ein ganz toller Tag. Wir gingen in den Zoo und danach Sushi essen. Später noch zu H&M am Ku'damm, wo wir eine ganze Tasche voller neuer Klamotten klauten. Ich war richtig glücklich. Dann sagte Dima: »Jetzt bring ich dich zu Raphael.«

»Es ist mein Geburtstag! Warum muss ich zu Raphael?«, sagte ich lauter, als ich es vorhatte.

»Weil das dein Job ist. Weil wir unser Leben finanzieren müssen, weil es Leute gibt, die mich zu Frikadellen verarbeiten, wenn in zwei Tagen nicht die nächste Rate da ist. Deswegen, du undankbares Miststück.«

Ich wollte heulen, aber ich heulte nicht. Später, nach Raphael, wollte ich mit Dima reden. Ich sagte, dass ich wissen möchte, wie lange es noch so gehen muss, wie viel Geld schon abbezahlt wurde, wie viel noch fehlt und wie viel die einzelnen Kunden für mich zahlen. Er wurde sauer. Schrie mich an, dass er mir so was nicht zu erklären braucht, dass er auch so genug Vertrauen verdient hat, nach allem, was er für mich getan hat. Dass ich jetzt ein viel besseres Leben hätte, als ich es mir je hätte träumen können. Ich wäre in der Ukraine längst auf der Straße verreckt, sagte er. Er zählte all die luxuriösen Dinge auf, die ich jetzt hatte, Handy, Klamotten, Essen, Zigaretten, Wohnung mit Klo, Waschmaschine, Tampons, Schminke usw. Wie er das so sagte, fühlte ich mich wieder ganz klein. Er hatte recht. Er hatte mir das alles ermöglicht. Weil er mich liebte. Ich musste ihm vertrauen. Und ich wollte es auch. Liebe ist

Vertrauen. Das habe ich mal auf einer Werbung für Kondome gelesen.

————

Mein gesamtes vierzehntes Lebensjahr wurde vom Nebel verschluckt. Obwohl ich sonst immer wusste, wann in meinem Leben was passierte, konnte ich es in diesem Jahr gar nicht so genau sagen. Vielleicht lag es daran, dass ich angefangen hatte, ab und zu Pillen zu nehmen oder mal eine Line zu ziehen. Ich wollte es eigentlich nicht. Ich hatte echt Schiss vor Drogen, weil ich dachte, dass man dann sofort an der Nadel landet. Aber Dima erklärte mir, dass das nicht von jetzt auf gleich passiert und dass Pillen nichts mit Heroin zu tun haben. Die haben eine andere Wirkung, sagte er. Davon hängt man nicht wie eine Leiche irgendwo rum. Sogar im Gegenteil, man ist wach. Das stimmte auch. Ich wurde davon so extrem wach, dass das normale Wachsein mir wie schlafen vorkam.

Am Anfang war die Wirkung nur gut. Kein Kater, keine Tiefs. Aber irgendwann hatte ich das Gefühl für Wochentage verloren. Einerseits waren die Tage furchtbar lang, andererseits verging das Jahr sehr schnell. Es passierte im Grunde nichts. Nur Arbeit. Zumindest erinnere ich mich an nichts. Nicht mal an *Nowy God*. Den wichtigsten Tag im Jahr. Immerhin entscheidet sich an diesem Tag, wie das nächste Jahr sein wird.

————

Dann passierte aber doch was. Es war am Ende des Sommers, also kurz vor meinem fünfzehnten Geburtstag. Dima hatte wieder mal einen neuen Kunden klargemacht. Er brachte mich zu ihm. Eigentlich war der erst mal voll okay gewesen. Hatte mir sogar Wodka und eine Pille angeboten. Hat nicht gestunken und war auch nicht fett. Aber als er dann auf mir lag, sah ich so einen hässlichen braunen Fleck auf seiner Brust. Aus diesem Fleck wuchsen lange schwarze Haare. Der Typ bewegte sich auf und ab. Der haarige Fleck wurde ein eigenständiges Wesen. Ein widerliches pelziges Insekt mit spitzen Zähnen. Es streckte seine lange Zunge nach mir aus und zischte »Ssssssst, sssssssst, ssssssst«. Es ging auf mich zu und von mir weg, zu und weg, zu und weg. Immer schneller und schneller, es schnappte und schnappte und schnappte. »Hör auf! Hör auf! Lass das!«, schrie ich. Ich wollte weg, aber mein Körper war schwer und gehorchte mir nicht. Nur den Kopf konnte ich drehen. Da sah ich auf dem Nachttisch die Wodkaflasche. Ich zwang meine Hand, nach ihr zu greifen. Als ich es geschafft hatte, richtete ich mich auf und schlug auf das Ding ein, mit voller Kraft. Bam! Kristallregen. Bam! Bam! Immer und immer wieder stach ich mit der zerbrochenen Flasche darauf ein.

———

»Dima! Dimochka, du musst schnell kommen! Schnell«, sagte ich.

»Seid ihr schon fertig?«, fragte er.

»Komm schnell. Bitte! Du musst kommen. Es ist was ganz Schlimmes passiert.«

Ich ging ins Bad und duschte das Blut von mir ab. Dann schlich ich ins Schlafzimmer, den Blick auf den Boden gerichtet, und sammelte meine Kleidung ein. Fertig angezogen setzte ich mich in den Flur und spielte so lange Snake, bis Dima an der Tür klopfte.

»Was ist denn passiert?«, fragte er. Ich sagte nichts und machte nur eine Handbewegung in Richtung Schlafzimmer. Er ging rein. Schrie kurz auf und kam sofort wieder raus. »Was hast du getan?«, wiederholte er immer wieder und schüttelte mich an den Schultern.

Dann ging er ins Wohnzimmer, telefonierte, nannte die Straße, in der wir waren. Als er fertig war, zerrte er mich hoch, nahm mich an der Hand, stürzte mit mir die Treppen runter und ins Auto. Er brachte mich nach Hause und legte mich ins Bett.

———

Ich schloss die Augen und sah Marina vor mir. Sie drehte sich zu mir, und ihre roten Locken wirbelten um ihren Kopf. »Komm«, sagte sie, »komm, ich zeige dir mein Zimmer. Meine Eltern haben mir ein tolles Bett gekauft. Man kann unten ein zweites Bett rausschieben.«

»Ja«, sagte ich, »zeig es mir. Ich will es unbedingt sehen.«

Sie ging vor und machte eine Tür auf. Und plötzlich standen wir in dem riesigen kalten Schlafsaal des Heims. Er war leer. Keine Betten. Grauer Betonboden, graue Betonwände. Ein einziges Fenster, durch das Licht reinfiel und als helles Viereck auf dem Boden liegen blieb.

»Wo ist dein Bett?«, fragte ich.

»Dort hinten«, sagte Marina.

Jetzt sah ich an der Wand ein Bett. Eins von den Metallbetten, die wir dort hatten, nur dass darunter noch etwas war. Marina bückte sich und zog es raus. Es war eine dünne graue Matratze in einem Käfig.

»Da musst du rein«, sagte sie.

———

»Was ist da passiert?«, fragte ich Dima, als ich wach wurde.

»Was denn passiert?«, sagte er.

»Der Typ. Ist er tot?«

»Ah, der Typ. Nein, nein. Dem gehts super.«

»Da war so viel Blut.«

»Ja, stimmt, wahrscheinlich eine Arterie getroffen. Aber jetzt ist alles gut. Es sah für dich schlimmer aus, als es war, *Kukolka*. Du hast wohl einfach einen schlechten Trip von der Pille gehabt. Das passiert manchmal. Hatte jeder schon mal. Du musst dich jetzt einfach ausruhen, und wenn ich zurückkomme, feiern wir deinen Geburtstag.«

»Du fährst weg?«

»Nur kurz. Muss nach Dnepropetrowsk. Ein Auto, du weißt schon. Du erholst dich einfach, machst dein Ding, kannst hier rumhopsen, singen, dich schminken, was du willst halt.«

»Ich will Deutsch lernen.«

»Von mir aus.«

»Und spazieren gehen.«

»Ja, das geht leider nicht. Ich hab nur diesen Schlüssel und … außerdem, ich fände es besser, wenn du in dem Zustand nicht alleine draußen rumlaufen würdest.«

»Aber alleine drinnen ist gut?«

»Besser als draußen. Außerdem bin ich zu deinem Geburtstag zurück. Vier, fünf Tage, dann bin ich wieder da. Jetzt guck nicht so. Na komm, gib mir einen Kuss. Alles wird gut. Ich liebe dich sehr.«

Seine Tasche stand bereits im Flur. Er zog seine Lederjacke an und ging weg.

————

Ich blieb die nächsten Tage im Bett liegen. Den Fernseher ließ ich einfach laufen. So war es mir angenehmer. Es war wie damals bei Rocky, als immer jemand da war. Immer Stimmen im Hintergrund. Beim Einschlafen und Aufwachen. Ich wollte auch in die Ukraine. Aber ich durfte nicht. Ich hatte keine Papiere. Der Pass von Margarita Shvarts musste innerhalb von wenigen Tagen »verbraucht« werden. Denn wenn er erst mal als geklaut gemeldet war, konnte man damit nicht mehr ausreisen. Dima hatte gesagt, dass er mir in Deutschland neue Papiere besorgen würde. Aber er hatte noch keine Zeit dafür gehabt. Marina hatte er auch noch nicht gefunden. Die Schulden waren immer noch da. Alles beim Alten. Nur mein Körper war anders. Er lag da wie ein toter Fisch, kalt, feucht und stinkend unter der Decke. Ich wollte ihn nicht sehen und nicht riechen. Ich wollte nichts mit ihm zu tun haben.

————

An meinem Geburtstag weckte mich Dima mit Küssen und roten Rosen. »Happy Birthday«, sagte er.

»Wo ist sie?«, fragte ich.

»Wer?«

»Mila.«

»Was für eine Mila?«

»Das Mädchen. Die Nutte, die du gestern mitgebracht hast.«

»Ich bin vor einer Stunde in Berlin gelandet. Hier, schau«, sagte er und zog aus seiner Hosentasche das Flugticket.

»Kiew–Berlin 01. 09. 2002«, las ich.

»Komm, geh duschen, zieh dich an, wir feiern heute deinen Geburtstag. Hast du Bock auf Party?«

»Nein«, sagte ich. »Ich hasse Partys. Und meinen Geburtstag auch. War er nicht gerade erst?«

Wir gingen erst Pizza essen und dann ins Aquarium. Dima sagte, dass Fische einen beruhigenden Effekt auf die Nerven haben. Ich beobachtete die seltsamen Wesen. Ich fragte mich, ob sie ihren eigenen Fischgeruch riechen können. Oder ob es im Wasser nicht möglich ist, sich selbst zu riechen. Und dann fragte ich mich noch, ob ihnen klar ist, dass sie gefangen sind. »Gefangen? Wieso denn? Es ist doch genug Wasser da«, sagten die Fische. »Futter bekommen wir auch. Und wir machen einen guten Job. Wir beruhigen die Nerven.«

Dann kamen wir zu einem großen runden Aquarium, in dem eine Säule war. Zwischen Säule und Glaswand schwammen viele silberglänzende Fische. Eine unsichtbare Energie schien sie nach vorne zu treiben. Sie schwammen nie zurück, immer nur vor. Warum machten sie das? Ob sie wohl wussten, dass sie im Kreis schwimmen? »Arme Fische. Freiheit ist was anderes«, sagte ich.

»Und was?«, fragten sie.

»Ich weiß nicht genau … aber vielleicht, wenn man selber entscheiden kann, wann man wohin schwimmt. Und auch mal zurückschwimmen kann?«

Ich hätte sie noch stundenlang so anstarren können. Aber Dima legte seine Hände um meine Taille und sagte: »So, jetzt können wir wieder mit der Arbeit anfangen. Ich habe tausend Anfragen für dich, die Jungs werden bald verrückt, wenn du ihnen nicht etwas Liebe schenkst.«

Das war letztes Jahr an meinem Geburtstag genauso gewesen. Daher wusste ich, dass es sinnlos war mit Dima darüber zu diskutieren, ob ich arbeiten will oder nicht. Vielleicht war ich ja selbst schuld an dem Ganzen, dachte ich. Ich hatte mir doch gewünscht, dass sich alle Männer in mich verlieben. Nun war der Wunsch erfüllt. Ich seufzte. Er nahm seine Hände weg und wurde ernst. Ich wusste nie, wann er sauer werden würde. Er war nicht sauer geworden, als ich den Typen umgebracht habe. Und ich war mir sehr sicher, dass ich es getan habe. Aber er wurde sauer, wenn ich mal seufzte oder die Augen verdrehte oder wenn ich die Schuhe nicht ordentlich abstellte oder die Tagesdecke eine Falte warf.

Ich trat an ihn heran, legte meinen Kopf auf seiner Brust ab und ließ meine Arme runterbaumeln. Der vertrauteste Geruch der Welt strömte in meine Nase. Sein Körper war mein Zuhause. Er küsste meinen Kopf und sagte: »Heute fahr ich dich zu Raphael. Sanfter Einstieg, nachdem du so lange nichts mehr gemacht hast.«

———

Als es dunkel wurde, fuhr Dima mich also zu Raphael. Erst mal war alles wie immer. Ich zog mich untenrum aus, setzte mich auf das braune Ledersofa, spreizte die Beine. Ich hatte mir angewöhnt, für die Fotos immer einen Rock oder ein Kleid zu tragen. Das war angenehmer. Wenn ich eine Hose anhatte und sie auszog, blieb mir nur ein kurzes Oberteil, und ich musste mit nacktem Arsch auf dem kalten Sofa sitzen. Hatte ich aber einen Rock an, konnte ich mich auf den Rock setzen. Außerdem wollte ich nicht auch noch selber meine Muschi sehen.

Raphael befestigte seine Kamera an einem Stativ und stellte es so hin, dass das Objektiv auf der richtigen Höhe war. Er machte immer alles nach dem gleichen Schema. Erst die Nahaufnahmen, dann von etwas weiter weg und in unterschiedlichen Positionen, am Ende mit irgendwelchen Gegenständen.

Er hockte sich hinter die Kamera, und es kam das erste ›Zack‹. Noch mal ›Zack‹ – ›Zack‹. Ich spürte den Schmerz. Die Kamera war keine Kamera, es war eine Pistole. Er schoss in meine Muschi. ›Zack‹ – ›Zack‹ – ›Zack‹. Die Kugeln drangen in mich ein, zerfetzten meine Gedärme und blieben in meinem Herzen stecken. Ich rollte mich zusammen und schrie: »Nein! Hör auf! Nein! Nein! Nein!«

Mein Körper war wie verknotet, als Dima mich in eine Decke gewickelt ins Auto trug. Er gab mir zwei Tabletten und legte mich ins Bett.

————

Ich wachte von der Stille auf. Die Wanduhr zeigte 14 Uhr, aber ich hatte keine Ahnung, welcher Tag es war. Mein Körper schmerzte beim Aufstehen. Ich ging zum Fenster. Es gab keinen Himmel. Nur graue Leere. Ich hatte eine Leggins und einen Kapuzenpulli an. Die musste Dima mir angezogen haben.

Ich ging in die Küche. Sie war leer und sauber. Ich setzte mich an den Tisch, starrte die Wand an und versuchte, meine Erinnerung wiederherzustellen. Raphael. Pistole. Plötzlich wusste ich es wieder. Ich sprang auf, ging ins Bad und holte den Handspiegel raus. Dann zog ich meine Leggins und den String aus, hockte mich hin und hielt den Spiegel so, dass ich die Einschusswunde sehen konnte. Aber dort waren kein Blut und auch keine Wunde. Nur so kleine weiche Wülste ragten aus meiner unrasierten Muschi. War das schon immer so gewesen? »Irgendwann wachsen die Schamlippen, wenn man eine Frau wird«, hörte ich Lydia sagen. Ja, stimmt, dachte ich. Ich packte den Spiegel weg und ging in den Flur. Ich drückte die Klinke der Eingangstür runter. Abgeschlossen. Ich ging zurück in die Küche. Ich wollte einen Tee trinken, aber ich hatte keine Kraft, ihn zu machen. Ich lehnte meine Stirn ans Küchenfenster und sah mir die Menschen an, die unten vorbeiliefen. Ich wollte auch dort unten rumlaufen, aber ich war wieder mal eingesperrt. Ich wollte endlich meinen verdammten Schlüssel haben. Dima hatte ihn mir so oft versprochen, aber nie gegeben. »Sergej konnte jede Tür aufmachen«, hörte ich Lydia sagen. Da hätte ich auch selber draufkommen können. Ich lief durch die Wohnung auf der Suche nach geeigneten Instrumenten. Mit einem Stück Draht, einem kleinen Messer und einer Haarspange in der Hand kniete ich mich vor die Tür und werkelte daran rum. Blödsinn. So ein Schloss konnte man damit nicht aufkriegen. Ich ging zurück in die Küche. Die Stelle am Fenster, an der meine Stirn gelehnt hatte, war als zerfranster Fettfleck zu sehen. Ich lehnte die Stirn wieder gegen exakt dieselbe Stelle und starrte ins graue Nichts.

———

Ich hörte, wie Dima zur Tür reinkam. Er sah mich am Fenster stehen und sagte: »Oh, Dornröschen ist erwacht!«

»Wie lange habe ich geschlafen?«

»Lange«, sagte Dima und stellte zwei Tüten mit Einkäufen auf dem Tisch ab. Dann ging er in den Flur, um seine Lederjacke und die Schuhe auszuziehen. Ich setzte mich zu den blau-weiß gestreiften Tüten an den Tisch und versuchte sie mit der Kraft meiner Gedanken umzuschmeißen. Keine Chance.

Wir kochten Spaghetti Bolognese. Dazu gab es Ketchup, Salat und Tomatensaft. Ketchup und Tomatensaft gab es bei uns eigentlich zu allem.

»Du bist schön«, sagte ich.

»Du bist die Allerschönste«, sagte er, ohne mich anzusehen.

»Ich liebe dich.«

»Ich dich auch, *Kukolka*.«

»Warum können wir nicht einfach glücklich sein?«

»Sind wir doch, Kleines.«

Ich fing an zu heulen.

»Das sind doch nur Kleinigkeiten«, sagte er. »Liebe ist das Wichtigste. Liebst du mich wirklich?«

»Ja«, sagte ich. »Mehr als alles andere.«

»Na siehst du. Dann ist doch alles gut. Es sind nur deine Nerven. Das passiert manchmal.«

»Was sind eigentlich Nerven?«

»So Dinger im Kopf. Egal. Ich habe da was Gutes für dich gefunden. Freunde von mir haben so ein Haus, da kannst du dich ausruhen.«

»Und du?«

»Ich muss jetzt voll viel arbeiten. Die Schulden beglei-chen. Du weißt schon. Ich hab keine Zeit, mich richtig um dich zu kümmern in deinem Zustand.«

»In welchem Zustand?«

»Samira, du weißt genau, was ich meine. Du hast Hallus, du rastest aus, redest wirres Zeug, schläfst die ganze Zeit. Ich meine, ohne die Benzos wärst du doch komplett durch-gedreht. Hier, trink ein bisschen Wasser. Ich meine das nicht böse. Ich will nur, dass du sicher bist. Und hier geht es halt nicht. Okay?«

Ich versuchte das Wasser zu trinken, aber ich musste schluchzen, und es kam durch meine Nase wieder raus.

»Und wann holst du mich wieder?«, fragte ich.

»Bald. Wenn der Winter vorbei ist. Dann hol ich dich.«

Ich nickte. Dann ging ich meine Sachen packen. Ich nahm nur Klamotten, Schuhe und Kosmetik mit. Die wichtigs-ten Sachen, Marinas Brief, die Barbie, den Zettel, auf den Lionja die Adresse seiner Tochter geschrieben hatte, und mein Heft, ließ ich da. Ich legte alles in eine Tüte und ver-steckte sie unter der Badewanne. Da, wo ich mein Heft im-mer aufbewahrte, damit Dima es nicht finden und meine ganzen Gedanken lesen konnte.

———

Am nächsten Morgen fuhr er mich quer durch die Stadt. Er parkte vor einem zweistöckigen Haus, stieg aus und nahm aus dem Kofferraum meine Tasche. Es war die Sporttasche, die er mir damals in der Ukraine für meine Reise nach Berlin geliehen hatte.

Es nieselte. Ich hielt meinen Kopf etwas gesenkt, damit der Regen meine Wimperntusche nicht wegschwemmt.

Es war ein beiges Haus mit spitzem roten Dach und einem ganz kleinen zweiten Dach über der Haustür. Rechts und links vom Eingang standen zwei Frauen aus weißem Stein mit nackten Brüsten und abgeschlagenen Armen. Ich fragte mich, wie das passieren konnte, dass beide Figuren auf genau die gleiche Art beschädigt worden waren.

Dima stieg die drei Stufen hoch zur Haustür und klingelte. Dann summte die Tür, so wie die deutschen Türen immer summen, wenn sie einen reinlassen.

Der dunkle Flur war quadratisch und mit vielen Türen. Die beiden beschädigten Frauenfiguren gingen mir nicht aus dem Kopf, als ich mich auf das kleine Ledersofa setzte. Mir war schlecht. Mein Magen drehte sich, meine Hände wurden kalt und schwitzig, meine Kopfhaut juckte. Dima stellte die Tasche ab und lächelte mich an. Ich schaute in seine Augen. Plötzlich wusste ich, dass er mich nicht wieder abholen würde. So wie nie jemand abgeholt wurde. Keines der Kinder, die in unser Heim gebracht wurden. Marina auch nicht. Das hatte ich ihr damals gleich gesagt. Wie klug ich damals gewesen war, und wie dumm ich geworden bin. Ich wollte etwas sagen. Aber ich konnte nicht. Wollte aufspringen und wegrennen. Aber ich war wie erstarrt. Er beugte sich runter zu mir und küsste mich auf die Stirn.

Er sagte etwas, strich über meine Wange. Deutete auf eine der Türen, die sich gerade öffnete. Nickte der blonden Frau zu. Winkte und war weg.

———

Die blonde Frau holte einen Stuhl und setzte sich mir gegenüber.

»Ich heiße Rima. Meinen Mann Vincent lernst du später kennen. Er spricht aber kein Russisch. Nur Deutsch. Aber etwas Deutsch kannst du ja, hab ich gehört. Nicht zu viel hoffentlich.« Sie lachte kurz und kratzig. »Du weißt, was du zu tun hast? Hat er dir alles erklärt? Du sollst ja sehr erfahren sein.«

Das Sofa war viel niedriger als ihr Stuhl, und ich musste zu ihr aufschauen, als ich sagte: »Ich soll mich hier erholen?« Ich sagte das, obwohl ich bereits alles verstanden hatte. Wieder lachte Rima in dieser kurzen Weise auf.

»Verficktes Arschloch«, sagte sie und dann: »Na ja, wie dem auch sei. Wir haben ihm 15 000 Euro für dich bezahlt. Du musst es doppelt zurückzahlen, also 30 000 Euro abarbeiten. Abzüglich Unterkunft und Verpflegung, Kondome, Medikamente, falls du krank wirst. Und zwar innerhalb von einem Jahr, danach verdoppelt es sich, und es kommen wieder 15 000 Euro dazu und so weiter. Rechnen kannst du, ja? Also, du musst das Geld in einem Jahr eingebracht haben. Wenn alles schick ist, werden wir dir Papiere für Deutschland besorgen, und du kannst hier legal leben. Du kannst dann gehen und dein Ding machen, oder du bleibst in unserer Agentur und arbeitest für deine eigene Tasche.«

»Ich will das nicht machen! Ich wusste das alles nicht! Rufen Sie ihn an! Rufen Sie ihn an!«, schrie ich.

Es klatschte rechts und links auf meinem Gesicht. Ein Pfeifen in meinen Ohren. Glühende Wangen. Sie fragte, ob ich alles verstanden habe. Oder ob mir das noch jemand anderes erklären solle. Ich schüttelte den Kopf.

»Gut. Falls du Geld dabeihast, gib es jetzt ab. Das wird mit deinen Schulden verrechnet. Eigenes Geld darfst du erst haben, wenn alles abbezahlt ist.« Ich holte 20 Dollar raus, die ich noch aus der Ukraine hatte, und gab sie ihr. Sie verlangte auch mein Handy und meinen Pass. Ich gab ihr das Handy. Einen Pass hatte ich ja gar nicht. Sie glaubte es nicht und durchsuchte meine ganze Tasche. Dann tastete sie meinen Körper ab, bis sie sicher war, dass ich wirklich keinen Pass hatte. »Komm«, sagte sie schließlich.

Ich hob die schwere Tasche auf meine rechte Schulter und stieg hinter ihr die Treppe hoch. Im zweiten Stock waren die Zimmer von Rima, ihrem Mann Vincent und dem Fahrer Peter. Darüber, im Dachgeschoss, war ein winziger Raum, in dem ich mit den anderen Mädchen wohnen sollte. An der einen Wand, links neben der Tür, standen Metallschränke. Es waren acht Stück. Rechts und links unter den Schrägen der Decke waren jeweils zwei Betten, und an der vierten Wand stand ein Doppelstockbett. Der Boden war mit einem blauen Teppich bedeckt, und an der Decke zwischen den Schrägen war eine Leuchtstoffröhre.

Rima erklärte, dass alle Mädchen für eine »große Runde« gebucht worden waren, und gab mir einen kleinen Schlüssel zu meinem Schrank. Dann erklärte sie mir die Regeln: »Ich mache nachher Fotos von dir, fürs Internet. Die Kunden können 24 Stunden am Tag buchen. Wenn du gebucht wurdest, fährt Peter oder Vincent dich hin und holt dich wieder ab. Gemacht wird alles. Wenn der Kunde ohne Gummi will, dann ohne. Viele wollen einen Arschfick. Ich empfehle dir, so oft wie möglich einen Plug zu tragen, damit der Anus gedehnt ist. Aber das ist deine Sache. Wenn du Risse bekommst, ist es dein Pech. Du kannst bei uns immer Gleitgel kaufen und zum Kunden mitnehmen. Kondome auch. Wie gesagt, wenn er das nicht will, dann nicht. Wenn du deine Tage hast, haben wir diese schnurlosen Dinger. Kennst du die? Egal, kann dir eins der Mädchen nachher zeigen. Schiebst du rein wie einen normalen Tampon, und gut ist. Außerdem erwarte ich, dass ihr alle perfekt rasiert, geölt und geschminkt seid. Immer. Klar? Mit den Kunden zu reden ist verboten. Wenn wir irgendwas erfahren, dann hat das ernsthafte Konsequenzen. Du wärst nicht das erste Mädchen, das verschwinden würde. Am besten, du machst deinen Job ordentlich, bereitest uns keine Probleme, arbeitest dein Geld ab, bekommst deine Papiere und kannst gehen. Hast du alles verstanden?«

»Ja«, sagte ich. »Aber wo ist die Toilette?«

»Hier gegenüber«, sagte sie. Dann stand sie auf und ging. Ich setzte mich auf mein Bett. Wegen der Schräge konnte ich mich nicht anlehnen. Deshalb legte ich mich auf die Seite, zog die Knie an die Brust und umarmte sie, als wären sie der letzte mir nahestehende Mensch.

———

Ich lag auf meiner linken Seite und bat darum, dass mein Herz zerquetscht werden möge. Nichts geschah. Natürlich nicht. Alles war gelogen. Jeder hatte mir irgendeine andere Lüge erzählt, um mich zu manipulieren, zu formen, auszunutzen. Die Erzieherinnen, Rocky und sogar Lydia. Aber bei Dima tat es mir am meisten weh. Mein Dimoschka. Traurigkeit und Wut legten sich zu mir ins Bett. Die Traurigkeit machte sich so breit, dass die Wut vom Bett fiel. Da sprang die Traurigkeit auf, holte weit mit der Faust aus und prügelte die kleine Wut aus dem Raum. »Du hast ihn enttäuscht, ihm zu wenig geholfen. Du bist selber schuld an deiner Lage«, sagte die Traurigkeit. Sie blieb lange bei mir, und ich glaubte ihr jedes Wort, bis eines der Mädchen, das ich später kennenlernte, mir erklärte, dass es eine Masche war. Alles inszeniert. Alles unecht. Meine Begegnung mit Dima – inszeniert. Sein Interesse an mir – unecht. Seine Fürsorge – inszeniert. Seine Liebe – unecht. Seine finanziellen Probleme – inszeniert. Ich wollte ihr zuerst nicht glauben. Woher wollte sie wissen, dass Dima mich nie geliebt hat? Sie kannte mich doch gar nicht. Aber sie wusste trotzdem so viele Details über meine Beziehung zu Dima, dass es unheimlich war.

Sie wusste das alles, weil es bei ihr ähnlich gewesen war. Ich war überrascht, aber irgendwie auch erleichtert, dass so einem Mädchen wie ihr das Gleiche wie mir passieren konnte. Sie war so anders als ich. Klug und gebildet.

Sie war schon fünfundzwanzig und hat Maschinenbau in Omsk studiert. Natürlich war ihre Geschichte ein bisschen anders als meine, aber sie lief auf das Gleiche hinaus. Sie hatte sich in einen reichen älteren Typen verliebt, und am

Ende hatte er sie zur Prostitution gezwungen und dann, als sie widerspenstig wurde, an unsere Agentur hier verkauft. Einmal hatte sie versucht wegzulaufen, aber man hatte sie wieder gefangen und fast totgeprügelt. Ihre Schulden waren dadurch gestiegen. Jetzt wollte sie versuchen, sie wirklich abzuarbeiten.

Ein anderes Mädchen hatte geglaubt, sie wäre nach Deutschland geholt worden, um als Pflegerin für eine Oma zu arbeiten. Sie hatte schon an drei oder vier Orten gearbeitet, bevor man sie hierhingebracht hatte. Sie hatte in Odessa ein kleines Kind und eine kranke Mutter zurückgelassen, um in Deutschland Geld zu verdienen. Man drohte ihr damit, ihre Mutter umzubringen und ihren Sohn für den Kinderstrich zu holen, wenn sie versuchte, wegzulaufen oder sich was anzutun. Sie war wirklich sehr verzweifelt und auch schon ein wenig verrückt. Sie erzählte mir ihre Geschichte immer und immer wieder. Dabei schaute sie mich mit weit aufgerissenen Augen an, als müsse ich dazu was sagen. Oder als würde sie von mir irgendeine Hilfe erwarten.

Das dritte Mädchen war eine Tänzerin. Man hatte sie wohl mit einem Bühnenjob gelockt. Nun war sie mehr tot als lebendig. Sie gaben ihr Benzos und chauffierten sie dann von Kunde zu Kunde.

Schließlich war da noch ein ganz junges Mädchen aus Petersburg. Etwa so alt wie ich. Ihre Geschichte erfuhr ich nicht. Sie redete nicht. Wenn sie nicht gerade beim Job war, lag sie auf ihrem Bett mit dem Gesicht zur Wand gedreht. Sie war so dünn, dass sie bald sterben würde, dachte ich, als ich sie das erste Mal sah. Die anderen sagten, dass sie tatsächlich schon mehrere Selbstmordversuche unternommen hatte. Sie hassten sie dafür, weil sie alle jedes Mal verprügelt worden waren.

Ich wusste nicht, mit wem ich Mitleid haben sollte. Mit denen, die für etwas bestraft wurden, das sie nicht getan hatten, oder mit diesem Mädchen, das sterben wollte, aber nicht durfte. Dann stellte ich aber fest, dass ich gar kein Mitleid hatte. Ganz im Gegenteil. Ich beneidete sie alle. Sie alle hatten mal ein tolles Leben gehabt. Und sie alle konnten nicht verstehen, wie sie an diesem furchtbaren Ort gelandet waren. Sie fragten sich, warum? Warum ich? Warum habe ich auf den Typen gehört? Wie konnte das passieren? Sie schämten sich, wenn sie sich vorstellten, dass jemand aus ihrer Familie oder von ihren Freunden herausfinden könnte, was sie hier machten.

Ich hatte ihnen nicht viel von mir erzählt, nur ein bisschen was. Aber sie sahen mich an, als wäre ich irgendwie was Schlechteres als sie. Als wären wir nicht völlig gleich an diesem schrecklichen Ort. Vielleicht waren wir es ja tatsächlich nicht. Ich fragte mich, ob unser Leben einen unterschiedlichen Wert hatte.

Ich beneidete die anderen Mädchen aber nicht lange für ihr tolles früheres Leben mit Eltern, Schule, Freunden und einem Zuhause. Mir war nämlich klargeworden, dass ich die Einzige war, die das hier überleben konnte. Ich war nicht so eine gefallene Püppi. Ich war schon immer hier unten gewesen. Und ich kannte mich mit Regeln aus. Damals im Heim war es im Grunde nicht viel anders gewesen.

Ich nahm mir fest vor, mich mit niemandem anzufreunden, mich an die Regeln zu halten, das Geld abzuarbeiten, Papiere zu bekommen und abzuhauen. Dann würde ich zu

Marinas Adresse nach Witten fahren. Sie würde mich reinlassen, und dann würde ich lange duschen. Und später
schlafen. In dem Bett, das man unter ihrem Bett herauszie-
hen konnte.

———

Für diese Leute als Nutte arbeiten zu müssen, war schlimmer als alles, was ich bisher erlebt hatte. Die deutschen
Männer behandelten mich, als wäre ich ein Tier, oder
schlimmer noch, als wäre ich einfach Dreck. Sie glaubten,
wenn sie Geld bezahlten, könnten sie mit mir machen, was
sie wollten. Sie waren brutal. Brutale Monster.

Wenn wir den Kunden nicht glücklich gemacht hatten,
wurden wir geschlagen oder bekamen nichts zu essen.
Wenn eine von uns durchdrehte, gab es Benzos. Ansonsten
wurden wir mit Speed vollgepumpt. Egal, ob wir es wollten
oder nicht.

Nachts konnte ich nicht schlafen. Mein Körper zitterte,
ich hatte Angst. Immer Angst, es würde gleich wieder los-
gehen. 24 Stunden am Tag. Ich wusste nie, wie lange die
nächste Pause dauern würde. Alles tat mir weh. Alles war
wund. Nur die Drogen schafften etwas Abhilfe. Oft wusste
ich nicht, wo ich mich befand, welcher Tag es war oder
welche Uhrzeit. Die Tage hatten einen völlig neuen Rhythmus. Sie bestanden aus Schlafen, Drogen, Schminken, Auto,
Ficken, Auto, Duschen, Essen, Schminken, Auto, Ficken, Duschen, Auto, Schlafen. Ohne Rücksicht darauf, ob es gerade
Tag oder Nacht war. Ich hatte manchmal zehn, manchmal
fünfzehn und manchmal zwanzig Männer am Tag. Wenn
einer mitten in der Nacht gebucht hatte, wurde ich ge-

weckt. Ich hatte dann zehn Minuten zum Fertigmachen. Währenddessen wurde ich immer von Peter oder Vincent bewacht. Dann wurde ich am Arm zum Auto geführt und zum Kunden gefahren. Der Kunde konnte mich für eine bestimmte Zeit kaufen. Meistens eine halbe Stunde oder eine ganze. In seltenen Fällen auch länger. In dieser Zeit durfte er mit mir machen, was er wollte.

Ich wurde öfter gebucht als die anderen Mädchen. Weil ich »Frischfleisch« war. Sie waren neidisch auf mich, weil ich deswegen eher die Chance hatte, das Geld abzuarbeiten. Die Stimmung war ständig gereizt, was sicherlich auch an diesem abgefuckten Schlaf-wach-Rhythmus lag.

Vincent und Peter wechselten sich jede zweite Nacht mit dem Schlafen ab. Einer musste ja immer die Anrufe beantworten, das Mädchen wecken, es zum Kunden bringen und so weiter. Rima hatte mit dieser Drecksarbeit nichts zu tun. Sie war die Chefin. Sie konnte schlafen. Ich nie. Ich war bloß Ware. Wie eine Pizza, die man jederzeit bestellen konnte, wenn man gerade Lust darauf hatte.

Diese Männer waren ganz anders drauf als die Russen, die ich früher bedient hatte. Diesen Männern konnte ich überhaupt nicht sagen, was ich wollte und was nicht. Es interessierte sie nicht, ob es mir wehtat. Vielleicht interessierte sie aber gerade das. Macht. Gewalt. Erniedrigung. Sie bezahlten nicht nur für den Sex, sondern für das Recht, alles mit mir machen zu dürfen, was durch ihren abartigen Kopf ging. Ich kannte nur wenige Worte Deutsch. Ich konnte mich nicht wehren. Weder mit Worten noch mit Fäusten.

Ich hasste diese Männer. Ich wünschte ihnen den Tod.

Ich sah sie nie an. Drehte meinen Kopf weg, kniff die Augen zusammen. Sooft es ging, ließ ich meinen Körper zurück, überließ ihn diesen Monstern und machte etwas Schönes. Ich sang. Ich spazierte. Ich aß Schokolade. Ich kämmte Marinas Haare. Ich redete mit Dascha. Oder Lydia. Nur ein starker Schmerz konnte mich zurückholen. Mich wieder in dem Gefängnis meines Körpers einsperren, mich dazu bringen zu spüren, was mit mir gemacht wurde. Dieser furchtbare Körper mit zu vielen Öffnungen. Ich wollte sie alle für immer verschließen, wollte meinen Körper in eine unzerstörbare Plastikfolie einschweißen, so wie alles Wertvolle in Deutschland eingeschweißt wird. Aber er war nicht wertvoll genug. Ich war nicht wertvoll. Bloß ein Niemand. Schlimmer noch. Wer niemand ist, kann alles werden. Ich nicht. Ich war eine Nutte. Das war eine Endstation.

Ich hörte das Keuchen. Ständig hörte ich das Keuchen der Männer. So als hätten sich alle Keucher in meinem Ohr festgesetzt. Ich hielt mir die Ohren zu, aber es wurde lauter. Ich wusch mir die Ohren, ich summte, nichts half. Das Keuchen. Ein sich überlappendes und überschlagendes Keuchen. Die Männer, die mir das angetan hatten, hatten kein Gesicht. Sie bestanden aus Händen, Schwänzen und Keuchen.

———

Am Anfang der Woche wurde immer Bilanz gezogen. Die Einnahmen der letzten Woche wurden mit den Ausgaben verrechnet. Woche um Woche hoffte ich, dass meine Schulden weniger werden würden. Die Schulden wurden aber so gut wie nie weniger. Manchmal wurden sie sogar mehr.

Rima stellte uns unglaubliche Beträge in Rechnung. Das Bett alleine kostete 500 Euro pro Woche. Für das bisschen Essen wurden 300 Euro verlangt. Kosmetik, Drogen, Kondome, Gleitgel, Tampons, alles kostete zehnmal so viel wie im echten Leben. Dazu kamen noch die Dienstleistungen wie Fotografieren, Vermitteln, Transport.

Nach ein paar Monaten wurde mir klar, dass das alles eine Verarschung war. Die Bilanz war nur dafür da, um uns das Gefühl zu geben, wir hätten eine Chance. In Wahrheit hatten wir nie eine gehabt. Alles gelogen.

Ein Jahr später war ich am Ende meiner Kräfte. Es wäre einfacher gewesen, sich um den Tod, statt um das Leben zu bemühen. »Den puren Willen zum Leben hat man nur, wenn man wirklich kurz vor dem Tod steht«, hatte Lydia mal gesagt. Und es stimmte.

———

Ich hatte es so nicht geplant. Aber es war purer Wille. Wille zum Leben. Es war Februar oder März 2003, auf jeden Fall noch furchtbar kalt. Peter sollte mich zu einem Kunden bringen. Wir fuhren durch das halbdunkle Berlin. Da fiel ihm auf, dass das Auto zu wenig Benzin hatte, und er fuhr zur nächsten Tankstelle. Es war in Neukölln am Hermannplatz, ich erinnerte mich sofort an die Gegend. Ich war dort schon ein paarmal mit Dima gewesen.

Peter stieg aus, tankte und ging rein, um zu bezahlen. In genau diesem Moment hielt ein gelber Doppeldeckerbus an der Haltestelle nur ein oder zwei Meter vom Auto entfernt. Die Türen wurden geöffnet, Menschen stiegen aus.

Wie von einer fremden Kraft gesteuert, zog ich am Türgriff. Die Tür ging auf. Der dumme Peter hatte vergessen, mich einzuschließen. Ich sprang aus dem Auto, stolperte über meine eigenen Füße, rannte los und sprang in den Bus. Es verging eine ganze Ewigkeit, bis die Tür endlich zuging und der Bus losfuhr. In meinem Hals pochte das Herz. Ich stieg die Treppe nach oben und setzte mich in die letzte Reihe. Ich wollte mich umdrehen. Wollte wissen, ob Peter hinter dem Bus herrannte. Oder sogar mit dem Auto hinterherfuhr. Aber ich blieb stark und schaute nicht zurück. Man darf niemals zurückschauen. Das weiß jedes Kind.

Ganz vorne hinter der großen Windschutzscheibe saß eine Frau mit Kopftuch und einem Kind. Irgendwo in der Mitte saß ein blondes Mädchen, das mit ihrem Handy spielte. Sonst keiner. Ich hätte auch gern mein Handy gehabt. Aber Rima hatte es mir ja schon am ersten Tag weggenommen.

Alles tat mir weh. Ich konnte schon seit Wochen nicht mehr richtig sitzen. Mein Körper zitterte unkontrolliert. Ich schaute an mir runter. Ich hatte total nuttige Sachen an. Ich schämte mich. Ekelte mich. Vor den Sachen. Vor meinem Körper. Davor, was ich den Mädchen angetan hatte. Ich wusste, dass sie vergewaltigt und geschlagen werden, wenn Peter ohne mich zurückkommt.

In meinem Körper war nicht genug Platz für den Schmerz. Er floss aus allen Öffnungen raus. Tränen, Rotz, Blut, Scheiße. Scheiße tröpfelte ständig, weil sie mein Po-Loch ausgeleiert und in Fetzen gerissen hatten.

Ein Mann kam die Treppe hoch. Mittleres Alter, mittleres Aussehen, mittlerer Bauch. Er schaute mich an. Kannte er mich? Hatte er mich gefickt? Er lächelte mich an. Plötzlich bekam ich keine Luft.

Ich spüre seine Hände an meiner Kehle. Er drückt zu. Ich würge. Meine Augen quellen heraus. Ich sehe nichts. Meine Muschi tut weh, ich fühle, wie die dünnen Krusten an den Schamlippen wieder aufreißen. Meine Muskeln krampfen. Ich höre sein Keuchen an meinem Ohr. Feuchtes Keuchen.

Ich stürze die Treppe runter. Der Bus hält. Raus. Die Kälte betäubte meinen Körper. Betäubte die Panik. Ich schaute mich um. Die Gegend kam mir bekannt vor. Ah so. KaDeWe. Das kannte ich. Ich wollte reingehen. An der Tür stand ein großer Typ im schwarzen Anzug. Er gab mir ein Zeichen, stehen zu bleiben. »Wohin?«, fragte er, während andere Menschen ungehindert in das Geschäft reingingen.

»KaDäWä«, sagte ich.

Er schüttelte den Kopf. »Keine Junkies.«

»Enschuldigung. Biete. Tolete«, sagte ich.

Wieder schüttelte er den Kopf und machte eine Bewegung, wie man sie bei Fliegen macht. Ich spuckte vor ihm aus. Dann ging ich weiter. Was hätte ich auch machen sollen?

———

Ich lief ziellos den Ku'damm entlang. Vorbei an Frauen in Pelzmänteln, knutschenden Pärchen, Männern mittleren Aussehens, vorbei an der Kirche mit dem kaputten Dach, an dem H&M, in dem ich mit Dima unzählige Klamotten geklaut hatte, vorbei an dem Café mit der rot-weiß gestreiften Markise, in das Dima mich ausführen wollte, es aber nie getan hatte. Lief immer weiter. Wie in Trance. Ich las die weißen Straßenschilder. Joachimstaler Straße. Meineke-straße. Fasanenstraße. Uhlandstraße. Dann blieb ich abrupt stehen. »Olga Pismena, Uhlandstraße 144, 030 468879«, sagte ich laut. Wie konnte das nur möglich sein? Vermutlich gab es mehrere Uhlandstraßen in Berlin. Oder ich habe wieder einen Aussetzer im Kopf, dachte ich. Dennoch bog ich nach links in die Uhlandstraße ein. Ich wiederholte so lange die Adresse, bis ich vor der Nummer 144 stand. Eine große Holztür mit kleinen Fensterchen drin. Ich suchte ihren Namen. Er war da. Ganz oben rechts. Pismena.

Es war wie ein echtes Wunder. Erst vor einer Stunde war ich noch im Auto auf dem Weg zum nächsten Kunden. Erst vor einer Stunde war ich noch gefangen. Erst vor einer Stunde hatte ich kaum Hoffnung auf Freiheit. Und jetzt war ich durch einen glücklichen Zufall genau vor der richtigen Haustür gelandet. Wie konnte das in diesem riesigen Berlin passieren?

Ich hatte mir oft meine Flucht ausgemalt. Meistens stellte ich mir vor, dass ich aus irgendeinem Hotelfenster klettere, mehrere Stockwerke herunterspringe und mit gebrochenen Knochen wegrenne. Mich im Gebüsch verkrieche, zu den Pennern gehe und mir von ihnen Hilfe hole. Manchmal stellte ich mir auch vor, wie ich aus dem fahrenden Auto rausspringe. Da die Türen aber immer verriegelt waren, war das eh unrealistisch, genauso wie all die anderen Szenarien, die ich mir ausgedacht hatte.

Und jetzt hatte ich es trotzdem geschafft. Jetzt hätte die Freude kommen müssen. Aber sie blieb weg. Keine Freude. Nicht mal eine kleine magere. Nur Angst und Scham und Schmerz waren bei mir.

Ich klingelte. Nichts geschah. Ich klingelte noch einmal und noch einmal. Ich flehte die Tür an, ihr summendes Geräusch von sich zu geben. Aber sie ignorierte mich. Sie hasste mich. Ich hörte ihr Lachen. Sie lachte mich aus. Die Tür spottete über meine Klamotten. »Dieses Haus ist zu schön für dich. Nichts für Nutten. Nichts für Mörder. Du bist widerlich. Widerliche Nutte. Dreckige Zigeunerin. Ihr habt das im Blut. Im Blut. Blut. Hahaha.« – »Nein! Nein! Schluss!« Ich presste beide Hände gegen die Tür. Kämpfte mit ihr auf Leben und Tod.

Das Licht im Treppenhaus ging an, und im nächsten Moment kam eine ältere Dame mit einem Dackel raus. Ich schlüpfte ins Haus und lief die Treppe hoch, auf der Suche nach Olgas Namen, aber er war nicht da. Ich lief wieder runter, ging in den Hof und dann in das Hinterhaus. Das Treppenhaus war mit einem rauen beigen Teppich ausgekleidet. Hier gab es nur eine Tür pro Stockwerk. Auf dem letzten Absatz standen Töpfe mit Blumen. Die meisten davon vertrocknet. Daneben waren ein kleines Regal mit Schuhen, ein Hocker und eine Papiertüte mit alten Zeitungen. Ich klingelte. Aber es war niemand da. Ich legte mich vor die Tür und beschloss zu warten.

Ich schlief ein, wurde aber immer wieder von Geräuschen im Haus geweckt. Ich wollte Licht anmachen, hatte aber Angst, mich dadurch zu verraten. Ich rieb meine Handflächen aneinander, bis sie etwas wärmer geworden waren, und hielt meine Füße fest. Ich summte ganz leise »Ups aydidit egeyn«. Früher war *Malenkaja Strana* das Lied, an dem ich mich festhalten konnte. Aber nun war es verseucht.

Obwohl es hier im Treppenhaus ziemlich kalt war, fand ich es gemütlich und relativ sicher. Aber das Alleinsein lag mir einfach nicht. Nach kürzester Zeit fühlte ich mich einsam. Und Einsamkeit löste in mir immer noch das Gleiche aus wie früher. Etwas, was nicht mehr sein durfte. Was ich nicht spüren wollte. Eine Sehnsucht nach IHM. Ich sehnte mich nach Dima. Nach seinen Armen, nach seinem Geruch, seiner Stimme. Ich hasste mich dafür. Wie konnte ich immer noch für ihn Gefühle haben? Für einen Mann, der mir das angetan hat? Der mich nie geliebt hat?

»Was aber, wenn doch?«, fragte Lydia. »Liebe ist kompliziert.«

»Nein«, sagte ich, »es ist ganz einfach, man verkauft nicht denjenigen, den man liebt. Er hat mich an diesen Ort verkauft. Rima hat ihm 15000 Euro gegeben.«

»Vielleicht lügt sie ja«, sagte Lydia. »Vielleicht wusste er das gar nicht. Vielleicht ...«

»Nein. Halt die Klappe. Du bist so dumm. Rocky hat dich auch nur ausgenutzt. Er hat dich im Grunde getötet. Weil er das Baby nicht wollte. Nur deswegen ist alles so gekommen.«

»Ah, ich habe ihm vergeben«, sagte sie.

»Jetzt reichts aber. Spinnst du komplett? Warum rede ich überhaupt mit dir? Du bist nicht real.«

Ich holte eine Zeitung aus der Papiertüte und deckte mich zu. Dann schlief ich wirklich ein.

Als ich wach wurde, war es noch dunkel. Ich lief auf Zehenspitzen in den Hof, pinkelte unter einen Strauch und ging zurück auf meinen Platz. Neben den Pflanzen stand eine kleine Plastikkanne mit Wasser. Ich trank schlückchenweise daraus, damit ich länger was davon hatte. Am dritten

Tag kam mich eine Katze besuchen. Ich streichelte sie, und sie schnurrte. Sie blieb so lange, bis sie keine Lust mehr auf mich hatte. Dann verließ sie mich und lief in geschmeidigen und arroganten Bewegungen nach unten.

———

Ich musste noch zwei weitere Tage warten. Immer wenn ich Panik bekam, sagte ich die Gegenstände auf, die um mich herumlagen. Teppich, Kaktus, Topf, Zeitung, Hocker, blaue Schuhe mit Schnürsenkeln. Ich zog die dick gefütterten Stiefel an. Ich las die alten Zeitungen. Ich verstand im Grunde kein Wort. Aber es beruhigte mich.

Ich schaute mir gerade zum zigsten Mal einen Modekatalog an, als ich Schritte im Treppenhaus hörte. Ich hielt den Atem an, wie ich es seit Tagen tat, wenn jemand im Treppenhaus war. Diesmal kamen die Schritte immer näher.

Als sie mich vor ihrer Haustür sah, schrie sie kurz auf.

»*Sdrawstwujte*, sprechen Sie Russisch?«

Sie nickte.

»Ich bin Samira. Ich kenne Lionja, Ihren Vater. Er hat mir Ihre Adresse gegeben.« Ich nahm das Papier von meinen Beinen und fing an, die vielen Zeitungen wieder zu falten und in die Papiertüte zu stecken. »Es tut mir leid, dass ich hier bin. Aber ich wusste nicht, was ich tun sollte. Ich bin …« In meinem Kopf waren so viele Gedanken, aber ich konnte gar nichts Vernünftiges sagen.

»Komm erst mal rein. Bist du wirklich alleine?«

Ich nickte.

»Okay, dann komm mal rein.« Sie bemerkte, dass ich ihre

Stiefel trug. Ich wollte mich gerade dafür entschuldigen, aber sie lächelte und sagte: »Ich hoffe, die haben dich ein bisschen wärmen können. Wie lange wartest du schon?«

»So fünf Tage vielleicht«, sagte ich, während sie die Tür aufschloss und wir reingingen.

»O mein Gott, wie schrecklich. Bei der Kälte. Das hätte ich nicht überlebt.«

Die Wohnung war kaum wärmer als das Treppenhaus. Olga stellte ihren Koffer ab und drehte alle Heizungen auf.

»Kaffee?«, fragte sie.

»Ja. Danke sehr«, sagte ich.

»Setz dich ruhig. Hier auf das Sofa oder hier oder da, wo du willst«, sagte sie und sammelte ein paar Kleidungsstücke auf, die auf dem Sofa und den zwei Sesseln lagen. Der gelbe Sessel sah am wärmsten aus, und ich setzte mich darauf. Ich schaute aus dem Fenster, während Olga in der offenen Küche Kaffee machte.

Der Ausblick auf den Innenhof hatte außer Mülltonnen und einigen Fahrrädern nichts zu bieten. Ich schloss die Augen und legte meine Hände auf die Heizung. Mit meinen Fingerspitzen saugte ich die Wärme auf. Sie stieg in meine Unterarme, in die Ellenbogen, floss dann weiter nach oben bis zu den Schultern. Meine Arme leuchteten. Ich saugte etwas doller, und die Wärme aus den Armen breitete sich nach oben in den Kopf und nach unten in den Brustkorb aus. Sie umspülte das Herz. Es leuchtete. Meine Finger saugten immer mehr Wärme auf. Jetzt füllte sich auch mein Bauch mit leuchtender Wärme. Der ausgehungerte und verkrampfte Magen tat kaum noch weh. Doch darunter war eine ledrige Decke. Undurchlässig für die Wärme. Undurchlässig für das Leuchten. Sie trennte den Bauch vom Unterleib. Hinter dieser Schicht war alles dunkel. Kalt. Geronnenes Blut, getrocknetes Sperma, Eiter und Schmerz. Plötzlich war das Leuchten weg. Die Wärme auch. Nur meine Hände brannten. Ich öffnete die Augen, nahm die Hände von der Heizung und schaute auf die Innenflächen. Sie waren dunkelrot. Zwei transparente Blasen wölbten sich in jeder Hand.

»O Gott! Wie ist das passiert? Wir müssen sofort zum Arzt. Komm schnell. Zieh dich an. Nein, warte. Kühlen muss man doch. Komm, komm. Halt die Hände hier unter das Wasser.«

»Ist nicht so schlimm, glaub ich«, sagte ich. »Ich darf nicht zum Arzt.«

»Hast du keine Versicherung, oder was?«

Ich schüttelte den Kopf.

»Bist du nicht ganz normal bei deinen Eltern familienversichert?« Wir sprachen Russisch, aber »familienversichert« sagte sie auf Deutsch. Ich kicherte, weil das ein lustiges Wort in diesem lustigen Satz war. Normal – Eltern – familienversichert. Olga stand neben mir am Spülbecken und sah besorgt aus. Sie war etwas kleiner als ich. Dunkle lockige Haare. Kurz und rund geschnitten. Eine schmale lange Nase und große dunkle Augen. Sie war hübsch und erinnerte mich ein bisschen an ein Schaf, das ich mal im Zoo gestreichelt hatte.

»Ich habe eine Idee«, sagte sie und setzte sich an den Computertisch, der neben dem Sofa stand. »Ich kenne eine russische Ärztin. Die könnte dich einfach über meine Karte behandeln. Das haben wir schon mal so gemacht, als meine Tante aus Israel da war. Ich suche mal ihre Nummer raus.«

Das Modem surrte seine Melodie. Olga tippte irgendwas in den Computer hinein, notierte dann eine Nummer und griff zum Telefon. Sie sprach sehr schnell und sicher Deutsch. Aber mit russischem Akzent.

Meine Hände waren inzwischen fast abgestorben, und die Kälte hatte meinen gesamten Körper ergriffen. Olga tupfte mit einem Handtuch meine Hände trocken. Die Blasen waren immer noch da, aber das Rot war jetzt heller geworden.

Wir gingen runter. Ich bekam kaum noch Luft, aus Angst, sie könnten hier auf mich warten, mich packen und zurückholen. Zum Glück war Olgas Auto ganz nah. Wir stiegen ein und nach wenigen Minuten wieder aus.

Die Praxis von Dr. Müller war im dritten Stock. Eine ältere Dame begrüßte uns. Olga gab ihr eine grüne Plastikkarte. Dann sollten wir im Warteraum Platz nehmen.

»War das die Ärztin?«, fragte ich.

»Nein. Das war die Sprechstundenhilfe. Die Ärztin ist viel jünger und sieht sehr russisch aus. Das wäre dir nicht entgangen. Sie hat einen deutschen Mann geheiratet. Total reich, daher so eine schicke Praxis und der Name Müller«, flüsterte Olga in mein Ohr.

»Frau Pismena«, sagte die ältere Dame, und wir folgten ihr in einen Raum mit PC, Liege, deckenhoher Palme und einem Skelett. Ich erschrak, und Olga musste ewig lachen, bevor sie mir sagen konnte, dass es nicht echt war.

Kurz darauf kam Dr. Müller. Eine furchtbar schöne Frau. Groß und blond. Sie trug einen offenen weißen Kittel über einem dünnen grauen Pullover. Sie gab Olga die Hand und dann auch mir.

»Was kann ich für dich tun, Olichka?«, fragte sie auf Russisch.

»Ich hatte heute Morgen, ähm ...«, sagte sie und schaute mich an.

»Samira«, sagte ich schnell.

»... Samira zu Besuch, und sie hat sich die Hände verbrannt. Blöderweise hat sie keine Versicherungskarte dabei und ...«

»Das macht nichts, wir können bei der Versicherung anrufen, und die sagen uns die Nummer durch«, sagte Dr. Müller.

Ich schluckte. Blickte zu Olga.

»Na ja, eigentlich hat sie wohl gar keine. Deswegen dachte ich, Sie könnten es vielleicht über meine Karte ...«

»Wie, sie hat keine? Du hast keine? Wie alt bist du, Samira?«

»Fünfzehn«, sagte ich.

»Und wo sind deine Eltern?«, fragte sie.

»Tut mir leid, aber sie hat ja richtige Verbrennungen. Schauen Sie – richtig schlimm. Muss man da nicht schnell irgendwas draufmachen?«, sagte Olga und fasste mich an den Handgelenken. Plötzlich bekam ich Panik.

Ich riss mich los. Aber er ist hinter mir. Drückt mich zu Boden. »Nein!«, schreie ich immer wieder. »Bitte nicht! Bitte!« Er liegt auf mir, hält mit einer Hand meine Handgelenke fest, mit der anderen greift er mir zwischen die Beine. Bohrt sich in die Wunde. Ich schreie, trete ihn mit den Beinen, versuche meine Hände zu befreien.

Plötzlich sticht es in meinem Oberarm. Wärme und Taubheit breiten sich von der Einstichstelle aus. Er lässt los.

Meine Arme sind frei. Mein Körper sinkt schwer und erschöpft zu Boden. Eine warme Decke legt sich über mich. Der Schmerz verschwindet.

———

»Sie ist wach«, hörte ich Olga sagen.

»Sie kommt gleich«, antwortete eine Stimme. Ich bemerkte, dass Olga meine Hand hielt. Ihre kurzgeschnittenen Fingernägel waren schwarz lackiert und etwas abgesplittert. Sie erinnerten mich an die Kontinente, die ich mir im Atlas immer wieder angesehen hatte.

Dr. Müller rollte einen Stuhl ans Kopfende der Liege und setzte sich drauf. »Samira«, sagte sie, »was ist mit dir passiert?«

Ich sagte nichts und konzentrierte mich auf den Kontinent auf Olgas Mittelfinger. Afrika. Oder Indien.

»Samira, nimmst du Drogen?«

Ich schüttelte den Kopf.

»Wissen deine Eltern, wo du bist?«

Wieder fing mein Körper an zu zittern. Dann sah Dr. Müller Olga an und sagte: »Was soll man machen, wir müssen die Polizei rufen. Vielleicht wird sie vermisst.«

»Bitte, bitte holen Sie nicht die Polizei. Bitte nicht! Bitte! Ich flehe Sie an«, schrie ich und hielt mir gleichzeitig den Mund zu.

»Dann musst du uns erzählen, was passiert ist, Kleines. Beruhige dich doch. Okay, okay, keine Polizei. Wir wollen dir helfen, aber wir müssen wissen, was passiert ist. Hat dich jemand bedrängt? Ein Mann?«

»Es ist eine lange Geschichte«, sagte ich.

»Heute ist Freitag. Unser kurzer Tag. Wir haben vor zehn Minuten die Praxis geschlossen. Das heißt, ich habe Zeit. Du auch, Olichka, oder?«

»Ich weiß gar nicht, wo ich da anfangen soll«, sagte ich.

»Am besten am Anfang«, sagte Dr. Müller, und Olga nickte.

Ich zögerte. Dann sagte ich: »An den Anfang erinnere ich mich nicht. Ich erinnere mich erst, als ich so ungefähr fünf war. Es war 1993. Ich habe das Gefühl, in meiner Kindheit war nur Winter ...«

Ich erzählte und erzählte, zwischendurch machte Dr. Müller Tee. Ich erzählte weiter. Jemand von uns ging aufs Klo, dann erzählte ich wieder. Draußen wurde es dunkel. Olga bestellte für uns Pizza. Sie und Dr. Müller aßen. Ich nicht. Ich erzählte. Mein ganzes Leben erzählte ich. Manchmal musste ich heulen. Manchmal musste Olga heulen und einmal sogar Dr. Müller.

Ich erzählte alles. Also fast.

Es war mitten in der Nacht, als wir nach Hause fuhren.

———

Am nächsten Tag kam Dr. Müller zu Olga nach Hause. Sie wollte meine Verletzungen untersuchen. Ich schämte mich. Aber sie war sehr respektvoll. Erklärte mir jeden Handgriff, den sie machte. Als ich heulen musste, hörte sie sofort auf.

»Tut es sehr weh?«, fragte sie.

»Schon gut, machen Sie einfach weiter.«

Als Dr. Müller mit der Untersuchung fertig war, zog sie

ihre Latexhandschuhe aus und erklärte mir langsam und überdeutlich, als würde sie mit einem kleinen Kind sprechen, was als nächstes passieren wird.

»Wir werden jetzt die Polizei rufen. Das ist nicht schlimm. Du hast nichts Böses gemacht und brauchst keine Angst vor ihnen zu haben. Du sollst lediglich eine Aussage machen und eine Anzeige erstatten. Dann wird die Polizei alle verhaften und die anderen Mädchen befreien.«

Ich konnte mir nicht vorstellen, dass das so laufen würde. Dass die Polizei irgendwen verhaften würde. Vermutlich würde Rima sie schmieren, und die Mädchen würden das Geld abarbeiten müssen, dachte ich. Aber mir blieb nichts anderes übrig, als mitzumachen. Sonst wäre ich womöglich selbst verhaftet worden.

Dima sollte ich ebenfalls anzeigen. Und obwohl er mir so viel Schlimmes angetan hatte, zögerte ich. Dr. Müller beharrte aber darauf, dass die Anzeige bei der Polizei der einzige Weg für mich war, wirklich sicher zu sein.

Ich konnte dieses Märchen über eine freundliche Polizei nicht glauben. Auch wenn Olga tausendmal sagte, dass die Polizei in Deutschland wirklich dafür da war, Verbrechen aufzudecken und für Gerechtigkeit zu sorgen, konnte ich mir das einfach nicht vorstellen. Für mich ist die Polizei immer Teil des Verbrechens. Der bösere und korruptere Teil. Weil sie mehr Macht haben als jede andere kriminelle Bande.

———

Olga meldete sich in der Uni krank. Sie fuhr mit mir zur Polizeistation. Sie sprach mit einem der Polizisten, dann sollten wir auf dem Gang Platz nehmen und warten. Menschen liefen an uns vorbei. Mal mit, mal ohne Uniform. Einmal sogar ein großer wuscheliger Hund, der sein Frauchen an einer Leine hinter sich herzog. Abgesehen von diesem lustigen Anblick, fand ich den ganzen Polizeiladen ziemlich unheimlich.

Irgendwann kam eine Polizistin und bat uns, ihr zu folgen. Sie war sehr jung und hatte ein dümmliches Gesicht, das überhaupt nicht zu der Uniform passte, die sie trug.

Sie machte die Glastür zu ihrem Büro auf und ließ uns zuerst eintreten. Der Raum hatte zwei Fensterfronten. Eine nach draußen und eine zum Flur hin, von dem wir gerade gekommen waren. Die Polizistin ließ die Jalousien an dem Flurfenster herunter. Sie setzte sich uns gegenüber. Zwischen ihr und uns stand der große Tisch. Wie eine Art Schutzmauer. Für sie oder für uns?, fragte ich mich. Sie fing sofort an, etwas in den PC zu tippen. Dabei rutschte sie immer weiter nach links, so dass ein Stück ihres Gesichts bald hinter dem Monitor verschwunden war.

Sie stellte mir vollkommen unlogische und dämliche Fragen, auf die man nur als Idiotin kommen konnte:

»Wo sind Ihre Eltern?«

»Haben Sie Dokumente aus Ihrem Kinderheim?«

»Haben Sie wirklich gar keine Dokumente?«

»Wie konnten Sie ohne Dokumente nach Deutschland kommen?«

»Wann genau haben Sie angefangen, sich für ihren damaligen Freund zu prostituieren?«

»Haben Sie es freiwillig gemacht, oder hat er Sie gezwungen?«

»Wann war das?«

»Wie oft?«

»Woher wissen Sie, dass er Sie verkauft hat?«

»Gibt es Zeugen?«

»Warum konnten Sie dort nicht weg?«

»Warum sind Sie nicht schon früher weggegangen?«

»Zu welchem Zweck sind Sie nach Deutschland gekommen?«

»Sind Sie in Kontakt mit dieser Marina?«

»Warum haben Sie nicht bei einem der Freier Hilfe gesucht?«

»Seit wann genau haben Sie keine Dokumente?«

»Woher kennen Sie dann Ihr Geburtsdatum?«

»Wenn Sie keine Schule besucht haben, wie kommt es dann, dass Sie alphabetisiert sind?«

»Sie sehen älter aus als fünfzehn. Sind Sie sicher, dass Sie noch minderjährig sind?«

»Wie oft hat man Sie geschlagen?«

»Wie oft hat man Sie vergewaltigt?«

»Wie genau hat man Sie vergewaltigt?«

Und so weiter und so fort. Es dauerte Stunden. Am Ende hatte ich das Gefühl, dass ich gleich verhaftet werde. Aber nein, sie ließ mich gehen.

Als wir wieder zu Hause waren, machte Olga mir im Wohnzimmer einen Schlafplatz. Bezog ein Kissen und eine Daunendecke. Die Bettwäsche war mit kleinen Blumen bedruckt, und danach roch sie auch. Ich blieb den ganzen Sonntag im Bett, und sie las mir aus einem russischen Märchenbuch vor.

Später musste sie für ein paar Stunden weg, und als ich

allein war, begann der Raum sich plötzlich mit dunklen Schatten und Stimmen zu füllen. Ich stand auf und machte alle Lampen an. Dann zählte ich laut die Gegenstände um mich herum auf. Lampe, Stuhl, Bild, Kaktus, Tasche, Kanne, Sofa. Immer weiter, bis Olga wieder zurückkam. Das Aufzählen von Dingen, die wirklich da waren, half mir, in der Realität zu bleiben.

———

Am Montag fuhr Olga mich mit dem Auto ins Krankenhaus. Sie lächelte und sagte: »Die Jacke steht dir gut. Viel besser als mir. Ich bin zu blass für Rot.« Es war eine dicke Winterjacke, die mir bis über den Po ging. Mit Kapuze und Kunstfell. Alles, was ich anhatte, war von Olga. Der schwarze Pullover, die Jeans, die gefütterten Stiefel mit weicher Gummisohle. Sogar die Unterwäsche. Sie hatte mich komplett eingekleidet. Sie sagte, ich könnte alles behalten, und packte mir sogar eine Tasche mit Kleidung fürs Krankenhaus, obwohl ich nur zwei Nächte dortbleiben sollte. Vieles war von H&M. Ich fragte sie, ob sie die Sachen geklaut hatte. Sie lachte und schüttelte den Kopf. Sie sagte, sie hätte nur ein einziges Mal als kleines Kind geklaut. Mir war das irgendwie peinlich. Warum musste ich auch so was Dämliches fragen. Als würde ich mir nicht vorstellen können, dass man seine Sachen ganz normal kauft. Aber das war es noch nicht mal. Sie schenkte mir Sachen, für die sie selbst bezahlt hatte. Das war etwas, was ich mir wirklich nur schwer vorstellen konnte. Dima hatte mir auch Geschenke gekauft, aber er hatte seine Gründe. Er wollte mich für sich gewinnen. Wollte Olga mich auch für sich gewinnen? Was konnte sie von mir wollen?

Wir parkten zwischen zwei Autos und gingen ins Krankenhaus rein. An der Anmeldung wussten sie schon Bescheid. Dr. Müller hatte mit den Ärzten telefoniert und alles geklärt. Olga blieb bei mir, um zu dolmetschen. Seit wir das Krankenhaus betreten hatten, war sie blass und hielt sich permanent die Hand vor den Mund. Selbst wenn sie sprach. Das machte das Dolmetschen etwas schwierig. Wenn sie die Hand nicht vor dem Mund hatte, dann vergrub sie ihr halbes Gesicht im Schal. Als man mir Blut abnahm, fiel sie schließlich in Ohnmacht. Zwei Krankenschwestern legten sie auf eine Liege, die neben meiner stand. Sie kam schnell wieder zu sich. Man gab ihr Wasser, und in ihrem Gesicht zeigte sich wieder ein Hauch Leben.

Sie hatte Angst vor Krankenhäusern. Eine mir völlig unverständliche Angst. Ich hatte keine Angst. Ich verspürte Ruhe. Vielleicht lag das an den Tabletten, die mir Dr. Müller gegeben hatte. Vielleicht auch daran, dass das Schlimmste vorbei zu sein schien. Vielleicht daran, dass ich mal als Kind in der Ukraine gehört hatte, dass die Ärzte im Ausland alles heilen könnten. Ich fühlte mich wirklich privilegiert, in einem deutschen Krankenhaus zu sein. Nur die Tatsache, dass ich da unten operiert werden sollte und nicht an irgendeiner normalen Stelle, machte mich etwas nervös.

Mein Körper zitterte, als ich flach auf dem Rücken liegend in den OP geschoben wurde. Ein Gesicht mit grünem Mundschutz und tiefen braunen Augen beugte sich zu mir. Eine warme Hand hielt meine. »Gleich werden Sie einschlafen«, sagte die Frau hinter dem Mundschutz.

Plötzlich kam Ilja an meine Liege.

»Schläfst du schon?«, fragte er.

»Was machst du hier?«, fragte ich.

»Freust du dich denn nicht, mich zu sehen? Oder hast du vergessen, dass es mich gibt?«

»Natürlich nicht. Ich bin nur überrascht. Was machst du hier?«

»Ich wollte sehen, wie so ein europäisches Krankenhaus aussieht, wo sie alles heilen können. Du wolltest mich mal mitnehmen, weißt du noch?«

»Hab ich nie gesagt, oder? Außerdem hätte ich es überhaupt nicht gekonnt. Du weißt ja gar nicht, was mir alles passiert ist.«

»Du weißt ja auch nicht, was mir alles passiert ist«, sagte er und verschwand.

———

»Sie ist wach«, sagte Olga.

»Gut«, antwortete eine raue Stimme von weit weg.

»Wie gehts dir?«, fragte Olga.

»Gut«, sagte ich.

»Ich habe unglaubliche Neuigkeiten, Samira. Die Adresse, die du aufgeschrieben hast, die stimmt immer noch. Ich glaube, der Typ hat es überhaupt nicht richtig versucht. Denn es ist absolut easy gewesen. Ich habe auch schon mit ihren Eltern telefoniert und ...« Sie gestikulierte wild, ihre Augen glänzten, und sie redete so schnell, dass ich nichts verstehen konnte.

»Von wem?«, fragte ich.

»Marina! Ich habe deine Marina gefunden.«

»Marina? Wirklich?«

»Ja, sag ich doch! Und ich habe sie angerufen. Das durfte

ich doch, oder? Also nicht sie, ihre Eltern. Also, die gingen dran. Nicht beide natürlich, nur einer. Eine, um genau zu sein. Die Mutter.«

»Wann?«

»Jetzt gerade.«

»Als ich operiert wurde?«

»Also eigentlich schon gestern. Aber da war nur die Putzhilfe am Apparat. Deswegen habe ich es gerade noch mal versucht. Ich wollte dich mit irgendwas Tollem nach der OP aufheitern, und da dachte ich …«

»Und? Was haben sie gesagt?«

»Ja, ich fand, die klang freundlich. Hat bestätigt, eine Tochter zu haben, die Marina heißt und aus der Ukraine kommt.«

»Konnte sie sich an mich erinnern?«

»Wer? Die Mutter?«

»Ja.«

»Nee, glaub nicht. Aber das ist so lange her, weißt du. Aber Marina erinnert sich bestimmt. Schau, für diese Frau warst du nur eines von vielen Kindern …«

»Ja.«

»Na ja, jedenfalls können wir sie besuchen. Ist das nicht toll?«

»Ich kann das gar nicht glauben. Wirklich? War das ganz sicher die Mutter von Marina?«

»Ja. Ganz sicher. Kein Zweifel.«

»Und wann? Hat sie gesagt, wann?«

»Nach Ostern. Wir sollen noch mal anrufen.«

»Wann ist das?«

»Bald. In einem Monat ungefähr. Etwas mehr. Ich muss

nachschauen, wann dieses Jahr Ostern ist … Oh, nicht weinen, meine Kleine. Nicht weinen, sonst muss ich mitweinen.«

———

Am nächsten Tag wurde ich aus dem Krankenhaus entlassen. Olga holte mich ab und brachte mich nach Hause auf das Sofa mit der Blümchenbettwäsche. Zwei Tage später kam Dr. Müller zur Visite. Die Narben heilten gut. Sie fragte nach den Schmerzen, und ich sagte, dass ich mit den drei Ibuprofen am Tag super klarkomme. Die Beruhigungstabletten funktionierten auch gut. Ich hatte keine Flashbacks mehr. Dr. Müller fragte mich nach meinem Schlaf und ob ich Alpträume hätte. Sie sagte, dass sie sich leider nicht mit Tabletten wegzaubern lassen und dass ich bald mit einer Therapie anfangen müsste. Nachdem sie mir aber erklärt hatte, was eine Therapie ist, war ich mir sicher, dass ich so was nicht machen wollte. Ich wollte mich mit niemandem mehr über meine Vergangenheit unterhalten. Ich hatte ihr und auch der Polizei schon alles erzählt. Oder fast alles. Jetzt wollte ich es einfach nur vergessen. Ich stellte mir vor, dass die Ärzte, die mich untenrum repariert haben, mich vorher innerlich gesäubert haben. Alles aus meinem Inneren herausgeschabt haben. Schleim, Blutkrusten, eingetrocknete Spermacocktails, vergessene Finger, Flaschen und andere Gegenstände. Sie haben auch die vielen Schwänze, die ich den Männern mit meiner Vagina abgebissen hatte, wieder aus mir rausgeholt. Ich empfand keine Reue wegen der Schwänze. Es war mein einziger Weg, mich zu wehren. Ich biss sie ab, und dann landeten sie in meinem Bauch. Mein Bauch wölbte sich sogar, weil er so voll war.

Jetzt war er wieder flach. Die Ärzte haben alles raus-geholt. Sie haben den gesamten Hohlraum in mir ausge-spült und trockengewischt. Dann haben sie mich wieder zugenäht. Da unten würde nie wieder ein Finger oder ein Schwanz eindringen können.

Leider haben sie meinen Kopf nicht aushöhlen können und auch nicht meine Ohren. In den Ohren war immer noch das feuchte Keuchen. Ich war froh, dass ich neue Namen für die unteren Bereiche hatte. Anus und Vagina. Diese Namen klangen so fremd und vornehm, es hätten zwei elitäre Ju-gendliche sein können, die einen Bummel im KaDeWe ma-chen. Mit diesen neuen Namen hatten die Körperteile auch eine Möglichkeit auf ein neues Leben. Fernab von fremden Augen. Nur sich selbst gehörend.

Ich verbrachte die Tage in Gedanken und Traumwelten. Die meiste Zeit war ich schläfrig, obwohl ich nie wirklich schlief, immer nur halb. Bei dem kleinsten Geräusch wurde ich wach. Lauschte, ob jemand mich holen kommt. Olga sagte, es sei absolut unwahrscheinlich, dass sie mich hier, bei ihr zu Hause, finden würden. Es war noch nicht mal wahrscheinlich, dass sie mich zufällig auf der Straße tref-fen, weil Berlin ja doch sehr groß ist.

Durch ihre Worte wurde meine Angst kein bisschen kleiner. Rima und die anderen hatten schließlich auch das Mädchen aus Omsk gefunden, dachte ich. Andererseits, wer weiß, wo die sich versteckt hatte. Vielleicht war sie zu ir-gendwem gegangen, den sie auf dem Strich kennengelernt hatte, oder sie war zurück zu ihrem Typen, oder ... Plötzlich fragte ich mich, was ich gemacht hätte, wenn ich nicht zu-fällig vor Olgas Straße gestanden hätte. Oder wenn ich niemals den Zettel von Lionja bekommen hätte? Was hätte ich dann gemacht?

»Die Not hätte dich erfinderisch gemacht«, hörte ich Dascha sagen. »Wenn du gerade nicht erfinderisch bist, bedeutet es, dass du nicht in Not bist.« Stimmt, dachte ich und lockerte meinen verkrampften Kiefer.

———

Olga nahm sich noch eine Woche frei und dann noch eine. Sie sagte, sie könne zu Hause ohnehin besser arbeiten. Stundenlang saß sie an dem kleinen Computertisch. Ich lag auf dem Sofa und beobachtete sie. Wie sie arbeitete, wie sie Kaffee machte, Eier briet, mit einem Handtuch umwickelt aus dem Bad kam, sich die Nägel lackierte, mit ihrer Mutter auf Russisch telefonierte, mit ihrer Freundin auf Spanisch, mit ihrem Ex-Freund auf Deutsch.

Einmal fragte ich sie: »Warum hast du zu deinem Ex-Freund Kontakt? Liebst du ihn noch?«

»Nein«, sagte sie. »Höchstens wie einen Bruder.«

»Ich habe keine Ahnung, wie man einen Bruder liebt.«

»Stimmt. Ich eigentlich auch nicht. Aber wie eine Freundin zum Beispiel.«

»Hm. Und hast du ihn auch mal anders geliebt?«

»Klar. Wir waren sogar verlobt. Aber dann … Ach, was weiß ich. Ist eben kompliziert.«

»Warum habt ihr euch denn getrennt?«

»Weil wir einfach zu unterschiedlich waren. Ich bin zu chaotisch. Und ich will noch so viel vom Leben. Und er wollte heiraten und Kinder bekommen.«

»Du willst keine Kinder?«

»Ich weiß es nicht. Willst du auch Kaffee?« Sie stand auf und fing an, Kaffee zu kochen.

»Magst du keine Kinder?«, fragte ich.

»Doch, schon. Aber ich kann mir nicht vorstellen, für jemanden die ganze Zeit da zu sein. Das ist mir zu viel Verantwortung.«

»Du bist aber auch für mich da.«

»Das ist doch was anderes.«

»Wie habt ihr Schluss gemacht?«

»Dir gehts schon wesentlich besser, nicht?«, fragte sie, während sie Kaffeepulver aus dem Kühlschrank holte und mit einem speziellen Löffel in die Kaffeepresse füllte.

»Bitte. Ich will einfach nur wissen, wie so was bei normalen Menschen abgeht.«

»Wer ist schon normal, Samira. Wenn dich jemand jetzt sehen würde, für den wärst du auch völlig normal. Den meisten sieht man ihre Biographie nicht an. Ich will nicht darüber reden. Irgendwann mal vielleicht.«

»Denkst du, ich könnte zu Dima einfach so Kontakt haben?«

»Nein. Um Gottes willen. Warum solltest du so was wollen?«

»Nur so.«

»Nur so? Er ist ein Zuhälter und Menschenhändler. Ein Krimineller. Was du erzählt hast, ist einfach ungeheuerlich ...«

»Ja, du hast recht. War nur so ein Gedanke.«

———

Ich lag auf dem Sofa und beobachtete, wie Olga die zwei Mülltüten, die sie gerade mit runternehmen wollte, wieder auf dem Boden abstellte. Dann zog sie einen der Stiefel, die sie vor einer Sekunde erst geschnürt hatte, wieder aus und hopste auf einem Bein über den Teppich zum Couchtisch. Sie stützte sich auf der Tischplatte ab und legte den Zweitschlüssel neben mein neues Handy. Den Schlüssel hatte sie gestern von ihrer Freundin abgeholt, und nun war das meiner.

Als wir nur einen hatten, hatte sie mich jedes Mal, wenn sie die Wohnung verließ, gefragt, ob sie ihn mitnehmen oder dalassen sollte. Ich wollte immer, dass sie ihn dalässt. Selbst nach der OP, als das Aufstehen schmerzte. Ich fragte sie, ob sie nicht noch einen Schlüssel hatte, und darum besorgte sie ihn für mich. Jetzt hatte ich einen eigenen Schlüssel. Und das fühlte sich verdammt gut an. Nach Freiheit.

Als die Tür ins Schloss fiel, griff ich nach meinem Handy. Meine Finger tippten die Nummer, ohne dass meine Augen sie hätten kontrollieren müssen. Es war eine der beiden Nummern, die ich auswendig kannte. Eine der beiden Nummern, die ich überhaupt kannte. Eine der beiden Nummern, die mir jemals etwas bedeutet haben. Seine Nummer. Ich rief nicht nur ihn an. Ich rief mich an, die immer noch bei ihm war. Ich wollte mir, die immer noch bei ihm war, sagen, dass alles nicht echt ist. Mir, die immer noch bei ihm war, sagen, dass ich gehen soll. Dass *ich* ihn verlassen soll, bevor ich verlassen werde. Denn wer verlässt, ist der Gewinner. Wer verlassen wird, verliert. Verliert alles. Die Liebe, die Träume und sogar den Stolz. Schlimmer, als verlassen zu werden, ist nur, verkauft zu werden. Und noch schlimmer als das ist die Sehnsucht nach dem, der mir das angetan hat. Es klingelte. Ich drückte den Knopf mit dem roten Hörer. Doch die Finger tippten sofort wieder. Ich musste seine Stimme hören. Musste wissen, ob es ihn überhaupt gibt. Oder ob ich ihn nur erfunden habe. Es klingelte. Noch mal. Und noch mal. »*Alo*?« Seine Stimme. So leicht und unbeschwert. »*Alo*?« Ich konnte sein Lächeln sehen. Seine Lederjacke riechen.

»Ich bin frei«, wollte ich sagen, aber ich sagte nichts. Er legte auf.

Er hatte so unbeschwert geklungen, wie nur jemand klingen kann, dessen Seele keine Schuld trägt. Auf einmal zweifelte ich an allem. Vielleicht hatte er nicht gewusst, wo er mich hingebracht hatte. Vielleicht war das alles ein Missverständnis. Es konnte nicht von Anfang an geplant gewesen sein. Es war doch mein Dima. Dimochka. Wir hatten doch nur so viel Pech wegen seiner Schulden. Aber woher wusste das Mädchen aus Omsk dann von diesen Schulden und davon, dass ich mich prostituieren musste. Sie wusste alles. Sie hatte mir meine eigene Geschichte erzählt. Und sie kannte noch andere Mädchen mit der gleichen Geschichte von ihrer Zeit auf dem Straßenstrich. In meinem Kopf drehte sich alles. Ich wusste gar nichts mehr. Ich sah mich selbst von oben. Sah, wie ich auf dem Sofa lag, sah die Blümchenbettwäsche und das hellgrüne Nokia in meinen Händen. Das Handy vibrierte und holte mich zurück in meinen Körper. Der Daumen drückte auf den grünen Hörer. Die rechte Hand führte das Handy ans Ohr, die linke hielt meinen Mund verschlossen. »*Alo*?« sagte er. Ich konnte seinen Atem warm und verraucht an meinem Ohr spüren. Im Hintergrund kicherte ein Mädchen. »*Alo? Kto eto?*«, fragte er. Wieder das Kichern. Diesmal ganz nah. Ich legte auf. Schob das Handy unter das Sofa und deckte mich bis zum Hals zu.

Es dauerte lange, bis die Tränen kamen. Es waren auch nicht so viele, wie nötig gewesen wären, um den Schmerz zu lindern. Im Grunde war es auch okay so. Im Grunde wollte ich den Schmerz sogar. Im Grunde hatte ich ihn verdient. Der Schmerz war eine Strafe für das, was ich so vielen Menschen angetan hatte. Ich hatte Daschas Tod zu verantworten. Ich hatte nicht gut genug auf Lydia aufgepasst, als die Frau ihr das Baby wegmachte, und war auch danach nicht die ganze Zeit bei ihr geblieben. Ich hatte Ilja zurückgelassen. Ich habe noch nicht mal mehr an ihn gedacht, als ich nach Deutschland fuhr. Ich habe nur noch an mich gedacht. An mein schönes Leben mit Dima in Deutschland, an das Wiedersehen mit Marina und wie cool ich vor ihr dastehen würde mit meinem erwachsenen Leben und meinem schönen Freund. Ich hatte Ilja einfach aus meinen Gedanken gestrichen. Hatte ihn verraten. Und schließlich war der Schmerz auch die Strafe für das, was ich den Mädchen angetan hatte.

Ich war jetzt seit über einem Monat frei. Die Polizei hatte natürlich niemanden verhaftet. Ich fragte mich, was die Mädchen durchmachen mussten, ob man inzwischen aufgehört hatte, sie dafür zu bestrafen, dass ich abgehauen bin, und ob sie überhaupt noch alle am Leben waren. Ich schämte mich. Nicht nur für das, was ich ihnen angetan hatte, sondern auch für meine Gedanken, die oft böse waren. Denn heimlich freute ich mich, dass ich diejenige war, die sich befreien konnte. Heimlich verspottete ich sie dafür, dass keine von ihnen es geschafft hatte, obwohl sie klüger und gebildeter waren als ich. Obwohl ich im Gegensatz zu ihnen auch vorher kein lebenswertes Leben gehabt hatte.

———

»Einmal hatten wir bei Rocky im Haus eine Ratte in der Falle. Diese Ratte wurde am Schwanz gefangen, und um sich zu befreien, biss sie ihren eigenen Schwanz ab. Dieselbe Ratte war ein paar Wochen später wieder in der Falle, diesmal steckte sie mit der Pfote fest. Sie biss sich die Pfote ab und lief weg. Die abgebissene Pfote habe ich selbst aus der Falle rausgezogen. Irgendwann sah ich diese Ratte ohne Schwanz und mit drei Pfoten im Garten. Eine Katze hatte sie sich vorgenommen. Die Ratte war wie erstarrt. Ich bin hingerannt und habe die Katze verscheucht.«

Was soll das einem sagen, fragten mich die Mädchen. »Die Geschichte gibt mir Hoffnung, dass jemand das auch mal für mich tun wird. Wenn ich mal in einer komplett hoffnungslosen Situation bin, aus der ich mich nicht selbst retten kann, weil ich keinen Schwanz mehr und nur noch drei Pfoten habe, wird etwas Großes kommen und mich retten. So wie ich die Ratte gerettet habe. Ich habe sie nur gerettet, weil ich um ihren Lebenswillen wusste. Weil ich sie sofort erkannt habe. Eine normale Ratte hätte ich vielleicht nicht gerettet«, sagte ich.

Sie mochten die Geschichte nicht. Sie sagten, es wäre widerlich, sich mit einer Ratte zu vergleichen. Aber sie nannten mich von da an immer *Krysa*, was auf Russisch Ratte bedeutet. Rima, Vincent und Peter nannten mich dann auch so. Alle nannte man immer mit ihrem Namen, nur ich war erst *Kukolka* und dann *Krysa*. Von *Püppchen zu Ratte.* Ein derber Abstieg.

Das machte mich plötzlich total wütend. Ich sprang vom Sofa auf und fing an, wie bescheuert im Kreis zu laufen. Dann schnappte ich mir einen Stockschirm. Ich schrie und schlug damit auf den Boden. Ich war so wütend auf alle. Einfach auf alle, die jemals in meinem Leben aufgetaucht waren. Ich schlug mit dem Schirm so lange auf den Boden, bis er komplett kaputt und verbogen war. Dann riss ich das Fenster auf und schmiss ihn runter in den Hof. Krumm und mit einem abgespreizten Arm blieb er liegen. Sein schwarzer Stoff flatterte wie ein Regenmantel leicht im Wind. Der Wind lockte mich. Er spielte mit meinen Haaren.

»Willst du das Leben nicht?«, fragte Dascha, als ich vornübergebeugt nach unten auf den Schirm starrte.

»Doch, ich will es. Sterben kann ich auch später noch. Erst mal will ich wissen, was Freiheit bedeutet«, sagte ich. Dann lief ich nach unten in den Hof und legte den Schirm in eine Mülltonne.

———

»Samira, was wünschst du dir eigentlich zu Ostern?«, fragte Olga.

»Nichts«, sagte ich.

»Doch, wünsch dir bitte was. Ich möchte dir gerne etwas schenken.«

»Ich weiß doch gar nicht, was Ostern ist.«

»So ein Fest. Mit Hasen und Eiern. Die Deutschen haben zwei große Feste, Weihnachten und Ostern.«

»Ich weiß. Ich weiß nur nicht, was das genau ist.«

»Ach so. Ja, das ist so was Christliches. Da ist Jesus auf-
erstanden. Glaubst du eigentlich an Gott?«

»Und du?«

»Ich habe zuerst gefragt«, sagte sie und lachte.

»Ja«, sagte ich.

»Wirklich? Ich meine, nach allem, was dir passiert ist?«

»Klar! Ich habe immer an ihn geglaubt. Also nein, nicht
immer, aber schon sehr lange. Ich habe geglaubt, dass ich
gerettet werde. Und so war es ja auch.«

»Du bist doch aus dem Auto abgehauen. Du hast dich
also selbst gerettet, oder?«

»Schon, aber Gott hat mir den Bus geschickt.«

Olga lachte auf, ich blieb aber ernst. Ich überlegte, ob ich
ihr die Geschichte mit der Ratte erzählen sollte, aber ich
hatte keine Lust.

»Entschuldige«, sagte sie, »ich glaube bloß nicht an Gott
und bin überrascht, dass jemand wie du es tut.«

»Du musst vielleicht nicht an ihn glauben, weil du echte
Menschen um dich herum hast, denen du wichtig bist. Ich
nicht.«

»Also ist Gott nur eine Vorstellung von dir?«

»Keine Ahnung. Gott ist Gott. Er ist oben im Himmel.
Mit Jesus, seiner Mutter und sauvielen Engeln. Meine zwei
Freundinnen sind auch bei ihm im Himmel.«

»Und redest du manchmal mit Gott?«

»Selten. Meistens rede ich mit meinen toten Freundinnen.«

»Du bist sehr phantasievoll, Samira. Ich wünschte, ich
hätte so viel Phantasie wie du. Aber jetzt sag, was kann ich
dir schenken? Willst du vielleicht schöne Stifte zum Malen?«

»Nee. Ich kann so was leider nicht. Dascha konnte sehr schön malen. Marina auch. Vielleicht können wir ihr Stifte schenken, wenn wir hinfahren?«

»Vielleicht. Aber worüber würdest *du* dich freuen?«

Ich überlegte. Dann sagte ich: »Ich hätte gerne eine Barbie. Ich hatte eine, aber die ist für immer weg. Die ist in Dimas Wohnung, und ich werde sie nie wiedersehen.«

———

Olga wollte mich unbedingt überreden, mit ihr rauszugehen. »Es ist Frühling. Die frische Luft wird dir guttun. Wir machen einen Spaziergang am Ku'damm, und dann suchst du dir bei Karstadt eine Barbie aus«, sagte sie.

»Du könntest mir eine mitbringen«, sagte ich.

»Aber ich weiß doch gar nicht, welche du haben willst.«

»So eine echte, bei der sich die Arme und die Beine knicken lassen.«

»Klar, aber es gibt tausend verschiedene.«

»Wirklich?«, fragte ich und streifte die Decke runter. Ich hätte niemals gedacht, dass es tausend verschiedene gab, und die Vorstellung war so verlockend, dass ich für einen Augenblick meine Angst vergessen hatte.

Unten auf der Straße fiel sie mir wieder ein. Olga hakte sich bei mir unter und redete ruhig und langsam auf mich ein. Sie sagte: »Du siehst mit meinen Klamotten und ungeschminkt jetzt ganz anders aus. Du bist fünfzehn, dein Gesicht und dein Körper verändern sich täglich. In Berlin fällst du überhaupt nicht auf. Hier sehen alle irgendwie unterschiedlich und dadurch irgendwie gleich aus. Das einzig wirklich Markante an dir sind deine Augen. Dieses Blaugrün hab ich in meinem ganzen Leben noch nie gesehen. Aber wenn du eine Sonnenbrille tragen würdest, dann würde man sie gar nicht sehen. Du könntest dir auch die Haare kurz schneiden lassen. Oder du könntest sie sogar färben. Ich habe meinen Exfreund zum Beispiel noch nie zufällig getroffen, und der wohnt sogar auch in Wilmersdorf. Es ist wichtig, dass du dich wieder traust, auf die Straße zu gehen. Sonst schaffst du dir dein eigenes Gefängnis, Samira.«

Sie war lieb. Und vielleicht hatte sie sogar recht. Aber sie hatte einfach keine Ahnung von dem, was ich durchgemacht hatte. Ich hatte nicht mal selbst mehr eine Ahnung. Ich riss mich aber zusammen und ging mit ihr spazieren. Während sie sich die Schaufenster ansah, sah ich mir die Menschen an. In ständiger Bereitschaft loszurennen. Die Sonne passte nicht so richtig zu der kalten Angst in mir. Ich fand es interessant zu beobachten, wie die Sonne und die Angst um mich kämpften.

———

Karstadt ist ein total krasser Laden. Unglaublich, dass Dima ihn mir nie gezeigt hatte. Auf jeder Etage war ein eigenes Universum. Das Erdgeschoss war durchflutet vom hellen Licht, das sich in den Böden, Spiegeln und Augen der Käufer reflektierte. Dazu kam der Geruch nach Sauberkeit, schönen Frauen und teuren Ledertaschen.

Wir nahmen die Rolltreppe nach oben und landeten im Paradies. Eine ganze Etage voller Spielsachen, Eisenbahnen, Plüsch- und Gummitiere, Lebensmittel aus Holz, bunt illustrierter Bücher und natürlich Puppen. Diverser Puppen.

Wir gingen zu den Barbies. Es waren keine tausend. Aber hundert waren es wahrscheinlich schon. Barbies mit blonden, roten und schwarzen Haaren. Mit kurzen, mit langen oder sehr langen Haaren. Barbies als Ballerinas, als Ärztinnen oder als Schwangere. Barbies auf dem Fahrrad, auf dem Moped oder mit Pferd. Mit Ken, mit Küche oder mit Schloss. Unendlich viele Barbies. Aber keine wie meine.

»Ich nehme diese hier«, sagte ich nach gründlichem Überlegen und zeigte Olga den Karton mit einer wunderschönen Meerjungfrau-Barbie mit blauem Schwanz und langen rosafarbenen Haaren.

»So eine? Aber sie hat gar keine Beine.«

»Ja, richtig. Genau deswegen.«

»So eine habe ich auch«, sagte plötzlich ein kleines Mädchen auf Russisch. »Im warmen Wasser wird der Schwanz rosa. Wie die Haare. Der kann die Farbe verändern. Aber Mama sagt, ich darf sie nicht in die Wanne mitnehmen, weil sonst die Haare verfilzen.«

»Sophie, ich bin es leid, dir immer hinterherzurennen«, sagte eine Frau, die auf hohen Schuhen angerannt kam.

»Das glaub ich jetzt nicht!«, sagte sie, als sie Olga sah. »Olga? Dich hätte ich hier nicht erwartet. Mein Gott, wie lange haben wir uns nicht gesehen?«

»Sehr lange«, sagte Olga.

»Ich wusste gar nicht, dass du in Berlin lebst.«

»Ja, schon lange. Ich dachte, das wüsstest du.«

»Woher?«

»Über unsere Mütter, Natascha. Meine erzählt mir immer, was du so machst.«

»Ja, vielleicht hat meine Mutter auch mal so was erwähnt.

Ich weiß nicht mehr. Es tut mir auf jeden Fall sehr leid wegen deiner Trennung. Davon habe ich gehört. Furchtbar, wenn man so lange zusammen war. Wart ihr nicht sogar verlobt?«

»Ja, schon okay.«

»Was machst du gerade sonst so?«, fragte Natascha. Gleichzeitig bemerkte sie, dass ihre Tochter sich wieder unbemerkt davongeschlichen hatte. Natascha schaute sich panisch um, beruhigte sich aber, als ich ihr sagte, dass die Kleine bei den Plüschtieren ist. Dann hakte Olga sich bei mir ein und sagte: »Na gut, wir haben wohl alles. Wir werden dann gehen.«

»Nein, warte, lass uns doch wenigstens Nummern tauschen. Ich komme mit Kind eh zu fast gar nichts mehr. Aber vielleicht schaffen wir es ja mal auf einen Kaffee.«

»Geht sie nicht in den Kindergarten?«, fragte Olga.

»Doch, doch, aber ich muss ja trotzdem so viel machen. Willst du eigentlich auch bald mal Kinder haben?«

»Vielleicht«, sagte Olga. Sie hatte rote Flecken im Gesicht und am Hals.

»Du bist ja auch schon 32. Oder 34? Ich weiß noch, dass du ein bisschen älter warst als ich. Na ja, ich hoffe, du findest bald einen neuen Mann.«

»Wir müssen jetzt wirklich weiter«, sagte Olga.

»Ah, machst du eigentlich noch so Theatersachen?«, fragte Natascha.

»Ja, ich schreibe noch, falls du das meinst.«

»Na ja, vielleicht kann ja mein Mann dir da weiterhelfen. Der ist ja gerade bei der Schaubühne. Ich könnte ihn für dich fragen. Hast du schon viele Projekte realisieren können?«

»Ein paar. Aber nichts Großes«, sagte Olga.

»Hm. Ich weiß nicht, ob das dann reicht. Aber ich frag ihn.«

Den Rest des Tages hatte Olga schlechte Laune. Sobald wir nach Hause gekommen waren, hatte sie sich auf das Sofa gelegt und ich mich in die Badewanne. Die Kleine hatte absolut recht gehabt. Der Schwanz meiner neuen Barbie wurde rosa, sobald er ins warme Wasser getaucht wurde.

Olga kam irgendwann rein, um sich Taschentücher zu holen. »Sie hat mir echt den Tag versaut«, sagte sie.

»Ich dachte, in Berlin trifft man nie jemanden zufällig«, sagte ich.

»Ah, hör bloß auf. Diese blöde Natascha mit ihren blöden Fragen …«

»Keine Beine, kein Sex, keine Kinder, keine Fragen, keine Probleme«, sagte ich mit der Stimme meiner Meerjungfrau-Barbie, und Olga lachte.

»Hast du Marinas Eltern gefragt, ob wir dort schlafen können?«, fragte ich. Es war Anfang Mai, und wir packten gerade unsere Taschen für die Reise.

»Natürlich nicht. Man muss warten, dass es einem angeboten wird«, sagte Olga.

»Und wenn sie es uns nicht anbieten?«, fragte ich.

»Dann fahren wir zu meinen Eltern nach Gelsenkirchen. Ich fahre auf keinen Fall am selben Tag die Strecke nach Berlin zurück.«

»Und die haben es angeboten?«

»Wer?«

»Deine Eltern.«

»Da kann ich hingehen, wann ich will. Die freuen sich.«

»Über mich auch?«

»Na klar. Du hast doch Lionja kennengelernt. Auf dich freuen sie sich wahrscheinlich mehr als auf mich.«

»Aber ich hatte ihn angelogen. Damals im Bus. Da habe ich gesagt, dass ich Margarita heiße und …«

»Ich habe es ihnen erzählt.«

»Was?«

»Alles. Also, nicht allesalles. Aber so grob eben. Samira, es ist doch nicht schlimm. Also. Doch. Natürlich ist es schlimm. Ich will nur sagen, du musst dich nicht schämen. Du hast keinen Grund, dich … Es ist ja nicht deine Schuld. Du bist Opfer dieser schlimmen Typen.«

»Ich bin kein Opfer.«

»Was dann?«

»Weiß nicht. Aber kein Opfer.«

»Okay. Sie freuen sich auf jeden Fall, wenn wir kommen. Aber ich bin mir sicher, dass wir bei den Gräulichs bleiben können, wenn sie erst mal sehen, dass wir nett und normal sind.«

»Denen hast du aber nichts erzählt, oder?«

»Nein. Natürlich nicht.«

»Und haben sie gar nichts gefragt?«

»Doch. Ich habe ihnen gesagt, dass du ein Austauschjahr machst und ich deine Gast-Mama bin.«

»Gast-Mama?«

»Na ja, im Russischen gibts so was nicht, deswegen sag ich das auf Deutsch.« Sie lachte. Ich lachte auch.

»Im Deutschen gibt es so furchtbar lustige Worte. Im Russischen ist Mama etwas Exklusives, aber hier gibt es diverse Mamas. Tages-Mama, Stief-Mama, Schwieger-Mama, Gast-Mama und sogar Leih-Mama«, sagte Olga.

»Dann nenne ich dich ab jetzt Gast-Mama«, sagte ich und lachte.

———

Olga konnte sehr gut Auto fahren. Also im Grunde genauso wie alle anderen auch. Nur dass sie ein Mädchen war. Ich war es gewohnt, dass Männer am Steuer sitzen. Ich habe natürlich gesehen, dass in anderen Autos auch Frauen am Steuer sitzen, aber irgendwie hatte es nichts mit mir zu tun. Ich habe es nie als eine Möglichkeit für mich gesehen. Jetzt, wo ich Olga so dabei beobachtete, stellte ich fest, dass ich es unbedingt auch wollte.

Ich fragte sie, seit wann sie den Führerschein hatte, und sie sagte, seit sie ihn bezahlen konnte. Sie erzählte mir, dass sie nach wie vor Angst hatte, über die Autobahn zu fahren. Vor allem die Auffahrt sei ihr unheimlich. Das sei früher noch viel schlimmer gewesen, meinte sie, und deswegen hatte sie eine Therapie gemacht. Dabei hatte sie festgestellt, dass es an ihren Eltern lag. Vor allem an ihrem Vater. Lionja fand nämlich, dass Autos nichts für Frauen seien. Eine Frau hätte nicht genug technisches Verständnis fürs Autofahren. So etwas nennt man negative Glaubenssätze, erklärte sie mir. Ich fragte sie, was sie dagegen machte. Sie drehte das Radio richtig laut auf und brüllte dann: »Ich lass es krachen, dann höre ich seine Stimme in meinem Kopf nicht mehr!«

»Glaubst du, ich kann das später auch mal?«, schrie ich zurück.

»WAS?«

»Glaubst du, ich kann das auch? Auto fahren?«, schrie ich noch mal gegen die laute Musik an.

»Klar! Alles, was du willst. Alles, was du willst, Samira!«

»Alles, was du willst, Samira«, wiederholte ich leise für mich. Ich mochte meinen Namen. Er war das Einzige, was immer meins war. Mein Name. Auch wenn mich vor Olga selten einer so genannt hat. Jetzt war ich froh, dass er so selten benutzt wurde. Denn dadurch ist er so sauber und schön geblieben. Vertraut, aber so gut wie neu. Samira, wiederholte ich, und es klang, als würde ich den Namen aus einer Plastikfolie auswickeln.

─────

Wir machten drei Stopps, aßen bei McDonald's und lagen sogar eine Weile in der Sonne. Es war ein wunderschöner Frühlingstag. Alles blühte. Der Himmel strahlte so blau, wie ich ihn in Deutschland noch nie gesehen hatte.

»Bist du aufgeregt?«, fragte Olga, als wir nach dem letzten Stopp wieder im Auto saßen.

»Ein bisschen.«

»Das kann ich gut verstehen.«

»In ein bis zwei Stunden werde ich ein neues Lebensziel brauchen.«

»Wie meinst du das?«

»Na ja, nach Deutschland zu kommen, von Marinas Eltern adoptiert zu werden und mit Marina wieder zusammen zu sein, Tag und Nacht, unser Ding zu machen. Das war mein großes Ziel. Mein einziges Ziel.«

»Ich weiß nicht, ob sie dich jetzt adoptieren werden. Du bist ja fast erwachsen, und sie wissen ja auch gar nicht, in welcher Situation du bist. Ich meine, vom Aufenthaltsstatus her.«

»Ach so, nein, das ist mir egal. Sie müssen mich nicht adoptieren. Mir würde es reichen, wenn ich bei ihnen wohnen könnte. Mit Marina alles teilen, zur Schule gehen könnte. Oder bin ich schon zu alt für Schule?«

»Du solltest noch unbedingt zur Schule gehen. Aber ich kann mir nicht vorstellen, dass es so laufen wird, Samira. Du musst halt auch realistisch bleiben. Schau, es …«

Ich drehte das Radio bis zum Anschlag auf und schrie: »Ich kann dich nicht hören!«

———

Am Nachmittag waren wir in Witten. Es war eine kleine und saubere Stadt mit niedrigen Häuschen. Wir hatten uns verfahren, und Olga musste mehrmals anhalten und sich den Weg erklären lassen, bis wir endlich da waren.

Wir stiegen aus. Unsere zwei Taschen ließen wir im Kofferraum, obwohl ich mir ganz sicher war, dass sie uns einladen würden, zumindest über Nacht zu bleiben. Vielleicht auch für länger.

Das Haus stand auf einem Hügel. Es war dunkelgrau und hatte kleine Fenster. Die Sonne schien, doch mir war plötzlich kalt. Meine Bauchmuskeln zitterten vor Anspannung, mein Nacken schmerzte. Gleichzeitig schwitzte ich unter den Achseln. Ich schaute zu Olga rüber. Ihr Gesicht wirkte entspannt. Die Augenbrauen waren wieder an ihre natürliche Stelle gewandert, seit wir von der Autobahn runter waren. Sie lächelte. Ich lächelte zurück. Ich lief langsam. Versuchte auf alles zu achten, sogar auf die Abrollbewegung meiner Füße. Versuchte den Geruch des Frühlings in Witten mit dem Frühlingsgeruch in Berlin und in Dnepropetrowsk zu vergleichen. Versuchte zu verstehen, wer man ist, wenn man hier lebt. Wer Marina ist. Ich wusste, dass auch sie erwachsen geworden war. Und in meiner Vorstellung war das so, als ob man die fünfjährige Marina einfach auf eine Länge von 1,60 m oder 1,70 m gestreckt hätte. Ich sah ihre roten Locken. Ihre kleine Stupsnase, die großen grünen Augen mit den dichten rotblonden Wimpern, deren Länge man erst sehen konnte, wenn das Licht von der Seite fiel und die Spitzen zum Leuchten brachte. Die sommersprossige Haut im Gesicht und auf den Armen. Das ansteckende Lachen. Die spitzen Eckzähne, die nicht bereit waren, in einer Linie mit den anderen zu stehen, und sich einen Platz in der ersten Reihe verschafft hatten.

Olga schaute mich erwartungsvoll an.

»Lieber du«, sagte ich.

»Samira, du hast dein ganzes Leben von dem Moment geträumt, an Marinas Tür zu klingeln.«

»Bitte. Lieber du.«

»Auf gar keinen Fall. Komm. Klingle.«

»Bist du sicher, dass das ihr Haus ist?«

»Natürlich. Jetzt mach schon. Wir sind ohnehin eine Viertelstunde zu spät.«

»Ich habe Angst.«

»Hast du die Tabletten dabei?«

»Nein, nicht diese Angst. Eine ganz normale Angst.«

»Oh. Entschuldige. Ja, ich versteh das. Aber es kann nur gut werden.«

»Was, wenn nicht?«

»Ich weiß nicht ...«

»Hast du die Blumen?«

»Ja.«

»Wie sehe ich aus?«

»Bezaubernd. Wie eine starke, kluge junge Frau.«

»Okay. Ich klingle jetzt.«

»Ja, bitte.«

»Jetzt.«

»Ja.«

———

Ich drückte den Knopf unter dem goldenen Schild mit der Gravur »Familie Gräulich«. Ding-dang-dong machte die Klingel, wie ich es nur aus Filmen kannte. Nichts geschah.

»Noch mal?«, fragte ich. Doch in dem Moment hörte ich Schritte. Ich hielt die Luft an, bis die Tür aufging.

»Guten Tag! Sie müssen Frau Pismena mit ihrer Austauschschülerin sein? Ich hoffe, Sie hatten eine angenehme Reise«, sagte die Frau und Olga übersetzte.

Sie war einen Kopf größer als ich und anderthalb Köpfe größer als Olga. Ich hätte sie niemals auf der Straße wiedererkannt. Ich konnte mich nur daran erinnern, dass sie damals ein Poloshirt getragen hatte und einen Pullover um die Schultern. Sie hatte die dicken blonden Haare zu einem Pferdeschwanz zusammengebunden. Ihre Brille sah ich erst auf den zweiten Blick, weil sie nur aus zwei Gläsern und dem Bügel bestand.

Wir traten ein. Olga übergab ihr den Blumenstrauß, den wir sorgfältig an der Raststätte ausgesucht hatten. Ich fand dort alle Sträuße hübsch. Olga fand sie alle hässlich. Sie wollte, dass wir einen schlichten nehmen. Einen, der nicht so kitschig und verschnörkelt ist. Sowohl *kitschig* als auch *verschnörkelt* sagte sie auf Deutsch und erklärte ganz umständlich, was das bedeutet. Schließlich sagte sie, dass man diese Sachen einer russischen Person nicht erklären kann. Russen haben eine andere Wahrnehmung von Schönheit. Sie erkennen keinen Kitsch, denn sie halten ihn für Luxus. Wenn sie sagte, dass etwas russisch ist, dann meinte sie es nie gut. Aber ich nahm es ihr nicht übel. Denn wenn sie sagte, dass etwas deutsch war, meinte sie es genauso wenig gut. Ich fand unseren Blumenstrauß aber schön. Er passte auch gut zu der Wohnung, wie ich bald feststellte.

Ich wollte an der Tür meine Turnschuhe ausziehen, aber die Frau fuchtelte mit den Händen und schüttelte gleichzeitig den Kopf. Olga übersetzte, dass wir die Schuhe anlassen sollen. Die Frau hatte selbst auch ihre Straßenschuhe an. Ich wunderte mich, denn selbst bei Rocky hatten wir die Schuhe immer ausgezogen. Sie lief in die Küche, um eine Vase zu holen, ließ uns aber vorher ins Wohnzimmer eintreten. Trotz der zu klein geratenen Fenster war es ein sonniger Raum. Er war gelb gestrichen. An den Fenstern hingen kurze transparente Gardinen mit Tulpenmuster und dazu noch orangenfarbene blickdichte Gardinen. Auf dem Boden lag ein schwerer Wollteppich mit einem Farbverlauf von Gelb zu Rot. Rechts an der Wand stand eine Vitrine mit Kerzen, kleinen Figürchen und Büchern. Daneben ein Ecksofa und ein passender Sessel. Alles orange. Zwischen Sofa und Sessel war ein niedriger Tisch aus hellem Holz. Links standen ein ovaler Tisch und sechs gepolsterte Stühle mit hoher Rückenlehne. Sie sahen dem kleinen Tisch sehr ähnlich, als wären sie miteinander verwandt.

Es gab nur eine Sache, die überhaupt nicht in diesen Raum passte. Ein großes Bild, das über dem Sofa hing. Darauf war ein bleiches Mädchen mit langen schwarzen Haaren und einem schwarzen Kleid mit Rüschen an den Ärmeln zu sehen. Sie stützt die Ellenbogen auf einen Tisch, auf dem ein Rabe und eine Ratte sitzen. Olga war von dem Bild genauso fasziniert wie ich. Ist das ein Foto, fragte ich und ging näher ran. Nein, es war ein Gemälde. Aus allernächster Nähe konnte ich feine Pinselstriche erkennen.

»Dieses Bild hat Marina gemalt«, sagte die Frau, und ich zuckte zusammen, weil ich sie nicht hinter mir erwartet hatte.

»Wow«, sagte ich.

»Etwas düster, aber handwerklich exzellent«, sagte sie, und Olga übersetzte. »Wir haben sie sehr gefördert, was das angeht. Nur die besten Materialien und die besten Privatlehrer.«

Die Frau stellte eine gelbe Vase mit unseren Blumen auf den Tisch, mitten auf die viel zu schmale gelbe Tischdecke, die darauf lag und an beiden Seiten herunterhing. Es war für vier Personen gedeckt. Außerdem standen darauf eine offene Schachtel Pralinen und ein Holzschächtelchen mit Teebeuteln.

»Danke, es ist ein niedlicher Strauß. Und er passt farblich wunderbar in den Raum«, sagte sie.

Wir sollten uns auf das Sofa setzen. Sie ging wieder in die Küche.

Ich fuhr mit der Hand über die weiche und doch feste Oberfläche des Sofas. »Das ist ein bisschen wie Samt«, sagte ich.

»Das ist Mikrofaser«, sagte Olga.

»Mikrofaser«, wiederholte ich und nahm das Wort in meinen Katalog der Stoffe auf. Obwohl uns niemand befohlen hatte zu schweigen, schwiegen wir. Olga holte ihr Handy raus und fing an, eine SMS zu tippen. Die Frau kam wieder. Sie stellte zwei große Kannen auf den Tisch. Ging. Kam noch mal rein. Diesmal mit einer großen Platte mit einem flachen Kuchen darauf. Ihr Mund lächelte. Ihre Augen blieben ohne Ausdruck. Sie sagte, wir könnten uns nun zu Tisch begeben. Sie setzte sich an die lange Seite an der Wand, und wir saßen ihr gegenüber mit dem Rücken zum Raum. Der Platz neben ihr war frei.

»Wo ist Marina?«, sagte ich.

Die Frau erklärte, dass sie jeden Moment kommen müsste. Sie hatte bei ihrer Freundin übernachtet und sollte eigentlich um drei zu Hause sein. Ihr Mann war leider das ganze Wochenende nicht da. Eine Arbeitsreise. Er reist viel. Sie schob uns Kuchen auf die Teller. Füllte unsere Tässchen mit Kaffee. Bot die belgischen Pralinen an. Zählte die Zutaten des Kuchens auf. Erzählte von ihrem Mann und von ihren zwei Katzen. Von Zeit zu Zeit unterbrach Olga sie und übersetzte mir in wenigen Sätzen, was die Frau minutenlang erzählt hatte. Ich schielte auf Olgas Uhr. Es war schon eine

Stunde vergangen, seit wir angekommen waren. Die Frau fragte nichts. Sie erzählte.

Gerade erzählte sie eine weitere Geschichte über die Katzen: »... sie sind aus Bulgarien adoptiert. Prächtige Rassetiere. Sehr scheu.«, als jemand die Eingangstür aufschloss. Die Frau sprang auf und ging in den Flur.

Olga beugte sich zu mir und sagte: »Die ist so furchtbar deutsch. Ich halt das nicht aus.«

»Ich verstehe sie ja nicht ...«, sagte ich.

»Ich meine auch das Ganze hier. Diese Wohnung. Diesen Tisch.«

»Ich finde es toll«, sagte ich. Einerseits, weil ich es wirklich toll fand. Andererseits, weil ich mir diesen Moment nicht vermiesen lassen wollte. Ich hatte meine kalten Finger unter die Oberschenkel geschoben, drückte den Rücken durch und starrte in Richtung Tür.

Die Frau kam rein. Sie sagte, dass Marina auf die Toilette muss und gleich dazukommt. Sie redete. Aber ich hörte nichts mehr. Bis sie reinkam. Marina.

Sie war eine fremdartige dunkle Erscheinung in diesem sonnengelben Zimmer. Ich brauchte einige Augenblicke, bis ich verstand, dass es wirklich Marina war. Ihre Haare waren schwarz gefärbt. Um ihre Augen war zu viel Kajal, was zusammen mit den hellroten Augenbrauen seltsam aussah. Sie trug ein schwarzes Oberteil, unter dem sich ihre schweren Brüste und ein runder Bauch abzeichneten.

»Hi«, sagte das Mädchen gelangweilt. Sie kam zum Tisch und setzte sich neben die Frau.

»Spatzi, dieses Mädchen kennt dich aus der Zeit in der Ukraine. Ihr wart zusammen ...«

»*Marina? Ty menja pomnisch?*«, fragte ich sie. Sie saß da. Schaute zu ihrer Adoptivmutter, deren Mund wieder zu einem dämlichen Lächeln verzogen war.

»*Marina. Eto zhe ja, Samira!*«

»Samira?«, fragte die Frau. »Ah, jetzt fällt es mir ein, haben wir ihr nicht damals ein Paket geschickt?«

Olga übersetzte. Ich nickte und verspürte wieder Hoffnung.

»Samira, ja, ich kann mich etwas erinnern«, sagte Marina, und ihr Mundwinkel verzog sich kurz zu einem Lächeln.

»Sie kann leider kein Russisch mehr«, erklärte die Frau. »Dafür hat sie unfassbar schnell Deutsch gelernt und sich gut integriert.«

———

Wir blieben noch zwei Stunden. Dann wollte Frau Gräulich das Abendessen vorbereiten und gab uns ein Zeichen, dass wir gehen sollten. Ich kippte das Tässchen mit dem kalten Kaffee runter. Wir wurden zur Tür begleitet. Frau Gräulich bedankte sich für den Besuch und für die Blumen. Ich gab meine kalte Hand erst ihr und dann Marina. Die Tür fiel hinter uns ins Schloss.

»Jetzt habe ich das Bett gar nicht gesehen«, sagte ich.

»Willst du noch mal zurück?«, fragte Olga.

Olga Grjasnowa
Gott ist nicht schüchtern
Roman
309 Seiten. Broschur
ISBN 978-3-7466-3439-5
Auch als E-Book lieferbar

»Eindrucksvoll und berührend.«

ZDF aspekte

Amal und Hammoudi sind jung, schön und privilegiert, und sie glauben an die Revolution in ihrem Land. Doch plötzlich verlieren sie alles und müssen ums Überleben kämpfen. Sie fliehen. Ein erschütterndes, direktes und unvergessliches Buch. »Amal schaut den Frauen auf der Straße nach. Plötzlich wird ihr bewusst, dass sie nicht mehr dazugehört. Niemand beachtet sie mehr. Wo ist ihr Haus? Ihre Karriere? Und ihre Straße, die immer nach Jasmin roch? Wo sind ihre Bücher und Schallplatten? Wo die Freunde und Verwandten? Die Partys und der Sommer vor dem Pool? Die Welt hat eine neue Rasse erfunden, die der Flüchtlinge, Refugees, Muslime oder Newcomer. Die Herablassung ist in jedem Atemzug spürbar.«

Regelmäßige Informationen erhalten Sie über unseren Newsletter.
Jetzt anmelden unter: www.aufbau-verlage.de/newsletter

aufbau taschenbuch

Gusel Jachina
Wo vielleicht das Leben wartet
Roman
Aus dem Russischen von Helmut Ettinger
591 Seiten. Broschur
ISBN 978-3-7466-4152-2
Auch als E-Book lieferbar

Ein Sieg der Menschlichkeit in aussichtsloser Lage

Kasan 1923: Im Wolgagebiet herrscht große Hungersnot. Dejew, ein ehemaliger Soldat auf der Seite der Roten, soll fünfhundert elternlose Kinder mit einem Zug nach Samarkand schaffen, um sie vor dem sicheren Hungertod zu retten. Aber es fehlt an allem für den Transport: Proviant, Kleidung, Heizmaterial für die Lokomotive, Medikamente. Ein Roadmovie durch ein total zerrüttetes Land beginnt, in dem in weiten Teilen immer noch der Bürgerkrieg wütet. Dejew, der selbst ein dunkles Geheimnis mit sich herumträgt, scheut kein Wagnis und keine Gefahr, um die Kinder ins Land des Brotes und der Wunderbeere Weintraube zu bringen.

Eine ungeschminkte Auseinandersetzung mit einem düsteren Kapitel der Sowjetgeschichte und ein Roman der starken Emotionen.

Regelmäßige Informationen erhalten Sie über unseren Newsletter.
Jetzt anmelden unter: www.aufbau-verlage.de/newsletter

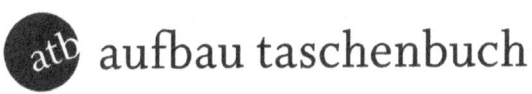

aufbau taschenbuch

Oxana Wassjakina
Die Wunde
Roman
Aus dem Russischen von Maria Rajer
300 Seiten. Gebunden
ISBN 978-3-351-05113-6
Auch als E-Book lieferbar

Die neue feministische Stimme in der russischen Literatur

Eine junge Frau bringt die Asche ihrer Mutter nach Sibirien, um sie in ihrer Heimatstadt Ust-Ilimsk zu bestatten. Von Wolgograd nach Moskau, von Moskau nach Nowosibirsk und Irkutsk mit dem Flugzeug und dann mit dem Bus durch die Taiga. Es ist eine Reise durch die harte postsowjetische Realität und zugleich eine Suche nach der Herkunft und Identität der Ich-Erzählerin. Sie nimmt Abschied von ihrer Mutter und versucht sie zugleich im Schreiben festzuhalten, bevor sie ihr zu entgleiten droht. Am Ende findet sie eine eigene Sprache, durch die sie bei sich selbst ankommt.

Oxana Wassjakina erzählt vom Tod, aber auch vom selbstbestimmten Leben und feministischen Schreiben, lakonisch und mit einer Offenheit, die geradezu wehtut.

Regelmäßige Informationen erhalten Sie über unseren Newsletter.
Jetzt anmelden unter: www.aufbau-verlage.de/newsletter

Vladimir Jabotinsky
Die Fünf
Roman
Ein Gesellschaftsroman über Odessa zu Beginn des
20. Jahrhunderts
Aus dem Russischen von Ganna-Maria Braungardt
und Jekaterina Lebedewa
288 Seiten. Broschur
ISBN 978-3-7466-3228-5
Auch als E-Book lieferbar

»Was für ein Fund!« Die Welt

Beginn des 20 Jahrhunderts. Es sind die letzten Tage des alten Odessa:
Im Vielvölkergemisch der kosmopolitisch-toleranten Stadt, in der das
Ukrainische und das Russische, das Jüdische und das Deutsche, das
Armenische und das Griechische nebeneinander existieren, wachsen die
fünf Geschwister der Familie Milgrom zwischen revolutionärer Gewalt
und Assimilation auf. Doch bald trennen sich ihre Lebenswege auf dra-
matische Weise. Vladimir Jabotinsky, brillanter Feuilletonist und streitba-
rer Mitbegründer der zionistischen Bewegung, unternimmt eine imagi-
när-romanhafte Reise in die Stadt, in der er 1880 geboren wurde und
seine Kindheit und Jugend verbrachte.

»Trouvaille vom Schwarzen Meer: Mehr als siebzig Jahre ließ die deutsche Übersetzung auf sich warten.« Frankfurter Allgemeine Zeitung

»Ein schwärmerischer Rückblick auf die Zeit, in der sich in Odessa alle
Nationen und Religionen mischten.« DIE ZEIT

Regelmäßige Informationen erhalten Sie über unseren Newsletter.
Jetzt anmelden unter: www.aufbau-verlage.de/newsletter

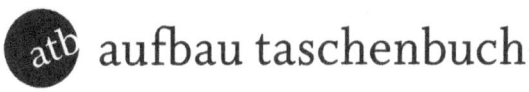

aufbau taschenbuch